Sur l'auteur

Célestine Hitiura Vaite, originaire de Tahiti, vit actuellement en Australie. Depuis le succès international de sa trilogie constituée de *L'Arbre à pain*, *Frangipanier* et *Tiare* – dont la version originale anglaise a été traduite et publiée dans dix-sept pays –, l'auteur pour qui « les histoires sont universelles ; comme les poèmes » continue d'œuvrer dans le domaine « libérateur » de l'écriture. Enseignante, Célestine travaille particulièrement avec un public jeune du Pacifique (australien, français, polynésien ou aborigène) et a collaboré à plusieurs productions littéraires (pièce de théâtre, livres pour enfants). À la redécouverte de sa langue, elle s'est lancée dans une étude du premier *Dictionnaire tahitien-anglais* (1851) de John Davies.

Du même auteur
aux Éditions 10/18

L'ARBRE À PAIN, n° 5715
FRANGIPANIER, n° 5716

CÉLESTINE HITIURA VAITE

L'ARBRE À PAIN

Chroniques de Tahiti 1

Traduit de l'anglais (Australie)
par Henri Theureau

10/18

AU VENT DES ÎLES ÉDITIONS

ISBN 978-2-264-07923-7
Dépôt légal : mai 2021

À ma mère, Viola Vaite,
qui m'a appris que l'amour
est la seule raison qui vaille.

À la mémoire de ma marraine,
Henriette Estall, qui m'a appris à croire
en la volonté et à me relever après chaque chute.

1

Un film d'amour

Materena aime bien les films d'amour.

Quand il y a un film d'amour à la télévision, Materena s'installe sur le canapé, croise les mains et ne quitte pas l'écran des yeux. Elle ne balaye pas, elle ne repasse pas, elle ne coupe pas les ongles de ses pieds, elle ne range pas ses linges. Elle ne fait rien d'autre : elle regarde son film.

Les films d'amour chavirent le cœur de Materena et il lui arrive même d'imaginer qu'elle est l'héroïne.

Le film d'amour de ce soir raconte l'histoire d'une femme qui aime un homme passionnément mais, malheureusement, elle doit en épouser un autre – c'est ses parents qui ont décidé comme ça. Son futur mari n'est pas affreux, et il n'est pas méchant, mais elle n'éprouve rien pour lui. Quand elle le regarde, c'est comme si elle regardait un arbre – alors que, quand elle regarde l'homme qu'elle aime, son cœur fait boum, boum, elle a envie de l'embrasser, elle a envie de le serrer fort contre elle.

La femme, dans le film, rencontre l'homme qu'elle aime une dernière fois – ça se passe la veille de son mariage, un grand mariage – et lui, il s'en va dans un pays lointain, pour ne jamais revenir, parce qu'il ne peut pas supporter de rester dans le quartier. Il pense comme ça que c'est plus facile pour lui de disparaître définitivement.

Les amoureux se retrouvent derrière une haie touffue. Ils tombent dans les bras l'un de l'autre, ils s'embrassent, et puis l'homme tombe à genoux et déclare : « Je t'aimerai jusqu'à ma mort, jusqu'à ma mort je le jure devant Dieu, tu es le centre de mon univers, tu es ma lumière dans la nuit, tu seras toujours la seule. »

La femme cache son visage dans ses mains gantées et éclate en sanglots. Il y a des violons, et une larme roule au coin de l'œil de Materena. Elle a pitié de la femme. Elle souffre pour elle.

« La pauvre », soupire Materena.

« C'est nul, ce film ! C'est que des conneries ! » Ça, c'est le commentaire de Pito. À son avis à lui, il y a trop de larmes dans ce film, trop de blabla, pas d'action. Et l'acteur, quel *māhū* – regarde-le un peu !

« Eh ben, va lire ton *Akim* dans la cuisine », lui dit Materena en s'essuyant les yeux avec son *pāreu*.

Mais Pito est trop bien sur le canapé, et il a envie de regarder la fin de ce film idiot. Materena aimerait bien pouvoir l'envoyer râler ailleurs. Il l'énerve depuis le début du film avec ses commentaires et ses soupirs.

Pito n'aime pas les films d'amour. Il préfère les films de cow-boys, les films où il y a de l'action et le moins de blabla possible.

Le film approche de sa fin et Materena espère que Pito ne va pas tout gâcher avec une remarque idiote. Dans les films d'amour, la fin est cruciale. Materena a besoin d'un silence total. La tension est au maximum. Dans l'esprit de Materena, l'héroïne va retrouver l'homme qu'elle aime, mais les films d'amour ne se terminent pas toujours comme Materena aimerait.

Voici le grand mariage et on voit bien que les pensées de la mariée ne sont pas à la cérémonie. Elle n'arrête pas de regarder en arrière, elle attend que l'homme qu'elle aime apparaisse et la délivre. Materena le devine. Materena est sûre que l'homme va faire irruption dans l'église d'une seconde à l'autre, mais non, il est déjà loin sur son cheval. Materena lui dit dans sa tête : « Eh, va chercher la femme que tu aimes, idiot ! » Mais il continue à cavaler vers l'horizon. Et pendant ce temps, à la grande tristesse de Materena, l'actrice devient la femme de l'homme qu'elle n'aime pas.

À la sortie de l'église, les jeunes mariés sont accueillis par des confettis et on lâche des colombes. L'héroïne regarde les colombes s'envoler vers le ciel gris.

C'est la fin du film et Materena est vraiment contrariée, elle préfère quand ça se termine bien. Elle écoute la douce mélodie du piano pendant le générique final et lit les noms des principaux acteurs. Ça lui rappelle que cette triste histoire est un film seulement, rien à voir avec la réalité.

À la fin du générique, elle éteint la télé.

« C'est nul, ce film ! » Pito s'extrait du canapé comme s'il pesait plus de cent kilos.

Materena remet de l'ordre dans le salon.

« C'est nul, ce film », répète Pito en se calant la tête sur son coussin dans leur grand lit.

Materena tire la couverture à elle et se retourne de l'autre côté.

« Moi je te dis, Materena, si c'était moi l'acteur, moi je… » Bien sûr, Pito arriverait à cheval et enlèverait la femme.

« Okay, d'accord. Bonne nuit. » Materena n'écoute plus. Elle ferme les yeux et le sommeil la gagne. Et elle rêve qu'elle est dans le film et c'est elle qui doit marier l'acteur, mais l'homme qu'elle aime, c'est Pito. Elle est dans l'église, elle est sur le point de dire « Oui » quand la porte de l'église s'ouvre à deux battants. C'est Pito. Il est sur un cheval et il porte un costume cow-boy et un chapeau cow-boy aussi. Les gens, muets, regardent Pito qui s'avance jusqu'à l'autel sur son cheval. Les gens regardent aussi le cheval.

Pito attrape Materena par la taille et il dit à l'homme qu'elle doit épouser : « Écoute un peu, cette femme-là c'est pour moi – toi, tu vas chercher une autre femme, okay ? » Il a un regard terrifiant.

Pito et Materena sortent de l'église à cheval, et ils s'en vont au galop, loin, loin jusqu'au désert.

Materena se réveille et elle est en train de rire.

2

La demande en mariage

À onze heures ce soir-là, Materena, en plein nettoyage de son four, est encore en train de rire de son rêve – surtout le moment où Pito déboule dans l'église sur un cheval, avec un chapeau cow-boy. Tu imagines ?

En tout cas, Materena a intérêt à rigoler maintenant, parce que, quand il va rentrer, ça sera moins rigolo. Il va être encore bourré, comme d'habitude, raconter des tas de conneries et lui taper sur les nerfs. Quand il a bu, il parle, il parle, il dit n'importe quoi. La dernière fois, il a raconté qu'il y avait plein de femmes là-bas au bar, il n'arrivait pas à s'en débarrasser – elles voulaient toutes de lui et lui, tout ce qu'il voulait c'était boire sa bière tranquille avec ses collègues et parler de pêche.

Ah, le voilà, Materena l'entend qui se prend les pieds dans l'essuie-pieds et se cogne à la porte.

« Materena ! gueule Pito en vacillant sur le seuil. Ahhh, Materena, bafouille-t-il maintenant, les yeux rouges, les jambes molles. Épou-pouse-moi, Materena. »

Materena se contente de lui sourire, tout en continuant à récurer son four.

« Alors, tu m'ép-pouses ou quoi ? » Pito chancelle, on dirait qu'il va lui tomber dessus.

« Okay, d'accord. » Materena laisse tomber sa brosse à récurer car Pito l'empoigne et la serre dans ses bras. Il faut qu'elle le mette au lit avant qu'il réveille les gosses.

Cinq minutes plus tard, Pito est au lit, K.-O., et il ronfle. Et Materena est bien contente. Elle ne va pas prendre cette demande en mariage sérieusement. Ah non. La bague au doigt, ça n'est pas une obsession chez elle. Pour ce qui la concerne, ils sont comme un couple marié de toute façon – ils dorment dans le même lit et ils mangent à la même table, dans la cuisine. Lui est son *tāne*, elle est sa *vahine*, et où est la différence avec « mari et femme » ? Elle n'a pas besoin d'une bague au doigt ni d'un certificat de mariage encadré au mur.

Materena retourne à son four. Elle brosse, elle éponge, et elle repense au jour où elle a rencontré Pito.

Quand elle avait seize ans, Materena travaillait au snack du coin pendant les vacances. Pito est venu au snack un après-midi avec un collègue, Ati.

'Auē ! Quand Materena l'a aperçu cette première fois, il lui a plu tout de suite. Ce n'est pas qu'il était le plus beau garçon qu'elle ait jamais vu, mais il avait quelque chose.

Pito voulait un casse-croûte jambon, alors elle lui a fait un casse-croûte jambon. Il l'a pris et lui a tendu ses sous. Il l'a regardée mais c'était comme si elle n'existait pas. L'autre garçon lui a lancé un regard intéressé, mais elle l'a à peine regardé : il ne l'intéressait pas. Elle l'a servi puis elle a continué à servir les autres clients, mais ses yeux n'arrêtaient pas de revenir vers le playboy au T-shirt plein de trous.

Quand Pito est parti, Materena a eu envie de le

suivre. Le collègue lui a fait un gros clin d'œil, mais elle lui a fait une grimace. Elle ne voulait pas que le collègue pense qu'elle s'intéressait à lui, parce que alors il l'aurait dit à Pito.

Le lendemain, Materena souffrait devant son miroir à essayer de se faire une coiffure compliquée au lieu de son chignon habituel. Mais elle n'y arrivait pas. Elle n'avait jamais pris la peine de se faire des coiffures ; elle portait le même chignon tous les jours depuis l'âge de huit ans. Là, elle était en train de tellement s'énerver, elle avait envie de s'arracher les cheveux. À la fin, elle s'est contentée de décorer son chignon avec des *tiare tahiti*, et Loana, sa maman, a fait une scène parce que les fleurs étaient réservées à Notre-Dame-Qui-Comprend-Tout. Materena a été obligée de récupérer chacune des fleurs de son chignon et de les remettre dans le bol près de la statue de la Sainte Vierge.

Pito n'est pas venu au snack ce jour-là. En fait, il s'est écoulé une semaine entière avant qu'il fasse une autre apparition. Et quand il est arrivé, ça a mis Materena dans tous ses états.

Elle a dit : « Casse-croûte jambon ? » pour lui montrer qu'elle se rappelait.

Il lui a souri.

Après ça, elle a vraiment eu du mal à faire son travail comme il faut. En fait, l'après-midi a été un vrai désastre, et la patronne lui a crié dessus plus d'une fois.

Mais Pito est revenu au snack le lendemain.

Et le jour suivant.

Quelques rires, quelques fous rires, les regards se croisent et toutes sortes d'idées leur traversent la tête. La patronne a été obligée de rappeler à Materena que son boulot n'était pas de rigoler mais de faire des casse-croûtes. La patronne a jeté à Pito un œil mauvais, mais elle ne pouvait pas lui dire de ne plus remettre les pieds au snack simplement parce qu'il rendait Materena idiote. Et puis il mangeait plein de casse-croûtes. C'était un très bon client.

Pito a finalement donné rendez-vous à Materena à neuf heures du soir près du frangipanier, derrière la banque. Et dès que Materena est rentrée du travail, elle est allée à la salle de bains se brosser les mains pour enlever l'odeur des oignons.

À huit heures trente elle était au lit.

À huit heures quarante-cinq elle se glissait dehors par la fenêtre et sautait la clôture du jardin.

Pito était bien là sous le frangipanier, et il l'attendait – un *pē'ue* roulé sous le bras.

Ils ont parlé pendant environ cinq secondes.

Puis il a posé sa bouche sur la sienne… c'était la fin de Materena la bonne petite catholique.

Elle découvrait l'amour-l'amour…

Loana avait prévenu Materena que si jamais elle avait un *tāne* sans lui dire, et qu'elle l'apprenait par radio-cocotier, elle aurait droit à des bonbons caramel – c'est-à-dire une bonne paire de gifles.

Mais Materena ne faisait pas attention aux menaces de sa mère. Elle était trop folle de Pito pour se soucier des gifles et autres punitions. Que ça plaise à Loana ou pas, elle continuerait à retrouver Pito sous le frangipanier jusqu'à ce que… eh bien, jusqu'à ce qu'il se décide à prendre les choses au sérieux.

Trois semaines après le début de leurs rendez-vous secrets, Pito a annoncé à Materena qu'il quittait Tahiti pour aller faire son service militaire en France, et qu'il ne reviendrait pas pendant deux ans.

Materena a été catastrophée par la nouvelle. « Tu pars quand ? »

« Demain. »

« Demain ? » Materena était anéantie.

Elle s'est accrochée à Pito, elle a promis qu'elle serait à l'aéroport pour le couronner. Mais Pito lui a dit que ça n'était pas la peine d'aller parce qu'il y avait déjà trop de famille à lui qui viendrait pour les adieux.

Materena n'a pas insisté. Il était clair que Pito ne voulait pas qu'elle rencontre tous ses parents à l'aéroport, et surtout sa maman. Il était beaucoup trop tôt pour qu'il la présente officiellement à Māmā.

« À quelle heure il part, ton avion ? » a demandé Materena.

L'avion de Pito partait à deux heures du matin.

« Et, tu vas m'écrire alors ? » Materena espérait que Pito dirait : « Bien sûr je vais t'écrire ! »

« On verra », a dit Pito.

Materena s'est mise à pleurer.

« Il faut que je rentre à la maison faire ma valise », a dit Pito en roulant le *pē'uc*.

Il a embrassé Materena et Materena lui a rendu son baiser avec tout son cœur, toute son âme.

« Je t'attendrai », a dit Materena entre deux sanglots.

« Allez, arrête un peu de pleurer », a dit Pito.

Quand Materena est arrivée à la maison, Loana était encore devant la télé. Materena a eu envie de lui demander si elle devait aller quand même à l'aéroport couronner Pito, mais elle s'est glissée dans sa chambre sans faire de bruit, et puis elle a enfoui sa tête dans ses coussins.

Elle ne pouvait pas demander conseil à sa mère pour

Pito puisque sa mère ne savait même pas qu'il y avait un Pito.

Vers minuit, Materena avait pris sa décision. Elle a attrapé une couronne – un collier de coquillages qui pendait au clou dans le salon – et elle a couru jusqu'à l'aéroport.

Il y avait foule : des bébés dormaient dans les bras de leur mère, des enfants couraient dans tous les sens, jouant à tic-tac, et partout des mamans en larmes serraient contre elles des jeunes gens qui souriaient sous le fardeau d'innombrables colliers de coquillages passés à leur cou.

Et il y avait Pito.

Accrochée à lui, une grosse *māmā* pleurait à chaudes larmes, et de temps en temps un *fēti'i* tentait de passer une couronne au cou du garçon, mais la grosse *māmā* ne voulait pas le lâcher.

Pito était tellement beau avec sa chemise blanche et son pantalon bleu marine. Materena avait tellement envie d'aller le couronner mais elle restait là, à demi-cachée derrière un des piliers de béton, à le regarder. Il avait assez à faire comme ça avec sa mère en larmes.

Materena est restée à l'aéroport jusqu'au décollage de l'avion de Pito, puis elle est rentrée chez elle en courant, la couronne toujours serrée contre elle, et en se disant que deux ans, c'est une éternité.

Deux années ont passé. Materena a fini son école et commencé sa carrière de femme de ménage professionnelle. Elle attendait le *truck* un jour en rentrant du marché quand Pito est passé devant elle sans la voir. Il avait maigri et il était pâle.

« Pito ! » Materena jubilait. Elle n'en croyait pas ses yeux.

Pito s'est arrêté pour se retourner. Materena était sur le point d'aller lui sauter au cou mais une petite voix dans sa tête lui a dit qu'elle ferait mieux de ne pas faire l'idiote devant tous ces gens qui attendaient le *truck*, parce que Pito n'avait pas du tout l'air aussi ravi qu'elle l'était. En fait, son visage n'exprimait absolument aucune émotion. Materena se dit que peut-être il ne la reconnaissait pas.

« C'est moi, Materena. » Tout son visage souriait.

« Je vois bien que c'est toi, a dit Pito. Ça va ? »

« Oui, ça va. Et toi, ça va ? »

« Ça va. »

« Alors, tu es revenu de la France ? » a demandé Materena, tout en se disant qu'elle était idiote de poser cette question. Bien sûr qu'il était revenu de la France. Elle voyait bien qu'il était là.

« Je suis rentré il y a deux jours », a dit Pito. Puis il s'est excusé, il fallait qu'il aille quelque part.

« C'est pas grave, a dit Materena, comme si elle s'en fichait que Pito n'ait même pas le temps de lui parler cinq minutes. Je suis pressée aussi. »

Materena a sauté dans le premier *truck* en pensant aux deux années qu'elle avait gaspillées à attendre Pito, ce *fa'a'oru*, ce prétentieux ! Deux ans à attendre une lettre de lui, un paquet, un télégramme, n'importe quoi, sans jamais regarder un autre homme ! Car elle avait été fidèle à Pito.

Materena avait compris. Pito appartenait au passé, et elle avait bien l'intention de chercher quelqu'un d'autre pour l'avenir.

Mais comment pouvait-elle oublier Pito quand elle

le rencontrait à tous les coins de rue, comme si Dieu le mettait sur son chemin ? Elle attendait le *truck* au marché et il passait à deux mètres d'elle ou bien elle l'apercevait de l'autre côté de la rue. Elle était dans un magasin et voici Pito qui entrait dans le même magasin. Elle s'arrêtait dans un snack et deux secondes plus tard voilà Pito qui apparaissait. Chaque fois il levait les sourcils, comme on fait pour dire bonjour. Et Materena répondait par un sourire. Mais jamais ils ne parlaient.

Une nuit, Materena a demandé à Dieu si c'était Lui qui avait décidé de mettre constamment Pito sur son chemin. Et si c'était le cas, pouvait-Il lui envoyer un petit signe que c'était bien Lui ? Et le lendemain Materena est littéralement tombée sur Pito en descendant du *truck*. Pour elle, c'était un signe bien suffisant. Leurs visages à deux doigts l'un de l'autre, elle lui a demandé : « Tu fais quelque chose ce soir ? »

Et c'est comme ça que Pito et Materena ont recommencé à se voir sous le frangipanier derrière la banque au milieu de la nuit.

Leurs rendez-vous secrets ont continué pendant des semaines. Materena a tout raconté à Pito sur sa famille : sa mère qui travaillait dur, son frère qui était dans une ferme perlière à Manihi, son père *farāni* qu'elle n'avait jamais connu. Et Pito lui a raconté ses trois frères, son père qui était mort, et sa mère qui aimait ramasser les feuilles avec son *pātia*, un bâton avec un clou au bout. Pito et Materena parlaient aussi de plein d'autres choses, du temps qu'il faisait, et même de la pêche.

Au bout de quelque temps, il a semblé à Materena que Pito commençait à prendre les choses au sérieux. Un soir elle lui a dit que ce serait peut-être une bonne idée qu'il rencontre sa mère, parce qu'elle commençait à être un peu *fiu* d'être obligée de sortir de sa chambre en cachette et de ne le voir que dans le noir. Materena pensait qu'il était temps que sa mère soit au courant pour Pito, puisque maintenant elle avait dix-huit ans passés et que pour elle c'était sérieux avec lui.

« Je suis pas prêt », a dit Pito.

« Mais Mamie ne va pas te manger, elle est vraiment gentille. »

« C'est pas ça, Materena. Je suis pas prêt, c'est tout. »

« Prêt à quoi ? Tu viens et tout ce que tu as à faire, c'est dire bonjour à ma mère. *'Ia ora na*, c'est tout. »

« Ouais. » Pito était de mauvaise humeur maintenant. « Eh ben, j'ai pas envie de voir ta mère, okay ? Quand on va voir la mère, après, c'est fini, faut être sérieux et quoi encore. »

« Okay alors, a dit Materena. Ce n'est pas la peine de venir voir ma mère. Je ne vais pas te forcer. »

« De toute façon, tu peux pas me forcer. J'aime pas quand on me dit : Fais ça, fais pas ça. »

« C'est bien ce que j'ai dit. Je ne vais pas te forcer. » Materena s'est levée pour rentrer. Elle était furieuse, mais ça n'a pas duré trop longtemps. Elle comprenait bien que Pito avait besoin d'un peu de temps pour s'habituer à l'idée de rencontrer sa mère.

Plusieurs semaines plus tard, Materena s'est demandé si elle n'était pas enceinte. Elle a acheté un test de grossesse et s'est enfermée dans la salle de bains. Elle s'est assise sur la cuvette des toilettes et elle a lu le mode d'emploi, ce qui lui a pris presque une heure, car c'était la première fois qu'elle utilisait ce machin-là. Elle a versé un peu de son urine dans le petit bocal et elle a mis la bandelette dedans. Après avoir compté jusqu'à soixante, elle a récupéré la bandelette et l'a soigneusement posée à plat sur le sol.

Puis, elle s'est mise à prier. Mais elle n'était pas très sûre du genre de prière qu'il fallait faire. D'un côté elle voulait être enceinte parce qu'elle aimait Pito et en même temps elle n'avait pas tellement envie d'être enceinte.

Le test de grossesse était positif, et Materena a pleuré comme une madeleine parce qu'elle était heureuse, mais en même temps elle n'était pas vraiment heureuse.

Loana a assez mal réagi à la nouvelle de la grossesse de sa fille. Elle avait dit à Materena, et elle lui avait dit souvent : « Je ne veux pas être grand-mère avant d'avoir au moins cinquante ans, compris ? » Et voilà qu'elle allait devenir grand-mère à quarante ans alors qu'elle croyait Materena encore vierge.

Loana a cuisiné Materena pour qu'elle lui dise qui l'avait mise enceinte et deux heures plus tard Materena, Loana et la mère de Pito, Māmā Roti, étaient en conférence.

« Pito ne m'a pas parlé d'une copine qu'il a mise enceinte. » Māmā Roti regardait Materena droit dans les yeux et Materena avait envie de se cacher sous le canapé.

Loana a regardé Māmā Roti droit dans les yeux pour montrer qu'elle n'était pas intimidée du tout. « Ton fils n'est pas encore au courant, pour le bébé. »

« Qu'est-ce que vous attendez de mon fils ? » a demandé Māmā Roti.

« On n'attend rien du tout. On est juste ici pour parler », a répondu Loana calmement.

Alors les deux mères ont parlé, mais le ton est monté, de plus en plus aigre des deux côtés, jusqu'à ce que Māmā Roti dise : « Eh ben, peut-être que tu devrais attacher ta fille à un arbre, la nuit. »

C'était la fin de la conférence. Loana s'est levée en ordonnant à sa fille de se lever aussi.

À ce moment précis, Pito est arrivé. Il a regardé Materena, il a regardé Loana, et puis il a regardé sa mère. Elle lui a expliqué la situation, et Pito n'a pas hurlé de joie comme dans les films.

« Alors c'est toi, Pito. » Loana l'a regardé de haut en bas comme si elle n'avait pas une très haute opinion de lui. « Eh ben, maintenant tu sais que tu as mis ma fille enceinte. Allez, bonne journée à vous deux. »

Materena n'est pas allée sous le frangipanier cette nuit-là, ni le lendemain, ni la nuit suivante ; elle attendait que Pito vienne la voir. Et chaque jour Loana lui répétait : « Ma fille, attendre un homme, c'est comme attendre le jour où les poules auront des dents. »

Quand Pito est venu, une semaine plus tard, pour demander à Materena de venir s'installer chez lui, Loana lui a déclaré que sa fille n'allait s'installer nulle part. Elle était très bien installée là où elle était.

« Pardon, a dit Pito. Mais je parle à Materena, pas à toi. »

« Est-ce que j'ai l'air d'une mère qui s'en fiche de sa fille ? » a lancé Loana.

Pito et Loana se sont alors tous les deux tournés vers Materena, attendant qu'elle choisisse son camp, et Materena se faisait l'impression d'une rondelle de tomate coincée entre la laitue et le concombre.

« Bon, discutez vous deux, a dit Loana. Moi, je vais dans le jardin derrière. Mais toi, si tu décides de quitter la maison, il ne faut pas compter que je t'aide à plier tes linges. »

Pito s'est assis à côté de Materena sur le canapé.

Materena aurait tellement aimé qu'il la prenne dans ses bras mais elle voyait bien qu'il n'était pas à l'aise, vu les circonstances. Alors ils ont discuté de ce qu'ils allaient faire, et Materena disait qu'elle ne pouvait pas quitter sa mère et Pito disait qu'il était obligé de rester avec la sienne.

Au bout d'un moment, Pito s'est levé pour partir, en disant : « Bon, eh ben, je viendrai te voir de temps en temps. »

Pito était là quand Materena a eu ses premières contractions à neuf heures trente du matin. Il a couru attraper le *truck* pour aller chercher Māmā Roti, et ils sont revenus tous les deux avec une cousine qui les a emmenés en voiture avec Materena et Loana jusqu'à l'hôpital.

En arrivant à l'hôpital, Materena a été emmenée par une infirmière à la salle d'accouchement pour un examen. Pito, sa mère et Loana attendaient sur un banc dans le couloir. Des heures plus tard, Loana avait déjà plusieurs fois demandé des nouvelles de sa fille, une infirmière a fini par venir leur annoncer que le bébé, c'était bien pour aujourd'hui.

« Tu ferais mieux d'aller avec Materena », a dit Loana à Pito.

« Non, ça va, ça ira. »

Māmā Roti a décidé de prendre le parti de son fils : « De mon temps, les hommes attendaient dehors. »

« Oui, a lancé Loana. De ton temps… Mais il est passé, ton temps. »

Loana a ordonné à Pito d'aller avec Materena parce qu'un homme devait voir ces choses-là.

« Ça va », a répété Pito.

Mais une infirmière est venue chercher Pito parce que Materena voulait qu'il vienne voir le bébé sortir.

C'est ainsi que Pito a vu naître son fils, en tournant presque de l'œil chaque fois que la sage-femme hurlait : « Allez, pousse, ma fille ! Pousse comme si tu faisais un gros caca, pousse ! » Et quand Materena gémissait : « *'Auē ! 'A ia ia !* Ça fait mal ! », il ne savait pas quoi faire.

Tamatoa est né à deux heures dix-huit de l'après-midi et, quand Pito a pris son fils dans ses bras, il s'est mis à pleurer et il a dit à Materena : « C'est toi ma femme. »

Une semaine plus tard, Pito a trouvé un travail dans un dépôt de bois, ramassé ses affaires et emménagé chez Materena.

Tout s'est bien passé les premiers jours, mais Materena s'est rapidement aperçue que Pito et Loana ne s'entendraient jamais, parce que chacun des deux voulait commander le bébé.

Pito berçait le bébé à sa manière et Loana lui disait : « On ne berce pas un bébé comme ça. *'A ia !* Mon garçon, on voit bien que tu n'as jamais bercé un bébé de ta vie. Est-ce que tu te rends compte ? Tu pourrais lui faire du mal en le secouant comme ça ! »

Loana prenait le bébé chaque fois qu'il se mettait à pleurer et Pito lui disait : « Laisse un peu pleurer Bébé, laisse seulement. Ça lui fait de l'exercice, c'est bon. Sinon, mon fils, ça va être un vrai *māhū* avec toi. »

Et encore et encore.

Sans arrêt tous les jours.

Pendant des mois.

Pito n'arrêtait pas de dire à Materena que sa mère était pire qu'un vieil adjudant qui veut commander à tout le monde. Et Loana lui disait tout le temps que Pito, c'était bien un homme comme tous les autres.

Materena termine le nettoyage de son four. Ça fait bientôt douze ans qu'elle et Pito vivent ensemble. Elle est toujours femme de ménage professionnelle et elle aime son travail. Pito, lui, travaille toujours au dépôt de bois et il est souvent *fiu* de son boulot mais il est content d'avoir un boulot. Ils ont leur maison à eux maintenant.

Ils s'entendent bien tous les deux, mais il y a des jours où Pito lui donnerait presque des envies de meurtre, à Materena. Il dort maintenant, il continue à ronfler, elle l'entend depuis la cuisine.

Bon, elle finit de remettre de l'ordre, donne un dernier coup d'éponge dans l'évier, vérifie que le gaz est bien fermé, et va embrasser ses enfants pour la nuit.

Elle fait toujours ça, avant d'aller se coucher.

Elle pose sur le front de Leilani, sa fille, un baiser très doux car Leilani a le sommeil léger.

« Il est quelle heure, Mamie ? » demande Leilani.

« Dors, ma fille, dors. » Leilani vit dans la peur de rater son *truck* pour l'école. Elle remonte son réveil tous les soirs avant de se mettre au lit. Elle a dix ans.

Materena est passée dans la chambre des garçons. Ils dorment par terre sur des matelas. Ils préfèrent comme ça. Materena se plie en deux et embrasse l'aîné de la famille, Tamatoa. Il ne bouge même pas. Il aura douze ans dans trois mois, et il y a des jours où il se prend pour le patron dans la maison.

Le plus jeune des enfants de Materena a huit ans, il s'appelle Moana. Il a roulé à même le plancher et Materena le prend dans ses bras pour le remettre sur son matelas. Il est très léger – ou peut-être c'est elle qui a de la force dans les bras. Elle pensait avoir une fille quand elle était enceinte de lui. Elle avait fait le test de l'aiguille. On passe un fil dans une aiguille et on suspend l'aiguille au-dessus le nombril. Si l'aiguille balance de gauche à droite, le bébé est un garçon. Si l'aiguille tourne en rond, le bébé est une fille. L'aiguille tournait en rond, alors Materena avait appelé sa future fille Loana comme sa mère à elle. Mais c'est un garçon qu'elle a eu à la place. Materena a simplement changé le L en M et le garçon s'appelle Moana – Océan.

Et maintenant, Materena va se coucher.

Les lumières s'éteignent derrière les murs de pinex et les volets de contreplaqué de la petite maison derrière la station d'essence, pas loin de l'aéroport, près de l'église, du cimetière et du magasin du Chinois.

Pito ronfle toujours et Materena le secoue doucement. Pito se retourne en bredouillant. D'habitude elle lui pince le nez ou elle lui donne une tape sur la tête. Pas toujours. Ce soir, Materena se blottit contre Pito. Elle n'arrive pas à croire à cette demande en mariage. Depuis quatorze ans qu'ils sont ensemble, ils n'ont jamais parlé de mariage. La demande de ce soir, c'est vraiment une grosse surprise, mais Materena se redit que Pito était bourré, ce qui signifie sans aucun doute que c'était du vent. Et c'est très bien comme ça. Les enfants ne leur cassent pas les pieds pour qu'ils se marient. Ils appellent Materena Mamie, et Pito, c'est Papy ; ça suffit bien. La mère de Pito, Māmā Roti, ça ne la dérange pas que son fils ne soit pas marié-marié avec Materena. Et la mère de Materena, Loana, n'a jamais insisté pour que sa fille régularise la situation avec Pito.

La situation semble convenir parfaitement à tout le monde.

Mais Materena se met à penser au mariage. Elle se dit que ça serait bien d'être mariée-mariée.

Elle joint ses mains nues et imagine une alliance en or à son doigt. Elle voit le certificat de mariage encadré sur le mur du salon. Elle s'entend dire aux gens : « Mme Tehana, c'est moi. »

Être une vraie Madame, eh oui, Materena aimerait bien. On l'appelle Madame, souvent, mais c'est seulement les *Popa'ā* et ça l'embarrasse un peu puisqu'elle n'est pas Madame. C'est comme si elle falsifiait sa carte d'identité. Les Tahitiens l'appellent Māmā ou Vahine ou « copine ». Ses cousins l'appellent Materena ou Cousine.

Materena se met à penser à la cérémonie de mariage. Pito pourrait porter son costume bleu marine qu'il met pour les mariages et les enterrements. Mais Materena le connaît – elle sait qu'il va vouloir l'enlever dès qu'ils seront rentrés de l'église, pour mettre quelque chose de plus confortable, comme son T-shirt plein de trous.

Materena ne ferait pas de manières pour la robe de mariée, pourvu que ce soit une robe neuve.

Materena est tout excitée.

3

L'homme que Loana devait épouser

Tellement excitée qu'elle n'arrive pas à dormir. Elle sait bien que c'est idiot de se laisser emballer par cette demande en mariage de son Pito imbibé de Hinano, mais elle se dit que peut-être il était sincère parce qu'il y a des gens comme ça qui ont besoin d'être pleins de bière pour oser parler des choses sérieuses. Et ce rêve qu'elle a fait hier ? Materena essaye de l'analyser. Elle était en train d'épouser l'acteur du film et voilà Pito qui fait irruption dans l'église à cheval et qui la sauve !

Materena pose un baiser dans le cou de Pito et presse son corps contre lui. Normalement quand elle fait ça et qu'il dort, il se réveille et lui saute dessus. Mais il est soûl, et reste aussi impassible qu'une statue.

Materena pense à ce que sa mère dirait si elle lui annonçait qu'elle se marie.

Loana dirait peut-être : « Eh ben, il était temps qu'il se décide, après tout ce que tu as fait pour lui. »

Ou bien : « Tu es sûre que tu veux l'épouser maintenant ? Tu ne veux pas attendre d'être un peu plus vieux vous deux ? »

Ou bien : « *Oïche !* À quoi ça sert de se marier ? »

Ou même : « Moi, je ne t'ai jamais dit que le jour de ton mariage serait le plus beau jour de ta vie ! »

Loana a souvent raconté à Materena la demande en mariage qu'on lui a faite quand elle avait dix-sept ans. Le jeune homme s'appelait Auguste.

Il y a quelques mois seulement, Loana a raconté à Materena comment elle a revu Auguste pour la première fois depuis qu'elle avait refusé sa demande en mariage. Loana l'a tout de suite reconnu. Il était toujours grand et mince, mais ses cheveux étaient gris.

Il passait devant la poste et Loana a failli s'écrier : « Hé, Auguste, ça va ? » Mais elle a changé d'avis à la dernière seconde.

Qu'est-ce qu'on dit à un homme qui a tenté de se suicider pour vous il y a de ça trente-cinq ans ?

Alors, raconte Loana, elle l'a seulement regardé passer. Il était bien habillé et portait une petite valise plate – c'était maintenant un homme d'affaires ou un professeur peut-être. Et Loana s'est sentie toute bizarre.

Voici l'histoire de la demande en mariage de Loana.

Après la mort de sa mère, Loana est allée vivre chez une tatie éloignée et son mari, un Irlandais. La tatie et son mari étaient des catholiques très pratiquants. Enfin, la tatie allait à la messe tous les dimanches, et son mari était bien obligé de l'accompagner, sinon elle lui faisait la gueule.

Ils allaient à la messe à Sainte-Thérèse, et Tatie a inscrit Loana à la chorale de la paroisse parce qu'à son avis Loana avait une voix magnifique, et puis une fille qui chante pour le bon Dieu a toutes les chances de se pêcher un bon mari – à l'église. Tatie, elle, n'avait pas rencontré son mari à l'église mais c'était une bonne prise quand même. Elle avait eu de la chance.

Alors Loana chantait dans la chorale à l'église tous les dimanches matin.

Un beau jour, Auguste et sa famille ont commencé à venir régulièrement à la messe à Sainte-Thérèse – avant, ils allaient à la cathédrale.

Pour Auguste, ça a été le coup de foudre. Tous les dimanches il était là, assis au premier rang, et il admirait Loana : il ne faisait que ça. Elle ne le remarquait même pas, elle était trop occupée avec les cantiques.

Un jour, juste après la messe, la mère d'Auguste a engagé la conversation avec la tatie de Loana. Elle voulait en savoir un peu plus sur la jeune fille, et Tatie a dit : « Ah ma nièce, c'est une très bonne fille. Elle va à la messe tous les dimanches – c'est pas le genre à traîner sur la route. » Les deux femmes ont causé un moment et se sont quittées en s'embrassant comme si elles se connaissaient depuis toujours.

Le dimanche suivant, on a fait les présentations dans les règles et après ça, cinq dimanches de suite, Auguste et Loana ont fait la causette devant l'église après la messe.

Un jour, en rentrant de l'église, Tatie, avec un clin d'œil, a dit en riant à Loana : « Tu as pêché une sacrée pièce, ma fille. »

Il y a eu une demande en mariage et la tatie comptait bien sûr que Loana dirait oui, parce que Auguste venait d'une famille très respectable, et qu'il avait un bel avenir devant lui comme instituteur. C'était aussi un catholique très pratiquant et, en plus, il avait un visage agréable et des manières irréprochables-irréprochables.

Tatie a dit à Loana : « Pense à cette demande en mariage, ma fille. Il faut y penser sérieusement. »

En attendant, on a décidé que le jeune homme viendrait en visite. C'est Tatie qui avait fixé la date et l'heure.

Auguste est arrivé à six heures précises comme l'avait demandé Tatie – il est arrivé avec une plante en pot pour Tatie, qui ne s'y attendait pas du tout.

Ils se sont assis à la table de la cuisine : Auguste et Tatie d'un côté et Loana de l'autre. Le tonton irlandais était très occupé derrière, dans le jardin, avec sa bouteille de whisky.

Auguste est revenu le lendemain, et le jour suivant, et encore après. Deux semaines ont passé comme ça. Puis il a demandé une réponse. Tatie a avoué à Loana que ce mariage la tranquilliserait.

« Je ne suis plus toute jeune, ma fille. Je pourrais mourir n'importe quand. »

Tatie voulait mourir en sachant que Loana aurait quelqu'un pour s'occuper d'elle, qu'elle aurait un toit par-dessus sa tête, de quoi manger sur la table, et un bon mari travailleur.

Alors Loana a accepté la demande en mariage.

Auguste est tombé à genoux et il a dit à Loana : « Je te jure que je ferai de toi une femme heureuse. »

Mais un soir que Loana était assise sous la véranda, en train de réfléchir, elle s'est rendu compte qu'elle n'avait pas envie d'être la femme d'Auguste. Elle n'éprouvait rien pour lui et elle savait que normalement on éprouve quelque chose pour l'homme qu'on va épouser. Elle savait, par exemple, que lorsque Tatie avait rencontré Gordon pour la première fois, elle s'était dit : « Cet homme-là, il est pour moi. Cet homme-là, je veux de lui ! »

Loana a dit à Tatie qu'elle avait décidé de ne pas se marier avec Auguste.

« Je ne peux pas te forcer, ma fille, mais tu fais une grosse bêtise, a dit Tatie, très déçue. Un jour, tu vas regretter. Bon, eh ben c'est toi qui dis à Auguste. Moi, je m'en lave les mains. »

Auguste a pleuré quand Loana lui a dit, il est tombé à genoux, il l'a suppliée, il a menacé de se tuer.

Le lendemain matin, il s'est pendu. Heureusement le voisin était dans sa cour en train de donner à manger à son chien, et il l'a vu. Il a sauté la clôture mais, avant qu'il arrive à l'arbre à pain, Auguste était par terre – vivant. La branche s'était cassée. Ce n'était pas son jour pour mourir.

La mère d'Auguste a été si catastrophée qu'elle a envoyé son fils en France.

Loana, Tatie et son mari irlandais ont été obligés de changer d'église. C'était insupportable d'être assis dans la même église que la maman de ce pauvre garçon de dix-sept ans qui avait essayé de se suicider pour Loana.

Dans leur nouvelle église, Tatie n'a pas inscrit Loana à la chorale.

'Auē... Loana a dit à Materena qu'elle avait eu honte pendant des mois. Et puis elle est tombée amoureuse d'un garçon et elle s'est retrouvée bien contente de ne pas avoir épousé cet Auguste-là. Et puis le garçon lui a brisé le cœur et elle a regretté de ne pas l'avoir épousé quand même, cet Auguste. Et puis elle est tombée amoureuse encore.

Loana a été amoureuse plein de fois, et deux de ses amants lui ont donné des enfants. Un, c'était un militaire *farāni* qui est rentré dans son pays et l'autre un Tahitien qui est rentré chez sa femme.

Loana dit que maintenant elle est *fiu* des hommes et bien contente comme ça. Elle va là où elle veut aller, pas besoin d'autorisation, de permis de sortie, personne l'embête, personne lui demande où tu vas, quand tu reviens, avec qui tu sors, et patati et patata.

D'ailleurs elle ne sort pas. Elle aime bien rester dans sa maison.

Quand elle a envie de dormir sur le *pē'ue* du salon, elle dort sur le *pē'ue* du salon, et quand elle a envie de ne pas dormir, eh bien elle regarde la télé ou elle écoute la musique à la radio.

Elle est toute seule mais elle est libre.

'Auē, la vie c'est pas compliqué.

Mais il y a des jours où elle se dit que ça serait bien d'avoir quelqu'un.

Materena roule de l'autre côté du lit. Il fait trop chaud contre Pito. Et en plus, il sent vraiment trop la bière. Materena se dit qu'elle devrait dormir un peu même si elle ne va pas au travail demain samedi. Mais la demande en mariage de Pito lui trotte dans la tête. Elle n'arrête pas de l'entendre dire : « Épou-pouse-moi ! »

Épouse-moi.

Allez, dors, Materena, se dit-elle.

4

Qui va mener Matarena à l'autel ?

Mais elle n'y arrive pas.

Materena sait qu'il y aura foule à son mariage parce qu'elle a des centaines de cousins – et ses cousins, ils aiment aller aux baptêmes, aux communions, aux confirmations, aux mariages, aux anniversaires, même s'ils ne sont pas invités.

Et quand quelqu'un vient à ta fête sans être invité, on ne peut pas dire : « Eh, qu'est-ce que tu fais là ? Je ne t'ai pas invité. Retourne chez toi ! » Ça ne se fait pas. Ça ferait honte. Et puis un jour on pourrait avoir besoin de ce cousin-là. Et quand ils viennent comme ça, ils apportent toujours à manger et à boire, alors c'est bon. Pas de problème si les cousins viennent à son mariage.

Mais pour les vrais invités, il y aura une invitation – la cousine Giselle qui est enceinte, le cousin Mori, la cousine Tepua, Tatie Stella… et Rita qui sera sa dame d'honneur car c'est la cousine préférée de Materena. Et puis c'est Māmā Teta qui emmènera la mariée à l'église dans sa voiture – après, on fera le tour de Papeete en klaxonnant – la cousine Moeata qui fera le gâteau de mariage, au chocolat bien sûr, et la cousine Georgette, disc-jockey professionnel, qui fera danser tout le monde, avec des chansons pour les jeunes et pour les vieux.

Materena trouve c'est vraiment bête qu'une mère ne peut pas mener sa fille à l'autel. Et c'est dommage que son père est rentré dans son pays.

Il s'appelait Tom Delors. Il était venu à Tahiti pour faire son service militaire. Il avait dix-huit ans quand il a rencontré Loana, et elle avait dix-huit ans aussi. Tom et Loana se sont rencontrés au Zizou Bar, à Papeete, le bar où se retrouvaient les militaires français et les *vahine* du coin.

Loana bavardait avec sa copine au bar quand Tom l'a invitée à danser. Elle a accepté l'invitation parce qu'elle avait envie de danser et puis Tom était beau garçon. Elle n'allait quand même pas passer toute la soirée à bavarder avec sa copine !

Loana et Tom ont passé toute la nuit à danser, avec de temps en temps une petite pause pour respirer un peu ; alors ils bavardaient cinq minutes en buvant un whisky-Coca. À la fin de la nuit, ils se sont donné rendez-vous pour le samedi suivant parce que, vraiment, ils se plaisaient bien. Loana trouvait que Tom était un sacré danseur, et en plus de ça il était drôle. Tom avait été séduit par la beauté exotique de Loana – les longs cheveux noirs et la courte robe-*pāreu* à bretelles fines.

Trois mois après leur première rencontre, Loana et Tom vivaient ensemble dans un bungalow à Arue avec trois autres couples – trois militaires et leurs *vahine*.

Ça a fait honte à sa grande sœur quand Loana s'est mise en ménage avec ce *Popa'ā* – pire, ce militaire. À cette époque-là, les Tahitiennes qui fricotaient avec des militaires avaient mauvaise réputation. On disait que c'étaient des salopes, des putes – qu'elles voulaient à tout prix leur ticket pour la France. Mais Loana ne voulait de ticket pour nulle part, elle était amoureuse de son Tom, c'est tout.

Quand Tom était en mission dans les îles, Loana allait danser avec ses copines pour s'occuper, mais c'était rare. Tom n'aimait pas ça. Il était du genre jaloux, le père de Materena.

« *'Auē* Tom *ē !* lui disait Loana. C'est toi que j'aime. »

Eh oui, elle était vraiment amoureuse. Et il était si gentil.

Ils sont restés ensemble six mois avant de se séparer.

Et leur séparation, quelle bêtise !

Ce soir-là, ils avaient des invités pour le dîner et Loana avait fait un effort spécial pour préparer son poulet – poulet pois cassés.

Quand le poulet est arrivé sur la table, Tom a dit : « C'est pas comme ça qu'on sert le poulet. » Quelques-uns des invités ont protesté, ils disaient que le poulet pois cassés de Loana était délicieux. Mais Tom insistait, il disait que ce poulet était vraiment dégueulasse. Humiliée par la grossièreté de Tom, Loana lui a jeté une assiette à la figure. Il l'a esquivée et s'est mis à rire. Mais, avant qu'il puisse la calmer, Loana avait ramassé ses affaires et s'était fait ramener chez sa sœur sur la Vespa d'un des invités.

Bon, le poulet était peut-être vraiment raté, parce que Loana, à l'époque, n'était pas aussi bonne cuisinière qu'aujourd'hui. Mais en tout cas, du point de vue de Materena, quand on aime quelqu'un on ne critique pas sa cuisine et puis aussi on ne critique pas quelqu'un qu'on aime devant tous les autres, comme ça.

Loana attendait que Tom vienne lui dire pardon et

alors elle lui dirait pardon aussi, et puis ils se remettraient ensemble.

Mais il n'est jamais venu.

Loana était catastrophée.

Et enceinte de trois semaines, mais ça, elle ne le savait pas.

Quand Loana s'est rendu compte qu'elle avait une graine qui poussait dans son ventre, elle a pleuré à chaudes larmes. Sa sœur lui a dit : « Je t'avais prévenue avec ces *Popa'ā*-là. Maintenant, regarde-toi un peu. Quel nom est-ce qu'on va mettre sur l'acte de naissance du bébé, hein ? Ça va être un bâtard. Donne-le pour adopter. Tu n'as pas d'argent, tu n'as pas de travail, tu n'as pas de papiers – tu n'as rien du tout. Je t'avais bien dit. Mais tu peux pas t'empêcher d'aller faire l'idiote avec un *Popa'ā farāni* comme s'il n'y a pas assez de *tāne mā'ohi* qui veulent de toi. »

Chaque fois que Loana fait du poulet pois cassés, elle repense à Tom et à leur séparation, quelle bêtise !

Materena aussi, chaque fois qu'elle fait du poulet pois cassés, elle pense à Tom et Loana et à leur séparation, quelle bêtise.

Materena avait huit ans quand elle a vu son acte de naissance et, dessus, « nom du père : inconnu ». Elle a demandé à sa mère : « Alors tu ne sais pas qui est mon père ? »

Loana s'est vraiment fâchée. Elle a dit : « Quoi ? Tu crois que j'ouvrirais mes jambes pour un homme que je ne connais pas ? Bien sûr que je le connais, l'homme qui t'a plantée dans mon ventre. »

Materena voulait en savoir un peu plus mais tout ce que Loana a bien voulu lui révéler, c'est la nationalité de l'homme. « C'est un *Popa'ā*, point final. »

Materena avait quinze ans lorsqu'elle a finalement eu droit à toute l'histoire et elle a pleuré parce que ça lui faisait drôle d'apprendre qui était son père.

Elle n'a pas de photo de lui. Autrefois, il y avait une photo de lui en maillot de bain à la plage mais un des amants de Loana l'a déchirée en petits morceaux parce qu'il était jaloux. Loana a dû lui raconter qu'elle avait été folle amoureuse de Tom.

D'après Loana, Materena a les yeux bruns en amande de Tom, et la fossette sur sa joue gauche, c'est à lui aussi.

Materena ferme les yeux et, quand elle les rouvre, c'est samedi matin. La première chose qui lui vient à l'esprit, c'est le mariage : pas la peine d'en parler pour le moment. À personne. Materena ne veut pas que son mariage se transforme en cirque familial, avec tous les *fēti'i* qui se mettent à lui donner des conseils pour qui va être à la table d'honneur et tout ça. Un mariage, ça ne devrait pas servir à mettre la mariée sous pression. Ça devrait être une fête. Un nouveau départ.

5

Kika

Garder un projet de mariage secret, c'est comme garder n'importe quel secret. C'est pas compliqué. Quand on tombe sur quelqu'un de la famille, il suffit de se mordre la langue cinq ou dix secondes, et puis de se dépêcher de parler de tout et de rien. Jusque-là, en une demi-journée, Materena est tombée sur six taties et cousines diverses et elle a réussi à ne rien leur dire de son projet. Quand elles lui ont demandé : « Alors, quoi de neuf ? », elle a répondu chaque fois d'un ton parfaitement naturel : « Ben, rien. Rien que du vieux. Et toi, ça va ? »

Pourtant, maintenant, avec sa mère qui est passée la voir, Materena est très tentée de tout raconter : Hé, Mamie ! Tu sais quoi ? Tu devineras jamais ! Pito m'a demandé ma main ! Mais non, Materena se mord la langue encore plus fort.

Loana voulait s'arrêter chez Materena cinq minutes en rentrant d'un *purera'a* à la paroisse, mais elle s'attarde sur le canapé, ses petits-enfants pelotonnés contre elle, et tout le monde regarde *Inspecteur Gadget* à la télé. Après le film, les enfants vont se coucher, et puisque Pito est parti en balade avec son copain Ati, Loana décide de rester encore un moment pour tenir compagnie à sa fille. Elle dit : « Pito et Ati, on dirait qu'ils sont mariés ensemble », et Materena rit doucement en versant à sa mère un verre de vin rouge.

Loana et Materena parlent de leurs plantes, du drôle de temps qu'il fait, des embouteillages, de la ménopause, et Loana boit son verre de vin.

Et maintenant Loana va parler de Kika, sa mère à elle, parce qu'elle a envie de parler de sa mère, et Materena va écouter.

Ça n'est pas la première fois que Loana a envie de parler de sa mère mais, ce soir, c'est la première fois qu'elle a envie qu'on enregistre pendant qu'elle parle de sa mère.

Materena a attrapé la radio-cassette qui est en haut sur le frigidaire et elle est allée dans sa chambre chercher des piles neuves et une cassette *'āpī*. Elle a posé la radio sur la table et maintenant elle attend quand sa mère va lui faire signe d'appuyer sur le bouton rouge.

Mais d'abord Loana voudrait un autre verre de vin. Materena prend la grande bouteille plastique dans le frigidaire et elle remplit le verre de sa mère. Loana boit. Il y a déjà des larmes qui coulent sur ses joues. Rien que de penser à sa mère, ça la fait pleurer, Loana.

Loana l'aimait, sa maman – ça, Materena le sait.

Il n'est pas rare que Loana monte au cimetière pour faire une petite causette avec sa mère à n'importe quelle heure du jour, ou même au milieu de la nuit. « Je vais voir Māmā », dit-elle ; la voilà partie, et elle ne reviendra pas avant des heures. Il y a même des nuits où Loana dort sur la tombe de sa mère.

Il n'y a plus de vin dans le verre.

« C'est bon ? » Le doigt de Materena est sur le bouton.

Loana hoche la tête et Materena appuie sur *record*.

Encore une ou deux minutes, et Loana commence.

« On est à l'église et c'est la communion. Je ne peux pas aller manger le corps du Christ parce que j'ai cinq ans seulement, je n'ai pas encore fait ma communion. Je reste assise et je regarde les gens qui font la queue en attendant le corps du Christ. Māmā aussi, elle reste assise seulement. Elle ne peut pas manger le corps du Christ parce qu'elle vit avec un homme qui n'est pas son mari. Son mari, mon père, il a foutu le camp à Tahiti avec une autre femme, et Māmā a été obligée de se trouver un autre homme pour l'aider avec le coprah dans la plantation. Māmā ne regarde pas les gens qui font la queue dans l'allée, elle regarde ses mains. Puis elle regarde mon beau-père qui est assis de l'autre côté de l'allée. Les hommes et les femmes ne s'asseyaient pas ensemble dans l'église à cette époque-là. Mon beau-père aussi a l'air de regarder ses mains mais il ferme les yeux, il est fatigué.

« J'ai envie d'aller au cabinet et c'est la nuit. Le cabinet est loin de la maison, derrière le parc à cochons, dans la cocoteraie. Je me dis : Attends le jour, attends le jour, mais je ne peux plus attendre le jour. Māmā dort et je la réveille. Je dis : “Māmā, j'ai mal au ventre.” Elle dit “*'A ia*” et je crois qu'elle ne va pas se lever mais elle se lève. Elle prend ma main et on va jusqu'au cabinet, et je n'ai pas peur. Māmā me protège.

« Une autre fois nous sommes sur l'îlot Otepipi en train de ramasser des citrons, mais je suis vite *fiu* de ramasser les citrons, j'ai envie de me promener. En me promenant, je marche sur quelque chose. Je regarde en bas et je vois trois crânes devant mes pieds. Ils sont un peu recouverts par l'herbe mais je vois bien les trois crânes. Je fais demi-tour en hurlant. Une seconde après, Māmā est à côté de moi. Ses bras sont tout griffés parce qu'elle a dû courir à travers les citronniers. Māmā me donne une gifle. Et puis elle me prend et elle me serre dans ses bras. Je lui explique, pour les crânes. Alors elle dit : "C'est plutôt des vivants qu'il faut avoir peur." »

Loana a encore soif. Elle boit un autre verre sans respirer et continue.

« C'est un peu plus tard et je me prépare pour ma confirmation. On est assises sous les branches du *tou*. Māmā est en train de chercher des poux dans mes cheveux. Il n'y a pas de poux dans mes cheveux mais il faut toujours que Māmā occupe ses mains. Elle me pose les questions et je récite les réponses. Quand la réponse est bonne, elle ne dit rien. Quand la réponse est fausse, elle me tape sur la tête ou me tire un cheveu. Ça fait vraiment honte si on échoue l'examen de la confirmation et Kika a eu assez honte comme ça quand son mari a foutu le camp à Tahiti avec une autre femme. Je réussis l'examen et Māmā m'embrasse sur le front, puis elle dit : "Je suis fière de toi, ma fille." »

Loana demande un autre verre mais elle ne le boit pas. Elle le tient seulement.

« Māmā part à Tahiti pour aller voir ma grande sœur, et mon beau-père retourne dans son île pour voir sa famille. La grande copine de Māmā, la grand-mère de Teva, va s'occuper de moi. Māmā est très contente. Elle chantonne. Elle compte les pièces qu'elle a mises de côté dans la boîte à lait, c'est les sous du coprah. Māmā va acheter à ma grande sœur des robes neuves et je suis jalouse parce que j'ai seulement deux robes et elles sont vieilles. Je suis aussi jalouse parce que Māmā ne veut pas m'emmener avec elle à Tahiti.

« Je pleure quand elle monte sur la goélette et elle me tourne le dos. Et la grand-mère de Teva me gronde.

Elle dit : “Arrête un peu de pleurer.” Elle me dit qu’il vaut mieux que je reste là parce que Kika va mourir, c’est sûr, si l’autre *tītoi* me vole, moi, comme il a volé ma sœur, en jouant la loi. Après, Māmā me manque. Je me dis : Et si Māmā ne revient pas ? La grand-mère de Teva est vraiment très gentille, mais ce n’est pas ma maman.

« Quand Māmā revient, je cours à sa rencontre. Elle ne me prend pas dans ses bras et elle m’embrasse sur le front comme si elle était obligée. On dirait qu’elle n’est pas heureuse de me voir. Alors, je vais me cacher dans la brousse. Je reste cachée longtemps. Māmā m’appelle et je ne réponds pas. Elle m’appelle encore et je réponds : “Ouais !” Alors elle me court après avec le balai *nī’au* et elle me bat. La grand-mère de Teva vient en courant à mon secours. Māmā dit à sa grande copine de s’occuper de ses affaires. Et sa grande copine lui crie : “C’est pas la faute à Loana si l’autre *tītoi* il veut te divorcer !” »

Loana boit son vin et ses yeux se remplissent de larmes.

« J’avais quatorze ans quand Māmā est partie. » La voix de Loana tremble.

« On est toutes les deux à Tahiti cette fois-là et on reste dans la famille à Faa’a – chez la grand-mère de Rita. On est à Tahiti pour aller voir mon beau-père qui est malade à l’hôpital Mamao.

« Je suis en train de dormir quand la grand-mère de Rita vient me réveiller. J’ouvre les yeux. Il est six heures vingt. Elle chuchote : “Loana, viens à la cuisine.” Je vais à la cuisine et je vois Māmā couchée sur la table, ses mains jointes et des pièces de cinquante francs posées sur ses yeux. Je ne comprends pas. La grand-mère de Rita me dit : “Loana, dis au revoir à ta maman, elle est morte.”

« J’ouvre la bouche pour crier, mais la grand-mère pose sa main sur ma bouche. Elle dit : “Faut pas pleurer maintenant, l’âme de ta maman est encore dans la cuisine, attends encore une heure pour pleurer.” Et elle parle, elle dit que c’est une bonne chose que Māmā soit morte à Tahiti et pas à Rangiroa. Oui, c’est mieux comme ça qu’elle soit morte ici, toute seule, sans son deuxième *tāne*. Comme ça, son corps sera admis dans l’église. Ici, elle est Mme Mahi, tandis que là-bas, c’est la *vahine* à Mito. “On va faire un bel enterrement pour ta maman, dit la grand-mère de Rita, il y a la chorale qui va chanter pour elle, et on va jouer les accordéons. Faut pas être trop triste.” »

Les larmes ruissellent maintenant sur le visage de Loana et Materena prend sa mère par l’épaule et la serre contre elle.

« Māmā me manque, sanglote Loana. Elle est morte depuis plus de trente-huit ans mais elle me manque toujours, ma maman. »

Materena ne dit rien. Elle serre seulement sa mère contre elle très fort.

Loana se dégage doucement et s’essuie les yeux avec le dos de ses mains. « Remplis mon verre, ma fille. »

Materena n’a pas très envie de donner encore du vin à sa mère parce qu’elle pense que le vin et la tristesse, ça ne va pas bien ensemble. « Mamie, dit-elle doucement. Tu as peut-être assez bu, hein ? Tu veux je vais faire du café pour toi ? »

« Tu veux que je passe la nuit sans dormir ? » dit Loana et elle attrape la bouteille de Faraghi et remplit son verre. Elle savoure le vin et soupire. « C’est la séparation de mes parents, tu sais, qui m'a traumatisée. » Elle lève les yeux. « Oui, c'est ça le mot. Traumatisée. »

« Ah oui, opine Materena. C'est dur pour les gosses. Mais il y des fois où la séparation ça vaut mieux quand même. »

« C'est pas la séparation qui m'a traumatisée le plus. C'est ma… C'est Māmā. » Loana mord ses lèvres qui tremblent. « C'est Māmā parce qu'elle ne voulait pas être une divorcée. Aujourd'hui, il y a tellement de divorcés que c'est normal d'être une divorcée. Tout le monde s'en fout. »

Materena hoche lentement la tête.

« Mais à l'époque de Māmā, continue Loana, personne divorçait. On devait rester mariés à vie. C'était comme ça. Tu sais, quand mon père a quitté Māmā pour une autre femme, à l'église on a décroché la couronne de confirmation de Māmā. Comme punition. »

« Mais c'est même pas grand-mère qui avait quitté son mari ! » dit Materena.

« Ça fait rien » Loana secoue la tête. « Māmā est morte avec sa bague de mariage au doigt. Sa photo de mariage était collée dans le couvercle de sa valise et je l'ai surprise à la regarder si souvent… si souvent. Elle était obsédée. »

« Par son mari ? »

Loana fixe Materena dans les yeux : « Par son mariage. » Elle pousse un long soupir plein de tristesse. « Le mariage, c'est… » Mais Loana n'en dit pas plus. Elle se lève.

Elle va au cimetière pour parler à Māmā. Materena propose d'aller avec elle mais Loana préfère être seule avec sa maman.

« On continue à enregistrer un autre soir, dit-elle. D'accord ? On se voit au cimetière demain matin. »

« D'accord Mamie. » Materena serre encore une fois sa mère très fort contre elle. Dans deux jours, c'est l'anniversaire de Kika. Elle aurait eu quatre-vingt-un ans.

Materena étiquette la cassette : « Kika, ma grand-mère ». Puis elle met la cassette dans la boîte à biscuits où elle range les choses précieuses qu'il ne faut pas jeter – comme les actes de naissance de ses enfants.

6

La pince à linge

Kika a quatre-vingt-un ans aujourd'hui.

« *'Ē, 'ē*… murmure Materena qui est en train de faire un bouquet pour emmener au cimetière. Si seulement Grand-mère était encore vivante… Ça serait bien pour Mamie. » Materena fait un pas en arrière pour contempler le bouquet et se demande si elle ne devrait pas pousser le gros *'ōpuhi* rouge un peu plus à gauche, et peut-être ajouter un peu de blanc, du *pītate* par exemple. Elle plisse les yeux.

Il y a quelque chose qui manque à ce bouquet. C'est un beau bouquet, fait d'amour et de tendresse, un bouquet de fleurs cueillies dans le jardin de Materena, mais il lui manque quelque chose. Alors Materena continue de le regarder attentivement, jusqu'au moment où la main de son aîné vient s'agiter devant son nez.

« Mamie, tu rêves ou quoi ? » demande Tamatoa.

« Non, j'étais… »

Son fils lui coupe la parole, il a une nouvelle bizarre à annoncer : « Leilani, elle a une pince à linge sur son nez. Elle est dans sa chambre. J'ai vu la pince à linge sur son nez, de mes propres yeux », ajoute-t-il avec un geste vers ses yeux à lui. Le témoin oculaire dit la vérité.

Qu'est-ce qu'une gamine peut bien être en train de faire avec une pince à linge sur le nez ? Materena s'inquiète. La première idée qui lui vient à l'esprit, c'est que Leilani est en train de jouer à retenir sa respiration, ou un jeu dans ce genre.

Materena se rend sur les lieux pour faire son enquête. La porte est entrouverte et Materena entre sans frapper. Leilani est allongée sur son lit, une pince à linge rose sur le nez. Elle voit sa mère et enlève la pince immédiatement.

« C'est quoi cette histoire de pince à linge sur le nez ? » demande Materena.

« Non, rien. » Leilani aperçoit Tamatoa derrière. Espèce de cafard ! dit le regard noir qu'elle lui jette.

« Alors comme ça, tu avais juste envie de décorer ton nez avec une pince à linge, hein ? » Materena sait que Leilani va répondre oui, parce qu'un oui signifiera la fin de l'interrogatoire.

Leilani répond dans un murmure : « Oui. »

Bon, Materena est prête à accepter le fait que ses gosses n'ont pas envie de tout lui expliquer, parce qu'ils ont eux aussi leurs secrets. Mais cette pince à linge sur le nez, ça l'intrigue réellement.

« Raconte-moi, pour cette pince à linge. Je ne vais pas me fâcher, je te promets. »

Silence. Leilani contemple le plafond.

Materena veut savoir si la pince à linge sert à retenir sa respiration, ou un jeu dans ce genre.

« Un jeu dans quel genre ? » Leilani se retient de rire.

« Alors, oui ou non ? »

« Non ! »

« Bon, okay. C'est quoi alors ? » Materena s'est assise sur le lit.

Tamatoa, debout près de la porte, complète son rapport sur la situation : « La pince à linge, c'est pour faire pointu son nez à Leilani. »

« La ferme, toi ! » Leilani jette à son frère un regard meurtrier.

Materena ordonne à Tamatoa de disparaître et de fermer la porte. Elle le prévient aussi à l'avance que si jamais elle le reprend à écouter ce qui ne le regarde pas…

La porte se referme.

Materena regarde Leilani qui se cache le nez derrière ses mains jointes. Materena lui ouvre les mains doucement. « Allons, ma fille. Il est très joli, ton nez. »

Mais Leilani pense que son nez est trop plat, qu'elle a un nez de boxeur.

Materena a envie de rire, mais elle sait que la situation n'est pas comique. Elle connaît un tas de cousins qui sont très susceptibles à propos de leur nez. On peut leur raconter tout ce qu'on veut, mais si on leur dit qu'ils ont le nez aplati, alors là ! c'est eux qui vont t'aplatir le nez. Loma une fois, par exemple, elle a dit à Tapeta pendant la messe : « C'est incroyable comme c'est plat, ton nez ! » Tapeta n'a rien dit, elle a continué à chanter, mais à la sortie de la messe elle lui a mis le nez au beurre noir.

« Comment ça se fait que la forme de ton nez, ça t'embête maintenant, Leilani ? » Materena a l'air sérieux, un ton grave. « Tu ne t'es jamais plainte de ton nez avant. »

Leilani avoue qu'elle a regardé son nez pendant un long moment dans le miroir ce matin et elle s'est rendu compte que son nez est plat.

« Mais comment ça se fait tu as décidé de regarder ton nez dans le miroir si longtemps ce matin ? »

Leilani ne sait pas pourquoi elle avait envie de se regarder dans le miroir. Elle avait juste envie de se regarder, et elle a regardé son nez longtemps.

'A ia ia…

« Ton nez, il est très joli à regarder », dit Materena.

« Tu mens pas, Mamie ? »

« Ah non alors, je mens pas. J'ai l'air de mentir ? »

Leilani se caresse le nez.

« Si tu veux voir un gros nez, tu n'as qu'à regarder mon nez à moi », dit Materena, un doigt sur son nez à elle.

Leilani se sent déjà beaucoup mieux, pour son nez.

Et Materena peut retourner à sa cuisine mais avant, elle a envie de poser une question à sa fille, comme ça, par simple curiosité. « Dis-moi, ma fille, le truc de la pince à linge, tu crois ça marche ? Tu as appris ça à l'école ou quoi ? Si tu mets une pince à linge sur ton nez – ça va faire pointu le nez ? »

Leilani n'est pas sûre à cent pour cent. C'est son invention à elle et elle en est au stade de l'expérimentation.

Materena retourne à sa cuisine. Mais avant, elle va regarder son nez dans le miroir. Elle regarde toujours son nez quand elle est devant le miroir parce qu'il est au milieu de sa figure mais là, elle regarde son nez seulement. Elle l'examine.

« Mon nez, il est plat. » Bon, depuis toujours Materena sait bien qu'elle a le nez plat. Elle est née avec un nez aplati.

C'est Tatie Stella qui l'a mise au monde, et apparemment elle a dit à Loana : « Ça, c'est un nez aplati. Vite, ma fille, il faut masser le nez de ton bébé avant que les os durcissent. » Mais Loana a dit à Stella de s'occuper de son nez à elle.

Loana était fière que sa fille ait un nez plat comme elle. À son avis, un nez plat est un signe de caractère. Et elle a pris soin de répéter ça à Materena au fil des années – comme ça, à quinze ans, Materena était fière d'avoir le nez plat.

Une fois, Loma a dit à Materena : « C'est incroyable comme c'est large, tes narines ! » Et Materena a dit : « Loma, c'est parce que j'ai du caractère et c'est pas tout le monde qui a du caractère à la naissance. J'adore mon nez plat. »

Mais quand Materena a eu Leilani et elle a vu son nez plat, elle a décidé de le masser avant que les os durcissent – parce que, à l'époque, Materena commençait à être *fiu* de son nez plat – mais Loana lui a tapé sur la main en disant : « Je connais une femme, sa mère lui a massé son nez à la naissance et tu sais quoi ? Le nez de cette femme-là, il est tout tordu maintenant. Il est tellement tordu, elle a du mal à respirer. »

Materena se pince le bout du nez pour le faire pointu.

« *Oïche !* Quelle tête, alors ! »

Bon, allez, on a des soucis plus importants que les nez plats ou les nez pointus, dans la vie. En riant toute seule, Materena revient au bouquet de sa grand-mère. Alors, il lui manque quelque chose. Mais quoi ? Elle se tapote le bout du nez tout en réfléchissant, les yeux fixés sur le bouquet et soudain, ça y est, elle a une vraie révélation.

Une touche de jaune, voilà ce qui lui manque !

7

Le repos éternel

Assises sous le frangipanier, à côté de la tombe blanchie à la chaux et couverte de sable blanc où Kika est enterrée, Loana et Materena admirent mutuellement leurs bouquets, tous les deux faits d'amour et de tendresse, avec une touche de jaune.

« Ton bouquet est vraiment beau, Mamie », dit Materena.

« Le tien aussi, ma fille. » Loana prend la main de sa fille dans la sienne et la presse légèrement, pour dire *māuruuru* : Merci d'avoir fait ce beau bouquet pour l'anniversaire de ma maman. Ma sœur, elle, a oublié, comme d'habitude.

Leilani et Moana jouent à *perē fē* le long des allées, parfois ils s'arrêtent de jouer pour lire le nom d'un défunt gravé sur une croix de béton blanc et, lorsqu'il y a une photo, ils regardent et ils disent : « La pauvre – elle est morte. »

Materena leur crie : « Vous deux, ne marchez pas sur les tombes ! »

Les gosses répondent en criant : « Oui, Mamie ! »

C'est vraiment agréable sous le frangipanier. Il y a de l'ombre et ça sent bon le parfum des fleurs.

Loana et Materena ont nettoyé la tombe de Kika

et elles vont rester à se reposer sous le frangipanier jusqu'à ce que Loana décide qu'il est l'heure de partir.

« Je voulais avoir du sable de Rangiroa pour Māmā », dit Loana.

« Ah – et tu l'as eu ? » demande Materena.

« *'Aita*. J'ai téléphoné à Poiro pour voir s'il pouvait m'envoyer un sac de sable, continue Loana. J'allais le payer pour le sable et pour le temps passé à mettre le sable dans le sac et le sac sur le bateau, mais il est trop occupé avec ses bungalows. »

Materena ne connaît pas Poiro, mais il doit être famille.

« Moi je te dis, continue Loana, ses bungalows ne vont pas lui rapporter beaucoup cette année. C'est si difficile que ça de mettre cinq ou six pelles de sable dans un sac à farine, d'écrire mon nom dessus et de jeter le sac sur le bateau ? Quand je pense à tout ce que ma maman a fait pour sa maman et voilà la reconnaissance. On va bien voir qui c'est qui va pleurer quand il y aura personne pour les louer, ses bungalows. Je voulais tellement du sable de son île pour Māmā, pour qu'elle se sente un peu plus chez elle. Un de ces jours, je vais aller chercher le sable moi-même. »

Loana soupire. « Un de ces jours – mais quand ? Chaque année je dis je vais rentrer chez nous faire un tour, mais il y a toujours autre chose à faire. Autre chose à payer. Ton frère a téléphoné hier soir. »

« Ça va chez eux ? demande Materena. Les gosses vont bien ? »

« Oui oui, répond Loana. Les gosses vont bien. Mais il y a pas de sous. »

Materena sait que son frère a appelé Loana pour lui demander de l'argent. En fait, Tinirau appelle sa mère seulement quand il a un problème de sous.

« *'Auē*, dit Loana, je serais rentrée chez nous il y a longtemps si ma maman était enterrée là-bas. »

« Ah oui alors, Mamie. Je te vois mal rester sans aller voir Grand-mère au moins trois fois par an. »

« Ah oui alors. Je ne laisserais pas ma maman toute seule comme ça avec des herbes qui poussent tout partout sur sa tombe. C'est bien que Māmā est enterrée ici à Tahiti. »

« Ah oui », dit Materena.

« Comme ça je peux être enterrée à côté de Māmā. »

« Oui. »

« Je sais que je t'ai déjà dit et aux autres aussi, mais vous avez intérêt à m'enterrer à côté de Māmā. »

« Oui. »

« Surtout il faut pas m'enterrer à côté de mon père. Enterrez-moi à côté de ma maman. »

« Oui, Mamie. »

C'est tranquille dans le cimetière. Leilani et Moana savent que quand on joue à *perē fē* au cimetière, on ne crie pas et on n'éclate pas de rire. On joue tranquillement.

Il y a une femme qui pleure des larmes silencieuses sur la tombe d'un bébé.

Il y a un vieux qui fume près d'une tombe, la tête penchée.

Et il y a Materena et Loana assises sous le frangipanier.

« Je prie que je vais mourir vieille, dit Loana. Pas si vieille que je ne peux plus aller au cabinet toute seule et vous les gosses vous êtes obligés de me donner la purée avec la cuillère. Non, pas trop vieille, sinon vous allez être pressés de me voir mourir parce que j'embête tout le monde. »

« Mamie enfin ! Jamais on ne va penser : Allez, dépêche-toi de mourir ! »

« Et il ne faut pas m'envoyer au CAPA. »

« Mais non ! On ne va pas t'envoyer au CAPA. »

« Quand on va au CAPA – *'ua oti*, c'est fini. Après le CAPA, c'est le cimetière. Au CAPA, on reste seulement et on attend que la famille se rappelle pour venir te voir. On reste assis et on pense et on est triste. C'est ça qui arrive quand on pense trop – on est triste. C'est mieux d'avoir quelque chose à faire, pour occuper les mains. Moi, j'ai torché vos derrières mille fois – alors vous, il ne faut pas m'envoyer au CAPA. Ça je jure, si je meurs dans cet endroit-là, je vais pas être heureuse. Je veux mourir dans ma maison. Dans mon jardin avec mes plantes ça serait mieux, mais il ne faut pas demander trop au bon Dieu. Mais je ne veux pas mourir au CAPA. »

Des larmes montent aux yeux de Materena. Pourquoi est-ce que sa mère parle de la mort ? Est-ce qu'elle est en train de mourir sans rien lui dire ? « Mamie, tu n'es pas en train de mourir ? »

Loana se met à rire. « Mais non ! » Elle étire ses jambes. « Mes vieilles jambes sont un peu raides quand je me lève le matin, mais à part ça je suis en bonne santé. Qu'est-ce que ça veut dire, cette question ? »

« On parlait du sable, et puis on parlait de mon frère, et puis tu te mets à parler de la mort. »

Loana hausse les épaules. « On est au cimetière, alors pourquoi pas parler de la mort ? »

« Ah. » Oui, Materena comprend. On ne parle pas de la mort à la plage, on ne parle pas de la mort à la cuisine. On parle de la mort au cimetière. C'est plus normal, c'est vrai.

« C'est pas comme si on va jamais mourir, dit Loana. C'est bon de parler de sa mort. C'est comme, quand je vais mourir, je veux qu'on m'enterre le lendemain. Il ne faut pas me mettre dans le freezer, je veux pas aller dans le freezer. C'est horrible d'être dans le freezer. »

« Et si Tinirau habite encore en France quand tu vas mourir, alors tu seras bien obligée d'aller dans le freezer. »

« Ah non alors ! Je ne veux surtout pas. Enterrez-moi, n'attendez pas. »

Materena a beaucoup de mal à parler de l'enterrement de sa mère, mais il faut en finir avec cette histoire de freezer. Alors elle dit : « Tu ne veux pas que tous tes gosses viennent à ton enterrement ? »

« Je ne veux pas aller dans le freezer – point final. Quand je vais mourir, faites la veillée et puis enterrez-moi. Et ne pleurez pas sur mon corps. Laissez mon âme libre de quitter le monde. Surtout ne dérangez pas mon âme avec vos cris et vos lamentations. Pleurez sur moi quand je suis vivante, pas quand je suis morte. »

Loana prend la main de sa fille. « Eh oui, ma fille, c'est triste la mort. Mais c'est pas la fin. On se retrouve un jour. Là-bas. Et toi aussi tu vas être enterrée ici, ma fille – à côté de ta mamie et de ta grand-mère. »

Materena regarde le ciel mais elle ne dit rien.

« Hein, ma fille ? Tu vas être enterrée à côté de moi ? »

Materena hésite. « Okay alors. »

« Quoi, tu ne veux pas être enterrée à côté de moi ? »

« Si si, c'est bon. »

Oui, c'est bon si Materena est enterrée à côté de sa mère et de sa grand-mère, mais… et Pito ?

Pour la Toussaint, Materena vient prier au cimetière de Faa'a et Pito va au cimetière de Punaauia, où sa famille est enterrée. Et les gosses, une année à Faa'a, une année à Punaauia, chacun son tour les cimetières. Ça serait beaucoup plus facile pour les gosses si Pito et Materena étaient dans le même cimetière – et la même tombe, si possible.

Alors Materena demande à Loana si elle est d'accord qu'on enterre Pito ici.

Il y a un silence, et Materena regrette immédiatement sa question. Pito ne fait pas partie de la famille, elle se rend compte. Il fait seulement partie de sa vie à elle. Materena se demande si sa mère accepterait Pito ici plus volontiers s'il était son mari, et elle est tentée de raconter à Loana la demande en mariage de Pito, sauf que la nuit dernière elle a décidé de n'en parler à personne tant qu'une date n'est pas fixée.

« Tu ne crois pas que Pito préfère être enterré avec sa famille à Punaauia ? » demande Loana.

Materena avoue qu'ils n'ont jamais parlé de leur enterrement ni pris les dispositions funéraires.

« Les gens devraient prendre les dispositions funéraires avant leur enterrement, explique Loana. Il y a une vieille femme, elle est morte sans avoir rien dit. Résultat, il y a eu une sacrée discussion pendant la veillée entre les enfants de son premier *tāne* et les enfants de son deuxième *tāne*. Ils se sont engueulés par-dessus le cadavre de la vieille, les uns qui disaient qu'il faut l'enterrer ici, les autres qu'il faut l'enterrer là. La pauvre femme, on a été obligé de la mettre au freezer et il s'est passé un mois entier avant que son corps repose enfin en paix. »

« Où est-ce qu'elle a été enterrée à la fin ? »

« À côté de son premier mari. »

De l'avis de Loana, la vieille femme voulait être enterrée à côté de sa mère mais elle n'avait jamais pensé à le dire à ses enfants.

« C'est bien d'être enterré à côté de sa mère, dit Loana. Tout le monde a envie d'être enterré à côté de sa mère. »

« Et si Pito veut qu'on m'enterre à côté de lui à Punaauia ? »

Loana lâche la main de sa fille et sa réponse claque : « Tu fais comme tu veux, c'est ton cadavre après tout. »

Materena a l'impression d'être une rondelle de tomate coincée entre la laitue et le concombre. Elle est toujours la tomate coincée entre la laitue et le concombre quand il y a à la fois Loana et Pito dans l'histoire.

« *'Auē* Mamie *ē !* implore Materena. Te fâche pas après moi ! »

« Je ne suis pas fâchée. Si tu veux être enterrée à côté de Pito, fais-toi enterrer à côté de Pito. Je ne vais pas t'empêcher d'être enterrée à côté de lui. »

« Alors c'est Pito qui vient ici. Je vais lui dire. »

Loana pousse un gros soupir. « Bon, d'accord. Mais vous avez intérêt à prendre les dispositions funéraires ensemble, vous deux, hein ? Parce que Pito a peut-être une autre idée pour son enterrement. »

Materena et Pito sont au lit ce soir-là et Materena sait que Pito ne dort pas. Quand il dort, il ronfle. Et là, il ne ronfle pas.

« Pito, tu dors ? »

Pas de réponse de Pito.

Peut-être qu'il dort sans ronfler. Materena ferme les yeux, mais elle a vraiment envie de parler des dispositions funéraires pour leur enterrement, et ce moment précis est le bon moment pour parler de ce genre de chose. Les gosses ne peuvent pas venir interrompre la conversation.

« Pito ? »

Pas de réponse de Pito.

« Pito, je sais que tu ne dors pas parce que, quand tu dors, tu ronfles. Pito ? »

À regret, Pito ouvre les yeux : « Okay d'accord. C'est quoi ? »

« Ah, tu es réveillé. Je savais bien que tu ne dormais pas. Quand je vais mourir… » Materena s'arrête. Elle a du mal à parler de sa mort dans la chambre et dans le noir, mais il faut. Elle continue : « Je ne sais pas où c'est mieux qu'on m'enterre. »

« Moi, je vais t'enterrer à Faa'a », dit Pito.

« Tu ne veux pas qu'on m'enterre à Punaauia ? » Materena a du mal à croire que Pito accepte ce sujet de conversation aussi facilement.

« Ta famille n'est pas à Punaauia, dit Pito. Pourquoi je vais t'enterrer là-bas ? Loana, on va l'enterrer à Faa'a, non ? »

« Oui, à côté de sa maman. »

« Eh ben, on va t'enterrer à côté de ces deux-là. »

Il faut que Materena pose la question suivante, mais elle hésite. Pito dit toujours qu'ils devraient déménager dans son district (s'il avait une terre à Punaauia, ils y auraient déménagé dès le jour où ils sont restés ensemble), qu'il voit Loana un peu trop souvent, qu'il y a un peu trop de famille à Materena ici. Les familles de Pito, des deux côtés, sont de Punaauia, à environ un quart d'heure de *truck*. Pito ne va pas accepter d'être enterré à Faa'a, et Materena ne veut pas être séparée de lui.

« Et si tu meurs avant moi, qu'est-ce que je vais faire avec toi ? » Et Materena ajoute, en parlant vite : « C'est d'accord avec Mamie si on t'enterre à Faa'a, elle a dit comme ça : "Ah c'est d'accord si on enterre Pito à côté de nous, pas de problème." » Maintenant, Materena prend la main de Pito et elle la caresse.

Oui, mais Pito ne veut pas être enterré à côté de Loana, voilà ce qu'il dit maintenant à Materena. En fait, Pito ne veut pas être enterré, point final. Il ne veut pas qu'on le mette dans le trou, il ne veut pas être mangé par les vers. Il ne veut pas qu'on l'enterre.

Materena est choquée. Qu'est-ce que c'est, cette histoire ? Qu'est-ce qu'elle va faire de lui si elle ne peut pas l'enterrer ?

« Faut pas t'enterrer ? » demande-t-elle comme si elle avait mal entendu.

« Faut pas m'enterrer, répète Pito. Faut m'incinérer et jeter mes cendres dans la mer. »

Incinérer ? Materena n'a jamais entendu personne se faire incinérer dans sa famille. Et c'est pareil dans la famille de Pito. Tout le monde se fait enterrer. C'est la tradition. Il y a la veillée, et puis il y a l'enterrement et puis on écrit le nom, la date de naissance, la date de mort, le petit message d'amour, sur la croix blanche. Incinérer ? Qu'est-ce que c'est, cette bêtise ?

« Comment les gosses et moi on va aller prier sur toi si tu n'es pas dans la tombe ? Je ne peux pas t'incinérer, Pito. Réfléchis un peu ! »

« Materena, moi je te dis, faut pas m'enterrer. Si tu m'enterres, je vais pas être heureux. Tu me fais incinérer et puis tu gardes un peu de mes cendres dans une boîte pour toi et pour les gosses. »

Materena est triste maintenant. À son avis, quand on est incinéré c'est comme si on n'avait jamais existé. Tandis que, avec la tombe, les gosses peuvent venir vous voir, et les *mo'otua*, et les *hina*, et comme ça jusqu'aux arrière-arrière-arrière-petits-enfants... Ça, c'est une preuve qu'on est né et qu'on est mort.

Il lui arrive d'aller voir son arrière-arrière-grand-mère. Elle s'assied sur sa tombe, et elle dit : « *'Ia ora na.* »

Bon, on peut parler aux cendres peut-être, mais ça n'est pas la même chose que parler sur la tombe et tirer les mauvaises herbes et nettoyer le sable.

Ou peut-être c'est la même chose, Materena ne sait pas. Elle n'a jamais parlé à des cendres. Et puis la boîte, on risque de la laisser tomber, de la casser, de la perdre. Et qui est-ce qui va garder la boîte avec les cendres de Pito quand elle sera morte ? Il y a trois gosses.

Elle ne va pas faire incinérer Pito – ah non alors ! Elle va l'enterrer, et elle va l'enterrer à Faa'a. C'est décidé. Elle ferait mieux d'écrire les dispositions funéraires et de ranger le papier dans sa boîte à biscuits spéciale pour les choses précieuses qu'il ne faut pas jeter. Comme ça les gosses vont savoir ce qu'il faut faire.

Et maintenant que le problème est résolu, Materena va dormir.

« Materena », dit Pito.

Elle ne répond pas.

« Jure-moi que tu vas m'incinérer. »

Elle n'entend rien – elle dort. Mais avec Pito ce genre de comédie ne marche pas. Il se lève et allume la lumière, et Materena se couvre le visage avec son coussin.

Pito lui arrache le coussin. « Tu vas me jurer que, quand je vais être mort, tu vas m'incinérer comme j'ai dit. Moi, j'ai jamais pensé à tout ça, hein ? C'est toi qui m'as fait penser. Et je te dis encore une fois. Je veux pas qu'on m'enterre, okay ? »

Pito a l'air tellement sérieux avec son incinération.

Materena hoche la tête lentement. « Okay, Pito. Je vais t'incinérer… Casse pas la tête. »

8

La poêle à frire

C'est l'anniversaire de Māmā Roti demain et elle veut un cadeau.

Ça fait une semaine – ou plutôt bientôt un mois – qu'elle n'arrête pas de faire des allusions.

« Plus que vingt-neuf jours avant le jour de ma naissance. »

« Plus que vingt jours avant le jour de ma naissance. »

« Plus que cinq jours avant le jour de ma naissance. »

On lui donne toujours un cadeau pour son anniversaire, autrement elle fait la gueule à tout le monde pendant des semaines. Māmā Roti aime bien quand ses gosses se rappellent le jour de sa naissance. Elle dit souvent : « Toutes ces années je vous ai torché le derrière – vous avez intérêt à me donner un cadeau pour mon anniversaire. »

Elle ne fait pas de manières pour le cadeau, tant qu'il y a quelque chose à déballer et une carte avec *Joyeux Anniversaire Māmā* écrit dessus. Elle a des boîtes pleines de cartes d'anniversaire.

D'habitude, c'est Materena qui choisit le cadeau, et elle l'emballe dans un joli papier anniversaire avec plein de couleurs. Mais cette année, sans raison précise, Pito veut participer. Il ne veut pas se contenter d'écrire sur la carte *Joyeux Anniversaire Māmā de la part de ton fils Pito et Materena et les enfants*. Alors, Pito et Materena vont à Euromarché pour acheter le cadeau pour Māmā Roti. Et Materena a deux ou trois idées.

Elle suggère un *pāreu* imprimé à la main que Māmā Roti peut porter dans les grandes occasions. Mais Pito n'est pas d'accord parce que, pour lui, sa Māmā, elle a assez de *pāreu* comme ça – elle a des centaines de *pāreu* en fait.

« Ah bon, tu as compté ? »

« Il y a des *pāreu* tout partout dans la maison », dit Pito.

Et apparemment il arrive même des fois à Māmā Roti de prendre un *pāreu* comme torchon. Alors Materena propose qu'on lui offre un bon pour un rendez-vous chez la manucure et un ou deux flacons de vernis à ongles.

Pito regarde Materena avec un drôle d'air. « Māmā ? La manucure ? »

« Ou une broche, c'est joli, une broche. Pas une grosse, une petite, avec un oiseau ou une fleur. »

Pito fait la grimace, et Materena se rend compte que ça ne va pas être facile de chercher un cadeau pour Māmā Roti avec la participation de Pito.

Ce n'est jamais facile de chercher le cadeau de Māmā Roti. Māmā Roti peut bien dire qu'elle ne fait pas de manières tant qu'il y a quelque chose à déballer, mais au fond, Materena le sait, c'est important pour elle, le cadeau.

Materena commence toujours à chercher le cadeau quelques semaines avant l'anniversaire de Māmā Roti et c'est pour ça qu'elle a plein d'idées aujourd'hui.

Mais puisque Pito veut prendre les choses en main pour le cadeau de Māmā Roti cette année…

« Qu'est-ce que tu veux lui offrir à ta maman ? » lui demande Materena.

Pito veut offrir à sa maman quelque chose d'utile, quelque chose de pratique. Il ne sait pas encore quoi d'utile et de pratique mais il se fie à son instinct.

Son instinct lui dira : Ça, c'est pour Māmā !

Pito se dirige vers le rayon nettoyage et Materena le suit. Elle le suit en traînant les pieds parce qu'à son avis ce n'est pas au rayon nettoyage qu'on va chercher les cadeaux, surtout si c'est un cadeau pour une femme.

Et surtout si cette femme, c'est Māmā Roti !

Māmā Roti déteste faire le ménage. Sa maison est toujours en désordre et Māmā Roti aime bien dire : « *'A ia !* Si seulement j'avais une baguette magique pour faire le ménage à ma place ! »

L'an dernier, Materena a offert à Māmā Roti un bon de cinq mille francs pour aller chez le coiffeur. Māmā Roti s'est fait faire une permanente, elle était très contente. Elle n'arrêtait pas de remercier son fils, tout en sachant très bien que l'idée du coiffeur ne venait pas de Pito.

L'an dernier, Materena avait été vraiment très heureuse que Pito se rappelle son anniversaire à elle. Pito lui a offert un carton emballé dans du papier journal en disant : « Tiens. »

Materena a délicatement arraché le papier journal, elle a lentement ouvert la boîte (c'était un carton quelconque – rien à voir avec le cadeau). Puis elle a découvert la poêle à frire et elle a dit en souriant : « Ah, une poêle à frire. »

Māmā Roti, qui assistait à la scène, a bien vu

qu'elle était déçue. Elle a secoué la tête et marmonné : « Qu'est-ce qu'un homme peut bien faire, de nos jours, pour rendre sa femme heureuse ? » Elle a levé les yeux au ciel et n'a pas arrêté de dire que le cadeau de son fils était bien choisi – une femme a toujours besoin d'une poêle à frire. Māmā Roti a inspecté la poêle en hochant la tête. Elle a tapé dessus du bout des doigts et déclaré : « Ça, c'est pas de la camelote, c'est une poêle à frire de bonne qualité. Pas trop grande, pas trop petite, moyenne, bien, quoi. »

Materena était déçue de recevoir une poêle à frire parce qu'elle espérait une paire de chaussures neuves – quelques jours avant son anniversaire, elle s'était plainte à Pito que ses chaussures étaient un peu usées et qu'elles lui faisaient mal aux pieds.

Cette année, c'est encore pire : Pito a complètement oublié son anniversaire.

Au rayon nettoyage, le premier choix de Pito se porte sur ces champignons parfumés qu'on met partout dans la maison pour qu'elle sente bon.

« Pito, tu es sérieux ou tu blagues ? » Materena ne sait pas si elle doit rire ou se fâcher.

Pito est sérieux, pourquoi ? C'est agréable, les champignons parfumés.

Materena lui rappelle (à voix basse à cause des autres clients) que sa mère vaporise son Obao dans la maison quand elle veut que ça sente bon et qu'elle est très contente de cette technique, sans compter que l'odeur de ces champignons-là, c'est horrible.

« Et ça, alors ? » demande Pito.

Materena l'assure que sa mère n'appréciera pas du tout s'il lui offre une boîte familiale de cinq kilos de poudre à laver.

Pito passe au rayon jardinage et attrape un râteau.

Materena lui rappelle (toujours à voix basse à cause des autres clients) qu'elle ne se sert que de son *pātia*. Elle adore son *pātia*, elle prend beaucoup de plaisir à embrocher les feuilles une par une, très lentement, pendant des heures.

Materena décide maintenant de reprendre les choses en main. Les bêtises de Pito, ça suffit. Elle fonce vers le rayon parfumerie. Une heure entière ils vont y rester. Ils testent quinze flacons d'eau de Cologne, et chaque fois Pito fait la grimace. Le parfum est trop sucré, ou trop épicé, ou trop fort, ou même dégueulasse.

« Depuis quand est-ce que tu es devenu professionnel en parfums ? » Materena ne parle plus à voix basse maintenant.

« Tu n'as qu'à donner l'eau de Cologne à ta mère, réplique Pito sèchement. Māmā, elle a pas besoin d'eau de Cologne. »

Materena a brusquement l'idée d'un bocal de bonbons menthe que Māmā Roti pourra croquer en lisant sa Bible, en regardant la télé, ou en se reposant sur le *pē'ue*. Et puis ensuite elle pourra utiliser le bocal pour autre chose. Mais de l'avis de Pito, sa mère préfère les bonbons chinois aux bonbons menthe et puis elle a déjà des douzaines de bocaux. Pas besoin d'un bocal en plus.

« Regarde un peu ce verre à pied en cristal. » Materena est en train de perdre espoir.

« Ce verre-là, ça va pas durer deux jours dans les mains de Māmā. Māmā, elle casse tout. »

Complètement *fiu*, Materena suggère une poêle à frire – pour rire.

Les yeux de Pito s'allument. « Ah oui alors. Ça, Vahine, c'est une idée. »

Il avait bien remarqué chez sa maman, la dernière

fois, sa poêle n'avait plus de poignée. En fait, elle s'était brûlé la main avec cette poêle-là – elle lui a même montré la cicatrice. Māmā Roti avait aussi montré la cicatrice à Materena mais elle avait dit qu'elle s'était brûlé la main en sortant un plat du four.

Pito attrape une poêle. C'est une poêle cent pour cent acier inox comme celle de Materena sauf qu'elle est plus petite. Materena lui conseille de prendre une plus grande.

« Māmā n'a pas besoin d'une grande. Elle se sert pas tellement de sa poêle. »

Materena insiste pour qu'il prenne une poêle grand modèle et Pito veut savoir pourquoi elle insiste pour qu'il prenne un grand modèle alors qu'il vient de lui dire que sa Māmā ne se sert pas tellement de sa poêle. Mais Materena ne va pas gaspiller sa salive pour expliquer à Pito qu'il ne peut pas offrir à sa maman une poêle plus petite que celle qu'il lui a offerte à elle, pour la bonne raison que Māmā Roti ferait la gueule et n'arrêterait pas ensuite de lui rappeler qu'elle avait souffert deux jours entiers pour le mettre au monde, son Pito.

Pito ne comprendrait pas cette délicate situation. Il dirait certainement : « Ah, vous les femmes. Vous êtes tellement compliquées. »

Materena tire la petite poêle des mains de Pito et la remet sur le rayon. Puis elle prend une poêle modèle familial et la donne à Pito.

« Quand les gosses iront voir ta mère, dit Materena, et auront envie d'une omelette, comme ça, Māmā Roti pourra leur faire une grosse omelette. Ça sera plus facile pour elle. Et en plus, la différence de prix, c'est rien du tout. »

Pito secoue la tête comme si l'explication de Materena le dépassait complètement : « Alors ma mère, elle a droit à une poêle plus grande que mon épouse. Je croyais c'était plutôt le contraire. »

Materena sourit de toutes ses dents : « Hein ? Je suis ton épouse maintenant ? Je ne suis plus ta *vahine* ? »

Mais Pito est déjà en route vers la caisse. Il n'a jamais, mais alors jamais traité Materena d'épouse. Il l'appelle Materena ou bien Vahine. Des fois, il l'appelle Māmā, mais elle lui dit toujours de garder ce nom-là pour sa mère.

Épouse ! Pas une seule fois !

Ça fait deux semaines que Pito a fait sa demande en mariage et, pour Materena, il est en train d'essayer de s'habituer à l'idée d'être marié. Parce qu'un homme ne traite pas sa *vahine* d'épouse à moins d'avoir le désir secret qu'elle devienne son épouse pour de bon.

Materena a toujours son sourire en sortant du supermarché.

« Pourquoi tu souris ? » demande Pito.

« Non, je suis contente seulement. Pour le cadeau de Māmā Roti. »

« Ah oui alors, dit Pito. Māmā, elle va pas en croire ses yeux. »

« Joyeux anniversaire, Māmā. »

Pito donne le cadeau à sa maman. Il l'a emballé dans du papier journal. Māmā Roti joint ses deux mains sur sa poitrine et joue la surprise. Elle déchire le journal, elle arrache le couvercle de la boîte – c'est un carton quelconque, rien à voir avec le cadeau – tout en souriant et en regardant son fils comme s'il lui avait joué un bon tour.

Elle sort enfin la poêle à frire et, un court instant,

on ne sait pas trop comment elle va réagir. Elle a l'air de chercher ses mots.

Finalement elle s'écrie : « Une poêle à frire ! Comment tu savais que j'avais besoin d'une poêle à frire ? Maintenant je peux jeter la vieille à la poubelle ! »

Māmā Roti examine sa poêle à frire. Elle tape dessus du bout des doigts : « Ça, c'est pas de la camelote, c'est une poêle à frire de première qualité. »

Un peu plus tard…

Seule dans la cuisine, Māmā Roti pense que personne ne l'observe. Elle sort la poêle à frire de Materena et la compare à celle que Pito vient de lui offrir. « Hé hé, glousse-t-elle. Ma poêle à moi, elle est plus grande. »

9

La chemise multicolore

Ouf, l'anniversaire de Māmā Roti, c'est fait. Materena peut maintenant se concentrer sur l'anniversaire de Pito. Le problème, c'est que Pito a bien précisé qu'il ne voulait pas de cadeau cette année.

L'année dernière elle a acheté à Pito une cassette de chansons d'amour et il n'a pas aimé. Il a dit : « Pourquoi tu me donnes une cassette de chansons d'amour ? Tu sais très bien j'aime pas les chansons d'amour. » C'est vrai, Pito n'aime pas les chansons d'amour – les chansons d'amour l'énervent ou bien elles le font rire. Alors c'est Materena qui écoute la cassette – elle aime bien les chansons d'amour.

Pito a dit à Materena : ce qu'il a envie et ce qu'elle achète, c'est jamais la même chose, alors c'est mieux si elle se casse plus jamais la tête pour lui acheter des cadeaux d'anniversaire.

Alors Materena ne va pas se casser la tête pour lui chercher un cadeau d'anniversaire cette année. Elle est un peu triste parce qu'elle aime bien offrir des cadeaux d'anniversaire, mais c'est comme ça.

Mais là, elle passe devant un magasin de vêtements et il y a une chemise sur un cintre dans l'entrée qui lui saute aux yeux. Elle s'arrête pour contempler la chemise.

C'est une belle chemise – jaune et vert avec des éclaboussures de pétales rouges. Materena entre dans le magasin et tâte le tissu. Il est doux et soyeux, merveilleusement agréable sur la peau.

« *'Ia ora na* », dit la vendeuse.

« *'Ia ora na*, copine, je regarde seulement. »

« Okay, copine, tu peux regarder comme tu veux. »

Materena sort du magasin. Elle reste dehors pour admirer la chemise multicolore. La vendeuse remet de l'ordre sur le présentoir, elle jette un coup d'œil à Materena et sourit. Materena lui sourit à son tour mais elle aimerait bien que la vendeuse aille mettre de l'ordre ailleurs. Elle lui bouche un peu la vue.

« Il y a une réduction de cinquante pour cent », dit la vendeuse.

« Ah bon, okay. »

« Normalement, cette chemise coûte trois mille francs mais là elle est à mille cinq cents francs », continue la vendeuse.

« Ah – oui, merci. »

« C'est la dernière chemise du stock, copine. Ça vient de Hawaii. Ça plaît beaucoup, on a vendu tout le stock en une semaine. »

« Ah bon ? » Materena est vraiment intéressée.

Mais elle n'a pas d'argent sur elle, et ça l'énerve vraiment, parce qu'elle a envie d'acheter cette chemise – pour l'anniversaire de Pito. C'est pas grave s'il a dit de ne plus jamais lui acheter de cadeau d'anniversaire. Elle a envie de lui faire un cadeau. Elle a envie de lui offrir cette chemise. Avec une chemise, on ne peut pas se tromper. Pito peut la porter dans les grandes occasions comme quand il y a un cocktail à son travail. Mais il ne pourra pas la porter pour aller au bar. Ça, elle ne le permettra pas. Parce que les femmes vont admirer la chemise à tous les coups et alors elles vont admirer l'homme qui est dans la chemise – même s'il est marié. Les femmes, elles s'en foutent si Pito a une alliance au doigt, parce qu'il est tellement beau avec la chemise. Materena pense qu'il faut acheter cette chemise tout de suite. Si elle ne l'achète pas maintenant, c'est une autre femme qui va l'acheter pour son mari.

« Hé, copine, je peux faire une avance ? » demande Materena et elle explique que d'habitude elle a toujours deux ou trois billets dans son sac. Mais malheureusement pas aujourd'hui.

La vendeuse veut bien accepter une avance. Materena rentre dans le magasin et décroche la chemise. Elle frotte le tissu sur sa joue. C'est si doux. C'est comme une caresse. Elle suit la vendeuse jusqu'au comptoir. La vendeuse ouvre un livre noir. Elle demande le nom et le montant de l'avance.

« Materena Mahi, et deux cents francs. »

« Hé, copine, tu ne peux pas me donner un petit peu plus ? Deux cents francs, ça suffit pas pour garder la chemise pour toi. »

« Trois cents francs. »

« Un peu plus, tu peux ? »

« Cinq cents francs. »

La vendeuse écrit *Materena Mahi* et *500 francs* dans le livre noir. « Et quand tu vas venir prendre la chemise et payer le reste ? »

« Demain, copine. Après la paye. » Materena compte ses pièces et les donne à la vendeuse.

La vendeuse compte les pièces et les met dans la caisse enregistreuse.

Materena demande si elle a besoin de signer dans le livre.

« Non, tu n'as pas besoin de signer. Pourquoi tu veux signer ? » demande la vendeuse.

Materena n'a pas particulièrement envie de signer, sauf si on a besoin de sa signature. Non, on n'a pas besoin de sa signature.

« La chemise, c'est pour mon mari », dit Materena. Materena ne peut pas s'empêcher de penser à Pito comme si c'était son mari. Ils ne sont pas encore mariés mais dans sa tête et dans son coeur, oui. « C'est son anniversaire dans trois jours. »

« Ah, bien. Il y a plein de femmes qui ont acheté cette chemise pour leur mari. »

Materena est contente d'apprendre ça. Cette chemise-là plaît vraiment.

Le lendemain, sans faute, Materena retourne au magasin pour chercher la chemise. Elle l'emballe dans du papier cadeau argenté et attache un ruban rouge autour. Elle cache son beau cadeau à Pito sous le matelas, et tapote ensuite le matelas avec tendresse. Elle est heureuse. Pito pense qu'elle ne va pas lui chercher de cadeau d'anniversaire cette année. Ça va être la surprise, pour lui.

Encore deux jours et c'est l'anniversaire de Pito.

Elle a envie de lui donner son cadeau d'anniversaire tout de suite. Deux jours à attendre, c'est trop long. Materena est impatiente de voir la chemise sur Pito. Et si la chemise ne lui va pas ? Il vaut mieux qu'elle se rende compte maintenant que dans deux jours, au cas où elle serait obligée de rapporter la chemise au magasin pour l'échanger contre une autre chemise. Elle espère que la chemise va aller à Pito. Elle est sûre qu'elle va lui aller parfaitement. Elle le voit déjà avec la chemise sur lui.

Alors voici Materena debout derrière le canapé, avec le paquet spécial papier argenté caché derrière son dos. Pito regarde la télé.

« Pito », dit Materena.

« Je sors la poubelle demain matin », dit Pito avant qu'elle puisse continuer.

« Okay, c'est bon. »

Il tourne la tête pour la regarder et elle lui rend un regard plein de tendresse. Elle sait qu'il pensait qu'elle allait l'embêter avec la poubelle.

D'habitude elle lui casse les pieds pour qu'il sorte la poubelle le soir, parce que, quand on sort la poubelle le matin, on risque de rater le camion-poubelle. Le camion-poubelle ne passe pas toujours à la même heure. Des fois il passe tard et d'autres fois il passe très tôt. Et quand il passe trop tôt, Materena se retrouve avec une poubelle pleine et elle est obligée de sauter à pieds joints sur les sacs plastique pour ajouter d'autres sacs d'ordures dans la poubelle.

D'habitude il y a une petite dispute. C'est toujours Pito qui gagne parce que rien ne lui fera sortir la poubelle le soir parce qu'il préfère sortir la poubelle le matin. Quand tu sors la poubelle le soir, les chiens renversent les poubelles et il y a des saloperies tout partout et il faut ramasser les saloperies illico presto parce que tous les voisins connaissent ta poubelle.

Materena pouffe.

« Qu'est-ce que tu as ? » demande Pito.

Ah, c'est si bon quand on a un cadeau pour quelqu'un et il ne s'y attend pas. Elle tend à Pito son cadeau d'anniversaire.

« C'est quoi ? » demande-t-il.

« C'est ton cadeau d'anniversaire. »

« Hé, je t'ai déjà dit… »

Elle ne le laisse pas finir. « Allez, ouvre ton cadeau, ça va te plaire. »

Le cœur de Materena s'emballe. Elle est impatiente de voir la joie briller dans les yeux de Pito.

Il pique un doigt dans l'emballage. « C'est une serviette ? »

Elle se demande pourquoi il pense qu'elle pourrait lui acheter une serviette pour son anniversaire. « Pourquoi ? Tu voulais une serviette ? »

Non, il ne veut rien du tout. Il essayait de deviner seulement.

« Ce n'est pas une serviette. Ouvre le cadeau et tu vas bien voir. » Materena a les yeux qui pétillent.

Pito arrache le papier cadeau argenté. Il se gratte la tête et fait la grimace. On ne voit pas la joie briller dans ses yeux.

« Quoi ? Elle ne te plaît pas, la chemise ? » Les yeux de Materena brillent de fureur maintenant.

« Materena, ça, là… c'est pas mon style », commence Pito.

Pour lui ces couleurs-là, ça saute aux yeux comme pour dire : Regardez-moi ! Admirez-moi ! Je suis une fleur !

Pour lui, ça, c'est une chemise de *raerae*, et justement il a vu un *raerae* en ville hier et ce *raerae* portait exactement la même chemise. Et Pito ne veut pas qu'on le prenne pour un *raerae* et il ne veut pas qu'on le prenne pour quelqu'un qui aime les *raerae*.

Il ne va jamais mettre cette chemise-là, même si on le paye cent mille francs.

Materena lui arrache la chemise des mains. « Alors là ! C'est pas la peine de dire que tu vas jamais la mettre même si on te paye cent mille francs, parce que je vois pas qui c'est qui va te payer cent mille francs pour la mettre, cette chemise-là. »

Materena est déçue, elle est furieuse. Elle chiffonne la chemise et la pétrit dans ses mains en lançant à Pito un regard mauvais.

« C'est moi qui t'ai dit de m'acheter une chemise ? demande Pito. Non, je t'ai jamais dit de m'acheter une chemise, parce que ce que j'aime et ce que tu aimes, c'est pas la même chose. »

Pito aime s'acheter ses chemises tout seul. Il sait mieux ce qui lui va.

« C'est comme cette cassette de chansons d'amour que tu m'as achetée l'année dernière », ajoute-t-il.

« Tu m'as déjà dit, pour la cassette », le coupe Materena.

« Et le chapeau de paille que tu m'as acheté l'année d'avant. Je le mets jamais. C'est toi qui mets toujours ce chapeau-là. Tu sais bien je préfère les casquettes, alors pourquoi tu m'achètes un chapeau de paille – un chapeau de femme en plus ? »

« Tu m'as déjà dit pour le chapeau. »

« N'as qu'à ramener la chemise au magasin. N'as qu'à me donner les sous pour une caisse de Hinano. » Pito continue à regarder la télé.

Materena traîne la planche à repasser dans la chambre pour repasser la chemise, parce qu'on ne peut pas ramener une chemise chiffonnée au magasin. Il faut qu'elle soit repassée impeccable.

Elle comptait que Pito mette la belle chemise samedi pour sa soirée d'anniversaire chez Māmā Roti, mais c'est raté puisqu'il pense qu'il y a seulement les *raerae* qui portent des chemises comme ça.

Materena branche le fer. Elle s'en veut – et elle en veut à Pito. C'est la dernière fois que j'achète un cadeau d'anniversaire à ce Pito-là ! Materena, espèce d'andouille ! Elle sait ce que Pito veut pour son anniversaire, en fait. Il veut un *speedboat*. Comme si on avait assez de sous pour un *speedboat* ! Il faut plein de sous pour acheter un *speedboat*. En plus, il y a les réparations et l'essence, ct le moteur. Et qu'est-ce qu'on va faire avec un *speedboat* ?

Materena rapporte la chemise au magasin le lendemain matin en allant à son travail. Elle fait un grand sourire à la vendeuse. « Eh *'ia ora na*, copine, il fait beau aujourd'hui, hein ? Je croyais qu'il allait pleuvoir ce matin mais on dirait qu'il va pas pleuvoir. Et toi ça va ? »

La vendeuse jette un coup d'œil à la chemise sans rien répondre.

« Copine, il faut que je te rende cette chemise. Mon mari, ça lui va pas. C'est trop petit. »

La vendeuse jette à Materena un regard qui veut dire : Je te connais, toi ?

« Je suis venue hier, dit Materena. Regarde un peu dans ton livre noir. »

Ah oui, la vendeuse se rappelle. Mais elle ne peut pas reprendre la chemise – c'est le règlement du magasin.

Alors là ! Materena est énervée. « Je ne peux pas échanger la chemise pour une robe ? »

La vendeuse prend son air désolé.

Materena a envie de dire que c'est la dernière fois qu'elle achète quelque chose dans ce magasin, mais ce n'est pas la faute de la vendeuse s'il y a un règlement. La vendeuse est seulement une employée – ce n'est pas elle qui fait le règlement.

Materena sort du magasin.

Elle pourrait donner cette chemise à son cousin Mori. Comme ça l'argent n'est pas gaspillé. Mais d'abord, elle va l'essayer. Elle l'essaye dès qu'elle arrive à son travail. Le tissu est vraiment agréable à toucher.

Elle s'examine dans le miroir de la chambre de sa patronne. Hé, les couleurs me vont bien. La chemise est un peu grande mais elle me va quand même bien. Materena lève les bras. Ça fait un peu tunique. Une tunique et un *pāreu* en jupe longue – ça va bien ensemble.

Elle garde la chemise sur elle. C'est agréable de travailler avec cette tunique. On transpire moins. Elle se contemple encore une fois dans le miroir avant de quitter la maison de sa patronne. Ah oui, c'est son style tout à fait.

Et maintenant, en attendant le *truck* au marché, elle remarque que les gens la regardent. Les gens – enfin, les hommes surtout. Elle sait que c'est à cause de la chemise multicolore. Personne ne la regarde quand elle porte son grand T-shirt propre et bien repassé.

Une grande femme mince passe devant Materena et lui fait un grand sourire. Materena lui sourit à son tour. Elles portent toutes les deux la même chemise. Mais la grande femme mince la porte avec un collant rouge vif – elle a de belles jambes. Personne ne regarde plus Materena. La grande femme mince et musclée est plus intéressante parce qu'elle balance son derrière et son sac à main orange en même temps.

Et puis Materena se demande brusquement si cette femme ne serait pas un homme.

Ça n'est pas toujours évident, un *raerae*. Il y en a qui peuvent toujours essayer de se déguiser en femme, tu regardes la figure et tu sais que c'est un homme – on voit les picots de barbe.

Mais il y en a, des vraies professionnelles. La seule chose qui les trahit c'est leur voix d'homme.

Il y a une rue à Papeete où les *raerae* attendent leurs clients. Materena y est passée un soir, dans cette rue. C'est le cousin Mori qui conduisait la voiture. Et il a crié depuis la voiture : « C'est combien ? » Et le *raerae* a répondu : « Viens me voir, mon chou, et je te montrerai ce que c'est, l'Amour. »

Ils sont magnifiques, les *raerae*. Ils aiment bien faire leur cinéma.

Ils adorent les couleurs.

Est-ce que la grande femme était un *raerae* ?

Materena baisse le nez et regarde sa poitrine. On ne voit pas ses *tītī* avec cette chemise.

Hé ! – Est-ce que les gens sont en train de la prendre pour un *raerae* ?

Materena rit toute seule et monte dans son *truck*.

Mori et Teva, un autre cousin de Materena, sont en train de boire sous le manguier à la station d'essence quand Materena descend du *truck*. Mori joue *Douce Nuit* sur son accordéon et Teva fredonne mais il s'arrêtent et lui crient : « Salut, Cousine ! »

« *'Ia ora na* », répond Materena. Elle a envie d'ajouter : Vous attendez toujours que le travail tombe du ciel ? Mais ils sont gentils, ces deux-là. Ils aiment un peu trop la bière, c'est tout. Il y a déjà pas mal de bouteilles vides dans la caisse de Hinano à côté d'eux.

« Hé, Materena, tu es magnifique aujourd'hui », dit Mori.

Teva se marre.

Materena s'arrête. Elle demande à Mori ce qu'il veut dire. Magnifique, quoi magnifique ?

« Eh ben, tu es multicolore. On te voit vraiment de

loin, dit Mori. Tu ressembles à un, comment dire, à une… » Mori finit par trouver le mot : « Tu ressembles à un perroquet, Cousine Materena. »

Teva continue à se marrer. Mori, lui, éclate de rire. Il rigole tellement que ses nattes de rasta tremblent tout autour de sa tête. Materena le regarde, puis elle regarde Teva, et elle se rend compte à leurs yeux rouges qu'ils ont fumé le *paka*, en plus de la Hinano.

Materena pose les mains sur ses hanches. « Écoutez bien, vous deux, je préfère avoir l'air d'un perroquet que d'avoir l'air d'un bon à rien. Vous attendez toujours que le travail tombe du ciel ? »

Elle s'éloigne d'un pas martial, et elle entend les cousins qui disent :

« Qu'est-ce qu'elle a, Materena, aujourd'hui ? »

« *'A ia*, elle est de mauvaise humeur, c'est tout. Il y a des jours, ça sert à rien de dire bonjour. »

« Il y a des jours, c'est mieux de juste boire et fermer sa gueule. »

Materena fait demi-tour, retourne au manguier et, toujours digne, elle demande à ses cousins si cette chemise lui donne l'air d'un… d'un *raerae*.

Les cousins ont l'air perplexes.

Mori dit : « Ben, nous, on sait que tu es une femme… alors… »

Teva dit : « Nous, on sait que tu es pas un *raerae*… alors… »

Materena agite une main dédaigneuse : « *'A ia*, vous pouvez bien penser ce que vous voulez vous deux, on s'en fout. » Puis elle pivote et s'éloigne à nouveau d'un pas décidé.

En chemin, Materena se dit que c'est vraiment difficile de faire un cadeau. Il n'y a aucune garantie. On dirait que, souvent, ce que les gens donnent et ce que les autres espéraient recevoir, c'est pas du tout la même chose.

Materena sait bien que ça va être comme ça pour ses cadeaux de mariage, mais elle tâchera de les recevoir avec gratitude : si la personne s'est souvenue de lui faire un cadeau, elle mérite au moins un merci. Elle pense que Pito aurait dû accepter la chemise multicolore parce qu'elle était pleine de bonnes intentions. Il n'a qu'à la porter à la maison, il n'est pas obligé de sortir avec, si c'est pas son style.

Debout devant le miroir, Materena se demande si cette chemise multicolore lui donne l'air d'un *raerae*. Quand on est une femme, on n'aime pas être prise pour un homme. « Alors, dit-elle à haute voix. J'ai l'air d'une femme ou d'un homme ? »

Cousine Rita arrive à ce moment-là et la rassure. « Mais qu'est-ce que tu vas chercher là ? Casse pas la tête, tu as l'air d'une femme et il y a une bonne raison : c'est que tu es une femme et que ça se voit. Tu es aussi belle avec cette chemise qu'avec n'importe quoi d'autre. Un rien t'habille, tu sais bien. »

10

Nouveau lit, nouveau départ

Materena est en train de faire le lit. C'est un vieux lit, il est venu avec Pito parce que le lit de Materena était trop petit, une place seulement. Materena n'avait jamais eu envie de connaître l'histoire du lit de Pito mais Rita est venue la voir aujourd'hui et elle a raconté qu'elle venait d'acheter un nouveau matelas.

Enfin, c'est un nouveau matelas mais c'est pas vraiment neuf. Elle ne l'a pas eu au magasin de matelas, elle l'a acheté au magasin d'occasion. Mais même si c'est pas *'āpī* tout à fait, Rita a dit ça a l'air neuf. D'après Rita, la personne qui l'avait avant ne l'a pas utilisé plus d'une semaine.

En fait, ce n'est pas vraiment un matelas que Rita a acheté. C'est plus comme un lit style japonais. C'est bas et c'est un peu dur pour dormir dessus, mais Coco va s'habituer. Parce que Coco, il dit que son vieux lit lui manque, mais Rita, elle aime mieux le lit *'āpī* que le vieux.

Voici l'histoire.

Rita savait que Coco avait eu plein de femmes avant qu'elle devienne la femme de sa vie, mais ces femmes-là, elles n'avaient jamais vraiment embêté Rita jusqu'à la semaine dernière, quand la maman de Coco lui a dit : « Ah, mon fils ! Ah, il a eu plein de femmes. Elles venaient en cachette dans la chambre de mon fils, toutes ces femmes-là. » À ce qui paraît, la maman de Coco entendait bien le clic-clac des talons hauts. Ces femmes-là, elles ne venaient pas pieds nus.

La maman de Coco pouffait de rire et Rita pouffait aussi, encore plus fort même. Et elle a dit à la maman de Coco : « *'Ē ho'i*, entrer en cachette dans la chambre du garçon, je connais aussi. J'ai fait ça plein de fois dans ma jeunesse. Ah là là, on est terrible pour faire des coups en cachette, nous les femmes ! »

La maman de Coco a regardé Rita et Rita a bien vu que la maman de Coco ne croyait pas un mot de son histoire de rentrer en cachette dans la chambre du garçon. Tout le monde dans la famille de Coco sait que Rita était vierge quand elle a rencontré Coco. C'est Coco qui a dit à sa maman que Rita était vierge et sa maman n'a pas manqué de faire passer la nouvelle sur radio-cocotier. La maman de Coco était très fière que son fils se mette en ménage avec une vierge.

Elle est toujours en train de parler de la virginité de Rita. Un jour, Rita lui a demandé : « Pourquoi tu es toujours en train de parler de ma virginité ? » Et la maman de Coco a répondu : « C'est tellement rare, voilà pourquoi je suis toujours en train de parler de ta virginité. »

Rita préférerait ne pas avoir été vierge quand elle a rencontré Coco.

Enfin bref, revenons à notre matelas.

Deux jours après avoir découvert que toutes ces femmes étaient venues en cachette dans la chambre de Coco, Rita s'est mise à faire une allergie à ce matelas que Coco avait eu de sa mère pour ses dix-sept ans.

Rita a essayé de lutter contre son allergie. C'est un peu idiot d'être allergique à un matelas juste parce que d'autres femmes ont couché dessus avant toi. C'est rien qu'un matelas, après tout et puis il y a un drap dessus. Rita a essayé d'être raisonnable pour ce matelas, mais pas moyen. Il y avait trop de femmes dans l'histoire de ce matelas.

Rita a raconté à Coco pour son allergie et il a hurlé de rire. De son point de vue, ça faisait des mois depuis qu'une autre femme avait couché sur ce matelas et donc il était propre maintenant. La sueur de Rita et le parfum de Rita l'avaient nettoyé.

Oui, bon, d'accord. Mais l'allergie de Rita s'aggravait de jour en jour.

Au début, ce n'était qu'un vague malaise comme quand on dort mal parce que le matelas est trop dur ou trop mou. Mais en quelques jours l'allergie de Rita s'est transformée en crise d'urticaire : elle avait des plaques rouges sur tout le corps.

Rita s'est mis de la crème sur la peau, mais sans résultat. Elle a dormi sur le *pē'ue* pendant une nuit. Coco s'est moqué d'elle mais les plaques rouges ont disparu. Elle est revenue dormir sur le matelas et l'urticaire est revenue aussi.

Alors Rita a dit à Coco qu'ils feraient peut-être mieux d'acheter un matelas *'āpī*. Coco s'est carrément fâché. Il a dit : « Rita, il y a des jours où tu me fatigues avec tes conneries. Ton allergie, c'est dans ta tête. » Alors Rita a montré ses plaques rouges sur son ventre à Coco et elle a dit : « Et ça, c'est dans ma tête ? »

Un matin, Rita a sorti le matelas dans le jardin et l'a passé au jet d'eau, puis elle l'a frotté avec de la Soupline, puis elle l'a parfumé avec de l'eau de Cologne lavande. Elle a fait tout ça pendant que Coco était sorti, et quand il est rentré il a vu le matelas en train de sécher dehors et il a dit : « Et maintenant, où je vais dormir, moi ? » Il n'arrivait pas à y croire.

Rita et Coco ont dormi sur le *pē'ue*, et toute la nuit Coco n'a pas arrêté de râler que c'était trop dur par terre. Le lendemain matin il a plu. Et encore le lendemain, et le jour après. Tous les matins, Rita regardait le ciel gris avec un grand sourire. Ça l'arrangeait que le matelas soit en train de pourrir dehors. Mais Coco était très attaché à ce matelas-là, et il n'appréciait pas du tout de dormir par terre. Tous les jours en voyant la pluie il maudissait Rita. Et il a plu pendant une semaine entière.

Alors, un après-midi, Cousine Rita a décidé d'acheter un matelas tout neuf.

D'après Rita, quand un homme et une femme se mettent ensemble, il faut acheter un matelas *'āpī*, parce que le matelas, c'est vraiment important. Le matelas, c'est pour faire l'amour, le matelas, c'est pour les mots d'amour – le matelas, c'est l'intimité.

Alors elle est partie à la chasse au matelas *'āpī*, mais en route elle a repéré ce lit style japonais au magasin d'occasion. Elle est entrée et elle est restée allongée dessus pendant au moins une heure et elle s'est rendu compte qu'elle avait envie pas seulement d'un matelas *'āpī*, mais d'un lit *'āpī* complet. Alors, elle a acheté le lit style japonais.

Nouveau lit – nouveau départ.

Mori, le cousin de Rita, s'est chargé de la livraison et, quand Coco a vu le lit style japonais, il a dit : « Et où est mon lit ? » Alors Rita lui a expliqué gentiment que le cousin Mori avait emporté le vieux lit avec le matelas humide et pourri pour le donner à un collègue qui n'avait pas de lit et dormait sur un vieux *pē'ue* tout déchiré. « Quoi ! » Coco était fou de rage et Rita a mis pas mal de temps à le calmer.

Mais maintenant Rita dort bien et elle n'a plus d'allergie.

Des fois elle se dit – on sait jamais – peut-être un jour quelqu'un est mort dans ce lit-là mais elle préfère ce lit-là avec le souvenir d'un défunt que l'autre lit avec le souvenir de milliers de femmes suantes et soufflantes.

Voilà l'histoire du nouveau lit de Rita, et maintenant Materena est en train d'inspecter le lit de Pito, de chercher des taches douteuses et de renifler le matelas quand Pito entre dans la chambre pour chercher un *Akim*.

« Qu'est-ce que tu fais, là ? Tu renifles le matelas ? » demande Pito.

Materena le regarde dans les yeux : « Est-ce que Māmā Roti t'a acheté ce lit pour ton anniversaire ? »

« Quoi ? Qu'est-ce que c'est cette histoire ? »

« C'est toi qui as acheté le lit, alors ? »

« Tu veux vraiment savoir comment j'ai eu ce lit ? »

« Oui », répond Materena, même si elle n'est plus très sûre de vouloir vraiment savoir comment Pito a eu ce lit-là, ni quand il l'a eu, ni combien de femmes il a eues là-dedans.

Pito dit à Materena que le lit appartenait à un oncle qui est mort. L'oncle est mort dans le lit, dit Pito en pointant son doigt vers le matelas, mais comme il vivait seul, on a mis des jours et des jours avant de découvrir son cadavre. Il y avait du vomi et du caca plein le lit et la famille voulait s'en débarrasser, alors Pito l'a ramené à la maison et l'a bien nettoyé. Il avait besoin d'un lit *'āpī*, et les lits gratuits ne tombent pas du ciel tous les jours.

Materena a les yeux qui lui sortent de la tête.

Pito éclate de rire : « Idiote ! C'est ma tante Agathe qui m'a donné son lit quand elle est partie en France. »

Pito a trouvé son *Akim* et Materena est sur le point de lui demander d'autres renseignements sur le lit mais finalement elle décide qu'elle n'a pas besoin d'en savoir plus.

Personne n'est mort dans son lit et, pour Materena, c'est la chose la plus importante.

Mais la voici maintenant à Conforama où on vend des lits vraiment jolis, et on peut envoyer un à la maison aujourd'hui et on commence à payer dans trois mois seulement. Materena est juste passée jeter un coup d'œil en rentrant de son travail. Il y a un jeune couple à la recherche d'un lit très dur. Ils se laissent tomber sur un lit, ils rebondissent sur leur derrière en rigolant, et il y en a un des deux qui dit : « Non, trop mou. » Materena trouve que ce jeune couple, ils sont si mignons.

Mais la vendeuse ne trouve pas. Elle crie depuis le bureau : « Hé, vous deux ! C'est mieux si vous achetez un lit et puis vous allez l'essayer à la maison pour de vrai, d'accord ? »

Les deux jeunes éclatent de rire en sortant du magasin.

Alors la vendeuse repère Materena et elle oublie le jeune couple. Materena est éperdue d'admiration devant un lit *king size* avec une tête de lit en bois sculpté. Elle n'a jamais vu un lit aussi beau. Elle se voit en Belle au bois dormant sur ce lit-là et elle aimerait bien l'essayer, mais après ce que la vendeuse vient de dire aux deux jeunes, elle passe juste une main dessus.

« Bonjour », dit la vendeuse juste à côté de Materena.

Materena lui sourit. « Je regarde seulement », dit-elle poliment. Materena est toujours polie avec les vendeuses et encore plus quand la vendeuse est plus vieille qu'elle, et cette vendeuse-là, à son avis, elle a plus de cinquante ans.

« Au lieu de regarder seulement, dit la vendeuse, pourquoi tu essayes pas le lit carrément ? Allez ! »

« Tu es sûre ? »

« Mais oui. La salle d'exposition, c'est fait pour ça. Les lits de première qualité, c'est pas pour regarder seulement. »

Materena ôte ses savates, frotte par-dessous ses pieds avec ses mains et saute sur le lit. Ah, c'est le paradis.

Elle dit : « C'est tellement confortable. Mmh ! C'est doux pour le dos. »

« Après une dure journée de travail, laisse-moi te dire, il n'y a rien de tel qu'un lit confortable. »

« Ah oui, ça c'est sûr. » Materena se relève à regret, lentement.

« Reste encore un peu, dit la vendeuse. Il n'y a pas de problème. »

Materena retombe sur le lit.

« Un lit, c'est pas juste pour faire des gosses, dit la vendeuse. Un lit, c'est fait pour recharger les batteries, surtout quand on est une femme, avec tout le travail qu'on a. Tu as des gosses ? »

« Oui, trois. »

« Tu dois avoir du travail alors. »

« Ah oui, il y a toujours quelque chose à faire. »

« Moi, j'ai cinq gosses, dit la vendeuse. Ils sont

grands maintenant, mais quand ils étaient petits, je n'arrêtais pas de courir d'un gosse à l'autre. Tu vois ce que je veux dire ? »

Materena hoche la tête.

« Je vais te dire, continue la vendeuse. Si je n'avais pas un bon lit, je ne pourrais pas me lever le matin. J'ai jamais eu beaucoup de sous, mais je n'ai jamais fait d'économies sur les lits. Pour moi, un bon lit, c'est un investissement. Quand tu dors bien la nuit, il n'y pas de problème pour le lendemain. Et tu peux pas dormir bien la nuit – je veux dire vraiment bien – si tu as un lit camelote. »

« *'Ē pa'i*, c'est vrai, ça. »

« Ton lit, en ce moment, il est confortable ? Tu dors bien ? »

« Ah, ça va. »

« Ça fait combien de temps tu as ton lit ? »

« Ça fait plus de douze ans je dors sur ce lit-là », dit Materena.

La vendeuse prend un air horrifié. « Douze ans ! » Elle secoue la tête. « Il faut changer de lit tous les cinq ans au moins, parce que ton corps, il change aussi. C'est un lit simple ou un lit double ? » La vendeuse a pris une voix confidentielle et Materena devine qu'elle ne veut pas lui faire honte, parce que la taille de son lit peut en dire long sur la situation d'une femme.

« Double, dit Materena. C'est venu avec mon *tāne* mais… » Materena hésite. Elle n'a pas envie de raconter à la vendeuse toute l'histoire – nouveau lit, nouveau départ. La vendeuse attend que Materena continue. « C'est parce que, commence Materena, mon *tāne* et moi on va se marier cette année, et… »

« Félicitations ! »

« Merci, dit Materena en baissant les yeux. Ça fait

douze ans qu'on est ensemble, alors, c'est pas trop tôt, hein ? »

« Mieux vaut tard que jamais, dit la vendeuse en s'asseyant sur le lit. Ça, je comprends tout à fait pourquoi tu veux un nouveau lit, parce que c'est un nouveau départ pour toi et ton *tāne*. Alors, pourquoi tu mets pas ce beau lit première qualité sur ta liste de mariage ? »

« Ma liste de mariage ? »

« Ben, la liste des cadeaux », dit la vendeuse en tapotant le grand lit.

« On fait une liste des cadeaux pour le mariage ? » Materena n'a jamais entendu parler de cette liste-là. Tout ce qu'elle sait, c'est qu'on accepte ce qu'on te donne. Les saladiers, les coussins faits main, les draps, les assiettes… Un cadeau, c'est un cadeau.

« Tu n'as jamais entendu parler des listes de mariage ? »

« Ben non. »

« Ah, les Chinois et les *Popa'ā*, ils font ça. C'est une idée super, comme ça les mariés ils ont les cadeaux qu'ils ont envie. »

Materena se demande qui a les moyens de lui offrir ce lit-là. Ça a l'air vraiment cher. Il n'y a personne, sauf peut-être sa mère. « Peut-être c'est un peu trop cher pour ma famille », dit-elle.

« Ah mais ils peuvent se mettre à plusieurs pour faire le cadeau, dit la vendeuse. Dans ce cas il faudrait payer cash à la livraison parce qu'on ne fait pas crédit sur plusieurs comptes à la fois. »

« Alors, comment on fait ? » Materena a l'air vraiment très intéressée.

« Attends, j'explique. » La vendeuse tousse pour s'éclaircir la voix. « Tu nous donnes une avance et nous, on garde le lit pour toi parce que sinon je peux pas te garantir que le jour de ton mariage le lit va encore être dans le magasin. Mais ton mariage, c'est pour cette année ? Parce que nous, on peut pas garder le lit une éternité. »

« C'est pour cette année », confirme-t-elle. Dans sa tête, tout est presque prêt.

« Okay, continue la vendeuse. Tu me donnes une avance et je te donne un reçu, tu fais des photocopies et tu distribues aux gens qui vont participer à ton nouveau départ. Ils vont être très flattés que tu les as choisis. »

11
Mosquito

Après le discours enthousiaste de la gentille vendeuse sur les cadeaux de mariage – ceux qu'on a envie de recevoir –, Materena a signé son nom dans un cahier bleu, pour donner à Conforama l'autorisation d'encaisser l'avance pour le nouveau lit : cinq mille francs par mois pendant trois mois, en commençant le mois prochain. Et maintenant, à moitié à l'aise dans le vieux lit où Pito râle à cause des moustiques, Materena fait dans sa tête la liste des *fēti'i* qui se sentiront honorés de contribuer à son nouveau départ. À qui va-t-elle demander ?

Pito donne des coups de pied dans la couverture, mais Materena a décidé de ne pas faire attention.

Elle a oublié d'acheter une nouvelle boîte de Mosquito. Il ne restait plus qu'un seul Mosquito dans la boîte et elle l'a allumé dans la chambre des garçons. Leilani a traîné son matelas jusqu'à la chambre de ses frères pour la nuit.

Mais Materena ne dit pas à Pito pour le dernier Mosquito parce que, si Pito sait qu'il y a un Mosquito en train de fumer dans la maison, il y a intérêt que le Mosquito fume près de lui.

Tout ce qu'il sait, c'est qu'il n'y a plus de Mosquito parce que Materena a oublié d'acheter une boîte *'āpī*.

« Pourquoi tu me dis maintenant pour les Mosquito ? » a dit Pito en grimpant dans le lit. La nouvelle l'avait mis de mauvaise humeur.

Tout ça, c'était il y a environ dix minutes.

Materena s'est enveloppée dans le *tīfaifai* des pieds à la tête sauf la bouche et le nez. Elle n'aime pas respirer dans la couverture : elle fait de la claustrophobie.

Elle entend le vol énervant des moustiques qui zigzaguent autour de sa tête et elle ne bouge pas plus qu'un tronc de cocotier. Elle se dit : Ils vont bien finir par se rendre compte qu'ils ne peuvent pas traverser la couverture.

« *'A ia* – ces moustiques ! » gronde Pito.

Il cache sa tête sous son coussin. « Ces moustiques ! »

« Hé Pito, dit Materena. Si tu n'arrêtes pas de penser aux moustiques, ils vont t'énerver encore plus. »

Materena a envie de dormir. Elle est fatiguée.

Pito gifle le coussin et donne un coup de pied dans le *tīfaifai*. « Comment on peut oublier d'acheter un paquet de Mosquito, hein ? »

« Tu penses tu vas chasser les moustiques en râlant ? » demande Materena.

« Moustiques de merde », répond Pito.

« Va boire la bière », dit Materena.

« Quelle bière ? Il y a pas de bière. »

Pito arrache la couverture à Materena pour la secouer.

« Pito, tu commences vraiment à m'énerver. » Materena arrache la couverture à Pito.

Pito sort du lit et allume la lumière.

« Quoi encore ? » soupire Materena.

Pito tire encore le *tīfaifai* des mains de Materena et se met à l'agiter en direction des louvres ouvertes de la fenêtre.

« Qu'est-ce que tu fais ? » demande Materena.

Pito informe Materena, au cas où elle serait aveugle, qu'il est en train de chasser les moustiques hors de la chambre. Il continue à agiter la couverture un moment, puis il ferme les louvres et éteint la lumière.

« Okay, dit Pito en se remettant au lit. Maintenant, essayez de rentrer dans la chambre, moustiques de merde. »

Mais il fait tellement chaud avec les louvres fermées, Materena n'arrive pas à dormir. Elle étouffe. Elle a besoin d'air. Elle se lève et elle rouvre les louvres. Pito se met à râler mais elle ne fait pas attention.

Elle retourne au lit et s'enroule dans le *tīfaifai*.

Et les moustiques reviennent dans la chambre.

Pito se donne des gifles sur les joues. « Putain de moustiques de merde ! »

Bon, ça suffit comme ça. Materena n'a pas envie de rester une seconde de plus dans cette chambre. La comédie de Pito la fatigue, elle en a assez.

Elle se lève. « Si tu ne peux même pas supporter un malheureux, minuscule petit moustique… Imagine un peu les contractions que nous on supporte quand on accouche ! »

« Hé, ho ! » proteste Pito.

Et le voilà qui se remet à râler qu'il a toujours dormi avec un Mosquito à côté de son lit depuis qu'il est tout petit ; et quand on a dormi pendant trente-cinq ans avec un Mosquito, c'est pas évident de dormir sans Mosquito, comme ça, sans prévenir ; que s'il était bourré, à la rigueur, mais là, il est pas bourré ; et que, chaque fois qu'un moustique le pique, ça le réveille.

Materena sort de la chambre en claquant la porte et entre sur la pointe des pieds dans la chambre des garçons. Elle s'allonge près de Leilani et ferme les yeux, dans l'odeur parfumée du Mosquito qui remplit la chambre.

« Vous avez fait bagarre ? » demande Leilani.

Materena dit à Leilani que Pito n'arrive pas à dormir sans un Mosquito et qu'elle n'arrive pas à dormir parce qu'il n'arrête pas de râler.

« Ah… Mais Papi, il ne va pas sentir le Mosquito à nous ? »

« Casse pas la tête, dors seulement, dit Materena. Tu as école demain. »

Le lendemain matin, la figure de Pito est constellée de piqûres de moustiques.

Ça lui fait une drôle de tête et tout le monde a envie de rire, mais Pito a l'air de très mauvaise humeur, alors tout le monde fait attention de ne pas le regarder. Mais Materena ne peut pas s'empêcher de le regarder et finalement elle éclate de rire. Les gosses se dépêchent de quitter la table pour aller rire tranquillement dans le salon.

Pito lance à Materena un regard mauvais.

« *'Auē* mon petit mari *ē !* dit Materena entre deux crises de rire. Si tu voyais ta tête ! »

« Eh, dit Pito sèchement. Je suis pas ton mari. Je vois pas la bague sur mon doigt. »

Materena continue à rire. Elle ne fait pas attention à la remarque de Pito. Elle sait bien que, quand on a mal dormi la nuit d'avant, on fait la gueule à tout le monde le lendemain matin.

Elle, en tout cas, a passé une très bonne nuit. Les moustiques ne l'ont pas embêtée du tout, et elle a eu tout le temps de réfléchir en paix avant de s'endormir : elle a dans sa tête la liste des souscripteurs possibles pour l'achat du nouveau lit.

12

La naissance d'Isidore Louis Junior

La cousine Giselle fait partie de la liste des souscripteurs pour le lit *'āpī* et, justement, Materena, chance à elle, lui tombe dessus en revenant de chez le Chinois avec sa fille Leilani. Mais, pour l'instant, Materena s'intéresse surtout au bébé que Giselle vient d'avoir – c'est un garçon.

Materena pose les sacs plastique par terre et ouvre les bras, ce qui veut dire : Laisse-moi tenir ce bébé tout de suite. Giselle passe le bébé à Materena. Elle va en profiter pour se rouler une cigarette.

« Et comment ça va, ma fille ? » demande Giselle à Leilani.

« Ça va bien, Tatie Giselle. » Leilani ne regarde même pas le bébé.

Giselle a mis une belle robe et elle a belle allure pour une femme qui a accouché il y a seulement deux semaines. C'est un peu comme ça pour le premier, se dit Materena, on perd son ventre assez vite. Mais à partir du numéro trois, on a encore l'air d'être enceinte deux mois après l'accouchement.

Il est si mignon, le bébé de Giselle, avec sa peau brune et son nez plat. Lui aussi est habillé pour sortir, un complet bleu et un bonnet bleu assorti. Le bonnet est joli mais il fait un peu chaud pour porter un bonnet de laine. Materena soulève un peu le bonnet – ce pauvre bébé est trempé de sueur. Elle a envie de dire à Giselle que ça n'est vraiment pas le jour pour mettre un bonnet de laine au bébé. Mais il n'y a que la maman de Giselle qui peut lui dire une chose comme ça et même, rien ne garantit que Giselle va l'écouter.

Materena frotte son nez contre le nez du bébé. Le bébé sent bon le talc. Materena se rappelle l'époque où elle poudrait de talc ses bébés. *'Auē !* – il y a si longtemps. Materena se sent toute bizarre – comme si elle avait envie de donner le sein à ce bébé-là. Ça lui arrive chaque fois qu'elle tient un nouveau-né et ça lui arrive souvent de tenir des nouveau-nés.

« Tu veux faire un bisou à Bébé ? » demande Materena à Leilani.

Leilani pose un bisou léger sur le front du bébé.

« Et où est-ce que vous allez, vous deux ? » demande Materena à Giselle.

« En ville. Faire des commissions. Je viens juste d'avoir mon allocation maternité, alors je vais dépenser mes sous. »

« Je vais attendre le *truck* avec toi », dit Materena, puis elle regarde encore le bébé. Il est si mignon. Tous les bébés sont mignons. Les bébés de Materena étaient très mignons. Il y avait toujours une infirmière pour dire : « Comme il est mignon, ce bébé. »

« Et c'est quoi le nom de ce mignon petit bébé ? » demande Materena.

Giselle sourit, elle rayonne même. « Ah Materena. Je peux compter sur toi pour dire des choses gentilles sur mon bébé. Tu sais, ce bon à rien de James, il a osé me dire que mon bébé ressemblait un peu à un chimpanzé. Lui, c'est fini, je le connais plus. Il était bourré, d'accord, mais c'est pas une excuse – c'est fini, je lui cause plus. »

« Ah oui alors ! » Materena n'en croit pas ses oreilles. On ne dit pas à une maman que son bébé ressemble à un chimpanzé ! Ce cousin, quel idiot !

« Et c'est quoi le nom de ce mignon petit bébé ? » redemande Materena.

« Isidore Louis Junior », dit Giselle en regardant Materena dans les yeux comme si elle attendait un commentaire.

Et pendant une seconde, Materena se dit : Isidore Louis Junior ! Qu'est-ce que c'est ce nom ? Où elle a bien pu aller pêcher ce nom-là ?

Mais, après tout, on a bien le droit d'appeler son bébé comme on veut.

« C'est un joli nom », dit Materena.

Giselle souffle une bouffée de Bison. « Ah bon, tu trouves c'est joli ? Moi, j'aime pas tellement. »

« Mais, alors, pourquoi tu l'as appelé Isidore Louis Junior ? »

« Je n'avais pas le choix. »

Materena sait qu'elle va en avoir pour un moment si elle veut savoir pourquoi elle n'avait pas le choix, parce que Giselle ne peut pas s'empêcher de commencer les histoires par le début.

« Tu n'es pas pressée ? » demande Giselle.

« Non, je reviens du magasin seulement », répond Materena.

« Tu n'as rien qui va fondre là, dans tes plastiques ? »

« Tu ne vas pas raconter pendant des heures, quand même. »

« Mamie, je peux emmener les commissions à la maison », dit Leilani.

Materena fait discrètement les gros yeux à Leilani pour lui dire : « Ça alors, vraiment tu exagères ! » Materena est en fait assez fâchée, parce qu'on ne file pas comme ça quand une maman est en train de vous montrer son bébé. Il faut admirer le bébé pendant au moins un quart d'heure.

Mais c'est vrai que Leilani, les bébés et les histoires d'accouchement, ça n'est pas encore de son âge, et elle va s'ennuyer. Et puis le beurre risque de fondre. « Okay alors, ma fille, dit Materena. Tu rentres et surtout tu mets le beurre au frigidaire. À tout à l'heure. »

Après deux ou trois autres bisous sur le front du bébé, Leilani s'enfuit avec les sacs des commissions.

« Okay, Cousine, commence Giselle. Alors voilà… J'ai eu mes contractions vers huit heures. »

« Huit heures du soir ou huit heures du matin ? » Materena pose la question parce qu'il n'y a pas beaucoup de *truck*s la nuit, et si ta voiture tombe en panne ou si la personne qui doit t'emmener a trop bu, il peut y avoir des problèmes graves.

« Huit heures du soir, répond Giselle. J'étais en train d'astiquer ma cuisine. »

Materena hoche la tête d'un air entendu. « Quand on se met à astiquer, ça veut dire que le bébé arrive. »

« Ben oui, sauf que je ne pensais pas que c'étaient les vraies contractions, parce que Isidore Louis Junior était prévu pour deux semaines après. D'après le docteur, il devait naître aujourd'hui. »

Materena sourit au bébé qui dort. « Alors tu étais pressé, toi, hein ? »

« Quand j'ai eu mes contractions, continue Giselle, j'ai pas paniqué du tout. J'ai cru que ces contractions-là, c'étaient seulement les contractions qu'on a avant, tu vois, avant les vraies contractions. Comment je pouvais savoir que c'étaient les vraies contractions, hein ? C'est mon premier bébé. »

« Ah oui, dit Materena. C'est difficile à savoir avec le premier. On n'a pas l'expérience, pour les contractions. »

« Okay. Alors je vais au lit. Je ne voulais pas que ces contractions-là deviennent des vraies contractions, parce que j'étais toute seule à la maison. »

« Et Ramona, il était où ? » Materena pose la question, mais elle connaît déjà la réponse.

« En train de boire avec ses collègues. »

« Et ton frère ? » Materena connaît aussi la réponse à celle-là.

« En train de boire avec Ramona. »

« Et Māmā ? »

« En train de prier chez quelqu'un. »

« Alors tu étais toute seule… *'Auē*, ma pauvre ! »

Giselle hoche la tête. « Il y aurait eu quelqu'un à la maison, j'aurais continué à astiquer la cuisine encore plus fort et j'aurais été bien contente que le bébé sorte. J'étais un peu *fiu* d'être enceinte. »

« Ah oui, c'est comme ça le dernier mois. Tu as envie que le bébé arrive seulement. »

« Tu as envie de revoir tes pieds », dit Giselle en regardant ses savates de plastique.

« Tu as envie de te sentir légère », dit Materena.

« Tu as envie de pouvoir dormir sur le ventre. »

« Alors, tu disais : tu vas au lit… » souffle Materena.

« Oui, et je ferme mes yeux pour dormir, enchaîne Giselle. Je me dis : Si je dors, les contractions vont s'en aller. Mais je n'arrivais pas à dormir. »

« Ah oui, les contractions ça fait vraiment trop mal. » Materena fait la grimace. Même si ça fait des années qu'elle n'a pas eu de contractions, elle se rappelle encore. Pas la douleur elle-même, mais elle se rappelle qu'elle criait, qu'elle criait, parce que les contractions faisaient tellement mal.

« Ah oui, ça faisait mal, dit Giselle. Mais c'est pas pour ça que j'arrivais pas à dormir. C'est parce que je me suis mise à penser au nom du bébé. »

« Ah bon, vous n'aviez pas prévu un nom pour le bébé ? » Materena est choquée. À Tahiti, il faut prévoir un nom pour le bébé avant la naissance. Il y a plein de femmes qui accouchent à l'hôpital Mamao en même temps que toi – dix, des fois quinze. On est dans une grande salle et la seule chose qui sépare les femmes en train d'accoucher, c'est un rideau. Ça peut être gênant. Une fois, Materena était sur le lit d'accouchement, les jambes écartées, en train d'attendre le docteur, et un inconnu est entré dans son box. Elle a hurlé et il est parti en vitesse. Il s'était trompé parce que Materena portait des chaussettes de la même couleur que sa femme. C'est comme pour les nouveau-nés. On les met dans une salle pour les laver, tout ça, et s'il n'y a pas de nom sur l'étiquette de ton bébé, on peut te donner le bébé d'une autre femme par erreur. Pour Materena, tout de suite après l'accouchement, Loana a suivi l'infirmière qui emportait son bébé pour le laver.

Il faut prévoir un nom. Bon, Giselle avait prévu un nom pour son bébé – plus ou moins. Sa maman voulait l'appeler comme ci, Ramona voulait l'appeler comme ça. Et puis il y avait la maman de Ramona qui voulait lui donner le nom d'un de ses ancêtres.

« Et toi, comment tu voulais l'appeler, ton bébé ? » demande Materena.

Giselle contemple son mignon petit bébé. « Je voulais l'appeler Michel. »

Materena trouve que Michel, comme nom, c'est quand même plus joli qu'Isidore Louis Junior, mais il y a des cas où tu es obligée de donner à ton bébé un nom que tu n'aimes pas.

« Alors tu étais au lit et tu n'arrivais pas à dormir », dit Materena.

« Oui, et les contractions deviennent de plus en plus fortes. Je me tourne d'un côté, je me tourne de l'autre côté. Et puis il y a eu un bruit de bouchon. »

« Tu as perdu les eaux. » Materena se rappelle le bruit de bouchon.

« Ah oui, le lit était tout mouillé, dit Giselle. J'ai maudit Ramona parce qu'il était en train de boire avec ses collègues. J'ai maudit mon frère parce qu'il était en train de boire avec Ramona. Et j'ai maudit Māmā aussi parce qu'elle était en train de prier chez quelqu'un. »

Giselle souffrait beaucoup à ce moment-là, et quand on souffre comme ça, on ne peut pas s'empêcher, on maudit tout le monde.

« Je me suis levée pour appeler quelqu'un, continue Gisèle. Mais alors je me suis rappelé que le téléphone était coupé parce que mon frère téléphone à son collègue qui fait son service en France, et la dernière fois, ce couillon il a téléphoné pendant deux heures et dix-sept minutes ! Le téléphone est toujours coupé. Il veut que je paye la facture avec mon allocation de maternité et je lui ai dit d'aller un peu voir en France si j'y suis. »

« Ah oui alors, dit Materena. L'allocation de maternité, c'est pas pour la facture du téléphone. »

« Ah non, c'est pour s'acheter une ou deux jolies choses, une robe neuve, je sais pas… Enfin, j'étais là, je ne pouvais téléphoner à personne, et je commençais à paniquer, alors je suis allée dans la cuisine pour chercher la noix de coco que Māmā avait achetée pour moi deux ou trois jours avant. »

« Pour boire le coco pour faire sortir le bébé facilement », dit Materena.

« Oui. Tu as bu le coco pour tes accouchements ? »

« Oui. »

« Et ça t'a aidée à pousser ? »

Materena réfléchit un instant. Elle n'est pas sûre si boire l'eau du coco a fait sortir ses bébés plus facilement parce qu'il ne lui a jamais semblé que ses bébés sortaient facilement quand il fallait pousser pendant des heures. Mais il faut croire aux vertus de l'eau du coco parce que des milliers de femmes avant toi y ont cru.

« Oui, ça m'a aidée un peu, dit Materena. Et toi, ça t'a aidée ? »

« Je n'ai pas trouvé le coco. J'ai regardé dans le frigidaire, j'ai regardé dans le garde-manger, j'ai regardé partout mais je n'ai rien trouvé. Je ne savais pas que Māmā avait mis le coco dans la valise du bébé. »

Alors, en désespoir de cause, Giselle a bu une demi-bouteille d'huile d'arachide, en pensant que l'huile, ça fait glisser et ça pourrait aider le bébé à sortir.

Materena rit, mais elle ne peut pas éclater de rire à cause du bébé qui dort dans ses bras. On dirait plutôt qu'elle se retient de tousser.

« Eh ben quoi, Cousine, dit Giselle. Je ne savais vraiment pas quoi faire. J'ai bu mon huile et je suis sortie. J'ai regardé le ciel et j'ai crié : "Mon Dieu, Sainte Vierge, doux Jésus – aidez-moi, je vous en supplie. Je ne veux pas accoucher toute seule. J'ai peur. S'il vous plaît envoyez-moi quelqu'un. Envoyez-moi une tatie sage-femme." »

Materena arrête de se retenir de tousser. Ah oui,

c'est pas marrant d'accoucher toute seule – surtout si c'est la première fois.

« Et alors, une tatie est arrivée ? » demande-t-elle, en espérant pour Giselle que Tatie Stella est arrivée, elle qui est une sage-femme confirmée. C'est Stella qui a mis Materena au monde et Loana a été si contente qu'elle lui a demandé aussi pour le frère de Materena. Loana ne voulait pas le docteur.

« Non, c'est le cousin Mori qui est arrivé », répond Giselle.

« Le cousin Mori ! » s'exclame Materena, qui se demande comment ce cousin-là a bien pu être utile à une femme en travail. Mais bon, le cousin Mori, ça vaut mieux que personne du tout.

« Mori est arrivé dans sa vieille Peugeot toute rouillée, dit Giselle. Il cherchait François – pour aller prendre sa cuite tous les deux évidemment. Et j'ai dit à Mori : "Mori, tu arrives bien. Juste pour m'emmener à l'hôpital." Mais d'abord il fallait que je lui demande s'il avait toujours son permis de conduire. Je voulais être sûre que son permis n'était pas confisqué. Quand les gendarmes te font arrêter et il n'y a pas de permis, ils font plein d'histoires, il faut aller dans leur voiture et après à la gendarmerie pour l'interrogatoire, ça dure, ça dure. »

« Ah, ils auraient vu ton gros ventre et ils t'auraient emmenée à l'hôpital – *ha'a vitesse* », dit Materena.

« C'est pas sûr, répond Giselle. À ce qui paraît, il y a un gendarme qui a arrêté une voiture et le chauffeur n'avait pas le permis, alors il a dit à sa femme, comme elle était enceinte, de faire comme si elle allait accoucher. Et la femme s'est mise à pleurer et à crier qu'elle avait mal. Alors le gendarme a mis le clignotant rouge sur le toit de la voiture et il a escorté les autres jusqu'à Mamao. Seulement, une fois à l'hôpital le gendarme, il a accompagné la femme enceinte jusqu'à la salle de travail. Il y a une infirmière qui l'a examinée avec l'enregistreur et tout et après, elle a dit au gendarme que cette femme-là, elle n'est pas du tout en train d'accoucher. Maintenant tous les gendarmes de Tahiti connaissent l'histoire. Et maintenant quand ils voient une femme enceinte qui fait comme si elle va accoucher, ils se méfient. »

« Ah, dit Materena. Mais ils auraient bien vu que tu ne faisais pas semblant quand tu aurais commencé à accoucher à la gendarmerie. »

Giselle prend un air horrifié. « J'ai pas envie d'accoucher à la gendarmerie. Tu te rends compte, tu es en train de naître et la première personne que tu vois de ta vie – c'est un gendarme ! » Giselle secoue la tête. « Ah non alors. »

« Alors, Mori avait son permis ? » demande Materena.

« Oui, il m'a montré et j'ai regardé la date. Alors je lui ai demandé s'il était bourré. Je ne voulais pas être emmenée à l'hôpital par un ivrogne. »

« Ça c'est vrai, avec un ivrogne on n'est pas sûr d'arriver à l'hôpital », dit Materena.

« On est sûr d'arriver au cimetière, oui. C'est comme Ramona, il devait arrêter de picoler une semaine avant la naissance, je l'ai fait jurer sur la tête de sa grand-mère. C'est pour ça, ce soir-là, il était en train de boire avec ses collègues – pour rattraper une semaine sans sa bière. »

« Et alors, Mori, il était bourré ? »

« Non, il a dit qu'il avait juste bu un malheureux verre de bière. Je lui ai dit de souffler dans mon nez et j'ai bien senti. Ça sentait plus les oignons que la bière. J'étais bien contente. Alors je lui ai demandé s'il était sûr que sa bagnole elle va nous emmener à l'hôpital Mamao en un seul voyage. »

« Combien de questions tu as posées à Mori ? » Materena commence à se demander si Giselle était vraiment en travail parce que, si elle se rappelle bien, quand on va accoucher on ne pense pas à poser des questions.

Giselle a seulement posé trois questions à Mori. Une pour le permis, une pour s'il était bourré, et une pour la voiture.

« Et qu'est-ce qu'il a dit pour la voiture ? »

« Il a dit : "Eh, Cousine, peut-être que ma bagnole a l'air d'un tas de boue, mais moi je te dis, c'est une bonne bagnole, le moteur est impeccable." Ensuite il a expliqué que sa voiture sortait du garage, qu'elle avait eu une révision complète, qu'il préfère une voiture qui peut faire le tour de l'île cent fois sans s'arrêter plutôt qu'une voiture avec peinture neuve et quoi encore. Alors je suis allée chercher la valise du bébé, et j'ai écrit un mot pour Māmā pour dire que je suis à l'hôpital, et puis je suis montée dans la voiture de Mori. – Ça va, tu es pas *fiu* de tenir le bébé ? »

« Mais non », dit Materena. Il dort comme un ange, Isodore Louis Junior.

Giselle se roule une autre cigarette. « Le tas de boue de Mori est tombé en panne à Tipaerui. D'abord il y a eu un bruit de ferraille, et tout de suite après un autre bruit de ferraille, mais plus fort, et puis une explosion, et puis plus rien. Et heureusement que Mori est arrivé à s'arrêter au bord de la route plutôt qu'au milieu. J'aime pas quand on tombe en panne au milieu de la route. N'importe qui peut te rentrer dedans, par-devant, par-derrière. »

Materena frissonne puis hoche la tête. Elle est bien d'accord.

« Je n'ai pas paniqué, dit Giselle. Ça sert à rien de paniquer. »

« Ah oui, il vaut mieux rester calme et respirer lentement », dit Materena.

« Oui, je respirais lentement. Et Mori a dit : "Casse pas la tête, Cousine." Il a pris le *mōrī pata* dans la boîte à gants (heureusement la pile était neuve) et la boîte à outils dans le coffre et il s'est mis à réparer sa voiture. Moi, je parlais au bébé. Je lui disais : "Il faut pas venir maintenant, c'est pas le bon moment." Ça allait bien, mais la minute d'après j'ai eu une contraction terrible, j'avais si mal que j'ai hurlé. Quand ça a passé, j'ai crié après Mori : "Alors, Mori, elle démarre, ta fusée ?" Et alors Mori a annoncé que sa bagnole était K.-O., foutue, terminée, morte. »

« *'A ia ia*, dit Materena. Et alors ? Et après ? »

« Eh ben, qu'est-ce que je pouvais faire ? J'étais là avec mes contractions, et le tas de boue à Mori avec la fumée qui sortait du moteur et Mori qui pleurait à cause des sous qu'il a gaspillés pour la révision générale. »

« Tu parles d'une révision générale ! »

« Il s'est vraiment fait avoir, oui. Le mécano, soi-disant, c'est un collègue. »

« Travail camelote. »

« Voilà ce qui arrive, quand tu payes rien du tout, tu as rien du tout. »

« Ça c'est vrai, Cousine. Alors qu'est-ce que tu as fait ? Tu es partie à l'hôpital à pied ? »

« À pied ! s'écrie Giselle. Ça va pas la tête ? Avec mes contractions et quoi encore ? *'Aita ia*, j'ai décidé de faire du stop. »

« Ah, ça, c'est une bonne idée. »

« Oui. Une voiture est passée devant nous et j'ai fait signe et j'ai posé mes mains sur mon ventre comme ça on va savoir que je fais signe parce que je suis enceinte. Mais la voiture ne s'est pas arrêtée. »

« La voiture ne s'est pas arrêtée ! s'exclame Materena. Il y a des gens alors, vraiment ! »

« Une autre voiture est passée – même chose. Et alors je me suis dit que peut-être les gens ne s'arrêtaient pas à cause de Mori. »

« Eh oui. » Materena comprend. Mori fait plus d'un mètre quatre-vingt, c'est un grand balèze avec une barbe jusque-là et les cheveux rasta jusque dans le dos. En plus, il est couvert de tatouages « local ». Si tu connais pas Mori, c'est vrai, tu peux avoir peur. Il a l'air… enfin, il a un peu l'air d'un sauvage, d'ailleurs c'est un sauvage, mais il n'est pas méchant. En fait, il est très gentil.

« Qu'cst-ce que tu as fait avec Mori ? »

« Je lui ai dit de se cacher derrière sa perte totale. Une autre voiture est arrivée et j'ai fait signe en montrant mon ventre et la voiture s'est arrêtée. C'était une Mercedes toute neuve avec un *Popa'ā*, un jeune. Il est sorti de la voiture. Je lui ai dit pour mes contractions et il a dit de monter dans la voiture, alors je suis montée dans la voiture. »

« Et Mori ? »

« Ah, Mori est monté dans la voiture aussi, dit Giselle. Je l'avais complètement oublié, celui-là, mais la porte arrière s'ouvre et voilà Mori qui monte avec la valise du bébé. Mori a dit au *Popa'ā* : "Casse pas la tête, Jo : c'est ma cousine, elle." Alors bon, on fonce vers la ville et, même pas une minute plus tard, voilà que j'ai envie de pousser. J'essaye de me retenir, je voulais pas salir la voiture neuve du *Popa'ā*, mais je te jure, Cousine, je sentais la tête du bébé. J'avais envie de hurler parce que c'était comme si on me déchirait le cul mais je suis arrivée à me contrôler. Faut pas crier devant des gens qu'on connaît pas. J'avais honte, oui. Si le chauffeur était vieux, okay alors. Mais il était jeune et il était si beau… *'Auē*, Cousine, on aurait dit un acteur. »

« Toi, alors… » glousse Materena.

« C'est pas tous les jours qu'on voit un bel homme. » Giselle cligne de l'œil et se met à rire. « Bref, on arrive à Papeete mais c'est trop tard et je me dis : Bébé arrive, Bébé arrive. Alors je demande au jeune : "Ça te dérange pas si j'ai mon bébé dans ta voiture parce que mon bébé il arrive." Le jeune me jette un coup d'œil et tout de suite il se range au bord de la route. Et je lui dis : "Mon cousin Mori, il va nettoyer après" et j'ai dit à Mori : "Hein, Mori, tu vas nettoyer après ?" Et Mori a dit : "Tu peux compter sur moi." Alors j'ai tiré ma culotte, j'ai posé mes pieds sur la boîte à gants et j'ai poussé. »

Et Isidore Louis Junior est né.

Les yeux de Materena sont pleins de larmes. Les histoires de naissance et d'accouchement la font toujours pleurer. Elle demande : « Le *Popa'ā*, le jeune, il s'appelle Isidore Louis Junior ? »

« *'Aita*, juste Isidore Louis. C'est moi qui ai ajouté Junior. »

« Ah, et Mori, il a nettoyé la voiture ? »

« *'Aita*, parce que après, quand Isidore Louis Junior est né, Isidore Louis nous a emmenés aux urgences à l'hôpital et puis il est parti seulement. »

« Peut-être il voulait un professionnel pour nettoyer sa voiture. »

« Eh oui, il y avait du boulot pour un professionnel avec tout le sang et toute la merde. »

Materena regarde Isidore Louis Junior au creux de son bras. « Toi, tu auras une histoire à raconter à tes enfants. »

Giselle sourit : « Ah oui alors. C'est pas tous les jours qu'un bébé va naître dans une Mercedes toute neuve. »

Voilà un *truck* qui arrive et Giselle fait le petit signe de la main qui veut dire : « S'il te plaît, arrête-toi là, juste pour moi. » Alors d'une pichenette elle envoie rouler son mégot sur la route et fait un grand sourire à Materena en lui reprenant son précieux bébé.

« Amuse-toi bien en ville », dit Materena après un dernier bisou sur le front de son neveu.

« Oh, un peu seulement », dit Giselle en haussant les épaules. Elle ajoute qu'elle va sans doute finir par payer la note du téléphone, parce que si on ne la rebranche pas et qu'il y a une urgence avec le bébé, comment elle fera pour appeler une ambulance ? En tout cas, ce qui est sûr, c'est que le téléphone il aura un cadenas dessus et la clé sera avec Giselle vingt-quatre heures par jour. C'est fini de payer les appels en France. Déjà qu'elle a des factures jusqu'aux oreilles.

Et, sur cette évocation de ses difficultés financières, Giselle monte dans le *truck* tandis que Materena, dans sa tête, raye sa cousine de la liste des souscripteurs pour le lit *'āpī*.

13

L'amour-l'amour

Et Rita ? se dit Materena en rentrant à la maison. Ça lui plaira, c'est sûr, de faire partie des souscripteurs, puisqu'elle est sa cousine préférée et tout ça. En fait, si elle ne lui demande pas, Rita risque même d'être vexée. Mais d'abord, ça pourrait être une bonne idée de lui demander seulement ce qu'elle pense des listes de mariage, pour voir. Il y a des gens qui aiment mieux faire des cadeaux surprises à la mariée. Rita doit passer dans un moment, Materena va en profiter.

C'est une journée typiquement tahitienne. Quelle chaudeur ! Après avoir étendu des draps sur le fil pour être tranquilles, les deux cousines remplissent deux grandes bassines et s'asseyent dedans. Les bras et les mollets ballants, elles soupirent d'aise – rien de plus revigorant que de rester là à tremper dans une bassine d'eau fraîche.

« Rita, commence Materena, qu'est-ce que… »

Mais Rita a quelque chose d'urgent à raconter et elle l'interrompt.

« Tu sais, Cousine, l'autre soir, avant-hier, j'avais envie de caresses », dit Rita.

Ah bon, d'accord. C'était donc ça. « Avec Coco ? » demande Materena.

Rita lève ses sourcils épilés. « Bien sûr avec Coco. Qu'est-ce que tu crois ? »

Materena demandait seulement. Des fois, ça arrive qu'une femme a envie des caresses d'un autre homme que son homme.

« J'ai décoré le lit avec des *tīpaniē* », continue Rita.

Materena glousse. « Ah bon ? »

« Je me suis massée avec le *mono'i*. J'ai lâché mes cheveux, j'ai mis un peu de rouge sur mes joues, et j'ai mis de l'eau de Cologne derrière mes oreilles et sur les coussins du lit. Coco était en train de regarder le match de foot à la télé. »

« Pito a regardé ce match-là aussi. »

« Je vais te dire, Cousine. Si au moins il y avait eu un documentaire à la télé au lieu de ce match de foot ! J'attendais que Coco vienne au lit, j'arrêtais pas d'appeler : "Ouh-hou, Coco, je t'attends, chéri." Mais Coco, il était tellement hynoptisé par le match de foot, il ne m'entendait pas. Au bout d'un moment je me lève, je vais dans le salon, je fais la belle devant la télé et je laisse glisser mon *pāreu* sans faire exprès – comme ça il voit ma peau briller avec le *mono'i*. Coco, il a même pas fait attention. Alors je fais ma voix sexy, je dis : "Coco, mon Coco." Lui, il fait comme ça avec sa main, dégage ! »

« Ah non ! » dit Materena.

« Ah si ! Alors j'éteins la télé, et Coco il se lève tout de suite et il rallume. Et puis il me dit : "Tu vas me laisser regarder mon match de foot ou quoi ?" Oh là là, Cousine, je peux te dire, j'étais folle ! Tu sais, quand tu as envie, tu peux pas attendre, hein ? »

« C'est vrai, tu peux pas attendre longtemps. »

« Je suis retournée au lit, continue Rita. Et j'attendais que mon Coco vienne me donner satisfaction.

Je l'entendais crier pour Faa'a, alors je criais aussi. Je voulais que Faa'a gagne, comme ça Coco aurait quelque chose à fêter. »

À ce moment précis, Materena sait que Rita n'a pas eu la satisfaction qu'elle attendait. Faa'a a perdu contre Pira'e, deux à zéro. Elle le sait parce que Pito a été de mauvaise humeur pendant tout le match. Il n'arrêtait pas de vociférer des noms d'oiseaux, et à un moment il a même engueulé Materena parce que, avec son repassage, elle l'empêchait de se concentrer. Elle a été obligée de partir dans la cuisine pour continuer à repasser.

Oui, mais peut-être Coco a décidé d'oublier la défaite de Faa'a dans les bras de Rita.

« Il est arrivé au lit de mauvaise humeur, dit Rita. Je savais qu'il était de mauvaise humeur – je l'avais bien entendu gueuler et taper du pied, mais je me suis dit : Ah, je vais lui faire un petit grattage de tête et ça va le détendre, après ça va être bon. »

« Ça, c'est une bonne idée. »

« J'ai gratté la tête de mon Coco pendant au moins cinq minutes. » Rita jette à Materena un coup d'œil et un sourire entendu. « Grattage spécial sexy, bien sûr. »

« Oui, bien sûr. » Materena sourit aussi.

« J'attendais que Coco passe à l'attaque, continue Rita. Mais il restait là seulement et je commençais à être *fiu* de gratter sa tête, alors c'est moi qui attaque avec des bisous. J'ai attaqué pendant au moins deux minutes et puis j'étais *fiu* de lui faire des bisous, alors je grimpe sur Coco. *'Auē !* Son *moa*, c'était tout mou. Alors il me dit : "C'est à cause du match, Rita. Je suis triste." Alors je lui dis : "Okay, mais demain tu as intérêt à me donner ce que j'ai envie..." Et puis hier soir, rien du tout. »

« Eh, Cousine, il est peut-être fatigué, c'est tout. »

« Je n'arrive pas à croire que Coco a refusé de me donner satisfaction hier soir. Ça fait six mois on est ensemble et il n'a jamais refusé de me donner satisfaction. Moi je te dis, Cousine, il y a une autre femme qui fatigue mon Coco. Mon problème, tu vois, c'est qu'il est beau garçon, mon Coco. Il a tellement de femmes qui le regardent. Elles passent à côté de lui et elles se retournent. Elles ne peuvent pas s'empêcher, parce que ses yeux à mon Coco, ils sont si beaux. Il y a tellement de femmes qui veulent de lui, des fois je me dis que j'aurais dû prendre un *sate* à la place. C'est vrai, non ? Un homme chauve, les autres elles vont pas regarder. »

« Il fait chaud, hein ? » dit Materena pour changer un peu de sujet.

Mais Rita n'a pas envie de parler du temps, elle a envie de parler de son Coco et pourquoi il ne lui a pas fait l'amour hier soir. « Je vais faire ma petite enquête, Cousine. Ce Coco-là, il a intérêt à faire attention parce que si je découvre qu'il y a une autre femme, je vais lui donner la potion à Coco – alors là, sans hésitation. »

« Quelle potion ? » Materena est inquiète maintenant.

« Le *rā'au* qui fait mou tout à fait le *moa* », dit Rita.

« Ça existe, un *rā'au* comme ça ? »

« Ah oui. C'est une vieille de Taravao qui fait seulement. C'est Lily qui m'a dit pour cette vieille-là. »

« Lily, notre cousine ? » Materena veut être sûre que Rita parle bien de leur cousine Lily et pas d'une autre Lily, parce que ça paraît tellement incroyable que Lily – la cousine – utilise une potion qui fait mou le *moa*. Lily est beaucoup plus le genre à utiliser un *rā'au* qui rende le *moa* bien dur.

« Oui, Lily notre cousine à nous, dit Rita. En tout cas, la vieille elle m'a raconté que, quand elle était jeune il y a un homme qui l'a fait souffrir, mais alors tellement qu'elle a décidé de consacrer sa vie entière à aider les autres femmes qui souffrent trop à cause d'un homme. Cette vieille-là, quand elle était jeune, elle était amoureuse d'un homme et il a promis de l'épouser, mais il a épousé une autre femme à la place. C'est pas cher, ses *rā'au*, n'importe qui peut acheter. Ça vient dans une bouteille de whisky, tu mets deux cuillères à café dans la bière pendant dix jours et après, le *moa*, il est mou tout à fait… et il reste mou pour toujours. »

« Le *moa*, il reste mou pour toujours ? »

« Ah oui, pour l'éternité, Cousine. » Rita hoche la tête plusieurs fois de suite pour confirmer la chose. « Ce Coco-là, il va regretter le jour où il a décidé de déconner avec une autre femme. Quoi alors ? Je lui donne pas assez à manger ? »

« Mais si, tu lui donnes plein à manger », dit Materena et elle est au courant parce qu'elles parlent de ça sans arrêt.

« Moi je te dis, Cousine, il a intérêt à s'occuper de moi ce soir… C'est sa dernière chance. » Rita dit ça avec un air vraiment méchant. « Mon Coco me fait pas l'amour ce soir, j'achète le *rā'au*, je lui donne pendant dix jours et après je brûle tous ses linges et je trouve un autre homme pour moi. »

« Tu ne vas pas faire ton enquête d'abord ? »

« Ah non. C'est *fiu* de faire l'enquête. Pas d'amour ce soir égale : tout mou le *moa* à Coco pour le reste de sa vie. »

Quand Rita rentre à la maison, Materena est tentée de courir à la cabine pour téléphoner à Coco à son travail et lui dire qu'il a intérêt à faire l'amour à Rita ce soir mais… ce que les femmes se racontent, c'est secret.

En allant au magasin Cash & Carry le lendemain matin, Materena n'arrête pas de penser à la menace de Rita. Materena est mal à l'aise rien que d'imaginer que Rita pourrait bien donner la potion à Coco. Et si Coco avait une attaque de cœur après l'avoir bue ? Rita serait peut-être accusée de meurtre et elle, Materena, de complicité de meurtre. Il faut qu'elle appelle Rita.

Rita travaille dans un magasin où on vend du tissu et c'est toujours le propriétaire qui répond au téléphone parce que Rita est en train de vendre du tissu aux clients, normalement. Et quand on appelle Rita à son travail, il faut dire au patron du magasin qu'on est famille et qu'on appelle pour quelque chose d'important pour la famille.

« Allo, ici la cousine de Rita et il faut que je parle à Rita tout de suite – problème de famille. »

« Faut pas parler longtemps, vous deux hein ? » Il est pas marrant, ce patron.

« Ah non, non. Je veux lui parler juste une seconde. »

« Parce qu'on a du travail ici. »

« Oui, d'accord. »

Materena entend le patron crier à Rita de venir au téléphone, c'est ta cousine – problème de famille. Rita arrive au téléphone.

« Rita, c'est moi. » Materena sait que le patron est en train de regarder Rita. « Dis-moi juste oui ou non. Coco, il t'a donné ce que tu veux hier soir ? »

« Ah oui, dix sur dix ! » Rita a l'air vraiment heureuse aujourd'hui. « Et dis à Grand-mère que je l'emmène à l'hôpital pour sa visite comme on a dit, okay ? Il faut que je te laisse, on a des clients. »

Materena est soulagée. Et puis elle se met à rire.

Cette Rita qui va s'imaginer que son Coco a une maîtresse ! Materena, elle, n'arrive pas à imaginer Coco en train de faire l'amour avec une autre femme. En fait, elle a du mal à imaginer Coco en train de faire l'amour, point. Le problème de Coco, c'est qu'il est plutôt gros. Pas vraiment gros, plutôt énorme. Il doit peser plus de cent trente kilos. Son surnom, c'est Sumo. Quand Rita lui a présenté Coco pour la première fois, Materena a dit à Rita : « Tu l'as bien regardé ? » Mais après tout, Rita, si elle veut un sumo, c'est ses affaires à elle. En plus, elle est plutôt grosse elle aussi. En fait, elle et Coco, ils vont bien ensemble. Mais c'est vraiment drôle d'imaginer deux sumos en train de faire l'amour.

'Auē ! Cette Rita-là, elle est toujours… Quelle chaudeur !

Eh, mais c'est parce qu'elle avait déjà trente-deux ans quand elle a découvert l'amour-l'amour – avec Coco. Maintenant, elle se rattrape de faire l'amour pour toutes ces années où elle était vierge pendant que ses cousines faisaient des bébés.

14

Tapeta

Materena tombe sur sa cousine Tapeta devant le magasin Cash & Carry, juste au moment où elles prennent leur Caddie avant d'entrer. Elles s'embrassent sur chaque joue.

« Il fait chaud, hein ? » dit Tapeta.

« Ah oui alors, Cousine. Il fait chaud en ce moment ! »

« Et tu vas faire des commissions ? »

« Oui, juste deux ou trois choses. »

« Ah, moi aussi. Deux ou trois *punu pua'atoro*, du papier-cabinet, du savon. »

« Et les gosses, ça va ? » demande Materena.

« Ma Rose, elle voulait jouer le piano », dit Tapeta.

Le piano ! se dit Materena, mais elle ferait mieux de ne pas avoir l'air étonné parce que Tapeta pourrait bien dire : « Quoi ? Ça t'étonne si ma Rose a envie de jouer le piano ? »

« Le piano ? » Materena a pris son air intéressé.

« Eh oui, ça m'a fait un choc quand Rose m'a dit qu'elle voulait jouer le piano. Enfin, elle ne m'a pas vraiment dit : "Māmā, je veux jouer le piano." Elle a plutôt dit : "Hé Māmā, et si je jouais le piano, hein ? J'aime bien la musique." Enfin, quelque chose comme ça. »

Ça, c'est drôle, se dit Materena. Nous, on n'écoute

pas ce genre de musique-là et il n'y a jamais eu de pianistes dans la famille depuis au moins cent ans. Nous, on chante, on joue la guitare ou le *ukulele*.

Bon, c'est vrai, le cousin Mori lui, il joue l'accordéon. Il a « trouvé » un accordéon dans un *truck* quand il avait douze ans peut-être, et il l'a rapporté à la maison et il a appris tout seul. Maintenant, avec l'accordéon, c'est un as.

Mais personne ne joue le piano. Il doit y avoir des cassettes de piano chez Tapeta. Pour Materena, on ne peut pas avoir envie de jouer le piano si on n'a jamais entendu la musique piano ou si on n'a pas le piano dans la maison pour jouer. Materena sait bien qu'il n'y a pas de piano chez Tapeta, alors depuis quand ils écoutent la musique piano chez eux ?

« Vous écoutez la musique piano chez vous ? » demande Materena.

Tapeta regarde sa cousine avec un drôle d'air. « Nous ? Écouter la musique piano ? Tu rigoles ! »

« Comment ça se fait alors que Rose, elle veut jouer le piano, si elle a jamais entendu la musique ? »

« Eh *pa'i*, pas besoin d'entendre la musique, elle veut jouer seulement. C'est comme moi, quand j'étais petite je voulais jouer le violon et j'ai jamais entendu la musique violon. »

« Toi, tu voulais jouer le violon ? » Cette fois-ci, Materena ne peut pas cacher sa surprise.

« Eh ben oui, dit Tapeta qui ne peut pas s'empêcher de rire. Mais tu dis à personne, hein ? J'ai pas envie qu'on me moque. »

« Bon, okay. Alors Rose voulait jouer le piano. »

« Oui, ma Rose, elle voulait jouer le piano. Ils ont un piano à l'école. »

Ah bon, maintenant Materena comprend.

Tous les jours apparemment, à la récréation de midi, Rose allait s'asseoir à côté de la classe de musique pour écouter la merveilleuse musique du piano. On donne des leçons de piano dans cette école-là si tu as les sous pour payer. Alors, Tapeta a décidé que sa fille allait jouer le piano aussi.

« Tu sais je suis le genre de maman je ferais n'importe quoi pour mes gosses. »

« Ah oui, moi, c'est pareil aussi », dit Materena.

Elle pourrait raconter toutes les choses qu'elle fait pour ses gosses mais là, ce n'est pas l'histoire de ses gosses. C'est l'histoire de Rose et du piano.

« Tu sais j'ai pas beaucoup de sous. » Tapeta prend son air pour faire pitié.

« Ah oui, moi, c'est pareil aussi. » Materena à son tour prend son air pour faire pitié.

« Mais quand ton gosse a besoin – tu fais tout ce que tu peux » dit Tapeta.

« *'Oia ho'i !* Tu es une bonne mère, Tapeta. »

« Merci, Cousine. Toi aussi tu es une bonne mère. Tout le monde sait les choses que tu fais pour tes gosses. »

Materena a envie de lui demander de donner des exemples mais c'est à Tapeta de donner des exemples si elle a envie. Elle ne peut pas lui demander comme ça... Mais Tapeta n'a pas envie de donner des exemples – elle a une histoire à raconter.

« Je me suis faite belle et je suis partie au bureau de l'école pour me renseigner pour les leçons de piano. J'ai mis ma jupe longue bleue et la blouse bleue, le complet quoi. C'est mes plus beaux linges. »

« Moi aussi, je mets mes beaux linges quand je vais au bureau de l'école pour payer le trimestre », dit Materena.

« Il faut toujours mettre les beaux linges quand on va au bureau de l'école. »

« Ah c'est vrai. Il faut faire attention la présentation », dit Materena en vérifiant son chignon d'une main.

« Ça va si tu mets ton *pāreu* quand tu vas payer le trimestre, continue Tapeta. Mais quand tu vas pour te renseigner pour les leçons de piano, il faut être vraiment présentable. Parce que les leçons de piano, c'est pas pour nous les petits *tetuanui*, c'est pour les riches, alors il faut avoir l'air un peu riche. »

Materena a envie de dire que ça ne sert à rien de faire semblant qu'on est riche devant les secrétaires au bureau de l'école parce qu'elles ont tous les renseignements sur tout le monde dans leurs classeurs. Elles savent que Tapeta est femme de ménage à l'hôpital et que son *tāne* est un bon à rien. Mais Materena ne dit rien parce que sa cousine n'aime pas qu'on lui rappelle que son *tāne* est un bon à rien, et elle n'aime pas aussi qu'on lui rappelle qu'elle est femme de ménage à l'hôpital. Dans sa tête à elle, Tapeta est infirmière. C'est comme Maurice, l'infirmier qui conduit l'ambulance, tout le monde l'appelle docteur.

« Alors, tu as dit au bureau de l'école que Rose veut jouer le piano ? »

« Non, j'ai juste demandé le prix. »

« Et c'était combien ? »

« Dix mille francs – pour un mois. »

« C'est pas mal. »

« C'est cher quand même. Moi, je peux nourrir la famille pendant une semaine avec un dix-mille-francs. Ce dix-mille-francs-là en moins, laisse-moi te dire, j'ai senti ça manquait. On a mangé plein de *'uru*. »

« C'est bon, le *'uru* », dit Materena.

« Pas de problème, moi je peux manger le *'uru* tous les jours. »

« Moi aussi. »

« C'est bon d'avoir un arbre à pain dans le jardin. »

« Ah oui alors. Quand il n'y a plus beaucoup de sous, tu peux toujours manger le *'uru.* » Materena sait de quoi elle parle.

« Moi, reprend Tapeta, je dis toujours aux gosses que, le jour où ils achètent une maison, il faut d'abord regarder s'il y a un arbre à pain dans le jardin. Et même si c'est pour louer seulement, toujours regarder s'il y a un *tumu 'uru* dans le jardin d'abord. »

« Rita et Coco ont fait ça aussi quand ils cherchaient une maison à louer, dit Materena. Ils ont regardé le jardin avant de regarder la maison. À eux, il y a trois *tumu 'uru* là où ils restent maintenant. »

« Mais Rita et Coco, ils n'ont pas besoin d'un arbre à pain, dit Tapeta. Ils ont des sous et pas de gosses. »

« Hé, Cousine » Materena est sur la défensive. « Juste parce que tu as des sous et pas de gosses, c'est pas pour ça tu manges plus le *'uru*. Rita, elle adore manger le *'uru.* »

« Moi, j'aime le *'uru* dans le ragoût », dit Tapeta qui connaît plein de recettes.

« Moi aussi. J'aime mieux le *'uru* que les patates dans le ragoût. »

« Et grillé – c'est tellement bon avec le *pua'atoro* quand tu mets dans le *'uru* et ça fond. »

« Frit aussi, c'est bon. » Materena espère que cette conversation ne va pas durer trop longtemps parce qu'elle commence à avoir faim.

« Des fois, je fais au four. J'aime bien le *'uru.* C'est *monamona* et ça remplit vite le ventre. On a mangé plein de *'uru* pour que Rose joue le piano. »

Tapeta sourit un instant, puis elle continue. « *'Auē !* Ma Rose, elle ne m'a pas *pa'i* cru quand j'ai dit qu'elle va apprendre le piano. J'ai été obligée de lui montrer le reçu du bureau pour qu'elle voie bien les leçons de piano, c'est pas des histoires que j'ai inventées. »

« Elle était contente, hein ? »

« Ah oui. Elle m'a dit : "Merci Māmā" et, quand elle m'a dit ça, je n'ai pas regretté mon dix-mille-francs – parce que quand on m'a dit le prix j'ai pensé : Dix mille francs ! Mais là, je me suis dit : Hé, tu vas être drôlement fière quand ta fille joue le piano. Et c'est quoi dix mille francs ? Les sous, c'est juste des sous – c'est fait pour dépenser. Quand tu meurs, tu n'emmènes pas tes sous avec toi. Et Robert qui ne se gêne pas pour crier après moi pour ce dix-mille-francs-là, tu sais ce que j'ai répondu à Robert ? »

Qu'est-ce que Tapeta a bien pu répondre à Robert ? Materena réfléchit deux secondes : « Ramasse tes affaires et repars chez ta maman ? »

« Mais non, j'ai pas dit ça quand même ! J'ai juste dit comme ça sur lui : Ferme-la. »

« Ah. »

« C'est pas ses oignons ce que je fais avec mon dix-mille-francs-là » dit Tapeta.

« Ah oui alors, tu travailles assez dur. »

Mais qu'est-ce qui s'est passé pour les leçons de piano ? Quelque chose a bien dû se passer parce que autrement Tapeta aurait dit depuis le début : « Tu sais quoi ? Ma Rose elle sait jouer le piano ! » Materena attend que sa cousine continue l'histoire de sa Rose et du piano.

Mais d'abord, Tapeta s'évente la figure avec ses deux mains, et après plusieurs longs soupirs contrariés, elle continue : « J'ai demandé à Rose après la troisième leçon quel chant elle sait jouer et elle m'a dit elle doit étudier les notes d'abord, il n'y a pas de chant. Alors j'ai dit : "Tu m'avertis quand tu sais jouer un chant, comme ça je viens à l'école pour t'écouter." Et Rose a dit : "Okay, Māmā." J'ai payé encore un mois et Rose ne me dit rien. Alors un jour, j'ai décidé de m'arrêter à l'école en allant à mon travail pour écouter Rose jouer le piano. Je suis restée à côté la classe de musique et j'ai ouvert mes oreilles et ce que j'ai entendu… *'A ia ia !* Laisse-moi te dire, c'était même pas de la musique. Et je me suis dit : Vingt mille francs pour ce bruit-là, horrible ! Je voulais une explication, non ? J'ai attendu la fin de la leçon. Quand Rose est sortie de la classe de musique, je me suis cachée derrière le mur. Et puis après, je suis allée voir la professeur de musique. »

Materena écoute, complètement absorbée par l'histoire.

« J'ai demandé à cette femme comment ça se fait ma fille elle joue pas bien. Et la femme a dit : "Votre fille doit travailler son piano tous les jours, il faut qu'elle se donne complètement à l'instrument… le piano doit devenir son obsession." Alors j'ai dit : "Ma fille, il faut qu'elle s'entraîne à jouer le piano tous les jours ?" La professeur de piano elle a dit : "Absolument." Alors j'ai dit : "Quel piano ?" Et la professeur de piano elle a dit : "Mais son piano, évidemment !" Là, je commençais à comprendre plus rien du tout. "Mais de quel piano on parle, là ?" j'ai demandé. »

Tapeta regarde Materena droit dans les yeux. « Tu sais ce qu'elle a fait, cette Rose-là ? »

Materena devine que Rose a menti à son professeur de musique comme quoi elle a un piano à la maison pour s'entraîner avec, mais c'est mieux de faire comme si on ne connaît pas le reste de l'histoire. Alors elle dit : « Non. »

« Cette tête de coco-là, elle a menti à son professeur de musique comme quoi sa grand-mère a acheté un piano pour elle ! Ah, je peux te dire, j'étais tellement fâchée après Rose. Quand je suis rentrée du travail, je lui ai demandé tout de suite : "Alors, tes leçons de piano, ça va ?" Et elle a dit : "Oui, ça va tout bien, Māmā." Alors j'ai dit : "Et comme ça, tu t'entraînes tous les jours avec le piano que ta grand-mère a acheté pour toi ?" Rose, elle m'a regardée et puis elle s'est mise à pleurer comme un bébé. Tu connais les gosses, ils se mettent à pleurer quand ils sentent que ça va barder. Tu n'as encore rien fait et déjà ils braillent. Alors je lui ai donné une bonne gifle, comme ça elle sait pourquoi elle pleure. Mais ça va maintenant. Rose m'a donné les explications. À la troisième leçon elle a compris qu'il faut avoir un piano à la maison quand tu apprends à jouer le piano et elle voulait me dire : « Bon, les leçons c'est fini, c'est pas la peine. » Mais moi, j'avais déjà payé pour encore un mois.

« Et quand la professeur de piano elle a demandé à Rose si elle a un piano, Rose a pensé c'est mieux de mentir. Elle a pensé si elle dit la vérité, la professeur elle va arrêter les leçons de piano et tous mes sous ça va être gaspillé. »

« Ah, les gosses », dit Materena en souriant. Elle se dit que Rose est vraiment gentille d'avoir inventé cette histoire comme quoi elle a un piano pour que les sous de sa maman ça va pas être gaspillé tout à fait.

Bon, allez, il faut que Tapeta fasse ses commissions maintenant. Alors les deux cousines poussent leurs Caddie dans le tourniquet du magasin Cash & Carry. Mais Tapeta a une dernière chose à ajouter : « On peut dessiner un piano sur un carton et s'entraîner à jouer avec les doigts seulement… Mais on n'entend pas la musique. »

« C'est vrai ça, Cousine, dit Materena. Avec la musique, c'est mieux si on entend. »

Une fois dans le magasin Cash & Carry, Materena se rappelle que Tapeta, c'est la plus grande chanteuse de l'église Saint-Joseph. À la messe, il y a toujours un peu le concours entre les cousines : chacune veut montrer sa belle voix et chanter plus haut et plus mieux que les autres. Mais quand Tapeta décide d'aller à la messe, alors là il n'y a personne qui essaye de faire concours avec elle, même pas la cousine Loma qui a vraiment une belle voix aussi.

La voix de Tapeta est profonde, puissante et bouleversante. C'est une voix qui vient de l'âme et c'est impossible de la comparer. Quand Tapeta chante *Ave Maria*, les mamans pleurent, les papas pleurent, le Père aussi pleure et tout le monde a la chair de poule. En poussant son Caddie, Materena espère que Tapeta voudra bien chanter *Ave Maria* pour elle quand elle va entrer dans l'église pour se marier.

Ça serait un merveilleux cadeau de mariage, et un honneur pour Materena. Et puis Tapeta ne sera pas obligée de dépenser l'argent qu'elle n'a pas.

15

Imelda

Plus tard, ses sacs Cash & Carry entre ses pieds, tout en attendant que le *truck* démarre, Materena se rend compte que tous ses *fēti'i* (ou du moins quatre-vingt-dix-neuf pour cent de ses *fēti'i*) sont comme elle, à se démener pour joindre les deux bouts. Peu de chances qu'ils contribuent à acheter un lit où ils ne dormiront jamais.

Materena ne voit pas comment elle pourrait leur demander ce genre de dépense. Elle en est même à se demander comment elle a pu imaginer ça ! Quel manque de cœur ! Il vaudrait mieux laisser tomber cette histoire de lit. Ou bien le payer elle-même, mais là, il va falloir qu'elle demande un crédit beaucoup plus long.

En fait, se dit Materena tristement, il vaudrait peut-être mieux laisser tomber toute cette histoire de mariage. Pas étonnant que les Tahitiens se marient si peu. Entre les cadeaux, le *tāmā'ara'a*, la bière, le vin… Laisse tomber. Autant continuer à vivre dans le péché.

Materena soupire et, par la fenêtre du *truck*, elle reconnaît soudain sa marraine Imelda avec son chapeau de pandanus blanc et sa robe-mission. Alors elle saute du *truck* avec ses sacs et ses provisions qui rebondissent contre ses mollets et court à la poursuite de sa marraine. Mais une autre femme l'a abordée la première. Imelda et la femme s'embrassent et se mettent à discuter. Imelda aperçoit Materena et lui fait un signe ; maintenant Materena n'a plus qu'à attendre qu'elle soit libre.

Materena a envie de parler à sa marraine. Elle ne l'a pas vue depuis presque un an maintenant qu'Imelda est toujours en voyage chez ses enfants avec Hotu son mari – qui est aussi le parrain de Materena.

Imelda a gardé Materena et son petit frère pendant pas mal de temps quand ils étaient gosses et elle les avait accueillis dans sa vie comme ses enfants à elle.

Imelda, elle a un don pour accueillir les gens dans sa vie. Materena se rappelle l'histoire du surfeur australien.

Quand Hotu a ramené le touriste à la maison, il a tout de suite bien plu à Imelda. C'était un touriste australien et Imelda n'avait jamais entendu parler de l'Australie avant. L'Australien avait deux planches de surf et un sac à dos, une belle tête, il était poli et sa poignée de main était ferme et franche.

Ce jour-là, Imelda allait faire des lentilles mais, puisqu'il y avait un invité, elle a décidé de faire du poisson grillé, du riz, du poisson cru et du taro.

Elle a obligé le touriste à manger. Il était timide, il n'osait pas prendre du *mā'a* la deuxième fois. Il y avait des fous rires à l'autre bout de la table, et Imelda a été obligée de dire à ses filles de se calmer un peu ou bien elles allaient effrayer le touriste.

Quand le touriste s'est levé pour débarrasser la table, Hotu lui a dit avec les mains de s'asseoir et de prendre son temps pour digérer, ici c'est les filles qui débarrassent. Mais l'Australien a continué à débarrasser, sans arrêter de sourire et de hocher la tête. Les filles ont fait la course pour débarrasser plus vite que lui et ça a été la même chose pour la vaisselle.

Dans le quartier, on a fait passer le mot : « Tout le monde laisse le touriste tranquille ou bien ça va barder. Si tu voles sa planche, tu vas avaler tes dents. »

Le touriste était protégé et il ne le savait même pas.

Imelda prenait très au sérieux la sécurité de ce gamin. Quand il n'était pas rentré à la nuit, elle était malade de souci pour lui. Elle imaginait qu'un requin l'avait attaqué, ou qu'il s'était noyé. Il était là depuis trois jours et elle le serrait dans ses bras comme si c'était son fils.

Un samedi matin, toute la famille a pris le *truck* pour la plage de Papara avec lui. *Pē'ue*, glacière, dix baguettes de pain, des boîtes de Swan et de pâté Hénaff pour les casse-croûte, tout ça quoi… et ils se sont installés sur le sable noir pour le regarder surfer. À chaque bonne vague, tout le monde criait de joie et de fierté. Quand il se mangeait un rouleau, tout le monde soupirait. Et puis les filles d'Imelda sont allées se baigner à la mer en short et en tricot, et son fils s'est promené sur la plage en faisant son style avec la planche d'Andrew comme s'il savait surfer.

Ce matin-là, Imelda s'est dit que ça serait bien si le surfeur australien restait avec une de ses filles. C'est sûr qu'elle aurait de beaux petits-enfants avec des cheveux blonds et des yeux verts.

Quant aux filles, l'Australien les intéressait toutes les trois, ça se voyait tout à fait. Elles s'étaient disputées à la plage et Imelda savait que c'était pour lui. Si elle avait eu l'âge de ses filles, elle aussi se serait disputée pour les beaux yeux du surfeur. Mais il devait avoir une fille qui l'attendait dans son pays parce qu'il n'a jamais rien fait aux filles d'Imelda. Il leur souriait seulement. Ou peut-être les filles n'étaient pas son style.

Imelda avait tellement envie que le touriste australien fasse partie de la famille mais ces choses-là, on ne peut pas les forcer.

Le touriste est resté vingt-trois jours dans la maison d'Imelda : c'est longtemps, assez longtemps en tout cas pour qu'on s'attache.

C'était triste, le jour où Andrew est parti. Toute la famille est venue le couronner à l'aéroport et tout le monde pleurait en lui mettant les colliers de coquillages. Ensuite, ils sont tous restés là à regarder le ciel jusqu'à ce que son avion ait complètement disparu.

'Auē !… C'était triste avec toute la famille sans lui à table. Les filles n'ont quasiment rien mangé pendant une semaine entière.

Imelda n'a plus jamais entendu parler de son fils adoptif australien. Pas de lettres, pas de visites, rien. Ça fait six ans maintenant. Tous les autres invités qui sont restés dans la maison d'Imelda lui ont envoyé des photos et des lettres écrites dans d'autres langues. Et quatre de ces touristes sont revenus chercher ses filles et son fils.

Mais Imelda n'a jamais rien reçu d'Andrew MacMahon, qu'un silence de mort.

« Il a dû se faire tuer par une vague, a dit Loana pour rassurer sa cousine. On ne mange pas à la table des gens pendant vingt-trois jours sans rien donner en échange. Le pauvre gosse doit être mort – Dieu ait son âme. »

De temps en temps, Imelda va à l'église faire une

petite prière pour Andrew MacMahon. Ça montre qu'elle est vraiment gentille, Imelda.

Imelda est toujours en train d'écouter cette femme qui lui parle mais ses yeux sont tournés vers Materena. Elle finit par s'excuser et se précipite vers Materena, les bras grands ouverts.

« Materena ma fille ! » Imelda prend le visage de Materena dans ses mains et elle l'embrasse sur les joues, sur le front, les yeux, le nez, la bouche. « Comment ça va, toi ? »

« Ça va bien, Marraine », répond Materena en la serrant très fort.

Les deux femmes restent là à se serrer très fort pendant plusieurs minutes.

« Et Mamie, comment ça va ? » Maintenant Imelda tient les deux mains de Materena dans les siennes.

« Ça va bien, Marraine. Elle a les jambes un peu raides quand elle se réveille le matin mais, autrement, la santé ça va. »

« Eh, dit Imelda, c'est parce qu'elle a trop dansé quand elle était jeune, mais il vaut mieux avoir des jambes raides qu'autre chose plus grave. »

« Ah oui alors, c'est vrai ça, Marraine. »

« Je vais aller la voir, Mamie. Demain ou sinon après-demain », dit Imelda.

« Ah oui, Mamie serait très heureuse de te voir. »

Imelda regarde Materena et il y a des larmes dans ses yeux. Elle la serre encore une fois dans ses bras. « *'Auē !* Materena *ē !* Ma petite fille, ah là là ! Mais tu n'es plus une petite fille. »

« Eh oui, Marraine. J'ai des cheveux gris maintenant. »

Elles se serrent encore et puis Imelda se dégage doucement.

« Et toi, ça va ? » demande Materena.

« Oui, ma fille. La santé, ça va, mais je suis un peu fatiguée. Parrain et moi, on est rentrés d'Australie hier. C'était notre vingt-neuvième anniversaire de mariage la semaine dernière, tu sais. Chantal, elle nous a emmenés dans le restaurant en haut de la tour. On voyait toute la ville de Sydney. »

« *'A ia !* » Materena ne sait pas trop à quoi ça ressemble, Sydney ; mais ça doit faire drôle d'être en haut de la tour et de voir tout.

« Et toi, ma fille. » Imelda caresse les mains de Materena dans les siennes. « Pas de projets de mariage ? »

Materena glousse d'abord. Puis elle dit : « Non. » Elle ne veut pas en parler aux gens avant que ça soit officiel – même pas à sa marraine bien-aimée.

« Mais n'oublie pas : le jour où tu te maries, Parrain et moi, on te paye le mariage. »

Materena presse les deux mains de sa marraine. « Merci, Marraine. »

Chaque fois qu'elles se rencontrent, Imelda lui rappelle que c'est Parrain et elle qui vont payer son mariage.

« Marraine, comment tu sais que je vais me marier un jour ? » Materena ne peut pas s'empêcher de poser la question.

Imelda sourit et montre son petit doigt. Elle fait toujours ça pour dire : « C'est mon petit doigt qui me l'a dit ! » Et le petit doigt d'Imelda, il sait toujours tout.

16

La moquette neuve

Depuis la généreuse proposition d'Imelda, Materena est très préoccupée par sa maison. C'est vrai qu'elle a toujours bien tenu sa maison, mais ce qui la préoccupe ces derniers temps, c'est qu'elle a décidé que la réception aurait lieu chez elle, pour le mariage. Les gens peuvent bien dire : « On n'est pas là pour regarder comment elle tient sa maison », mais il y en a toujours qui mettent leur nez partout dans ces occasions-là. Une chose qu'elle a bien l'intention de faire avant le mariage, c'est le carrelage de la salle de bains. Elle a récupéré cent ou deux cents carreaux (encore un cadeau de la cousine Lily) mais il n'y en a pas assez.

Mais aujourd'hui, c'est de sa moquette que Lily veut se débarrasser – cadeau au premier qui vient chercher. Materena va pouvoir cacher le vieux lino de son salon sous la moquette que Lily ne veut plus, et c'est déjà ça. Alors elle prend la brouette – la maison de Lily est à deux cents mètres à peu près seulement.

C'est une bonne chose que Pito et les gosses soient partis en visite chez Māmā Roti.

Materena en train de pousser sa brouette sur le bord de la route, ça fait drôle et les gens la regardent. Materena s'en fiche, elle ne pense qu'à sa nouvelle moquette. Cette moquette qui tombe du ciel c'est une chance qu'elle ne va pas manquer.

Quelqu'un klaxonne et Materena fait un signe de la tête sans faire attention au chauffeur de la voiture – ça doit être un de la famille. Pourtant elle ne reconnaît pas la Fiat blanche – ça doit être un de la famille qui a son permis mais pas de voiture et il a emprunté la voiture d'un collègue. Ça n'est pas important. Tout le monde klaxonne ou fait un signe quand on connaît.

Mais là, voilà cette voiture qui s'arrête en plein milieu de la route et une voix qui crie : « Materena ! »

Materena regarde qui est au volant. C'est Māmā Teta. Māmā Teta klaxonne encore une fois, tout sourire.

« *'Ia ora na*, Māmā Teta ! » Materena lui fait signe tout en jetant un coup d'œil aux deux voitures qui viennent de s'arrêter, coincées derrière la Fiat.

« Je viens d'acheter cette voiture pour mon bizness, dit Māmā Teta. Elle est belle, non ? »

« Ah oui alors, elle est belle. » Rapidement, Materena compte les voitures coincées derrière la Fiat de Māmā Teta. Il y en a sept maintenant.

« Et tu vas où comme ça avec ta brouette ? » demande Māmā Teta.

Mais les autres chauffeurs sont en colère, ils se mettent à klaxonner et il y en a même qui crient des obscénités. Alors Māmā Teta fait un dernier signe de la main puis elle démarre en trombe. Materena se remet à pousser la brouette aussi vite qu'elle peut.

Quand elle arrive chez sa cousine, elle est déjà trempée de sueur. Quand il y a quelque chose de gratuit, on peut être sûr que ça va intéresser plein de cousins et avec radio-cocotier on a intérêt à se dépêcher. Materena s'arrête au pamplemoussier, à environ cinq mètres de la maison, et elle appelle : « Cousine ! »

Il vaut mieux ne pas aller jusqu'à la porte et frapper, comme font les *Popa'ā*. Il vaut mieux appeler depuis le bord de la route, ou depuis la grille du jardin. La cousine Lily pourrait être en train de faire quelque chose qu'on n'a pas besoin de savoir et alors elle pourrait être fâchée que Materena vienne mettre son nez dans sa vie privée. Et si elle est fâchée après Materena, elle pourrait décider de ne plus se débarrasser de sa moquette.

Materena attend que Lily réponde. Peut-être Lily est en train de mettre un *pāreu*. Toutes les deux secondes Materena tourne la tête pour voir si quelqu'un d'autre arrive.

Lily n'est pas à la maison, elle a dû aller à l'usine de tapis pour acheter sa nouvelle moquette, mais Materena n'est pas sûre. Avant, c'était facile de savoir quand Lily était à la maison parce que sa vieille Citroën était garée dehors. Mais il n'y a pas longtemps, Lily a vendu sa voiture et acheté une Vespa et elle gare sa Vespa dans la maison. Elle gare sa Vespa dans la maison parce qu'elle a peur qu'on la vole si elle la laisse dehors. Et aussi parce que, comme ça, les gens ne savent pas si elle est à la maison.

Materena avance doucement vers la maison tout en appelant Lily : « Ouh-hou, il y a quelqu'un ? Cousine, tu es là ? »

Il y a un mot collé sur la porte : « La moquette est derrière. »

Materena revient à la brouette en courant, puis fait le tour de la maison avec la brouette. La moquette est soigneusement rangée sur des vieilles tôles. Materena fait la grimace. La moquette est d'un vert qui saute aux yeux.

Elle se dit : Une moquette verte ? Je croyais qu'elle

était marron. Là, on dirait un peu de l'herbe, non ? Si, mais c'est pas grave : la couleur, on s'en fiche !

La moquette est coupée en carrés, et Materena est bien contente : c'est plus facile de charger ces carrés-là dans la brouette qu'un grand rouleau de moquette. Elle prend un carré et le pose par terre pour l'essayer.

Ah, c'est vraiment doux. C'est agréable sous les pieds.

Alors Materena charge autant de carrés de moquette qu'elle peut dans la brouette. Quand même, elle va être obligée de faire plusieurs voyages. Il n'y a pas de temps à perdre. En repassant devant l'entrée avec son chargement, elle s'arrête pour arracher le mot collé sur la porte.

Materena est à environ cent mètres de chez elle quand elle entend quelqu'un qui l'appelle. On dirait la cousine Loma. Materena accélère parce qu'elle n'a pas envie de causer, et surtout pas avec sa cousine Loma.

« Hé, Cousine ! Cousine ! Cousine ! »

La voix aigüe de Loma est vraiment énervante et Materena a envie de continuer comme si elle n'entendait pas. Mais le problème avec les cousins, c'est que quand ils ont décidé qu'ils veulent te parler, on ne peut pas faire comme si on n'entendait pas. Et le problème avec Loma, c'est que quand elle a décidé qu'elle veut te parler, elle va te suivre jusqu'à la maison. Il vaut mieux que Materena s'arrête là pour faire une causette au bord de la route. Elle n'a pas envie que Loma la suive jusqu'à la maison. C'est plus facile de couper court à une causette au bord de la route que quand on est chez soi. Elle pose la brouette et se retourne.

Loma est toute rouge parce qu'elle a été obligée de courir pour rattraper Materena et ça n'est pas facile avec les sacs de commissions qu'elle porte au bout de chaque bras. Elle est toute rouge aussi parce que, comme d'habitude, elle s'est barbouillée avec du fond de teint. Loma laisse tomber ses sacs par terre et se plie en deux. Elle a un point de côté.

Materena se demande pourquoi Loma veut lui parler maintenant au lieu de rentrer directement chez elle avec ses commissions. Son beurre va fondre.

« Cousine – tu ne m'entendais pas ? » dit Loma toute essoufflée.

« Je pensais à autre chose », dit Materena.

« Il fait chaud, hein ? » Loma soulève son T-shirt pour éventer son estomac.

« Et Māmā, ça va ? » demande Materena.

« Ah oui – Māmā va bien. Hier soir, elle n'allait pas bien. Hier soir, elle était un peu malade. Mais maintenant, ça va. » Loma a les yeux fixés sur la moquette.

« C'est bon alors si ça va », dit Materena, tout en pensant : Qu'est-ce qu'elle a à me dire, celle-là ? C'est quoi la dernière nouvelle ?

« C'est la moquette à Lily, ça ? » demande Loma.

« Oui. »

« Lily, elle se paye une nouvelle moquette ? »

« Je ne sais pas » répond Materena.

Loma tâte la moquette. « C'est comme neuf, celle-là. Pourquoi Lily veut de la moquette neuve ? »

« Qui a dit qu'elle se paye une moquette neuve ? Si ça se trouve, elle se paye un lino pour changer. Et puis c'est pas vraiment comme neuf, celle-là. C'est vieux, cette moquette. Il y a des carrés, il y a des trous au milieu – là, en dessous la pile. »

« Ah bon », dit Loma.

Materena ne veut pas que Loma pense que la moquette cadeau de Lily est de bonne qualité parce que Loma va lancer la nouvelle sur radio-cocotier et alors on va voir débarquer chez Lily des cousins de tout partout. Pour l'instant, la plupart des cousins se disent sans doute que la moquette de Lily est vieille et pleine de trous. Normalement quand on donne quelque chose cadeau, ça n'est pas quelque chose de très bonne qualité.

« La couleur est un peu bizarre, dit Materena. Enfin, je veux dire – pour une moquette. »

« Ah oui, maintenant que tu le dis. Cette moquette-là, on dirait un peu de l'herbe, hein ? »

« Mais quand on donne quelque chose cadeau, faut pas se plaindre de la couleur. »

« Ah oui alors, c'est vrai ça. On fait pas attention la couleur. On prend seulement. »

Bon, allez, Materena va se débarrasser de Loma. Assez de causette comme ça pour aujourd'hui. « Okay alors, Loma. À un de ces jours. »

« Okay *ia*. Hé, attends un peu, Cousine ! Je peux te demander quelque chose ? Je peux mettre mes plastiques sur la moquette ? C'est moi qui vais pousser la brouette. » Loma est déjà en train de ramasser ses sacs plastique par terre.

Ah non alors, elle exagère. Comment ça se fait tous ces cousins, ils demandent toujours un service quand on n'a vraiment pas envie de se déranger ? Et comment on peut refuser quand c'est un cousin ou une cousine ? Et comment on peut refuser quand la cousine va aller raconter à tout le monde qu'elle était vraiment crevée ce jour-là et alors elle a vu Materena avec la brouette et elle lui a demandé si elle peut mettre ses sacs de commissions sur la brouette et Materena a dit : « Ah non ! »

Alors Materena pousse la brouette jusque chez Loma et Loma appuie sur les sacs de commissions pour qu'ils ne tombent pas de la brouette.

Heureusement pour Materena que c'est Loma qui lui a demandé ce service et pas une autre cousine qui habite plus loin que la maison.

Materena ne pousse plus la brouette aussi vite qu'avant. Les sacs de Loma pèsent lourd.

« Il y a quoi dans tes plastiques ? demande Materena. Des cailloux ? »

« Non, des boîtes de jus d'ananas, répond Loma. C'était en promotion. C'est pour faire le punch. »

« Ah bon. »

Alors Materena continue à pousser et Loma continue de bavarder. Elle raconte que Lily s'amuse à rendre tous ses copains jaloux et elle devrait faire attention parce qu'un de ces jours un des copains va piquer sa crise. Déjà, le dernier copain a brûlé tous ses linges, à Lily ! Et le copain d'avant il a cassé tous ses bols chinois en porcelaine qu'elle a payés vraiment cher, Lily. Attends voir un peu le prochain copain à Lily ce qu'il va faire !

« C'est incroyable ! Je sais pas où elle va les chercher, ses copains ! » dit Loma en roulant les yeux.

Materena a envie de dire à Loma de la fermer. Dire du mal de Lily, ça ne l'intéresse pas particulièrement, surtout avec sa moquette dans la brouette. Mais en fait Loma essaye seulement de compenser : son bavardage est destiné à distraire Materena, comme ça Materena ne va pas trop penser au poids supplémentaire des boîtes de jus sur la brouette et on va arriver à la maison plus vite. Et puis aussi Loma trouve toujours des méchancetés à dire sur les gens, c'est comme ça, elle ne peut pas s'empêcher.

Les voilà devant chez Loma.

Materena décharge les sacs vite, vite. Il ne manquerait plus que Tatie sorte et décide de lui demander des nouvelles de sa maman et de toute la famille. Loma remercie Materena mais Materena est déjà repartie avec sa brouette.

Loma la rattrape en courant. « Cousine, je peux te demander quelque chose ? Je peux avoir des carrés de moquette, juste un peu ? Pas plus de dix. »

Ah non ! Maintenant elle veut ma moquette. Vraiment elle exagère !

« C'est pour mettre dans la salle de bains », dit Loma avec son air pour faire pitié.

Et avant que Materena ait le temps de lui dire qu'on ne met pas de moquette dans la salle de bains, Loma explique que, quand elle sort de la douche, c'est froid, le ciment sur ses pieds, c'est mieux si elle sort de sa douche par-dessus la moquette.

Materena donne à Loma dix morceaux de moquette et elle redémarre en poussant sa brouette aussi vite qu'elle peut.

Materena arrive chez elle – enfin.

Elle décharge la moquette sur la terrasse.

Et elle repart pour un deuxième voyage.

Le sol du salon est entièrement refait et Materena se repose, couchée sur sa nouvelle moquette, bras et jambes en croix. Elle est fatiguée. Tout ce déménagement, pousser les meubles du salon sur la terrasse et ensuite tout ramener dans le salon.

Fiu.

Mais au moins c'est fait – et puis maintenant c'est fantastique.

Quand tu es allongé sur le lino, tu sens le ciment à travers, c'est dur. Mais avec la moquette posée sur le lino, tu ne sens plus rien, c'est doux tout à fait. Materena est encore en train de se prélasser sur sa moquette neuve quand Pito et les gosses rentrent à la maison. Ils voient la moquette verte et ils n'en croient pas leurs yeux parce que, ce matin quand ils sont partis, il y avait du lino marron dans le salon et, maintenant, il y a de la moquette verte.

Ah oui alors, ils sont surpris.

« C'est quoi, ça ? » dit Pito en montrant par terre.

« C'est de la moquette » répond Materena en se levant.

« Tu as eu ça où ? »

« C'est Lily qui a donné, cadeau. »

« Et le lino, tu as mis où ? »

« J'ai laissé sous la moquette. »

Pito secoue la tête. « C'est pas bon de mettre la moquette sur le lino. Faut enlever le lino d'abord et puis tu mets la moquette sur le ciment. »

« Hé, c'est trop dur d'enlever le lino ! Et on s'en fiche si la moquette est par-dessus le lino. Moi je préfère la moquette par-dessus le lino. »

« Okay, dit Pito. Mais après, faut pas venir me dire il y a un problème avec le lino. »

Materena fronce les sourcils. Il y a un problème quand on met la moquette par-dessus le lino ? « De quoi tu parles ? Quel problème ? »

« Ben, peut-être le lino va pourrir, dit Pito. Je sais pas. Tout ce que je sais, on met pas la moquette par-dessus le lino. »

Materena hausse les épaules : « C'est fait – c'est fait. »

« On dirait de l'herbe », dit Tamatoa en riant.

« Quand tu auras un travail et plein de sous, dit Materena à son fils, tu pourras payer à ta mamie une moquette d'une autre couleur. Ça lui fera très plaisir. »

« Le salon a l'air d'un terrain de foot », dit Pito qui rit aussi maintenant.

« Je préfère un terrain de foot qu'un vieux lino plein de trous », dit Materena sèchement.

« Moi aussi », disent en chœur Moana et Leilani allongés sur la moquette douce, et bientôt Tamatoa aussi vient s'allonger à côté d'eux.

« En tout cas, pour toi ça fait une pièce en moins à laver par terre hein ? » continue Pito.

« Je n'ai pas pensé à ça mais oui alors, plus besoin de laver par terre le salon – ça c'est bien pour moi. »

C'est toujours une corvée pour Materena de laver par terre dans le salon. Quand elle lave par terre, elle est obligée de monter la garde pour être sûre que personne ne vient marcher sur le lino pendant qu'il est mouillé, et c'est une corvée de monter la garde parce qu'elle est obligée de rester dans le salon au lieu de faire autre chose. C'est pour ça, la plupart du temps elle attend après que tout le monde est couché pour laver par terre.

« Pas besoin de balayer aussi », dit Pito avec un grand sourire.

Et Materena se rend compte que Pito est vraiment content qu'elle n'aura plus à balayer le salon. Elle sait bien que ça énerve Pito quand elle balaye, parce que chaque fois il est en train de lire son *Akim* sur le canapé et elle se met à balayer tout partout et elle veut l'envoyer dehors.

Oui mais, comment va-t-elle nettoyer le salon maintenant ? Elle n'a pas pensé à ce problème-là quand elle est partie comme une fusée chercher la moquette cadeau. Elle va être obligée d'acheter un aspirateur.

« Je vais acheter un aspirateur », dit Materena.

Et elle explique qu'elle va aller dans ce magasin où on peut prendre les choses seulement et on paye après, petit à petit. Un aspirateur, ça doit pas être tellement cher. Mais Pito se dépêche de la prévenir que les aspirateurs, c'est de la camelote, ici à Tahiti ça tombe en panne tout le temps à cause de l'humidité et c'est pas facile pour avoir les pièces – des fois tu attends un an si le magasin est obligé de faire venir les pièces d'Amérique.

Cette révélation démoralise Materena. Elle réfléchit un moment et bientôt, il lui vient une idée.

« Ça doit marcher avec le balai-brosse », dit-elle.

Pito s'empresse d'approuver son idée. Une amie de sa tatie a de la moquette à la maison et il paraît qu'elle la nettoie aussi avec le balai-brosse.

On va faire un essai.

Materena va chercher son balai-brosse, c'est celui qu'elle utilise pour la terrasse et la salle de bains. Elle va aussi chercher un peu de terre dehors. Elle étale la terre sur un coin de la moquette, puis elle brosse vigoureusement.

Ça marche, ouf ! Materena devine que Pito doit être très content parce que, si elle l'énerve avec le balai, qu'est-ce que ça serait avec un aspirateur !

Et maintenant, Materena emporte une tarte citron à Lily pour la remercier pour la moquette. Materena aurait voulu lui acheter un gâteau chocolat chez Chocolat Mon Amour, mais Lily n'aime pas les gâteaux chocolat. Elle aime seulement les gâteaux avec des fruits dedans.

Materena sait que la tarte citron, c'est une petite chose comparé à des mètres carrés de moquette, mais quand on donne une petite chose comme il faut, ça vaut comme une grande chose. Et Materena a l'intention de donner la tarte citron comme il faut – de la seule manière qui montre la vraie reconnaissance.

D'abord elle va serrer Lily très fort dans ses bras, et puis elle va dire : « Ah, Cousine, merci beaucoup vraiment pour ta moquette, c'est tellement mieux que mon vieux lino plein de trous. » Et puis elle va lui donner la tarte citron en disant : « Je l'ai faite exprès pour toi tu sais, Cousine. »

Materena ne veut pas avoir à entendre sur radio-cocotier qu'elle a récupéré toute la moquette de Lily (et comment elle a fait pour récupérer toute cette moquette avant tout le monde ?) – et qu'est-ce qu'elle a donné à Lily pour la remercier, hein ? Du vent !

Il y a une BMW garée dans la cour devant chez Lily. Lily n'est pas toute seule, et Materena ne sait plus quoi faire. Elle se dit que Lily est avec son nouveau copain et ça se peut bien qu'ils sont en train de faire l'amour. Mais peut-être c'est juste une copine à Lily de son travail.

Et Materena veut donner la tarte citron à Lily tout de suite. Si elle la rapporte à la maison, la tarte va disparaître. Déjà quand elle l'a sortie du four, Pito et les gosses sont arrivés en courant dans la cuisine à cause de la bonne odeur. Elle a été obligée de les chasser et de promettre qu'elle va faire une autre tarte pour eux en revenant tout à l'heure.

Mais cette tarte qu'elle tient dans ses mains, avec un linge propre par-dessus, c'est pour Lily.

Bon, elle n'a qu'à appeler.

Mais il y a un drôle de bruit qui sort de la maison. C'est comme un cri, ou quelqu'un qui pleure, ou les deux. Materena ouvre ses deux oreilles et elle entend Lily crier comme… hé ! comme si on l'étranglait.

Mon Dieu, c'est le nouveau copain qui est en train d'étrangler Lily !

Le cœur de Materena cogne dans sa poitrine. Elle

pose délicatement la tarte par terre. Okay, qu'est-ce qu'on fait maintenant ?

Elle va donner un grand coup de pied pour ouvrir la porte et puis… mais d'abord, elle a besoin d'une arme. Materena, paniquée, regarde autour d'elle. Ah oui, la pelle. Elle va chercher la pelle qui est appuyée au pamplemoussier.

Et si le copain a un couteau à débrousser ? Et s'il est grand, musclé, costaud ? Materena hésite. Peut-être elle devrait aller chercher Mori ?

Peut-être elle ferait mieux d'essayer de voir ce qui se passe ?

Elle revient vers l'entrée sur la pointe des pieds. La fenêtre est ouverte mais les rideaux sont fermés tout à fait. Materena, très lentement, sans respirer, avec un seul doigt, entrouvre les rideaux d'à peine un centimètre.

Il y a Lily qui est couchée toute nue sur un tapis et il y a une femme (toute nue aussi) qui est sur elle et elles se tortillent toutes les deux dans la position soixante-neuf.

Ah, c'est pas grave, Lily doit être *fiu* de tous ces hommes jaloux qui lui font toujours des ennuis.

En tout cas, Materena est rassurée que Lily n'est pas en train de se faire assassiner. Mais quand même, ça l'énerve un peu que Lily ait de la visite. Elle va être obligée de laisser cette tarte à Pito et aux gosses et de revenir un autre jour pour donner une autre tarte à Lily.

Remarque, elle pourrait aussi acheter un *pāreu* peint à la main dans le magasin de tissu de Rita et l'envoyer par la poste.

17

Maco et sa copine

Tout de suite après avoir acheté pour Lily non pas un mais deux *pāreu* peints à la main, Materena s'en va voir Cousine Georgette, qui est disc-jockey au Club 707, pour parler musique. Elle a rendez-vous dans un quart d'heure, alors elle presse le pas. En chemin, elle se rappelle le jour où le cousin Maco a présenté sa copine Georgette à la famille.

Maco a eu plein de femmes avant de trouver Georgette. Il a eu des jeunes, des vieilles, des mariées, et toutes étaient folles de son corps musclé et de sa belle tête.

Les femmes mariées donnaient à Maco des cadeaux comme une chaîne en or, ou une montre. Mais aucune de ces femmes, cadeau ou pas cadeau, n'excitait l'intérêt de Maco plus d'un mois parce que Maco était toujours vite *fiu*. Ses yeux avaient envie de voir d'autres yeux et ses mains le démangeaient de caresser d'autres *tītī*.

Et puis Maco a rencontré Georgette et ça a été la fin de sa carrière de Casanova.

Ça fait deux ans maintenant que Maco est avec Georgette, et il est toujours complètement amoureux d'elle. Quand ils dansent, Maco et Georgette, on dirait un seul corps et un seul rythme, et Georgette rend Maco complètement fou avec sa façon de tourner son derrière, vraiment sexy.

Il y a deux ans, quand Maco a annoncé à la famille qu'il voulait leur présenter sa nouvelle copine, sa maman, Stella, a remercié le bon Dieu et le Seigneur Jésus. Il n'y avait jamais eu de présentation avec les autres copines. En fait il n'y a pas beaucoup de copines qui ont mis les pieds chez Māmā Stella.

Stella, ça ne lui plaisait pas trop le succès de son fils avec toutes ces femmes. Elle voulait qu'il se calme un peu, qu'il devienne sérieux, et qu'il lui donne plein de petits-enfants pour les bercer et les gâter ensuite. Et elle était toujours en train de dire à Maco : « Fais un peu attention avec toutes ces femmes. Un de ces jours il y en a une qui va jeter un *pīfao* sur toi. Et puis touche pas aux femmes mariées, tu m'entends ? Tu n'as pas besoin de tourner la femme d'un autre homme. Des *vahine*, il y en a plein partout. »

Ah, Stella était tellement contente quand son fils lui a annoncé que c'était sérieux. « Ah, enfin ! Dieu merci, doux Jésus, merci. » Elle a répété ça comme une litanie en faisant son ménage et en préparant son *mā'a* préféré – un coq au vin.

Les jours suivants, Stella a essayé d'avoir quelques renseignements sur la nouvelle copine – comme sa famille, son travail, à quoi elle ressemble. Mais la seule information que Maco était prêt à divulguer, c'était son nom.

Georgette.

« Elle est jolie ? » demandait Stella qui trouvait Georgette horrible comme nom.

« Tu verras bien », répondait Maco.

Georgette a fait son entrée dans une superbe Honda noire, toute neuve. Stella et Jean, le papy de Maco, ont regardé Georgette sortir de la voiture et ça leur a fait un sacré choc. Georgette était grande, musclée, elle portait un mini-short collant et d'énormes boucles d'oreilles en plastique fluo.

Georgette était très nerveuse. Elle souriait avec le sourire spécial qu'on a quand on n'est pas sûr de l'accueil qu'on va recevoir.

Stella, qui arrive bien à cacher ce qu'elle pense, a couru embrasser Georgette sans hésiter trop longtemps avant. Mais dans sa tête elle pensait : C'est quoi encore, cette histoire ? Elle s'est retournée pour jeter un coup d'œil interrogatif à Jean, et Jean lui a répondu par une grimace discrète.

Georgette avait apporté des cadeaux avec elle. « Juste deux ou trois petits quelque chose », a-t-elle dit timidement. Deux bouteilles de Dom Pérignon, du pâté de foie gras, des biscuits salés et du fromage importé par avion – pas le Chesdale que Stella achète toujours.

Le dîner a commencé.

Stella s'est dit : Pas de panique, Georgette va durer la même chose que les autres. Pas longtemps du tout. Son grand bébé de Maco avait le droit de faire l'idiot de temps en temps, même si cette fois-ci il allait un peu loin.

Elle se rappelait les autres femmes, celles qu'elle avait des fois rencontrées à la maison par accident. Toutes vraiment belles. Elle aimait spécialement celle avant Georgette. Leila, elle s'appelait. C'était une vraie beauté, celle-là. Stella espérait bien avoir cette Leila comme belle-fille, mais c'est pour Georgette que Maco a dû la laisser tomber.

En tout cas, il n'était pas question que Stella laisse cette Georgette-là traîner par ici plus d'un jour. Demain matin elle allait faire la leçon à son grand bébé. Quelle tête de caillou. Il va falloir qu'il se débarrasse de cette Georgette *ha'a vitesse*, avant que la famille découvre sa dernière copine. Stella n'avait pas envie que la famille se moque d'elle derrière son dos. Stella n'avait pas envie que la famille se moque d'elle, point final. Mais en attendant, l'accueil, c'est sacré.

« Ça va comme tu veux, chérie ? » disait Maco, assis à côté de sa copine.

« Ça va, ça va. »

« Tu veux encore du riz ? »

« Oui, s'il te plaît. Et du poulet aussi. »

« Eh, on dirait tu as faim ce soir », disait Maco avec un coup d'œil égrillard.

Georgette pouffait. Stella a rougi parce que le poulet et le *moa*, c'est la même chose, et même Jean a rougi un peu.

Maco a regardé son père et sa mère. « Okay vous deux, on arrête la comédie, d'accord ? Oui, Georgette, elle a l'air d'un homme et elle parle comme un homme parce que ça se voit, non ? – c'est un homme. Georgette, c'est un *raerae*, okay ? »

Puis, en se tournant vers Georgette qui était en train de rire, Maco a dit : « D'habitude, la famille ils ne sont pas silencieux comme ça. Papy par exemple, quand il se met à parler, on ne peut plus l'arrêter. Et quand personne ne veut plus l'écouter, il parle au mur, hein, Papy ? »

Georgette a souri, un vrai sourire cette fois-ci. « Et alors ? Il a bien le droit de parler au mur. Moi je parle à mon oreiller des fois, quand j'ai envie de dire des choses et je veux que personne entende. »

« Moi, je parle au chien, a dit Maco. Le chien, il va jamais te dire de la fermer. »

« Moi, je vais jamais te dire de la fermer… mais faut pas m'emmerder », a dit Georgette en frottant lentement son épaule contre l'épaule de Maco.

Stella, qui commençait à être énervée, a pensé qu'elle ferait mieux de dire un ou deux mots à Georgette. « Ah, celui-là… Tu peux être sûre qu'il va t'emmerder la moitié du temps. Maco, c'est le champion des feignants. Je lui dis toujours, j'espère que tu vas trouver une femme qui n'aura pas peur de nettoyer derrière toi. En tout cas, moi je n'ai pas l'intention de nettoyer derrière lui toute ma vie. Il vaut mieux que je te prévienne. C'est parce qu'il tient de son père, c'est pour ça. »

Georgette a passé un bras autour de l'homme de sa vie : « En tout cas, si votre fils est prêt à accepter comme amant un grand poilu aussi moche que moi, moi je suis prêt à faire ma vie avec lui, comme il est. »

Alors Jean s'est écrié : « Georgette, tu me plais ! Toi au moins, tu as des couilles ! » Il était déjà bien bourré.

« Ça me fait plaisir que tu me rappelles que j'ai des couilles », a dit Georgette en riant et elle a rempli le verre de Jean à ras bord avec du Dom Pérignon.

Le dîner a continué jusqu'à une heure du matin. Alors Georgette est allée se coucher. Peu de temps après, Jean est parti en zigzaguant se coucher lui aussi parce que Stella lui avait fait signe de disparaître. Mais avant de disparaître, il a fait le pouce en l'air à Maco : « Georgette, *number one* ! » C'est vrai que Jean avait vraiment aimé le champagne et le fromage par avion. Stella, elle fait bien le *mā'a*, mais elle est un peu avare.

Maco, resté seul avec Māmā Stella, s'est fait tirer les oreilles. « Qu'est-ce qui se passe dans ta tête de coco, mon garçon ? Depuis quand tu cours après les *raerae* ? Le bon Dieu t'a donné tout ce qui faut pour plaire aux femmes et toi, qu'est-ce que tu fais ? Tu vas chercher un homme qui a besoin de se raser deux fois par jour même les jambes. Qu'est-ce que les gens vont dire ? »

« Māmā, je m'en fiche ce que les gens vont dire. Le premier qui rigole, je frappe. »

« Enfin vraiment, mon fils… Cette Leila, elle était bien pour toi. Pauvre Leila, moi je l'aimais bien. Toi avec cette Georgette… et c'est plutôt un George qu'une Georgette. Toi et elle, enfin… toi et lui, c'est pas sérieux, hein ? »

« On s'entend bien », a dit Maco.

« Elle ne peut pas te donner des enfants, Georgette. Tu ne veux pas des enfants ? » a dit Stella en se mettant à pleurer. Elle pleurait de penser que son seul enfant n'allait pas lui donner des petits-enfants, elle qui rêvait depuis toujours d'avoir des *mo'otua*. Chaque fois qu'elle aidait à mettre au monde un nouveau-né, elle se disait : J'ai envie d'avoir un petit-fils.

Maco a pris sa maman dans ses bras, tendrement. « Je veux juste être heureux, Māmā. D'accord ? Essaye de comprendre, hein ? »

Toute la famille a été scandalisée par cette Georgette. Ils disaient : « Ces deux-là, qui fait l'homme et qui fait la femme ? »

Maco a cassé le nez et mis deux yeux au beurre noir à James pour l'honneur de sa Georgette. À ce qui paraît, James avait dit à Maco : « Alors, tu manges le poulet tous les soirs maintenant ? »

Et Stella a flanqué une gifle à Loma pour l'honneur de Georgette. À ce qui paraît, Loma avait dit : « Tatie, j'arrive pas à croire que Maco, c'est un homosexuel ! »

Maintenant Maco et Georgette habitent loin, au district, où c'est un peu plus tranquille. Ils ont un *fare* bord de mer. Quand Stella et Jean vont les voir le week-end, ils sont gâtés-pourris par Georgette.

Et à Faa'a, tout le monde dit : « Ces deux-là alors, quelle chance à eux ! »

Maintenant Materena est au Club 707 mais la porte vitrée est fermée. Elle frappe et elle attend face à la porte. Elle sait que les gens qui passent sur le trottoir derrière elle la regardent de haut en bas mais c'est parce qu'elle a mis une robe et on voit bien la forme de ses *tītī*, pas comme avec son T-shirt XXL. Le Club 707 est une boîte de *raerae* et ses shows sont célèbres. Ça n'est pas tout le monde qui peut entrer au Club 707 pour voir les shows. Il faut avoir l'air respectable (pas de *taure'are'a* en pantacourt et en savates par exemple) et il faut aussi avoir des sous. L'entrée est assez chère et les boissons coûtent deux fois plus cher que dans n'importe quelle autre boîte. Rita est venue voir un show ici une fois avec Coco et il paraît que Coco avait les yeux collés sur les danseuses mais Rita n'a pas fait sa crise de jalousie puisque les danseuses étaient des hommes. Et d'après Rita, la boîte était pleine de femmes qui criaient : « À poil ! À poil ! » mais il y avait aussi quelques vieux qui buvaient tranquillement dans les coins sombres.

Materena frappe à nouveau.

Finalement, Georgette apparaît. Elle ouvre la porte : « Cousine ! » et donne à Materena deux bisous collants sur les joues. « Entre. » Georgette porte un bermuda kaki et des baskets avec des socquettes roses, et un chemisier blanc noué devant au-dessus de son nombril qui est percé d'un anneau. Elles vont jusqu'au

« bureau », une petite pièce pleine de miroirs, de perruques, de boucles d'oreilles et avec plein de costumes sur des cintres. Materena aperçoit un uniforme d'infirmière, un uniforme de fliquette, une robe noire avec des boutons en argent de haut en bas…

Et il y a des agrandissements de photos d'hommes partout sur le mur. Ils sont tous en train de faire gonfler leurs muscles. Materena reconnaît son cousin Maco, habillé d'un bout de calicot qui cache juste ses parties honteuses.

« Okay, dit Georgette en prenant son carnet. Comme tu m'as dit au téléphone, c'est pour le mariage de la copine de ta patronne. Tu as la date ? »

Materena a été obligée de mentir un peu. Si elle dit la vérité à Georgette, Georgette va dire à Maco et alors Maco va dire à sa maman. Et alors là, tout le monde va être au courant ! Et Materena veut garder son mariage secret tant qu'elle n'a pas fixé une date.

« Non, j'ai pas la date, elle ne m'a pas dit. Mais c'est pour bientôt. »

« C'est pour cette année ? » demande Georgette.

« Ah oui. »

« Eh bien tu as trouvé la bonne adresse. C'est moi la meilleure. »

Materena hoche la tête.

« La musique, c'est ce qu'il y a de plus important, continue Georgette en claquant ses doigts comme des castagnettes. Tout le monde se fiche du *mā'a* dans les soirées. Tu pourrais servir du corned-beef et du riz, les gens se souviendront de ta soirée pendant dix ans s'ils ont dansé toute la nuit, parce que danser, c'est ça qui rend les gens heureux. »

Materena opine à nouveau, même si elle n'est pas tout à fait d'accord avec Georgette, mais elle comprend bien que, dans le monde de Georgette, le *mā'a* passe après la musique et la danse.

Georgette continue, elle explique que la mission du disc-jockey c'est de renvoyer les gens chez eux au matin avec la tête pleine de bonheur, des idées comme : Je me sens si jeune aujourd'hui ! Je me sens si belle ! J'ai tellement envie de vivre ! Je suis si heureuse de t'avoir épousé !

À peine Georgette a fini son sermon, Materena veut l'engager tout de suite. Elle voit bien que, pour Georgette, faire disc-jockey c'est une passion. Et Materena se dit que ça doit être dur pour Georgette de faire danser les gens aux mariages, elle qui ne dansera jamais à son propre mariage.

« Okay alors et merci, Georgette, dit enfin Materena. Je vais faire la pub pour toi avec la copine de ma patronne. »

Georgette sourit.

Et maintenant, Materena passe aux choses sérieuses : « Et combien tu prends ? »

« Trois mille francs de l'heure. »

« Ah bon, tu travailles à l'heure ? Pas à la nuit ? » demande Materena.

« Je suis disponible tant que les gens ne sont pas fatigués de danser. »

« Et toi ? Tu n'es pas fatiguée ? »

Georgette baisse les yeux un instant. « J'adore les mariages, dit-elle. Pour moi, c'est un privilège de participer. »

18

Cinquante francs

Il faut maintenant que Materena aille voir sa cousine Moeata. Moeata était au chômage avant, mais aujourd'hui elle a une affaire qui s'appelle Chocolat Mon Amour, et c'est une affaire qui marche parce que le gâteau chocolat de Moeata est vraiment succulent. Ça fond sous la langue et en plus c'est un peu magique : ça rend les gens heureux.

Materena a goûté le gâteau chocolat de Moeata plusieurs fois. Une fois, Moeata a emprunté des ciseaux à Materena et ne les a jamais rendus. Quand Materena a demandé les ciseaux, Moeata a dit : « C'est perdu, tiens voilà un gâteau chocolat pour remplacer. »

Moeata a plein de clients réguliers, Rita et Georgette pour n'en citer que deux. Moeata garde tous ses sous dans une boîte de Milo vide enterrée dans le jardin.

Elle économise pour acheter une voiture, une neuve. Materena a décidé d'aller voir Moeata pour demander le prix d'un gâteau de mariage, et en marchant elle se rappelle l'histoire de Moeata et du chef du Service des Prêts.

Il y a douze ans de ça, Moeata a emprunté un cinquante-francs à une Chinoise de sa classe en lui promettant de lui rendre le lendemain. Mais le lendemain est arrivé et Moeata n'avait pas le cinquante-francs et elle a menti qu'elle avait oublié le cinquante-francs à la maison. Et quand le jour suivant est arrivé, elle a raconté la même histoire à la prêteuse. Et tous les jours suivants la prêteuse demandait son cinquante-francs.

« Où est mon cinquante-francs ? »

« *'A ia*, j'ai encore oublié. Je te rends demain. »

La Chinoise qui avait prêté la pièce à Moeata n'a pas manqué de dire à tout le monde que Moeata n'avait pas rendu ses sous.

Bon, dans les semaines et les mois suivants, il y a eu des fois où Moeata avait un cinquante-francs dans sa poche mais… elle n'arrivait pas à s'en séparer comme ça. Elle avait envie d'avoir quelque chose en échange de son cinquante-francs – un paquet de Twisties, des bonbons chinois, des choses à manger.

De temps en temps, Moeata se disait quand même : *'A ia*, rends-lui son cinquante-francs, *pa'i*. Et puis elle se disait aussitôt : Ah, casse pas la tête, c'est une Chinoise, elle a plein de sous.

Une année a passé.

Moeata est allée au collège Pomare et la Chinoise est allée au collège Anne-Marie Javouhey. La pièce de cinquante francs est tombée dans les poubelles de l'histoire.

Des années ont passé encore.

Un jour, Moeata a vu la Chinoise en ville et elle s'est dépêchée de disparaître dans la foule. Elle s'est dit encore une fois : *'A ia*, pourquoi je rends pas le cinquante-francs et on n'en parle plus ?

Mais comment on peut rendre un cinquante-francs ? Un billet de dix mille, ça va, mais un cinquante-francs, une pièce ! En plus, Moeata pensait que la Chinoise ne la reconnaîtrait même pas.

Et puis un jour, Moeata a demandé un prêt à la banque pour une voiture, une occasion, pas chère.

Elle a emporté les papiers de la banque à la maison et elle les a remplis en faisant bien attention. Il y avait une question : « Avez-vous un prêt non encore remboursé ? » Moeata a bien ri, et elle a fait un rond autour du non. Sûrement que le cinquante-francs ne comptait pas, là.

Moeata a porté les papiers pour le prêt à la banque et, deux jours après, elle a eu un coup de téléphone pour un entretien avec le chef du Service des Prêts. Soi-disant le chef du Service des Prêts voulait seulement poser encore unc ou deux questions à Moeata avant de prendre sa décision parce que certaines des réponses de Moeata sur le papier manquaient de précision.

Alors Moeata est allée à la banque.

Quelqu'un l'a emmenée au bureau du chef du Service des Prêts.

Le chef, c'était une femme. Elles se sont regardées…

Tu vas pas croire, mais le chef du Service des Prêts c'était la Chinoise, celle-là qui a prêté le cinquante-francs à Moeata à l'école il y a douze ans.

D'abord Moeata a eu envie de partir en courant dans le couloir mais elle est quand même arrivée à se retenir. Elle voulait tellement avoir les sous pour sa voiture. Alors elle a fait un sourire et elle a dit : « Alors c'est toi la chef du Service des Prêts ! »

« Ce nom-là me disait aussi quelque chose », a répondu la chef du Service d'une voix froide, professionnelle, et elle ne souriait pas.

Sans attendre, Moeata a sorti son porte-monnaie. Elle était si nerveuse qu'elle a laissé tomber le porte-monnaie par terre et une poignée de dix-francs s'est éparpillée partout sur la moquette. Moeata s'est mise à quatre pattes pour ramasser ses pièces tout en se disant : Pour une fois que j'ai vraiment besoin d'un cinquante-francs, tout ce que j'ai là, c'est des dix-francs et rien d'autre, c'est pas vrai alors !

Moeata a été obligée de payer sa dette en pièces de dix francs. « Tiens, voici. Ça fait cinquante francs – en tout. » Si elle avait eu la peau blanche, elle aurait eu les joues rouges de honte.

La chef du Service des Prêts a regardé Moeata droit dans les yeux en ratissant les pièces, et elle les a fait glisser dans son tiroir. Et puis elle est passée au questionnaire.

Voilà… Pour finir, Moeata n'a pas obtenu son prêt. Elle dit que c'est à cause de ce malheureux cinquante-francs qu'elle a mis si longtemps à rembourser – et elle se défend en demandant comment elle pouvait deviner que cette Chinoise allait devenir chef à la banque au lieu de travailler dans le magasin de son père comme les autres.

Moeata est occupée à faire fondre du chocolat dans la cuisine quand Materena arrive sans prévenir.

« *'Ia ora na*, Cousine ! » lance Materena.

« Tu n'es pas venue pour tes ciseaux au moins ? » Moeata a l'air un peu inquiète.

« Mais non, idiote ! Mes ciseaux, ils doivent être complètement rouillés de toute façon. Ça fait six mois tu les as empruntés. » Materena trouve incroyable que Moeata se rappelle les ciseaux. « Je suis venue pour me renseigner pour les gâteaux de mariage. » Et, avant que Moeata se pose des questions, Materena se dépêche de préciser : « C'est pour une copine de ma patronne. Elle se marie cette année. »

Materena jette un coup d'œil aux trois grands fours alignés côte à côte avec les trois bouteilles de gaz. Il y a assez de gaz dans cette cuisine pour… Materena essaye de chasser cette pensée de sa tête, mais elle n'y arrive pas. « Tu fais bien attention de fermer le gaz tous les soirs ? » demande-t-elle.

« Non, répond Moeata. C'est Māmā qui ferme. »

Ah, Materena est soulagée quand même. « Dis un peu, c'est combien le prix pour un gâteau de mariage ? »

« C'est combien la longueur d'un bout de ficelle ? » répond Moeata en haussant les épaules.

« Hein ? Quoi ? »

« Je ne peux pas te dire le prix si je ne connais pas la grosseur du gâteau », explique Moeata.

« Bon, eh ben disons… gros comme ça. » Et Materena dessine un grand carré avec ses mains. « Mais ça serait bien si tu fais une décoration par-dessus, comme ça on va savoir c'est pas un gâteau ordinaire. Peut-être tu peux écrire le nom des mariés dessus ? »

« Oui, je peux faire ça. J'ai d'autres décorations aussi. En ce moment, tout le monde veut des roses rouges. Parce que le rouge, c'est la couleur de l'amour et les gens se marient par amour – enfin, la plupart en tout cas. »

« Ah oui, ça serait bien. Okay alors, tu mets des roses rouges sur le gâteau. »

« La copine de ta patronne, elle veut des roses rouges sur son gâteau de mariage ? »

« Je dois juste lui dire c'est combien, dit Materena. Mais elle me fait confiance. Je lui ai expliqué pour ton gâteau chocolat, que c'est le meilleur gâteau chocolat de Tahiti. »

« Et comment tu sais, Cousine ? Je te vois jamais acheter mon gâteau. »

Materena se gratte la tête. « J'avais souvent envie de venir mais tu sais bien, il n'y a jamais assez de sous. »

« Tu sais bien que je te ferais crédit. On est famille. » Moeata a un peu l'air de faire la gueule.

« C'est vrai, mais tu me connais. Je n'aime pas quand il y a des dettes », dit Materena un peu sournoisement.

Fin de la discussion.

Moeata donne le prix à Materena et c'est vingt-cinq mille francs. Materena hoche la tête sans rien dire, mais dans sa tête elle hurle : Vingt-cinq mille francs !!! Et elle se dit que ce mariage va coûter plein de sous à sa marraine. Le problème avec les gâteaux de Moeata, c'est que le prix augmente tout le temps. Moeata a vraiment envie de s'acheter cette voiture.

Mais il faut être prêt à payer le prix si on veut que les gens se régalent avec le gâteau de mariage, et Materena est sûre qu'ils vont se régaler.

« Tu trouves c'est cher ? » demande Moeata.

Et avant que Materena ait le temps de répondre, Moeata dit : « Les gens dépensent plein de sous pour la musique aujourd'hui – mais ça intéresse qui ? »

« Ah, c'est bien quand tout le monde danse. Quand ils rentrent chez eux, ils sont heureux. »

Le chocolat a fini de fondre et Moeata apporte la grande casserole sur la table. « Normalement, qui c'est qui doit être heureux au mariage ? Les invités ? Ou les mariés ? »

« Eh ben si les… »

Moeata l'interrompt. « Le gâteau de mariage, c'est pas le gâteau seulement. C'est la chose la plus importante du mariage parce que ça symbolise le commencement du voyage que le mari et la femme vont faire ensemble. Quand ils coupent le gâteau, ils prennent le couteau ensemble tous les deux. »

« Oui. » Ça, Materena le sait, mais elle ne comprend pas comment la coupure du gâteau peut symboliser un voyage.

« Ils ont tous les deux une main sur le couteau, explique Moeata. C'est pas seulement la main de la mariée. » Moeata ouvre la paume de sa main droite et la regarde. « C'est pas seulement la main du mari. » Moeata ouvre la paume de sa main gauche et la regarde. « C'est leurs deux mains à tous les deux. » Elle joint ses deux mains comme pour une prière. « Ensemble. Ensemble dans la joie et la peine, pour le meilleur et pour le pire, jusqu'à ce que la mort nous sépare. »

Materena se dit que Moeata a dû forcer un peu sur les réunions de prière ces temps derniers. Mais c'est vrai ce qu'elle dit, quand même.

19

Une petite balade avec Māmā Teta

Māmā Teta est chauffeuse de mariage professionnelle. Elle s'est lancée dans ce bizness juste après son permis de conduire. Au départ, elle voulait faire chauffeur de taxi, mais après avoir étudié la question sérieusement elle s'est rendu compte qu'il y a trop de gens qui préfèrent prendre le *truck* parce que c'est pas cher et parce qu'il y a toujours un *truck* qui passe, au moins jusqu'à Faa'a. En tout cas, conduire des mariés avait l'air d'être un bizness beaucoup plus lucratif.

Le bizness de Māmā Teta marche bien, et elle est très heureuse de voir sa nièce Materena qui vient lui proposer une nouvelle affaire.

« Okay alors, dit Māmā Teta en claquant des mains. Comme tu m'as dit hier au téléphone, c'est la copine de ta patronne qui se marie ? »

« Oui, c'est ça. Elle se marie cette année, et elle veut avoir un idée du prix pour la voiture. »

« Elle est d'où ? » demande Māmā Teta.

Materena regarde Māmā Teta sans comprendre. « De Tahiti. »

« Mais non, pas de quel pays, ma fille. De quel district ? Elle habite où ? Et elle se marie où ? Moi, j'ai besoin de savoir, pour la distance. »

Materena hoche la tête, en se disant que Māmā Teta raisonne comme un chauffeur de taxi, après tout. « Ben… je sais pas trop où elle habite, la copine de ma patronne, mais si elle se marie à l'église Saint-Joseph, je pense qu'elle habite pas trop loin. En tout cas, elle aimerait bien faire le tour de Papeete avec le cortège et tout. »

« Bien sûr, bien sûr, dit Māmā Teta. Il faut le tour de Papeete, surtout si on habite pas loin de l'église. »

« Mais oui, il faut que tout le monde soit au courant, quand on se marie. »

« Les gens aiment bien voir la voiture de la mariée, dit Māmā Teta. Tout le monde s'arrête pour regarder. » Māmā Teta sourit. « Une femme en robe de mariée, dans une belle voiture, en route pour l'église, c'est magique. Ce jour-là, c'est une princesse. »

Materena sourit aussi. « C'est beau, une mariée, hein ? »

« Ah oui » Māmā Teta est bien d'accord. « Une femme qui va se marier, elle est radieuse de bonheur, mais c'est dur pour les nerfs aussi et j'ai eu des femmes au bord de la crise de nerfs dans ma voiture. C'est pour ça, le chauffeur, il faut un spécialiste. » Māmā Teta a un sourire professionnel, elle connaît son affaire. « Honnêtement, ma fille, essaye de faire comprendre ça à la copine de ta patronne, la chose la plus importante, le jour du mariage, c'est d'arriver à l'église calme et à l'aise. »

Et entière, ajoute Materena dans sa tête, en opinant gravement.

« Une de mes mariées, continue Māmā Teta, elle était si nerveuse qu'elle s'est mise à trembler (démonstration de Māmā Teta). J'ai cru qu'elle allait avoir des convulsions, et puis elle s'est mise à pleurer, et son père a dit : "Ce mariage, tu l'as voulu, alors arrête de pleurer." J'ai regardé dans le rétroviseur – je n'ai pas l'habitude de faire ça mais je me faisais du souci – et le père de ma mariée, il était là à regarder par la fenêtre comme un touriste ! » Māmā Teta secoue la tête et soupire. « Il était bon à rien, ce type-là. Alors j'ai décidé de prendre la situation en main. J'ai commencé à chanter *Aime-moi, comme on aime une rose* et ma mariée, elle s'est décontractée (Māmā Teta claque des doigts) comme ça ! Quand on est arrivés à l'église, elle avait un sourire jusque-là. »

« Ah, c'est bien ! » dit Materena.

« Il y a tellement de gens qui pensent, pour emmener la mariée à l'église, il faut savoir conduire et ça suffit, mais laisse-moi te dire, ça suffit pas. Tu as intérêt à être un peu psychologue. »

Materena opine d'un air entendu.

« Et en plus, continue Māmā Teta, j'offre des extras. Je suis la seule chauffeuse de mariage de Tahiti qui offre des extras. Les autres chauffeurs de mariage, ils t'emmènent seulement de A à B. »

« Des extras ? » Materena aimerait bien savoir en quoi consistent ces extras. « Quoi, par exemple ? »

« Eh ben, je chante », répond Māmā Teta.

Materena hoche la tête.

« Mais mon meilleur extra, continue Māmā Teta, c'est que je donne un petit cadeau à ma mariée. »

« Ah oui ? Ça, c'est vraiment gentil, Māmā Teta. »

« Ah, c'est seulement un petit quelque chose, ma fille. Ça n'a pas grande valeur, mais il me faut des heures pour trouver mon cadeau. Mon cadeau, c'est un porte-bonheur. »

« Ah, je suis sûre que la copine de ma patronne

elle va apprécier ton cadeau. Et c'est quoi ? Tu peux me dire ? »

« Ben oui, je peux te dire parce que c'est pas toi la mariée, mais il faut pas *pa'i* dire à la copine de ta patronne parce que, si la mariée elle sait c'est quoi le cadeau, le porte-bonheur peut-être il ne va plus marcher. »

« Alors faut pas me dire ! » Et Materena se dépêche d'ajouter : « Ça pourrait m'échapper ! Dis-moi le prix seulement avec le tour de Papeete inclus. »

Materena a maintenant tous les renseignements nécessaires et elle pense qu'elle prendra Māmā Teta pour la conduire à l'église le jour de son mariage, même si la conduite de Māmā Teta est un peu approximative quand il y a un gendarme à l'horizon. Materena ne peut pas s'empêcher de rire tout fort quand elle repense à l'histoire de Māmā Teta et du gendarme.

Un jour, juste après qu'elle a eu son permis de conduire, un gendarme s'est mis à suivre Māmā Teta et elle ne faisait rien de mal. Elle emmenait juste son fils et ses *mo'otua* faire une petite balade, et elle conduisait bien en dessous la limite de vitesse. Bon, c'est vrai sa voiture était vieille et rouillée ; oui, c'est vrai, elle faisait un bruit de casserole cabossée, mais Māmā Teta avait eu son permis du premier coup. En fait Gilbert, le moniteur d'auto-école, a dit à Māmā Teta plusieurs fois qu'il n'avait jamais vu personne conduire avec autant d'assurance qu'elle. Māmā Teta, elle n'hésite pas avant de doubler ou d'enfoncer la pédale du frein. Elle a des réflexes, et ça c'est important quand on conduit à Tahiti parce que, à Tahiti, il y a plein de conducteurs qui n'ont pas d'assurance et même plein de conducteurs qui n'ont pas le permis.

'Oia mau, Māmā Teta, elle a de l'assurance, mais ce jour-là avec ce gendarme-là qui la suivait, elle était en train de paniquer et d'oublier tout ce qu'elle avait appris pendant les deux semaines d'auto-école avec Gilbert. Elle était là, soudée au volant, les mains qui tremblaient, les jambes qui tremblaient, incapable de se concentrer, incapable de penser – la panique, quoi.

Johno a dit à sa maman : « Tu conduis comme une patate, Māmā. On est à limite 90 et tu roules à 40, regarde le compteur. »

« C'est à cause du gendarme qui me suit derrière. Il me rend nerveuse. » Māmā Teta était tellement nerveuse, elle avait les mains trempées de sueur et elle a été obligée de les essuyer sur son *pāreu*.

Johno s'est retourné et c'était vrai, il y avait un gendarme derrière.

Il a demandé : « Tu veux c'est moi qui conduis ? » en espérant que sa maman dirait oui parce qu'il était un peu *fiu* de rouler à 40.

« Je veux personne qui conduit à ma place ! J'ai mon permis et pourquoi ta vieille *māmā* elle a été obligée de passer son permis à cinquante-six ans hein ? Parce que mes gosses, ils ne viennent jamais me voir ! »

C'était l'éternelle dispute. Les enfants de Māmā Teta ne venaient jamais la voir assez souvent, elle voulait qu'ils viennent tous les jours, mais ils avaient toujours autre chose plus urgent à faire. Alors Māmā Teta a passé son permis de conduire et maintenant elle vient les voir sans prévenir. Comme cet après-midi où elle était venue pour emmener les gosses de Johno faire une petite balade. Johno, elle ne l'avait pas invité, il avait sauté dans la vieille Citroën au dernier moment.

Johno, tout ce qu'il voulait maintenant, c'est que la voiture s'arrête. Qu'elle s'arrête chez lui. Il était cinq heures et demie, sa femme devait avoir préparé le dîner et elle allait être vraiment fâchée si Johno et les gosses ne revenaient pas dans les cinq minutes. Les gosses aussi commençaient à s'agiter, *fiu* de la petite balade qui prenait si longtemps. Parce que leur grand-mère, Māmā Teta, avait la trouille de s'arrêter, au cas où le gendarme s'arrêterait aussi pour lui poser des questions.

« Māmā… pourquoi tu as peur des gendarmes ? » Johno était sérieux.

« Peur ? Je n'ai pas peur. » Māmā Teta s'est mise à chuchoter comme si on les espionnait… « Pourquoi tu me poses des questions idiotes ? »

« Māmā, tu peux parler normalement, c'est pas interdit par la loi. Tu peux même chanter. »

« Johno, on dirait tu fais tout pour m'énerver ! Qui va payer l'amende si on est arrêtés ? Je fais attention, c'est tout. Pourquoi tu me fiches pas la paix ! »

Johno a senti de la panique dans l'air. « Māmā ? »

« Quoi ? »

« Arrête un peu la voiture, je vais conduire. »

« Qu'est-ce que tu dis ? »

« Je dis : arrête la voiture tout de suite. Je conduis. »

« C'est ma voiture, je conduis moi, un point c'est tout. » Māmā Teta s'agrippait au volant.

En fait, ça n'était pas sa voiture. La Citroën appartenait à Lily, la nièce de Māmā Teta, qui était partie en France avec son dernier copain. Il était possible que Lily ne revienne pas de sitôt, suivant qu'elle en aurait plus ou moins vite marre du nouvel homme de sa vie. Dans ce cas, Māmā Teta pourrait acheter la voiture pour un prix raisonnable. Mais il était plus probable que Lily reviendrait dans les quinze jours parce que, belle comme elle est, elle change de copain dès qu'elle est *fiu*. Elle aime trop faire la bringue pour rester longtemps avec le même *tāne*. Alors, théoriquement, Māmā Teta avait peu de chances d'être propriétaire de la Citroën un jour.

« Māmā, arrête la voiture ! Je vais demander au gendarme pourquoi il nous suit. Il doit bien avoir une raison », a dit Johno.

Māmā Teta s'est mise à crier : « Tu laisses tomber le gendarme ! Il est pas question que j'arrête ma voiture ! »

Johno a soupiré. Pas question ? Attends un peu.

Alors, d'un seul coup, Māmā Teta a accéléré. Elle avait les dents serrées, l'air méchant. On va voir ce qu'on va voir.

« Qu'est-ce que tu fais, Māmā ? »

« J'accélère. Et toi, ferme-la. Il faut que je sème ce gendarme-là. »

Johno a soupiré. Est-ce que sa maman pensait sérieusement que la Citroën à Lily, ce tacot, ce tas de rouille, pouvait semer la voiture flambant neuve du gendarme ? Eh bien, oui. Māmā Teta poussait même avec sa poitrine contre le volant, sans doute pour faire aller plus vite la voiture. Plus vite ! Plus vite ! Alors on a entendu la sirène. Māmā Teta a sursauté, les gosses ont applaudi, Johno a été soulagé.

« Allez, Māmā. Faut s'arrêter, maintenant. »

« Je m'arrête pour personne. J'ai rien fait de mal. »

La Citroën continuait à foncer, de plus en plus vite.

« Tu es sérieuse, Māmā ? »

Māmā Teta n'a pas répondu.

« Māmā ! » Elle commençait à l'énerver Johno, sa maman.

Māmā Teta s'est mise à grommeler : « D'abord il y a trop de gendarmes ici… ils nous espionnent… ils attendent qu'on va faire une connerie pour nous foutre en prison… Je les vois… avec leur pistolet dans leur poche… pour nous faire peur à nous, les petits *tetua-nui*. Ils croient qu'ils sont mieux que nous avec leurs uniformes. Ils vont pas espionner les riches parce que les riches, ils donnent des sous pour eux… mais nous, on n'a pas le droit de faire une connerie, jamais. Ce gendarme-là, il sait bien que je suis rien du tout… Il peut s'amuser à me faire peur pour rigoler… Il montre son pistolet et les petits rien-du-tout comme moi, on a peur… Eh ben moi, je m'arrête pas, tu entends ? Je m'arrête pas pour le gendarme ni pour personne ! »

Il fallait que Johno fasse quelque chose. Quand sa *vahine* piquait sa crise (comme Māmā Teta en ce moment), il n'essayait jamais de la raisonner, parce que c'est une technique qui ne marche pas en cas de crise. Il avait une meilleure technique qui s'appelle la technique choc. Il n'avait jamais crié sur sa maman avant. Il l'avait envoyée promener assez souvent, mais toujours entre ses dents. Cette fois-ci, il faut lui faire peur. Il faut un choc. Il faut qu'elle se réveille. Il faut qu'elle arrête cette putain de bagnole avant de tuer tout le monde qui est dedans.

« ARRÊTE CETTE PUTAIN DE BAGNOLE IMMÉDIATEMENT ! » C'était un ordre.

Et Māmā Teta, calme et posée, a mis le clignotant, jeté un coup d'œil dans le rétroviseur, appuyé son pied sur le frein et s'est garée bien comme il faut sur le bas-côté droit de la route. Puis elle a coupé le moteur. Tout de suite après, le gendarme est venu garer sa voiture devant la Citroën à Lily.

Johno, trempé de sueur et tout tremblant, est sorti

de la voiture pour expliquer la situation au gendarme. Cette petite balade risquait de lui coûter plusieurs mille-francs. Il fallait qu'il arrive à amadouer le gendarme. Il y avait quelques chances que le gendarme comprenne : il avait une maman lui aussi, et une femme peut-être. Il devait savoir que les femmes ont dans l'ensemble des comportements bizarres.

« Bonjour, monsieur », a dit Johno, plein de respect pour le petit gendarme maigrichon qui s'avançait vers lui.

« Bonjour. » Le gendarme est allé directement vers Māmā Teta.

Māmā Teta a levé les yeux vers le gendarme en prenant son air pour faire pitié. Et puis elle l'a regardé plus attentivement et elle lui a fait un grand sourire comme quand on reconnaît quelqu'un. « Bonjour, monsieur », a dit Māmā Teta d'une voix mélodieuse.

« Madame. »

Johno ne bougeait plus, épaté par le culot de sa maman.

« Puis-je voir votre permis de conduire s'il vous plaît, madame ? » a demandé le gendarme.

Toujours la voix mélodieuse : « Mais certainement, monsieur... Voici, monsieur. » Il y avait une lueur d'amusement dans les yeux de Māmā Teta.

Le gendarme s'est assuré que la femme de la photo était bien la même que la femme assise au volant. Puis, l'air apparemment satisfait, il a rendu le permis de conduire.

« Est-ce que cette voiture vous appartient ? » a-t-il demandé.

Māmā Teta s'est mise à glousser. « Est-ce que cette voiture m'appartient ? Ah non, monsieur. C'est la voiture de ma nièce, elle s'appelle Lily. Elle est en France en ce moment… elle prend des vacances. C'est Lily qui m'a demandé de m'occuper de sa voiture jusqu'à quand elle revient. Là, je fais juste une petite balade avec mon fils et mes petits-enfants. »

Le gendarme a juste jeté un coup d'œil aux trois gosses parfaitement silencieux, assis sur le siège arrière. Puis il a regardé Māmā Teta. « Est-ce que vous êtes au courant… madame Lily… quand est-ce qu'elle revient ? Vous avez une idée ? »

« Oh, Lily, elle va revenir bientôt, très bientôt », a dit Māmā Teta en hochant la tête plusieurs fois.

Le gendarme a souri. Il a sorti son portefeuille de sa poche et il a tendu sa carte de visite à Māmā Teta. Elle l'a remercié plusieurs fois.

« Est-ce que ça vous dérangerait de dire à votre nièce de m'appeler dès qu'elle rentrera ? a dit le gendarme. J'ai un certain nombre de choses à lui dire… à propos de sa voiture. Par exemple, il faudrait qu'elle remplace rapidement les deux pneus avant. C'est même assez urgent. »

Māmā Teta a mis la carte de visite du gendarme dans son sac. « Ça c'est sûr, monsieur. C'est assez urgent. J'ai déjà dit à ma nièce Lily d'acheter une voiture neuve. C'est un peu difficile à conduire, celle-ci. Soyez tranquille, je vais dire à Lily de vous appeler dès qu'elle rentre. » Māmā Teta modulait d'un ton chaque fois qu'elle disait Lily.

« Merci pour votre coopération. »

« Oh, mais c'est rien du tout, monsieur. » Māmā Teta a fait un petit geste gracieux de la main.

Johno, de plus en plus épaté, est remonté dans la voiture sans rien dire, et Māmā Teta a attendu que le gendarme fasse demi-tour sur les chapeaux de roues et disparaisse dans le rétroviseur.

Johno était silencieux. Il aurait plutôt vu sa maman pleurer, implorer la pitié du gendarme, lui raconter ses problèmes de sous, ses problèmes de cœur, sa vie entière, mais non. Elle s'était contentée de sourire et de glousser.

Māmā Teta a poussé un sifflement de soulagement, et puis elle s'est mise à rire. « *'A ia ia !* Cette Lily alors ! Elle joue avec les gendarmes maintenant, hein ? Elle va m'entendre quand elle va rentrer ! Et ce gendarme idiot qui croit que je ne sais rien. Chaque fois que je disais Lily, ses yeux ça brillait, et je parie que son *moa* faisait cocorico ! »

« Qu'est-ce que tu racontes ? » a demandé Johno.

« Eh ben, regarde dans la boîte à gants. »

Johno a ouvert la boîte à gants. Il y avait un paquet de photos dedans. C'étaient toutes des photos de Lily avec un homme. Johno a feuilleté le paquet de photos, et sur chacune il y avait le gendarme tenant la belle et volage Lily par le cou, le bras ou la taille, comme un pêcheur qui vient de prendre une sacrée pièce et qui fait son sourire d'orgueil pour le photographe.

Johno a remis les photos dans la boîte à gants en secouant la tête d'un air perplexe.

Ah les femmes… Des fois elles font des trucs vraiment bizarres.

20

Une visite d'une minute

Ça fait une semaine que Materena accumule les renseignements et compare les prix des *mā'a*, des boissons, des robes de mariée, des alliances… toutes ces choses auxquelles il faut penser, toutes ces décisions à prendre avant de pouvoir dire : « Oui. » Du coup, elle a une vraie migraine.

'Auē ! Il y a tellement de choses à organiser d'abord.

Mais aujourd'hui, Materena a décidé de ne plus penser à l'organisation. Elle a décidé de penser à rien. Effacer le mariage dans sa tête. Juste se reposer. C'est si rare quand elle est toute seule, mais aujourd'hui elle y est arrivée. Elle regarde le plafond et elle profite du silence et de la paix dans la maison. Peut-être elle va dormir un peu ou peut-être elle va juste rester allongée les yeux ouverts.

En tout cas elle va faire comme elle a envie.

Pito est parti faire un tour avec Ati, ça veut dire il ne va pas rentrer avant la nuit. Les gosses sont chez sa mère, Loana, jusqu'à ce qu'elle soit *fiu* et les ramène – dans deux heures, peut-être trois avec un peu de chance. Elle a dit aux gosses qu'ils avaient intérêt à être sages, autrement ça va barder. Elle espère bien qu'ils vont rester chez leur grand-mère jusqu'à la fin de l'après-midi.

Materena a fait le grand ménage, tout sent bon, tout est rangé, il n'y a plus de linge à laver, plus de linge à étendre, plus de linge à repasser, et elle a même changé les draps.

Materena est parfaitement heureuse.

C'est alors que la tête de Māmā Roti apparaît derrière les louvres de la fenêtre. Ouh-hou !

Materena bondit sur ses pieds comme si le canapé lui brûlait le derrière, et automatiquement elle arrange avec ses doigts ses cheveux qui ne sont pas peignés. Ah, *fiu !* Materena est vraiment *fiu.*

Māmā Roti tape du poing à la porte. « C'est quoi, cette porte bloquée au milieu de la journée ! C'est quoi, ces rideaux tirés ! »

Materena est bien décidée à dire à Māmā Roti qu'aujourd'hui c'est vraiment impossible de bavarder. Elle va dire que le docteur lui a prescrit un repos absolu. Elle n'a pas envie de causer.

Materena débloque la porte et Māmā Roti envahit la maison. Il y a une femme avec elle et Māmā Roti la présente comme « une connaissance ». Et à sa « connaissance », Māmā Roti annonce : « Voici Materena, la moitié de Pito. »

La moitié de Pito ? Materena se dit : Quoi ? Je suis une mangue maintenant ? Ah cette femme-là ! Quel culot ! Quelle mal élevée ! Mais Materena ne peut pas être trop furieuse après Māmā Roti parce que quand sa mère Loana parle de Pito à quelqu'un, elle dit : « Tu sais, Pito, l'ombre de Materena. »

« Je ne vais pas rester longtemps, ma fille, dit Māmā Roti. Juste une minute. J'ai plein de choses à faire. Plein de choses à faire, mais il fait tellement chaud. » Et puis elle regarde par terre.

« Eh, c'est quoi, ça ? Où est le lino ? »

« Au dépotoir », dit Materena. Ça n'est pas vrai, mais elle n'a pas envie d'entendre une fois de plus quelqu'un lui dire qu'on ne met pas la moquette pardessus le lino.

« Et c'est quand tu as mis cette moquette ? » Māmā Roti est maintenant pliée en deux et elle tâte la moquette avec sa main à plat.

« Il y a quatre jours. »

Māmā Roti lance à Materena un regard soupçonneux en se relevant et elle s'installe confortablement dans le canapé. À ce moment précis, Materena se rend compte que la visite ne va pas durer juste une minute, mais plus probablement juste quelques heures. Māmā Roti s'évente avec la paume de sa main. Materena invite la « connaissance » à s'asseoir et va chercher une grenadine.

La « connaissance » trempe le bout de ses lèvres dans la grenadine et Māmā Roti avale la sienne d'un seul coup.

« Je peux en avoir une autre ? » Māmā Roti tend son verre vide à Materena. Materena se lève et va chercher une autre grenadine pour Māmā Roti. Après avoir avalé son deuxième verre de grenadine, Māmā Roti déclare qu'elle se sent beaucoup mieux. Il fait moins chaud tout à coup.

« J'ai acheté un ticket de tombola la semaine dernière », dit-elle.

« Ah oui ? » dit Materena qui s'en fiche complètement.

« Ma fille, si j'avais tiré le 3, le 7 et le 9 au lieu du 11, du 4 et du 2, tu aurais devant toi une millionnaire assise dans ton canapé. »

« Ah. » Materena a entendu mille fois l'histoire de

Māmā Roti et des millions qu'elle a presque gagnés et tout ce qu'elle aurait fait avec.

Ça recommence et ça continue : une nouvelle maison, une voiture, un voyage à Lourdes, un *speedboat* pour Pito, cent mille francs sur le compte de Materena – c'est-à-dire le compte épargne des enfants.

« Merci. » Il est entendu que Materena dit merci chaque fois que Māmā Roti distribue les millions qu'elle a presque gagnés.

Māmā Roti se perd alors dans une rêverie que personne n'interrompt. Elle sourit, et elle soupire. Son amie est toujours en train de boire sa grenadine du bout des lèvres et on dirait qu'elle ne va pas tarder à s'endormir. D'ailleurs elle sursaute quand Māmā Roti s'écrie : « Et Pito *pa'i*, il est où ? »

« Il est avec Ati, répond Materena. Ils ne vont pas rentrer avant tard ce soir. »

« Et les enfants ? »

« Ils sont avec Mamie. Elle va les ramener ce soir. »

« Alors comme ça tu es toute seule, ma fille, dit Māmā Roti. Je suis contente d'être venue te voir, te tenir compagnie un moment, mais je ne peux pas rester longtemps. J'ai un rendez-vous en ville dans une heure – un rendez-vous important. »

Materena est bien contente d'apprendre que Māmā Roti a un rendez-vous important.

Mais, deux heures plus tard, Māmā Roti est toujours en train de parler.

« Māmā Roti, dit Materena, et ton rendez-vous important ? »

Māmā Roti hausse les épaules et avoue que ça ne fait rien si elle est en retard à ce rendez-vous important. En fait, ça ne fait rien si elle ne va pas du tout à son rendez-vous. Et ce rendez-vous important n'est pas vraiment important – c'est juste un rendez-vous chez le dentiste. Et Māmā Roti n'a pas tellement envie de subir la turbine du dentiste aujourd'hui, tout ce bruit dans sa bouche, *oïche* !

« Je peux prendre un autre rendez-vous avec ce dentiste-là, c'est un ami, on est presque famille – casse pas la tête pour ça, ma fille. » Māmā Roti tapote le genou de Materena.

Et maintenant, dit-elle, elle a un peu faim.

Materena va dans la cuisine pour faire des sandwichs. En coupant les tomates, elle a brusquement envie de s'enfuir par la porte de derrière et de se cacher sur le toit. Sa mère fait comme ça. Quand elle entend appeler quelqu'un qu'elle n'a pas envie de voir, elle va se cacher sur le toit et reste là tant que la personne n'est pas repartie, fatiguée d'appeler.

Materena serait bien allée se cacher sur le toit mais Māmā Roti n'a pas eu la politesse de siffler ou d'appeler de loin comme on fait normalement quand on arrive chez quelqu'un qui ne vous attend pas.

Et si j'avais été en train de faire l'amour avec Pito sur le canapé ? Materena rit toute seule à l'idée de Māmā Roti en train d'espionner à travers les louvres apercevant son fils en pleine action avec sa *vahine*.

Māmā Roti dévore son sandwich tandis que son amie grignote le sien du bout des dents. Materena se demande si la « connaissance » va finir par dire un mot. Elle se dit que, par politesse, elle devrait engager la conversation avec elle, mais… et si la copine de Māmā Roti était encore pire que Māmā Roti question bavardage ?

Māmā Roti regarde Materena dans les yeux. « Tu as l'air vraiment fatiguée, ma fille. »

« Je suis très fatiguée », soupire Materena comme si elle était épuisée.

« Repose-toi alors », dit Māmā Roti en prenant son air compréhensif.

Elle dit qu'elle est contente d'être venue la voir parce que, autrement, Materena aurait passé l'après-midi à inventer des choses à faire dans la maison.

« Au moins maintenant tu es en position assise, ma fille. » Māmā Roti se recale dans le canapé et attaque son refrain sur les femmes d'aujourd'hui qui font beaucoup trop de choses à la fois – à son époque…

Materena s'évade. Elle n'est plus dans le salon. Elle est… elle est dehors en train d'arroser ses plantes. Combien de temps elle passe à arroser ses plantes, difficile à dire.

Mais la voix perçante de Māmā Roti interrompt brusquement sa rêverie. « Ferme ta bouche, toi ! Tu sais même pas ce que tu dis ! »

La copine de Māmā Roti est debout et sa figure est toute rouge. « Moi, je sais pas ce que je dis ? C'est toi qui sais pas ce que tu racontes ! »

La copine de Māmā Roti remercie Materena pour la grenadine, les sandwichs, l'hospitalité, et elle sort de la maison à grands pas, la tête haute.

« Cette femme-là ! dit Māmā Roti. Ce vieux pruneau tout ridé… Ça fait depuis ce matin j'essaye de me débarrasser de cette vieille idiote, mais elle ne veut pas comprendre, elle me suit partout. Maintenant qu'elle est partie, on peut vraiment causer des choses qui nous regardent. »

Et Māmā Roti continue à dire des méchancetés sur sa « connaissance », qui s'appelle Māmā Neno et qui la suit partout ces temps derniers et tout ce que veut Māmā Roti, c'est qu'elle arrête de lui coller après.

« Autrefois, c'était ma meilleure copine, dit Māmā Roti. Mais ça ne lui donne pas le droit d'être toujours dans mes pieds. »

Et alors Māmā Roti explique à Materena qu'elle et Māmā Neno étaient grandes copines quand elles étaient jeunes jusqu'au jour où Māmā Neno est restée avec un bonhomme horrible. Mais le bonhomme horrible vient de mourir il n'y a pas longtemps, alors Māmā Neno a décidé de renouer avec Māmā Roti.

Materena écoute Māmā Roti en attendant qu'elle soit *fiu* de parler de Māmā Neno.

Māmā Roti finit par s'arrêter de parler. Elle regarde la moquette. Elle la regarde pendant un temps interminable et Materena se demande pourquoi Māmā Roti regarde sa moquette comme si elle l'avait déjà vue quelque part.

« Ma fille, qu'est-ce qui se passe ? » Les yeux de Māmā Roti sont toujours fixés sur la moquette.

« Qu'est-ce qui se passe ? » Materena ne sait pas ce que Māmā Roti veut dire. Comment ça, qu'est-ce qui se passe ?

« Cette moquette neuve. » Māmā Roti la montre du doigt. « Quand les femmes se mettent à changer les choses dans la maison, ça veut dire qu'il y a quelque chose dans l'air. »

« Māmā Roti, dit Materena. J'étais juste *fiu* du lino. »

« Tu es sûre que c'est la vraie raison ? »

« Mais bien sûr ! »

Les yeux de Māmā Roti essayent maintenant de pénétrer dans la tête de Materena. « Le lino était dans cette maison depuis que mon fils était dans cette maison. Et maintenant il n'y a plus de lino et, pour moi, ça veut dire qu'il va y avoir des changements dans cette maison. »

Materena sourit, et c'est son premier vrai sourire depuis le début de la visite. « Māmā Roti, je suis heureuse avec ton fils. »

« C'est un brave garçon, mon fils », dit Māmā Roti.

« Ah oui. »

« Il travaille, lui. »

« Ah oui alors, et ça c'est bien », dit Materena.

« Il boit un peu la bière de temps en temps, continue Māmā Roti. Mais au moins il ne frappe pas quand il boit. Il raconte juste plein de conneries. »

Materena opine.

« Je l'ai très bien élevé. »

Materena opine à nouveau puis tourne la tête.

21

L'héritage

Pour finir, Māmā Roti est restée encore deux heures à chanter les louanges de son merveilleux rejeton ; Materena n'en pouvait plus. Lorsque Māmā Roti s'est enfin rendu compte que ça faisait cinq heures en tout qu'elle tenait la jambe à Materena, elle s'est levée pour partir, mais pas avant d'avoir posé une question très importante :

« Dis, ma fille, tu es sûre que tout va bien entre toi et mon fils ? »

« Oui, a répondu Materena d'un ton ferme. Tout va bien entre ton fils et moi. »

Māmā Roti a hoché la tête, mais elle n'avait pas l'air convaincue. Elle a poussé un grand soupir avant de partir.

Et puis, le lendemain, la voilà qui revient ! Ah non ! Pas question que Materena s'occupe encore de sa belle-mère aujourd'hui – d'ailleurs, Pito et les gosses sont à la maison, ils n'ont qu'à s'occuper d'elle.

Et donc, après un bisou rapide à Māmā Roti, Materena s'enfuit chez Loana sous le prétexte qu'elle a promis de lui apporter des citrons.

Mère et fille s'embrassent, puis Loana prend le sac plastique des mains de Materena et dit : « Merci pour les citrons, ma fille. »

« Ça va, la santé ? » Materena connaît déjà la réponse mais elle demande toujours des nouvelles de la santé de sa mère, c'est le rituel. Et Loana répond toujours : « Mes vieilles jambes sont un peu raides quand je me lève le matin. » Mais cette fois-ci Loana dit : « Aujourd'hui j'ai signé des papiers, et il y a une histoire il faut que je te raconte. » Elle range les citrons dans le frigidaire. « C'est une histoire de mon arrière-grand-mère, que ses enfants n'étaient pas de son mari mais d'un autre homme. »

Materena s'est assise à la table de la cuisine mais Loana préférerait raconter l'histoire dans la chambre. Elle a besoin de s'allonger un peu.

Loana s'allonge sur le lit, un coussin sous chaque jambe. Materena s'assied par terre, le dos contre le mur, et remarque la peinture qui s'écaille sur les murs un peu partout.

« Le nom de la mère de ma mère, c'était Rarahu, commence Loana, les yeux fixés au plafond. Et d'après ce qu'on raconte, c'était une femme très belle. Ça serait bien s'il y avait une photo de cette femme, mais à l'époque, ma fille, aux Tuamotu ils n'avaient pas de photos des gens. Il n'y avait pas de photographes dans les atolls, il fallait venir à Tahiti pour trouver un photographe professionnel et Rarahu n'a jamais quitté l'atoll de Rangiroa. Elle est née à Rangiroa, elle est morte à Rangiroa, elle a passé toute sa vie à Rangiroa seulement. De toute façon, sa beauté n'a rien à voir avec cette histoire. »

Loana s'éclaircit la gorge. « Rarahu avait seize ans quand elle a épousé Mareco Tetu. C'était un mariage arrangé. Elle n'avait pas le choix, il n'avait pas le choix, parce que tous les deux avaient peur de leurs parents. Alors ils sont partis à l'église, ils ont fait toute la cérémonie. C'était un grand mariage. Rarahu était voilée, ça voulait dire qu'elle était vierge, qu'elle n'avait jamais joué à cache-cache dans la cocoteraie.

« Après le mariage, Rarahu a suivi son mari jusqu'à la maison de ses parents à lui, une belle vieille maison avec une véranda à colonnes, et les gens attendaient qu'elle tombe enceinte dans les trois mois. Mais six mois ont passé et le ventre de Rarahu était toujours plat. Et ça, c'était parce que Mareco dormait sur le plancher. Il dormait sur le plancher parce qu'il n'était pas fait pour aimer une femme. Il était fait pour aimer un homme seulement. C'est Mareco lui-même qui a avoué ça à sa femme. »

Materena lève les sourcils : elle comprend maintenant pourquoi Rarahu a eu des enfants d'un autre homme.

« Je sais ce que tu penses : pas étonnant si cette femme a cherché un autre homme illico presto, dit Loana. Oui, Rarahu a bien quitté son mari – mais dix ans seulement après son mariage avec lui.

« Elle est tombée amoureuse de Nonihe, qui était venu à Rangiroa de Rapa Nui pour travailler au coprah dans la plantation. Et il est tombé amoureux d'elle aussi. Alors elle a ramassé ses affaires et elle est restée dans un *fare nī'au* avec lui. Ils n'avaient pas beaucoup de sous, mais ils étaient heureux, en tout cas c'est ce qu'on raconte. Nonihe était un homme bon.

« Rarahu a eu quatre enfants avec Nonihe, mais Nonihe ne pouvait pas les reconnaître puisque Rarahu était toujours mariée à Mareco.

« Et, sur son lit de mort, elle a fait jurer à chacun de ses gosses que jamais ils ne vont chercher à avoir l'héritage des Tetu. Et les enfants ont juré à leur maman.

« Et maintenant ma fille, j'ai signé les papiers et

alors cette histoire est réglée pour toujours. Célia, elle n'a pas signé. Comme ça ses gosses peuvent réclamer une part de l'héritage des Tetu. C'est ça qu'elle veut. Mais moi je te dis, ma fille : quand tu prends ce qui ne t'appartient pas et tu sais ce que tu fais, ça porte malheur. »

« Il y avait beaucoup de terre ? » demande Materena.

« Des hectares ! »

« À Rangiroa ? »

« Rangiroa, Apataki, Tikehau aussi. »

Materena pense à tous ces hectares…

« Et Mareco ? »

« Il est mort tout seul. »

« Et tout le monde dans le village savait qu'il était… ? »

Loana interrompt Materena avant qu'elle ait prononcé le mot. « *'Aita*, seulement sa femme et la meilleure amie de sa femme, et maintenant, nous. »

Materena repense à tous ces hectares, ça fait beaucoup de terre…

Et Loana répète : « Quand tu prends ce qui ne t'appartient pas et tu sais ce que tu fais, ça porte malheur et pas seulement à toi, mais à tes enfants, tes *mo'otua*, tes *hina*, jusqu'à tes arrière-arrière-petits-enfants et leurs enfants… Moi je te dis, ma fille, on est bien mieux sans tous ces hectares. Il ne faut pas s'amuser avec des choses comme ça. Si tu ne veux pas que la terre te mange. »

Materena frissonne et ses yeux remontent jusqu'aux photos en noir et blanc qui sont encadrées et accrochées au mur. Il y a une photo d'un bébé de huit mois dans les bras d'une jeune femme, et près de la jeune femme il y a une religieuse et deux enfants, des garçons. Le bébé, c'est Loana. Materena a demandé à sa mère qui sont les autres personnes dans la photo, mais Loana ne sait pas. Elle a fait encadrer cette photo parce que c'est la seule photo qu'elle a de quand elle était bébé.

Puis les yeux de Materena glissent vers une autre photo – la photo d'un homme. C'est son grand-père, Apoto. Il est grand et mince. Il a la peau blanche et son nez est pointu. Et à côté de lui, il y a une photo d'une femme un peu ronde, elle est brune de peau et son nez est plat. C'est la grand-mère de Materena, c'est Kika.

Et Materena regarde sa mère.

Elle regarde les narines larges et le menton pointu. Et elle repense à l'histoire d'Apoto et de Kika, l'histoire que sa mère Loana lui a racontée.

« Mon père a laissé ma mère quand elle était enceinte de trois mois – enceinte de moi – mais, avant de monter en cachette sur la goélette *Maris Stella*, il s'est arrangé pour dire à tout le village que l'enfant qui était dans le ventre de Kika n'était pas de lui. Il a dit : "Quelqu'un d'autre a planté cet enfant – c'est peut-être le Chinois." Il avait besoin d'une excuse pour abandonner sa femme enceinte et sa gamine de cinq ans pour une autre femme.

« Et comme par hasard je suis née avec des yeux tirés.

« Mais je n'ai pas grandi en pensant que mon père était le Chinois, ma mère me disait souvent : "Loana – ton père c'est Apoto Mahi."

« Mais… quand je suis devenue une femme, j'ai commencé à avoir des doutes. J'ai bien vu que ça arrive des fois, une femme mariée tombe enceinte avec un autre homme. J'ai vu la vie, et des choses comme ça. Même quand mon père est mort en pleurant : “Loana – Loana ma fille”, j’avais encore ces doutes-là.

« Je me rappelais le Chinois. Il était toujours gentil avec moi, il me donnait toujours des sucettes derrière le dos de sa femme, et pour ma mère, crédit illimité. Et la femme du Chinois n’aimait pas ma mère, et vice-versa. Elles ne se parlaient jamais.

« Je me rappelais des choses comme ça. Et Célia, elle disait toujours qu’on ne se ressemble pas comme des sœurs, qu’elle ressemble tellement à Apoto et moi, je ne ressemble à personne de la famille.

« Après qu’Apoto est mort, j’ai eu une lettre pour mon héritage – ma terre.

« Je ne voulais pas accepter mais j’étais un peu *fiu* de déménager tout le temps dans la famille, chez les uns, chez les autres. Ma cousine Imelda disait toujours : “Cousine, ma maison, c’est ta maison. Reste aussi longtemps que tu veux.” Mais je voulais une maison à moi. Ma terre à moi. Et je n’arrêtais pas de penser à ce que Kika disait qui porte malheur. Elle disait : “Cet homme-là n’a pas le droit de prendre les cocos sur cette terre-là parce que cette terre-là n’est pas à lui, et il le sait. Tu verras, ça lui portera malheur.”

« Et c’est vrai, le malheur venait toujours. Ou en tout cas la mauvaise récolte.

« Mais une nuit, Māmā est venue dans mon rêve et elle a dit : “J’ai toujours aimé Apoto, et seulement Apoto. C’est lui qui t’a donnée à moi.”

« Alors, j’ai accepté mon héritage et, plus tard, j’ai découvert que mes yeux tirés c’est à un ancêtre qui était philippin. »

Loana s’est endormie, et Materena se lève silencieusement. Elle embrasse sa mère sur le front, et elle la regarde. Puis, elle regarde la photo un peu floue d'Apoto. Il n'y a pas la moindre ressemblance entre Loana et Apoto. Mais Materena sait bien que tous les enfants ne ressemblent pas à leur père.

Moana par exemple, avec ses taches de rousseur, ses yeux verts et ses cheveux dorés, il n'a rien de Pito. Et Leilani, *pa'i*, on dirait tout à fait sa grand-mère Loana en plus jeune. En fait, maintenant que Materena repense aux visages de ses enfants, Tamatoa est bien le seul qui ressemble à Pito. Et Materena se demande comment les choses auraient tourné pour elle si Tamatoa n'avait pas été le portrait craché de son père à la naissance.

Ah oui, Materena se rappelle maintenant comment Pito passait des heures à contempler son fils nouveau-né. Et puis Pito a comparé son fils nouveau-né à une photo de lui quand il était nouveau-né. Et il était tout heureux, il disait : « Ça alors, ce gamin a la même tête que moi quand je suis né. »

Et pas plus tard que le mois dernier, la cousine Rita disait à Materena que Tamatoa ressemble vraiment de plus en plus à Pito et qu'elle espère que ça n'ira pas plus loin que le visage.

Materena regrette que Dieu n'a pas fait Loana à l'image de son père, même juste un peu. La vie de Loana aurait été beaucoup plus facile si Apoto avait accepté qu'elle était sa fille quand il était vivant, et pas seulement sur son lit de mort.

Mais comment savoir, avec ces choses-là ?

Materena quitte la chambre sans faire de bruit et va à la cuisine faire un pichet de citronnade fraîche. Tiens, pendant qu'elle y est, elle pourrait donner un coup de serpillière.

Elle n'est pas du tout pressée de rentrer à la maison.

22

Une carte postale de France

Après avoir passé deux heures à torchonner dans la cuisine de sa mère, nettoyage complet du frigidaire inclus, Materena rentre chez elle, espérant que Māmā Roti n'y est plus.

Elle n'y est plus.

« Qu'est-ce tu as fait tout ce temps-là ? demande Pito. Faut pas deux heures pour porter un sachet de citrons à ta mater. »

« Elle avait envie de causer un peu. Et ta maman ? Elle est restée longtemps ? »

« Même pas dix minutes. Elle était un peu bizarre. »

« Ah bon ? » dit Materena. Elle pense : Ta mère, elle est toujours un peu bizarre.

« Elle m'a posé des questions bizarres sur la moquette, qu'est-ce que ça veut dire cette moquette et quoi encore. »

« Et tu lui as dit quoi ? »

« J'ai dit : "Ça veut dire que Materena était *fiu* du lino, c'est tout ce que ça veut dire." »

Materena rigole.

« Elle m'a apporté ça. » Pito tend à Materena une carte postale. Avec la photo de la tour Eiffel dessus. « Ça vient de la France », dit Pito, tout fier.

« De la France ? » Materena est intriguée, elle regarde la tour Eiffel et lit la carte postale :

'Ia ora na, e aha te huru ?

Oui, j'habite toujours en France. Je ne suis pas rentré au *fenua* depuis seize ans. Le *punu pua'atoro* me manque ! Le *fenua* aussi me manque, mais ma vie, c'est ici maintenant. Comment ça va, Pito ? Peut-être tu ne te rappelles pas de moi.

Tihoti.

« Qui c'est, lui ? » demande Materena.

Pito ne se rappelle pas encore mais il essaye. Il cherche dans sa mémoire pendant une bonne heure et enfin le nom de Tihoti Ranuira remonte à la surface.

Tihoti Ranuira.

Ils ont fait leur service militaire en France ensemble.

Pito a fait son service militaire en France parce qu'il n'avait pas envie que sa maman lui fasse honte comme elle avait fait honte à son frère. Le frère de Pito a fait son service militaire à Tahiti et Māmā Roti partait à la caserne et elle appelait la sentinelle en disant qu'elle avait du *mā'a* pour son fils et d'aller le chercher. Elle était sûre que le *mā'a* de la caserne était empoisonné. Des fois aussi, le matin, elle attendait au bord de la route que la section de son fils passe en courant et elle applaudissait. Il a souffert, le frère de Pito, pendant son service militaire.

Quand Pito a annoncé à Māmā Roti qu'il s'était engagé pour faire son service en France, elle a paniqué. Elle a essayé toutes sortes de trucs pour que son cadet reste au *fenua*. Elle lui a menti qu'elle avait une maladie incurable, elle a menacé de ne plus jamais lui causer mais, à l'âge de dix-huit ans, Pito avait vraiment envie de passer un peu de temps loin de sa maman. Deux ans.

Materena connaît l'histoire, Māmā Roti lui a raconté plusieurs fois. Māmā Roti avait peur que son fils tombe amoureux d'une *vahine popa'ā* et puis qu'il décide de rester vivre en France. Le jour où Pito est rentré de France a été un jour de très grand bonheur pour Māmā Roti.

Oui, Pito est revenu, mais Tihoti est resté en France. D'après Pito, Tihoti pensait qu'il n'y avait rien pour lui à Tahiti, pas de famille, pas de femme, pas d'avenir, rien. Son avenir, comme il le voyait, c'était la France et l'armée. Tihoti voulait être colonel.

Materena est surprise : jamais Pito ne lui a parlé de Tihoti. Deux ans passés avec quelqu'un, c'est long quand même, comment on peut oublier ça ? Mais Pito dit que lui et Tihoti n'étaient ni proches ni inséparables – ils venaient de la même île, c'est tout. Ensemble, ils parlaient tahitien, ils chantaient des chants tahitiens, et Pito jouait du *ukulele*.

« Il était un peu... » Pito cherche le mot adéquat pour décrire Tihoti. « Il était un peu... un peu bizarre, quoi. »

La carte postale prend Pito au dépourvu. Pourquoi Tihoti a-t-il envie de reprendre contact après autant d'années ?

Pour Materena, ce collègue-là a dû avoir un sacré coup de cafard pour décider brusquement d'écrire à Pito. Et Pito devrait se sentir honoré que son collègue se soit souvenu de lui dans un moment de crise.

Mais pour Pito, son copain de régiment n'était pas en crise du tout quand il a écrit la carte postale. Non, son copain avait dû boire un coup de trop et ça lui a rappelé le bon vieux temps ou bien il avait trouvé une vieille photo de l'époque du service militaire et ça lui a fait remonter des souvenirs.

« C'est pas important de savoir pourquoi il t'a écrit, dit Materena. Il t'a écrit, c'est tout. »

Ça veut dire que Pito est quelqu'un d'important pour lui et il faut lui répondre.

« Et je vais dire quoi ? » demande Pito.

« N'importe quoi, ce qui te passe par la tête. » Materena est déjà en train de chercher dans son sac de pandanus le papier à lettre et le stylo qu'elle garde pour faire des mots à l'instituteur des enfants.

Elle les donne à Pito qui est assis à la table de cuisine. Elle reste debout et elle fait semblant d'être occupée. Elle s'active à rincer une casserole, elle range une assiette, et elle surveille du coin de l'œil la page toujours blanche.

Finalement, Pito écrit un mot, deux mots, cinq mots, deux lignes. Il se gratte la tête, il regarde le plafond, il regarde les plantes dehors, il regarde le papier, il relit ses deux lignes et secoue la tête.

Il a du mal, les mots ne viennent pas dans sa tête, et Materena comprend la situation. Les gosses sont en train de jouer dans le salon, et elle sait que c'est beaucoup plus facile d'écrire dans le silence. Quand elle a des mots à écrire au maître, elle attend que tout le monde soit au lit. Pito pourrait bien attendre ce soir, mais elle a envie qu'il réponde à son copain de régiment maintenant.

Parce que, avec Pito, plus tard ça veut souvent dire jamais.

Et Materena a envie que Tihoti ait une lettre de Pito. Elle a un peu pitié de lui. Ne pas vouloir rentrer chez soi… c'est triste. Le seul lien de Tihoti avec le *fenua*, c'est Pito.

Materena passe dans le salon. « Hé, vous trois. Allez jouer derrière. Papy est en train d'écrire une lettre à son collègue en France. »

« Papy écrit une lettre ? » Ça a l'air d'amuser Leilani.

« Papy a un collègue en France ? » s'exclame Tamatoa qui siffle d'admiration.

« Papy a un collègue en France et il lui écrit une lettre ? » Moana fonce vers la cuisine pour voir son père écrire.

« Dehors ! » Materena hausse le ton. « Allez jouer derrière ! »

Elle retourne à la cuisine et rince la poêle à frire. Pito a l'air inspiré, il écrit furieusement. Mais bientôt il froisse le papier furieusement aussi.

« J'arrive pas », dit-il.

Materena a une idée. Elle débranche la radio, puis elle va chercher des piles et une cassette *'āpī* dans la chambre. Elle garde toujours une ou deux cassettes vierges pour quand elle a envie de chanter et de s'enregistrer.

Materena va aussi chercher une bière glacée pour Pito, comme ça il sera plus à l'aise.

Pito est maintenant confortablement installé sur sa vieille chaise sous le tamarin, avec la radio sur les genoux et une bière à la main.

Il appuie sur le bouton *record* et il boit une longue goulée de Hinano.

Ça y est, il est prêt. « Bien sûr que je me rappelle de toi. Qu'est-ce que tu crois, hein ? »

Long silence.

« Tu es toujours maigre comme un clou ? »

Long silence.

« Hé, quatorze ans, c'est long *pa'i*. Je sais pas quoi te dire moi, mon vieux. »

Au bout de trois bières, la langue de Pito se dénoue. Il n'entend pas les enfants qui pouffent de rire, cachés derrière le tamarin. Materena leur fait signe d'aller jouer plus loin. Pito est lancé, il ne faut surtout pas l'interrompre. Il parle à Tihoti et Materena est heureuse.

Pito raconte ses souvenirs de la caserne, de la tambouille infecte, des blagues qu'ils faisaient à l'adjudant. Il parle de la pêche, des *speedboats*, de son travail, et de la caisse de bière qu'ils partageront un jour avec Ati. Pito parle jusqu'à la fin de la bande. Tout ce blabla l'a fatigué. Il annonce qu'il va faire une petite sieste.

Pendant que Pito se repose, Materena écoute la bande en sourdine. Ça l'énerve que Pito n'ait pas parlé une seule fois de sa famille – sa *vahine*, ses gosses, rien. Seulement Ati.

Bon, elle va arranger ça. Elle efface deux minutes à la fin de la bande mais il faut d'abord qu'elle s'entraîne un peu avant d'enregistrer. « Tihoti, dit-elle à voix haute. *'Ia ora na*. Mon nom c'est Materena et je suis la femme de Pito. » Elle secoue la tête. Non, elle ne peut pas se présenter comme ça puisqu'ils ne sont pas encore mariés. Elle recommence : « Tihoti, *'ia ora na*. Mon nom c'est Materena et je suis la future femme de Pito. » Non, ça ne lui plaît pas non plus. Elle ne peut pas dire qu'elle est la future femme de Pito puisqu'on n'a pas encore fixé la date pour le mariage. Materena ne sait vraiment pas comment se présenter à Tihoti. Pito est tellement bizarre ces derniers temps. D'abord il dit qu'il n'est pas son mari, et maintenant ça ! Pas un mot sur elle ou sur les gosses ! Pourtant Materena sait bien que c'est généralement les femmes qui parlent de leur famille et de leurs gosses. Les hommes, ils parlent de leurs collègues, de pêche ou de sport.

Ça y est, Materena a trouvé sa formule de présentation. Elle appelle les enfants dans la cuisine. Il faut plusieurs appels pour qu'ils arrivent enfin. Elle explique la situation. Les enfants opinent. Oui, ils ont compris la situation.

Materena place la radio devant elle, et elle se penche en avant. « Tihoti, *'ia ora na*. Mon nom c'est Materena et nous deux avec Pito on est ensemble depuis bientôt treize ans et on a trois enfants. Je suis femme de ménage professionnelle et c'est très gentil d'avoir envoyé une carte postale à Pito. C'est la première fois qu'il reçoit une carte postale, et en plus, de la France. Pito, il est très heureux… il est heureux que tu te rappelles de lui. Alors, quand tu reviens au *fenua*, notre maison est ouverte pour toi et pour ta famille aussi, ils sont bienvenus dans notre maison, ta *vahine*, tes enfants. Bon, voici les enfants de Pito qui vont te dire bonjour… »

Le lendemain, en allant à son travail, Materena s'arrête à la poste à Papeete pour envoyer à Tihoti son paquet, dans lequel il y a la cassette, trois boîtes de *pua'atoro* Hellaby et quatre savons parfum coco. Elle espère que ce paquet donnera à Tihoti l'impression qu'ils avaient tous entendu parler de lui avant.

Comme si Pito parlait de lui tout le temps.

23

Tāura

C'est vrai que Materena, ça l'a énervée quand elle s'est rendu compte que Pito n'avait pas dit un mot sur elle et les gosses dans la cassette à son collègue Tihoti. Mais il faut voir Pito maintenant, assis à la table de la cuisine avec les gosses, en train de leur raconter son *tāura*.

Materena, pendant ce temps, prépare un gâteau marbré. Toute la famille est réunie autour du papa qui raconte son histoire. C'est un moment de bonheur, et Materena est tout émue.

Le *tāura* de Pito, son totem, son animal protecteur, c'est un chien géant, blanc et noir avec une longue queue, qui s'appelle Piihoro. Piihoro était venu de l'île de Ra'iatea et sa première mission était de protéger la perle noire, qui est très rare. Pour que Piihoro vienne à ton secours, tu cries : « Piihoro *ē* ! Je suis du sang des Tehana. C'est toi mon *tāura* ! Viens à mon aide ! » Et Piihoro fera son apparition dans la seconde qui suit.

Pito n'a jamais eu besoin – il insiste là-dessus – d'appeler Piihoro à son secours. Mais une fois, un de ses cousins se promenait la nuit dans les rues de Papeete quand il s'est trouvé face à une bande de voyous.

Alors le cousin de Pito a crié : « Piihoro *ē* ! Je suis du sang des Tehana. C'est toi mon *tāura* ! Viens à mon aide ! » Tout de suite, les voyous se sont mis à hurler de terreur comme des fous et ils sont partis en courant à cent à l'heure en appelant leur maman.

Materena pouffe. « Hé Pito, ton cousin, tu es sûr il n'était pas un peu bourré ce soir-là ? »

« Tu veux dire que l'histoire de mon cousin, c'est tout inventé ? » Pito est sur la défensive.

Materena continue à pétrir son gâteau. Il y a des jours où il vaut mieux écouter les histoires de Pito sans faire de commentaires.

Pito continue en disant que nous, les Polynésiens, on a tous un *tāura* mais il y a pas beaucoup qui connaissent leur *tāura* parce que, quand les *Popa'ā* sont arrivés, on a interdit toutes ces histoires de *tāura*.

Une des taties de Pito a un article du journal avec l'histoire de Piihoro dans son album de famille. Pito va l'emprunter pour que ses gosses le lisent, mais c'est pas garanti que la tatie le prête parce que, la dernière fois, elle a prêté quelque chose de son album de famille et c'est jamais revenu.

« C'est quoi, ton *tāura*, Mamie ? » demande Leilani.

Materena avoue qu'elle ne sait pas c'est quoi, son *tāura*, mais elle va se renseigner demain.

Mais à peine le gâteau dans le four, Materena file chez Loana. Elle est trop curieuse pour attendre jusqu'à demain, et elle aimerait bien avoir une créature de la mer comme *tāura* parce qu'elle adore la mer.

Loana est en train de ratisser dans le jardin. Elles s'embrassent et Materena demande à sa mère comment va la santé, Loana se plaint de ses jambes qui sont un peu raides quand elle se lève le matin. Puis Materena fait à sa mère des compliments sur son jardin et Loana se plaint du manque de pluie.

Maintenant Materena peut avouer la vraie raison de sa visite. « Mamie, je suis venue te demander c'est quoi mon *tāura* ? »

« Hein, quoi ? Qu'est-ce que c'est cette histoire de *tāura* ? » Loana a l'air choquée.

« Je veux juste savoir parce que Pito a raconté aux gosses pour son *tāura* et moi, je voudrais bien raconter pour moi aussi. »

« C'est quoi, le *tāura* à Pito ? » demande Loana en plissant les yeux.

« C'est un chien noir et blanc, un chien géant qui s'appelle Piihoro. » Materena sent que sa mère va faire un commentaire et ça ne manque pas.

« Ça ne peut pas être juste un chien, dit Loana. Il faut que ça soit un chien géant ! »

Materena ne fait pas attention. « Et mon *tāura* à moi, c'est quoi ? »

« Je ne sais pas. » La réponse de Loana est ferme. Mais ensuite elle continue en disant qu'elle se rappelle que le *tāura* de son père était le requin, mais comme le *tāura* se transmet par la mère seulement, le *tāura* de Materena ne peut pas être le requin.

« Comment ça se fait le *tāura* se transmet par la mère seulement, pas par le père ? » Materena est perplexe.

« Qu'est-ce que tu penses ? » dit Loana.

Materena hausse les épaules, alors Loana explique patiemment. Le *tāura* se transmet par la mère seulement parce que l'enfant est forcément l'enfant de sa mère mais pas forcément l'enfant du *tāne* de sa mère.

« Ah, mais oui. » Materena a compris.

Loana réfléchit un instant et puis elle dit : « Ton *tāura* à toi, c'est peut-être le *honu*, la tortue marine. » Loana raconte à Materena que sa mère à elle, Kika, aimait tellement les tortues qu'elle ne voulait jamais en manger. Un jour, il y a eu une grande fête et on a servi de la tortue grillée, au lait de coco, et Kika a dit : « Moi, je ne peux pas manger la tortue. » Et immédiatement quelqu'un a dit : « Oui, bien sûr, toi, tu ne peux pas manger la tortue. »

Materena se dépêche de dire qu'elle aussi aime beaucoup les tortues. Il y avait un documentaire à la télé il n'y a pas longtemps avec une tortue qui pondait des œufs et on montrait le visage de la tortue. Materena a bien vu ses larmes, les larmes silencieuses de la douleur, et elle a eu les larmes aux yeux elle aussi tellement elle avait pitié de la tortue. Et quand la tortue épuisée est retournée dans la mer, Materena a dit : « Allez, *honu* – courage ! »

Loana hoche la tête. Elle raconte à Materena qu'elle aussi a regardé le documentaire et ça l'a fait pleurer. En fait, continue Loana, n'importe quelle femme qui a accouché au moins une fois dans sa vie a dû avoir pitié de la douleur de la tortue. Et quand ça fait pitié on pleure. Pas besoin d'avoir la tortue comme *tāura* pour avoir pitié de la tortue.

Materena est quand même très heureuse que son *tāura*, c'est peut-être la tortue *honu*.

Elle s'excuse de quitter Loana un peu vite, mais il faut qu'elle se dépêche parce qu'elle a un gâteau au four. Et si Loana venait dîner un de ces jours ? « Hein, Mamie ? demande Materena. On mange ensemble demain soir ? »

Loana lève la tête et réfléchit dix secondes. « Okay alors, je suis à peu près sûre que je n'ai rien demain soir. »

« À demain alors. » Et là-dessus, Materena file à la maison.

Pito et les gosses sont encore dans la cuisine en train d'attendre que le gâteau marbré soit prêt. Materena jette un coup d'œil dans le four, mais il manque encore cinq ou dix minutes.

Alors, debout près du four, Materena annonce avec fierté que son *tāura*, c'est la tortue.

« La tortue ! » Pito hurle de rire.

Pour lui, avec la tortue comme *tāura*, entre le moment où tu appelles à l'aide et le moment où elle arrive, tu peux attendre un siècle ! Materena lui rappelle l'histoire du lièvre et de la tortue. C'est bien la tortue qui a gagné la course, non ?

« C'était une tortue *popa'ā*, une qui marche par terre, pas un *honu* de la mer. Et puis, il y a que les histoires *popa'ā* où tu vois les tortues qui gagnent la course et les lièvres qui perdent. »

Pito demande aux gosses quel *tāura* ils vont appeler au secours, le chien géant qui arrive en une seconde ou la tortue qui traîne son ventre par terre ? Autour de la table de cuisine, on hésite. Les enfants se regardent.

« De toute façon, vous n'avez pas le choix, dit Materena. Le seul *tāura* que vous pouvez appeler, c'est la tortue. »

« Comment ça se fait le seul *tāura* qu'on peut appeler, c'est la tortue ? » demandent les enfants.

« Parce que le *tāura* se transmet par la mère seulement, pas par le père », explique Materena.

Pito veut savoir pourquoi le *tāura* se transmet seulement par la mère et pas par le père, et Materena lui répète patiemment ce que sa mère lui a dit. Et elle ajoute : « C'est la règle, c'est comme ça depuis des siècles. Tu ne peux pas changer la règle. Et comme Piihoro est le *tāura* de ton papa Tehana, ça fait que Piihoro n'est pas ton *tāura* à toi après tout. »

« Ah. » Pito n'a pas l'air très heureux d'apprendre la nouvelle.

Alors il demande si le gâteau est enfin cuit.

Mais pas moyen de changer de sujet. Tout le monde veut savoir c'est quoi alors, le *tāura* de Pito, et Pito a l'air vexé et mal à l'aise.

Sa réponse tombe enfin après un long silence : « C'est le *mo'o.* »

Les enfants hurlent de rire. Le *mo'o* ! Le margouillat ! Le lézard du plafond !

« Ah, attention vous trois ! jette Pito. Si vous ne voulez pas que le *mo'o* vous tombe sur la tête au milieu de la nuit, un peu de respect s'il vous plaît ! »

Materena rit sans faire de bruit en sortant le gâteau du four. Elle rit parce que Pito n'aime pas du tout les *mo'o*.

Il garde toujours un *mōrī pata* sous le lit et, quand il entend un *mo'o* qui claque sa langue dans le noir, il sort le *mōrī pata* vite vite, et il éclaire le plafond pour voir si le *mo'o* est au-dessus sa tête.

Et quand il y a un *mo'o* qui dort au plafond juste au-dessus sa tête, Pito essaye de le faire partir avec le balai, ou bien il tire le lit à l'autre bout de la chambre. Dans ce cas, le plus souvent, il réveille Materena pour l'aider à tirer le lit.

Un peu plus tard, il y a un *mo'o* dans la chambre. Pito attrape le *mōrī pata* sous le lit et braque le rayon de lumière au plafond. Et puis il réveille Materena pour l'aider à tirer le lit à l'autre bout de la chambre.

Materena qui dormait si bien, d'un sommeil profond, est furieuse. « Comment tu peux avoir peur d'un *mo'o* ! C'est ton *tāura* après tout ! »

« Hé, mon *tāura* et ce gros margouillat-là, c'est pas la même chose, d'accord ? » Pito illumine le *mo'o* qui dort au plafond.

Et il explique que ça n'est pas sa faute s'il a peur des *mo'o*. C'est la faute de sa maman.

Māmā Roti était enceinte de Pito de sept mois et elle se reposait dans le salon quand un gros margouillat est tombé du plafond sur son ventre nu. Elle a ouvert les yeux, elle a vu le *mo'o*, et elle s'est mise à hurler.

C'est pourquoi Pito est sûr et certain qu'il est né avec une peur congénitale des *mo'o*.

Le lit est maintenant à l'autre bout de la chambre et Materena saute dessus et s'installe pour se rendormir. Mais Pito reste debout, la torche toujours braquée au plafond.

« Toi et les *mo'o*, vous avez intérêt à faire la paix », dit Materena.

Pito éteint le *mōrī pata* et se met au lit.

« Il faut que je surmonte cette peur des *mo'o*, dit-il. Je vais pas passer le reste de ma vie à inspecter le plafond tous les soirs avant de me coucher. »

« Ah oui alors. » Materena est bien d'accord.

Rien de plus démoralisant que de se mettre au lit sans jamais savoir si on va te réveiller au milieu de la nuit parce qu'il y a un *mo'o* au plafond.

Deux semaines plus tard, un soir au lit, Pito annonce solennellement qu'il va se faire tatouer. Materena ouvre les yeux. Elle était en train de s'endormir mais maintenant elle ne peut plus, avec cette histoire de tatouage. Quelle espèce de tatouage Pito a-t-il l'intention de se faire faire ?

Materena espère que ça ne va pas être un dragon en train de cracher du feu – ça donne l'impression qu'on a fait un séjour en prison. Quand Mori s'est fait tatouer sur la poitrine ce dragon rouge et vert qui crache le feu, sa maman a fait sa crise. Elle trouvait que ça donnait à Mori l'air de sortir de prison, ce qui était le cas, mais c'était pas la peine de faire savoir à tout le monde.

Pas question pour Materena de laisser Pito se faire tatouer un dragon.

« Je ne donne pas ma permission si c'est pour te faire tatouer un dragon », dit-elle.

« Hein, quoi ? s'exclame Pito. J'ai parlé de dragons, moi ? »

« Ah bon, ce n'est pas un dragon ? » Materena est soulagée.

« J'ai pas envie d'un dragon, dit Pito. Je suis pas chinois. »

« Pas besoin d'être chinois, regarde mon cousin Mori. »

« Ton cousin Mori et moi, c'est pas la même chose, jette Pito. Et c'est quoi, cette histoire de permission, hein ? J'ai pas besoin de ta permission. Quand tu as fait ta permanente, tu m'as demandé ma permission ? *'Aita*. Tu es partie direct chez le coiffeur et, quand je t'ai vue, je t'ai même pas reconnue, je t'ai prise pour un mouton. »

Materena respire à fond : « Une permanente, ça dure un mois ou deux. Un tatouage, c'est pour l'éternité. Tu vas faire quoi, comme tatouage ? »

Elle espère que ça n'est pas un cœur percé d'une flèche. Son cousin James s'est fait faire ça, et c'est ridicule.

Pito avoue que son tatouage, ça va être un *mo'o*.

Ah bon, se dit Materena, peut-être que sa peur des *mo'o* va disparaître pour de bon quand Pito aura un *mo'o* tatoué sur le corps.

« Et tu vas le mettre où, ce *mo'o* ? »

Il va le mettre sur sa cuisse, et Materena trouve que c'est idiot.

« À quoi ça sert d'avoir un tatouage si c'est pour le cacher ? »

« Mon tatouage, c'est pas pour montrer, c'est… c'est… » Pito ne trouve pas ses mots.

Cinq minutes plus tard : « C'est comme… C'est une question d'identité. »

Materena hoche la tête en silence. Elle est en train de se rendormir mais elle se rappelle le tatouage de son oncle Hotu. Il a un tatouage sur l'épaule droite. C'est le nom de la femme qu'il aime : Imelda.

Hotu avait quinze ans quand il s'est fait faire ce tatouage-là, et il est allé le montrer à Imelda. Ils n'étaient pas encore ensemble à l'époque. Imelda s'est fâchée après Hotu. Elle a dit : « Ah, maintenant que mon nom est tatoué sur toi, je suis forcée de t'accepter. »

Materena, ça lui plairait bien si son nom est tatoué sur Pito. Juste en dessous le *mo'o*. Il n'y pas de raison, Pito pourrait bien tatouer son nom à elle sur son corps à lui, se dit Materena.

« Pito ? Et mon nom à moi ? Tu peux le tatouer sur toi ? À côté le *mo'o*. » Materena caresse la cuisse de Pito.

« Je vais pas tatouer des noms sur moi, dit Pito. Juste mon *mo'o*. »

« Okay alors. » Materena tourne le dos à Pito. « Peut-être tu vas arrêter d'avoir peur des *mo'o* si tu en as un tatoué sur toi. Mais on ne sait pas, hein. Peut-être ton tatouage, il va attirer tous les *mo'o* de venir sur toi et grimper sur tes jambes pour dire bonjour au collègue qui dort sur ta cuisse. »

Materena attend que Pito se mette à gueuler, mais il tire juste le *tīfaifai* sur lui.

24

Du balai

Materena met les choses au point avec Loana à propos du *tāura* de Pito : ce n'est pas un chien géant du tout, c'est un margouillat. Loana est venue, comme prévu, pour dîner avec sa fille, son beau-fils et ses petits-enfants. Tout en retirant le poulet rôti du four, Materena appelle Pito et les enfants puis dit à sa mère, à mi-voix, que c'est mieux si elle ne taquine pas Pito à propos du *mo'o*.

« Et pourquoi je le taquinerais ? lâche Loana sèchement. Un *tāura*, c'est un *tāura* ! Réfléchis un peu avant de dire n'importe quoi ! »

Okay, Materena se rend compte que sa maman est d'humeur un peu sèche ce soir, alors elle lui sert un bon verre de vin.

Loana et Materena sont toujours assises à table devant leur verre, les gosses sont couchés, Pito somnole sur le canapé, quand voilà Ati qui s'amène.

Ati est le grand copain de Pito. Avant, Ati venait souvent voir Pito mais, ces temps derniers, il s'est mis dans la politique. En ce moment, Ati est tellement occupé avec le parti indépendantiste d'Oscar Temaru qu'il n'a même plus le temps de chercher une femme.

Parce qu'il y a quelque chose qu'il faut savoir pour Ati.

Ati était fou amoureux d'une femme il y a quelque temps et on parlait même de mariage à l'église mais la copine d'Ati est partie danser au Zizou Bar un soir et elle a rencontré un légionnaire. Deux mois plus tard et après de nombreux rendez-vous secrets, la copine et le légionnaire se sont mariés et envolés pour la France.

C'est après ça seulement qu'Ati s'est fâché après les *Popa'ā*. Avant, les *Popa'ā* ne le dérangeaient pas beaucoup.

Ati s'est mis à traîner sur le trottoir devant le Zizou Bar avec des collègues pour faire bagarre avec les militaires. Pito ne participait pas aux expéditions punitives parce qu'il ne voulait pas qu'on le voie devant le Zizou Bar.

Ati a eu des *pe'ape'a* plusieurs fois avec les gendarmes et alors sa maman s'est vraiment fâchée après lui et lui a fait jurer sur la tête de sa grand-mère d'arrêter de chercher à faire bagarre avec les militaires.

Et c'est là qu'Ati a découvert la politique et qu'il s'est inscrit au parti indépendantiste d'Oscar Temaru.

Le parti d'Oscar organise une manifestation pour l'indépendance demain après-midi. Tout le monde va aller avec un balai et ils vont balayer la route. Le balai, c'est symbolique, c'est pour dire Du balai ! à tous ces *Popa'ā farāni*, ces envahisseurs, ces salauds, ces voleurs de terre.

Ati est passé demander à Pito de venir demain parce que c'est une manifestation vraiment importante. Pito dit : « Écoute un peu, je balaye même pas la maison et tu veux me faire balayer la route. Ça va pas la tête ? »

Alors Ati demande à Materena, et elle répond : « Ati, tu crois pas que j'ai assez à balayer à la maison comme ça ? »

Alors Ati demande à Loana parce que son boulot de militant, c'est de récupérer autant de balayeurs qu'il peut pour demain.

Loana regarde Ati droit dans les yeux : « Ati, donne-moi une bonne raison pourquoi je dois prendre mon balai et aller balayer la route avec vous autres demain et ensuite je vais te dire ce que je décide. »

Materena, qui est assise en face d'Ati à la table de cuisine, lui fait des signes pour qu'il change de conversation. Il n'est pas recommandé de parler politique avec Loana, et en particulier de parler indépendance.

Loana voue un culte à Gaston, le président du gouvernement territorial. Elle a fait la queue trois fois pour le voir à l'Assemblée territoriale il y a seize ans. Le premier jour, elle est arrivée à cinq heures et demie du matin et il y avait déjà vingt-cinq personnes qui attendaient pour voir Gaston. À cette époque-là, si on voulait voir Gaston, il suffisait d'aller à l'Assemblée territoriale et de faire la queue, il n'y avait pas besoin de rendez-vous.

En tout cas, Loana n'a pas réussi à voir Gaston le premier jour. Le deuxième jour, elle est arrivée à l'Assemblée territoriale à quatre heures et demie du matin, mais encore une fois c'était trop tard. Alors, le troisième jour, elle est arrivée à trois heures et on lui a accordé une entrevue avec Gaston pour neuf heures.

Loana lui a expliqué son problème, une histoire d'honoraires de notaire qu'elle ne pouvait pas payer. Gaston a parlé à sa secrétaire au téléphone et la secrétaire a fourni à Loana un papier à donner au notaire.

Et depuis ce jour-là, Loana voue un culte à Gaston. Elle s'est même procuré quelques T-shirts de campagne électorale avec une photo de son héros dessus.

Il n'est pas question qu'elle aille prendre son balai pour balayer la route avec Oscar Temaru, et même s'il est un peu famille avec les Mahi, c'est la même chose. Elle s'est promis de rester fidèle à Gaston jusqu'à la mort. Et puis, de toute façon, Oscar l'énerve.

Materena sait que, si on discute du parti d'Oscar avec Loana, ça se termine toujours par une engueulade, et Materena ne veut pas d'engueulade dans sa cuisine.

Si encore on était l'après-midi en train de boire la grenadine mais là, il est neuf heures du soir – et ça fait plusieurs heures que tout le monde boit le Faraghi.

Ati avale une longue lampée de vin rouge ; Loana trempe longuement ses lèvres dans son verre à elle. Materena est toujours en train d'essayer d'attirer l'attention d'Ati mais il fait comme si elle n'était pas là.

Et Pito dit : « Materena, laisse seulement. »

Ati attaque : « Quand *pa'i* la France avait besoin de patriotes pendant la Première Guerre mondiale et pendant la Deuxième Guerre mondiale, hein, on s'est portés volontaires, oui on s'est portés volontaires pour défendre la patrie parce que c'est ça qu'il faut faire quand la patrie a besoin de toi – c'est vrai ou pas ? »

« Ati, jette Loana. Donne-moi une bonne raison, ne me pose pas de questions. »

« Oui, bon. Je disais, la patrie elle nous a appelés au secours et on a répondu, on s'est portés volontaires par milliers, mais quand nous, on a appelé la patrie, la patrie, elle a fait la sourde oreille. »

Et Ati explique que, quand on a annoncé officiellement que l'atoll de Mururoa avait été choisi comme base pour les essais nucléaires en 1963, le peuple polynésien a dit non. La France nous a dit que Tahiti allait jouer un rôle important dans ce projet. On a encore dit non. Que le port de Papeete allait être modernisé. Encore non.

Que tout ça allait profiter à tout le monde à Tahiti. Non – *'Aita ! 'Aita !*

D'après Ati, nous, on n'a jamais voulu la bombe. On a formé des partis pour dire on n'est pas d'accord, on est en colère. Et tous les jours de plus en plus de gens se sont mis à protester, de plus en plus… Mais un jour, le président de Gaulle (Ati l'appelle *tītoi* de Gaulle) a ressorti une loi vieille de vingt-sept ans qui interdisait « toutes les associations ou groupes organisés dont le but avoué est de porter atteinte au territoire national ».

Ati courbe la tête et soupire : « Et alors ces salauds ont fait péter leur bombe dans notre pays. »

Ati lève les yeux au plafond : « Dans notre pays ! »

Et il soupire encore. « La France nous a offert des sous pour fermer nos grandes gueules… et on a accepté. En tout cas, il y en a beaucoup trop qui ont accepté et, depuis ça, on est tous foutus. Tous autant qu'on est. Foutus. »

Mais…

Ati sourit et explique qu'il a un rêve (qu'il a emprunté à Oscar) et que son rêve, c'est de se débarrasser de tous les *Popa'ā* et de vivre comme on vivait avant, *'oia ho'i*, on va retourner au *fa'a'apu* planter nos ignames, on va aller à la pêche, on va vivre simplement. Heureux. Indépendants.

Ati tape du poing sur la table et avale une autre goulée de vin.

Il y a un long silence et tout le monde attend la riposte de Loana, et Materena en profite pour ranger la bouteille de Faraghi sur le haut du frigidaire.

Loana regarde Ati comme si elle était une maîtresse d'école et lui, son élève. « Ati, ta mère, elle fait toujours le *mā'a* pour toi et elle lave tes linges pour toi et elle nettoie après toi, hein ? »

« Oui, et aussi elle... commence Ati, déconcerté. Mais qu'est-ce que ma maman a à voir avec l'indépendance ? »

Loana se lève. Il est tard et elle rentre, mais elle a une chose à dire à Ati avant de partir : « Indépendance, mon cul. »

Loana est partie et Materena débarrasse la table sauf le verre d'Ati. Pito, il a sa bière. Ati et Pito parlent maintenant de bateaux et de poissons, leurs sujets de conversation habituels. Mais Materena sait que quand elle n'est pas là, Ati et Pito parlent de femmes. Ou plutôt, Ati parle de femmes et Pito écoute. Il est tard et Materena aimerait qu'Ati rentre chez lui alors elle prend le balai et elle commence à balayer sous la table. Ça, c'est la manière polie pour faire comprendre au gens de s'éclipser. Comme ça, personne n'est vexé. Le balai touche le pied d'Ati et ça veut dire : « Tu veux bien t'en aller maintenant ? » Mais Ati lève ses pieds et sourit à Materena.

« Tu sais, ce que ta mère a dit comme quoi je reste encore avec ma mater ? » commence Ati.

« Oui, Ati. » Materena a l'air de s'en ficher pas mal.

« Je vais pas *pa'i* rester avec ma mater le reste de ma vie », continue Ati.

« Tu as bien raison », répond Materena sans avoir écouté. Elle aime bien Ati, mais des fois elle le trouve un peu énervant avec toutes ses histoires de femmes. Au moins avec la politique, il ne vient plus aussi souvent qu'autrefois.

« Dès que je me trouve une femme... » Ati a toujours les yeux fixés sur Materena. « Dès que je me trouve une femme que j'aime vraiment, je vais la marier. »

« Hein, quoi ? » Materena est abasourdie d'entendre Ati parler de mariage. « Toi ? Marié ? »

« Dès que je trouve la femme qui est faite pour moi », dit Ati.

Pito tousse et avale sa bière. Materena range son balai et s'assied à la table, en face d'Ati.

« Tu es sérieux, Ati ? » demande-t-elle.

« Ah oui, Materena. Je veux des gosses, je veux ma maison à moi. Je veux une femme à moi. Je veux me marier. »

Pito, mal à l'aise, remue ses pieds par terre.

Materena pose son menton dans ses mains et regarde Ati droit dans les yeux un long moment. Elle ne savait pas que ce côté-là d'Ati existait. Le Ati qu'elle connaît est un homme qui ne peut pas rester avec une femme plus de deux semaines, un homme qui ne veut pas de gosses, un *fa'a'oru* qui aime en mettre plein la vue à Pito avec son *speedboat*. Elle n'a jamais compris le succès d'Ati avec les femmes parce qu'elle ne le trouvait pas beau à regarder mais ce soir, les yeux dans les yeux d'Ati, elle voit enfin pourquoi les femmes se jettent à son cou. Et elle se dit : Eh, il est pas mal du tout, Ati. Et elle pouffe dans sa tête en se rappelant le coup d'œil qu'Ati lui avait donné le jour où il est venu au snack avec Pito. Ça fait si longtemps. Elle avait seize ans.

« J'ai plus qu'à attendre de la rencontrer, cette femme-là. »

« Tu vas la rencontrer. » Materena gratifie Ati d'un sourire attendri. « Et Pito ? demande-t-elle. C'est lui qui va être ton témoin ? » Elle, ça lui ferait rien que Ati soit le témoin au mariage de Pito.

« *'Auē māmā ē !* jette Pito. À t'entendre parler, on croirait qu'Ati se marie demain. »

« Pito ? demande Ati. Tu veux bien être mon témoin à mon mariage ? »

« C'est quoi, ça ? » Pito a l'air de ne pas en croire ses oreilles. Il se lève. « Moi, je vais au lit. »

Ati aussi se lève pour partir.

« Allez, Ati, reste encore un peu, dit Materena. C'est pas parce que Pito va au lit que tu es forcé de partir. »

« C'est bon, Materena. Je vais chez mon cousin, il y a un anniversaire. » Puis, en se tournant vers Pito : « Tu veux venir aussi ou tu vas au lit ? »

« Okay alors. » Pito n'est plus fatigué du tout. Il dit à Materena : « Je reste pas longtemps. »

Materena sourit et, avec sa main, elle lui fait signe qu'il peut aller.

25

La corde au cou

Il est neuf heures le lendemain matin. Materena passe devant l'église en revenant de chez le Chinois, et il y a un mariage dans l'église. Materena s'approche de l'église et regarde entre les louvres.

La mariée est jeune et belle. Sa robe a dû coûter très cher, il y a environ vingt mètres de dentelle, en plus elle a un voile. Mais aujourd'hui le voile ne veut plus dire qu'elle est vierge. C'est sans doute sa mère qui a voulu.

La jeune femme murmure dans le micro ses vœux solennels d'aimer, chérir et obéir à l'homme qui est là debout à côté d'elle. Le prêtre les déclare mari et femme. Unis par les liens sacrés du mariage. Devant Dieu, devant les hommes et devant lui. Mari et femme s'embrassent timidement, sans doute ça sera moins timide un peu plus tard. Ils se tiennent par la main et sortent de l'église en marchant lentement en tête du cortège. La plupart des femmes sèchent leurs larmes en les regardant passer. Une des femmes, assise devant, pleure à chaudes larmes – certainement la mère de la mariée.

Une volée de pétales de roses et de grains de riz accueille les jeunes mariés à la porte de l'église.

Materena pense qu'elle ferait mieux de rentrer à la maison maintenant. Pito doit attendre impatiemment les tranches de rosbif et la limonade qui lui servent de remèdes contre la gueule de bois, et puis aussi elle a mis un vieux *pāreu* et un T-shirt XXL et les gens de la noce commencent à la regarder avec un drôle d'air.

Mais, après tout, l'église est un endroit public et elle n'embête personne. Elle veut seulement voir les mariés partir en grande pompe dans la limousine de location.

« Materena ! Materena ma fille ! »

Materena regarde la femme installée derrière le volant de la limousine. « Hé ! s'écrie-t-elle en reconnaissant Māmā Teta sous le maquillage. C'est toi alors, le chauffeur ? »

« Donne-moi un peu des nouvelles de la copine de ta patronne, répond Māmā Teta d'une voix claironnante. Pourquoi c'est si long ? Elle se marie toujours ou bien elle a envoyé chier son bonhomme ? »

Il y a des fois où Materena se demande où Māmā Teta a appris à parler comme ça. « C'est pour très bientôt ! » lance-t-elle.

Les mariés avancent vers la limousine et Māmā Teta reprend son air de chauffeuse de mariage professionnelle. Elle klaxonne et la foule acclame les mariés.

Materena agite la main en direction des mariés qui s'éloignent et elle se dit : Bientôt, c'est Pito et moi dans la limousine.

Hier soir, après les confidences d'Ati, Materena s'est vraiment emballée au sujet du mariage. Elle s'est endormie en se disant : Ati, pas question qu'il se marie avant Pito.

Materena se dépêche de rentrer à la maison. En arrivant, elle va dire à Pito : « Alors quand est-ce qu'on va à l'église et qu'on se marie ? » Une fois la date fixée, elle ira annoncer son mariage à tout le monde, en commençant par sa mère.

Pito n'est pas content parce que Materena a mis un temps incroyable pour faire l'aller-retour au magasin. « Tu es partie la chercher en France cette limonade-là ? »

Materena éclate de rire. « *'A ia ia* Pito *ē !* Arrête un peu de râler ! »

Pito est sur le canapé et il repose ses yeux, avec une serviette humide sur le front – il a mal à la tête. Materena s'occupe de lui avec amour, lui verse sa limonade et lui sert ses tranches de rosbif.

Materena regarde Pito qui engouffre les tranches de bœuf.

« Pito. » Elle a une voix si tendre.

« *'Ē ia !* Qu'est-ce que tu veux encore ? »

Materena offre de lui préparer une omelette. Elle sait que Pito a toujours faim après une nuit passée à picoler. Elle sait aussi que c'est pas la peine de discuter de choses sérieuses avec Pito quand il a faim et la gueule de bois.

« Ah oui, okay alors », dit Pito.

Materena est dans la cuisine en train de battre les œufs pour l'omelette de Pito quand les klaxons du cortège résonnent encore une fois au loin. Elle s'arrête de battre les œufs, elle sourit et elle dit : « Tous mes vœux de bonheur à vous deux ! »

Le commentaire de Pito est sonore et sans ambiguïté : « Bande de couillons ! »

Et il continue à râler en disant que le mariage, c'est pas pour lui. Il grommelle : « Le mariage, c'est la corde au cou. »

Materena, qui est maintenant très en colère, fait cuire

l'omelette et la mange toute seule, en pensant : Le jour où je décide de me marier, Pito a intérêt à m'épouser ! Le jour où j'ai envic d'avoir la bague au doigt et le certificat de mariage au mur, il a pas intérêt à dire non ! Et les gosses peuvent m'offrir une réception, j'ai assez travaillé pour eux ! Je mérite une réception à l'hôtel, au Maeva Beach, sur la plage – avec un orchestre.

Pito appelle Materena : « Alors, cette omelette, ça vient ? Tu es partie à la ferme chercher les œufs ? »

Materena finit l'omelette et se lève.

« Materena ! »

Elle lave l'assiette.

« Materena chérie ! »

« Ah… *māmū !* Tais-toi un peu. » Materena sort pour ratisser les feuilles dans le jardin.

26

L'ex à Coco

Materena est toujours en colère – elle ratisse les feuilles dans le jardin si rageusement que les gosses se tiennent à carreau et jouent aux billes en silence dans un coin – quand tout à coup elle sent que Rita l'appelle : Materena ! Cousine ! Va à la cabine. Il faut absolument que je te parle !

L'appel de Rita est urgent, et Materena range son râteau.

« Je vais téléphoner à Rita, dit Materena à Pito. Elle a besoin de me parler. Je sens qu'elle m'appelle d'aller à la cabine. »

Pito lance à Materena un regard parfaitement vide et continue à lire son *Akim*.

Materena prend son porte-monnaie, change de T-shirt et s'en va à la cabine téléphonique.

Il y a un jeune homme dans la cabine et Materena s'assied au bord du trottoir pour attendre. Dix minutes plus tard, le jeune homme est toujours en train de parler, et Materena commence à être énervée. Quand on a besoin d'appeler quelqu'un vraiment urgent, se dit-elle, c'est là qu'il y a quelqu'un dans la cabine. Materena se lève et va se poster près de la cabine. Comme ça le jeune homme va savoir qu'elle aussi a besoin du téléphone. Le jeune homme regarde Materena et lui tourne le dos.

Il remet des pièces dans le téléphone.

Materena ouvre la porte. « Tu en as pour longtemps ? Il faut que j'appelle une amie, c'est urgent. »

Le jeune homme se retourne. « Je suis en train de parler à ma copine ! »

« Vous en avez pour longtemps à parler vous deux ? » Materena demande gentiment pour que le jeune homme ne croie pas qu'elle essaye de le chasser de la cabine.

Le jeune homme lève les yeux au ciel comme s'il n'en croyait pas ses oreilles. « Pourquoi ? C'est à toi le téléphone ? »

« Dis-moi combien de temps à peu près. »

« Je parle jusque j'en ai marre de parler ! » Et le jeune homme ajoute pour sa copine : « Il y a des gens alors, je te jure ! Aucun respect pour ceux qui téléphonent ! »

Le jeune homme tire la porte au nez de Materena.

Materena se rend compte que c'est pas la peine d'attendre quand le téléphone va être libre parce que, quand un jeune homme discute avec sa copine, ça peut durer des heures. Pourquoi ils ne se donnent pas rendez-vous quelque part pour discuter ? se demande Materena.

Materena file à l'aéroport où il y a plusieurs cabines, et elle se rappelle le film qu'elle a vu à la télé il y a deux ou trois semaines.

Le film commence avec un homme qui a un pistolet dans la bouche prêt à tirer, mais le téléphone se met à sonner. L'homme regarde le téléphone et il attend que le téléphone s'arrête de sonner, comme ça il peut se concentrer sur son suicide. Mais le téléphone sonne, sonne, sonne. L'homme ne peut plus supporter cette sonnerie. Il décroche le téléphone, avec toujours le pistolet dans sa bouche.

C'était son ex-copine d'il y a longtemps qui l'appelait au secours. « Je t'en prie aide-moi à retrouver mon fils, elle disait. Il a dix-sept ans et il s'est enfui. » L'homme a dit : « Excusez-moi, qui est à l'appareil ? » La femme lui a donné son nom et il s'est rappelé tout de suite. « C'est ton fils aussi, disait la femme en pleurant. Je te supplie de m'aider. » Et l'homme qui voulait se suicider enlève le pistolet de sa bouche et il le pose sur le bureau.

Materena est tout essoufflée quand elle arrive à l'aéroport, mais elle n'a pas le temps de reprendre son souffle. Elle fonce immédiatement dans une cabine et elle fait le numéro de Rita, mais Rita ne répond pas. Le téléphone de Rita est toujours en train de sonner quand Materena se rappelle le code. Rita a eu l'idée du code il y a environ trois mois. Quand Materena appelle Rita, il faut laisser le téléphone sonner trois fois et puis raccrocher. Il faut faire ça deux fois de suite, comme ça Rita va savoir que c'est Materena qui appelle.

Coco a un code aussi. Et quelques autres, comme Lily et Georgette. Mais la maman de Rita et le patron de Rita, eux, ils n'ont pas de code.

Materena appelle à nouveau en faisant le code et Rita répond.

« Allo Materena ? » La voix de Rita est un peu triste.

« Rita, est-ce que ça va bien ? » Toutes sortes d'idées traversent l'esprit de Materena. Rita a attrapé le cancer. Rita a perdu son travail.

« Oui, ça va, Cousine. Enfin, ça pourrait aller mieux. On est tombés sur l'ex à Coco la semaine dernière… » dit Rita.

« Okay, Cousine, raconte-moi l'histoire. » Materena remet des pièces dans le téléphone.

La semaine dernière, Rita et Coco sont allés en ville pour chercher le cadeau d'anniversaire de la maman de Coco et puis ils devaient juste aller chez le Chinois pour faire deux ou trois commissions. Ils étaient en train de marcher la main dans la main quand une femme qui passait a crié : « Hé, Coco ! C'est toi ? » Et Coco s'est écrié : « Hé, Sylvie ! Comment ça va ? » Et Rita s'est crispée parce que cette Sylvie, elle en a entendu parler.

Sylvie a ouvert les bras et s'est jetée sur Coco pour lui donner deux baisers baveux sur les joues. À Rita elle a fait un bonjour du bout des lèvres en la regardant de haut en bas. Rita était vraiment énervée parce qu'elle avait mis seulement un *pāreu* et un T-shirt XXL. Si au moins elle avait mis des beaux linges.

Rita a répondu par un bonjour du bout des lèvres et l'a regardée de haut en bas aussi. Elle était vraiment énervée de voir que Sylvie était bien habillée, bien maquillée, belles chaussures. Cette salope, quelle *fa'a'oru* ! se dit Rita. Si elle avait mis un vieux *pāreu* comme moi, elle aurait filé sans s'arrêter.

Sylvie était une ex-copine à Coco mais pas n'importe quelle ex-copine. Coco et cette femme-là, ils avaient failli se marier, en tout cas c'est ce que la maman de Coco a raconté à Rita un jour.

Sylvie est restée avec Coco pendant six mois et, d'après la maman de Coco, ils allaient bien tous les deux ensemble. Ils ne faisaient jamais bagarre, ils riaient, ils blaguaient et la maman de Coco était heureuse parce que Sylvie rendait son fils heureux. En plus, Sylvie était une bonne fille.

Oui, il était même question de mariage à l'église.

Mais un matin, Sylvie a fait sa valise et elle a disparu, sans adieu, sans rien. Quand la maman de Coco est partie chez le Chinois, Sylvie et Coco étaient en train de discuter dans le salon, et quand elle est revenue, plusieurs heures plus tard parce qu'elle est tombée sur trois cousines en revenant, il n'y avait plus de Sylvie.

La maman de Coco a pensé que Sylvie est allée voir sa maman à elle. Et quand Coco lui a annoncé la nouvelle elle a été déçue tout à fait.

Elle a essayé d'obtenir de Coco une explication parce que, pour elle, on ne se sépare pas juste comme ça. Il faut de la bagarre, de la discussion, des larmes avant que c'est fini. Mais, chaque fois qu'elle posait la question à Coco, il devenait méchant : « Tu me demandes encore une fois et je te jure que je fais ma valise et je m'en vais aussi. »

Coco était anéanti. Il a perdu son appétit pendant deux semaines entières. Il regardait la télé, et quand le film était comique il ne riait même pas, et quand le film était triste il sanglotait.

Et maintenant, voilà cette Sylvie en chair et en os, qui bavarde avec Coco pendant que Rita reste là comme un cocotier, avec un sourire mais pas un vrai sourire.

Sylvie, elle a tout raconté sa vie à Coco depuis leur séparation. Elle avait fait le tour du monde comme danseuse dans un groupe, épousé un millionnaire américain, divorcé le millionnaire américain, déménagé en France, habité là-bas pendant deux ans, et puis elle a décidé de revenir au *fenua* un petit peu avant de repartir pour Honolulu.

Coco hochait la tête et souriait, et Rita avait envie de lui donner des gifles pour ce sourire-là, et pour ses gros yeux écarquillés devant les *tītī* de Sylvie à moitié sortis de son décolleté.

Et puis il a fallu que Sylvie montre bien à Rita qu'elle connaissait son Coco par cœur.

« Alors, tu dors toujours du côté gauche du lit ? Et tu essayes toujours de compter les étoiles la nuit ? Et tu aimes toujours quand on te natte les cheveux ? » À chaque réponse affirmative de Coco, Sylvie s'écriait : « Tu dors toujours du côté gauche ! Tu comptes toujours les étoiles ! Tu aimes toujours quand on te natte ! »

Les oreilles de Rita résonnaient. Alors elle a fait claquer sa langue. Et quand Rita fait claquer sa langue, ça veut dire quelqu'un lui tape sur le système et si le quelqu'un ne disparaît pas illico presto, Rita va faire quelque chose qu'on va regretter. Alors Coco a dit : « Okay alors, Sylvie. Il faut qu'on y aille maintenant. »

Encore une fois, Sylvie a donné à Coco deux baisers baveux en le serrant contre elle comme si c'était son homme à elle, comme si le passé était le présent. Elle fermait les yeux, et Rita a conclu qu'elle rêvait au temps où elle était la *vahine* de Coco. Puis elle est partie très vite et a disparu.

Alors bien sûr, Rita n'avait plus envie de continuer à chercher un cadeau d'anniversaire pour la maman de Coco (déjà elle n'avait guère envie pour commencer mais après tout le blabla de Coco avec Sylvie elle avait encore moins envie). Ce que Rita avait envie, c'était de rentrer à la maison, de laver ses cheveux, de se faire un massage au *mono'i*, de mettre sa plus belle robe, un peu de rouge sur ses joues et beaucoup de rouge sur ses lèvres.

Rita se rendait bien compte que le passé c'est le passé et qu'il y a des choses du passé qui ont le droit de rester secrètes, mais elle avait vraiment envie de savoir pourquoi Sylvie a laissé tomber Coco. Il ne pouvait pas lui avoir fait quelque chose d'affreux parce que dans ce cas-là, Sylvie serait passée devant sans le regarder, la tête droite comme si elle ne l'avait jamais connu de sa vie. Mais elle lui a sauté dessus, elle l'a regardé avec des yeux… des yeux d'amoureuse.

Rita voulait en savoir plus sur la séparation de Coco et Sylvie. Pourquoi Sylvie a fait sa valise ? Pourquoi elle t'a quitté ?

Mais Rita a attendu après le dîner pour oser demander parce que, après dîner, Coco est à l'aise, il va répondre à n'importe quelle question.

Alors, tout de suite après le dîner, comme Coco était en train de déguster son *escrime* vanille, elle a demandé.

Et Coco a répondu : « On s'est juste quittés. »

Et Rita s'est demandé s'il y avait du regret dans le cœur de Coco. Elle voulait lui demander : « Et tu regrettes ? » Mais c'est mieux d'éviter de poser ce genre de questions. Alors Rita s'est mordu la langue et s'est concentrée sur son *escrime* à elle.

Voilà toute l'histoire, et maintenant Rita attend les commentaires de Materena.

Materena réfléchit.

Elle réfléchit que Rita panique toujours quand Coco regarde une autre femme. Même quand c'est une femme dans un film, Rita panique. Elle éteint la télé, et elle dit à Coco que, la prochaine fois qu'il a envie de faire l'amour, il n'a qu'à aller à Hollywood chercher celle-là pour l'emmener au septième ciel parce que elle, Rita, il peut toujours courir. Même les femmes dans les magazines, Coco ne peut pas les regarder.

Alors, Coco en train de regarder une ex-copine…

Et Materena pense à ses cousines Lily et Loma. Quand Lily a rompu avec son copain pompier parce qu'elle était *fiu* de son beau corps et de ses crises de jalousie, le pompier est sorti avec Loma. Et alors, chaque fois que Loma tombait sur Lily, Loma faisait la gueule à Lily ou faisait semblant qu'elle ne la connaissait pas. Et puis le pompier a rompu avec Loma parce que elle, elle embrassait seulement, et le pompier était tellement en feu de toutes les choses que Lily lui faisait avant, embrasser seulement ça ne lui suffisait pas, il n'en pouvait plus.

Et Loma continue à faire la gueule à Lily.

« Rita. » Materena pèse ses mots soigneusement. « Tu devrais être contente que Sylvie, c'est pas une cousine et tu tombes pas dessus chaque fois que tu vas au magasin ou à la messe. »

Il y a un silence.

« Ah, c'est vrai. » Rita finit par être d'accord. « Coco est avec moi et j'ai pas besoin d'en savoir plus, hein ? »

« Pas besoin d'en savoir plus », confirme Materena.

« Merci, Cousine, dit Rita, au bord des larmes. Je me sens tellement mieux maintenant que je t'ai parlé. Toi au moins, tu es une vraie copine. »

« C'est bon, Rita. Toi aussi tu sais bien me remonter le moral quand ça va pas. »

Et les cousines se quittent après encore quelques À bientôt, On s'appelle, Tu sais tu peux compter sur moi, Tu sais bien que je t'aime, etc.

Materena rentre chez elle. Elle se sent beaucoup mieux elle aussi. Et puis il fait beau, la matinée idéale pour emmener les gosses à la plage, cette fameuse plage qui appartenait autrefois à la tribu des Mahi, et ramasser des moules (Materena adore les moules), et surtout oublier toute cette histoire de mariage qui ne tient pas debout. Tirer un trait là-dessus.

27

Les moules

Il est une heure vingt du matin et Materena est assise à la table de la cuisine.

Elle n'arrive pas à dormir.

À six heures elle va aller chercher le pain à la boulangerie et puis elle va faire le café. Materena bâille. Elle est fatiguée mais elle ne peut pas dormir et ça ne sert à rien de rester au lit avec les yeux ouverts.

Elle pourrait aller astiquer la salle de bains pendant une heure, seulement elle est trop fatiguée pour astiquer mais pas assez fatiguée pour dormir vraiment, pour dormir à fond, sans penser à rien. Materena pousse un long soupir accablé.

Elle se fait du souci. Aujourd'hui à onze heures, elle va passer au tribunal et Dieu sait ce qui peut arriver quand on passe au tribunal. On peut même aller en prison. Elle a beaucoup de cousins qui sont passés au tribunal et ensuite directement dans la camionnette des gendarmes, direction la prison de Nuutania. Son cousin Mori par exemple, il a emprunté une pirogue et le propriétaire de la pirogue est allé au tribunal et Mori a passé deux jours en prison.

Materena va passer au tribunal parce que les gendarmes l'ont attrapée sur une propriété privée.

Voici l'histoire.

Derrière l'aéroport il y a une terre au bord de la mer. Cette terre-là, derrière l'aéroport, elle appartenait à la tribu des Mahi mais un ancêtre à eux l'a échangée contre un ou deux gallons de vin rouge. L'échange à l'époque s'était fait sous seing privé, résultat : aujourd'hui personne ne connaît le nom du *Popa'ā* qui a eu la terre pour pas cher. Ça n'est d'ailleurs pas sûr que c'était un *Popa'ā*, mais à l'époque, quand les Mahi ont perdu ce *fenua* qui est derrière l'aéroport aujourd'hui, les *Popa'ā* échangeaient souvent des terres avec les Tahitiens, pour quelques gallons de vin – et sous seing privé.

Materena adore cet endroit-là derrière l'aéroport. Elle y est déjà allée six fois. Il y a des *'aito* qui font de l'ombre, il y a du sable blanc et il y a le lagon calme à l'abri du récif, comme ça les gosses peuvent se baigner à la mer sans danger. Mais surtout il y a plein de moules et Materena adore les moules. Les moules frites avec de l'ail et des oignons ou les moules crues avec une goutte de citron vert.

Quand elle a envie de manger des moules, Materena met dans un panier des citrons et un couteau, une bouteille de grenadine, du pain, des boîtes de *pua'atoro* et un ouvre-boîte (pour les casse-croûtes), elle prend un seau et la voilà partie avec les gosses vers cet endroit rêvé. Il leur faut à peu près vingt minutes à pied depuis la maison. Quand ils arrivent à la piste, Materena s'assure que le feu est vert et qu'il n'y a pas d'avions dans le ciel, et puis elle donne aux enfants le signal : tout le monde s'élance et traverse la piste en courant, Materena derrière qui crie : « Allez, *'aiū mā* ! *Ha'a vitesse !* »

Dès qu'ils arrivent à la plage, les gosses se jettent

à l'eau (ils n'ont pas le droit d'aller plus loin que la grosse patate de corail où l'eau verte et tiède devient profonde et bleue) et Materena se met à la chasse aux moules. Elle s'assied dans l'eau et plonge ses doigts dans le sable. Elle en sort toujours une moule ou deux, mais elle s'arrête quand le seau est plein.

Et il arrive que Materena sente la présence des gens qui pêchaient les moules ici autrefois, ceux d'il y a longtemps – ses ancêtres Mahi et leurs amis. Ils sont tous assis en rond dans l'eau jusqu'au ventre, ils bavardent et ils rient tout en ramassant les moules.

Depuis qu'elle a découvert cet endroit rêvé, Materena espérait venir ici pêcher des moules aussi longtemps qu'elle le pourrait.

Mais un gendarme est arrivé l'autre jour dans sa voiture de police.

C'est Moana qui a vu la voiture bleue le premier. Il s'est caché derrière sa sœur et a crié : « Mamie, le gendarme ! » Et Leilani a caché sa poitrine plate avec ses deux mains, parce qu'elle avait quitté son T-shirt.

Materena a arrêté de fouiller le sable et s'est dépêchée d'aller au bord où le gendarme l'attendait.

« *'Ia ora na* », a-t-elle dit en souriant au gendarme.

Le gendarme l'a juste regardée.

« Bonjour, monsieur », a repris Materena en se disant que peut-être il préférait être salué en français.

Le gendarme l'a juste regardée, alors Materena l'a regardé aussi. Elle s'est dit alors que le gendarme devait être de mauvaise humeur. Il avait des yeux furieux – peut-être il venait juste de faire bagarre avec sa femme.

« Qu'est-ce que vous fichez ici ? » a demandé le gendarme sur un ton fâché.

« Mes gosses là, ils se baignent, a dit Materena en lui montrant ses gosses. Et moi je cherche des moules. »

Le gendarme a eu l'air plus intéressé par ce qu'il y avait dans le seau que par les gosses en train de se baigner à la mer. « Vous vous rendez compte que vous êtes sur une propriété privée ? »

« Propriété privée ? » a demandé Materena comme si elle ne comprenait rien à ce que racontait le gendarme.

Le gendarme a sorti un carnet noir de sa poche.

« Nom, prénom ? » il a demandé en faisant cliquer son stylo noir.

« Materena Loana Imelda Mahi. »

« Adresse ? »

« Faa'a, PK 5,5, derrière la station d'essence. »

Le gendarme écrivait les renseignements avec son air furieux. « Profession ? »

« Je suis femme de ménage professionnelle. » La voix de Materena était plus assurée.

Le gendarme a regardé Materena et il a écrit « femme de ménage ». « Situation de famille ? »

Materena a fait la grimace. Il avait vraiment besoin de retourner le couteau dans la plaie, ce gendarme ?

« Situation de famille ? » En plus, il avait l'air de s'impatienter.

« Monsieur, je ne suis pas mariée pour le moment parce que… »

Le gendarme l'a coupée : « Ou bien vous êtes mariée ou bien vous ne l'êtes pas. Situation de famille ? »

« Je ne suis pas mariée. »

« Êtes-vous mère célibataire ? » a demandé le gendarme avec un coup d'œil aux enfants qui étaient encore dans l'eau.

« Mais non ! » Materena a crié fort mais elle se

demande bien pourquoi. « Non » répète-t-elle d'une voix plus douce. « Le père de mes enfants et moi, on vit ensemble. »

« Alors vous vivez en concubinage notoire », a dit le gendarme.

« Oui monsieur. »

« Vous ne pouviez pas le dire plus tôt ? » Le gendarme avait l'air tellement fâché. « Je n'ai pas toute la journée pour jouer aux devinettes, moi. »

Il a griffonné « concubinage » dans son carnet et puis il a donné à Materena l'ordre de vider les lieux – immédiatement.

« Ici, c'est une propriété privée, a-t-il dit en partant. Vous savez ce que ça veut dire, propriété privée ? »

« Ça veut dire on ne peut pas venir ici ? »

« Il est interdit par la loi de s'introduire dans une propriété privée. Les contrevenants s'exposent à des poursuites. Rappelez-vous bien ça. Et videz les lieux immédiatement. »

Le gendarme a soulevé son képi avec un doigt et il est parti.

Dès que la voiture bleue du gendarme a disparu, les enfants sont sortis de l'eau et se sont précipités vers leur mère. Materena leur a expliqué la triste situation et a immédiatement commencé à ramasser les affaires.

« Ce gendarme-là ! a crié Tamatoa. Il se prend pour qui ? Si Papy était là… »

« C'est pas toi qui vas dire aux gendarmes il faut faire quoi, a dit Materena. C'est eux qui vont te dire. Si c'est toi qui vas leur dire, tu vas recevoir un rendez-vous au tribunal. » Et elle a ajouté, très sérieusement : « Les gendarmes, c'est eux qui font la loi. »

« Mais, on ne faisait rien contre la loi, a dit Leilani. La mer est à personne. La mer est à tout le monde. »

« La mer, c'est à Dieu », a dit Moana avec un grand geste du bras vers le récif.

« Mais on a traversé une propriété privée pour arriver à la mer », a expliqué Materena.

« Mais – c'est Leilani, elle aime discuter – quand le gendarme est arrivé, on n'était pas dans la propriété privée puisqu'on était dans la mer. »

Materena, déjà énervée, lui a dit sèchement : « Leilani, c'est pas le moment de faire la maline, okay ? Allez, on rentre à la maison. »

Ce soir-là Materena a raconté à Pito ce qui s'était passé derrière l'aéroport.

« Pourquoi tu as donné ton nom au gendarme ? » Pito était en colère. « On donne jamais son nom au gendarme. On invente un nom. Et pourquoi tu as donné ton adresse ? »

De l'avis de Pito, et il sait de quoi il parle, si on ne donne pas son nom au gendarme, le gendarme ne peut rien faire. Il peut toujours essayer de te retrouver mais personne ne va l'aider parce que les Tahitiens, ils ne parlent pas aux gendarmes. Ils parlent seulement aux *mūto'i*.

« Et quelle idée d'aller traverser la piste, hein ? »

« On traverse seulement quand le feu est vert », a dit Materena.

« Hé, il y a des fois le feu il est en panne. »

Materena a aussi raconté à Loana ce qui s'était passé, derrière l'aéroport.

« Quelle idée d'aller ramasser les moules là-bas ? » Loana aussi était en colère. « Je t'ai déjà dit que c'est empoisonné les moules là-bas, il y a un *pīfao* dessus, c'est pas bon à manger. »

Un jour, Loana a mangé des moules de l'aéroport et on a été obligé de l'emmener aux urgences à Mamao.

« Ce gendarme, continuait Loana, je suis sûre que sa femme lui avait fait une scène le matin et il s'est vengé sur toi. Hé, ou bien peut-être sa femme a foutu le camp avec un jeune – un Tahitien ! Et il était déjà furieux en arrivant. »

Trois jours après l'entrevue avec le gendarme grognon, Materena recevait une convocation au tribunal.

Elle l'a montrée à Pito.

Il a dit : « *'A ia !* C'est rien du tout. »

Mais Materena était catastrophée. « On peut me mettre en prison pour ça ? »

« Personne va en prison pour un seau de moules ! » Pito a éclaté de rire puis il a continué à lire son *Akim*.

Elle a montré la convocation à Loana.

« Casse pas la tête pour ça, ma fille. »

« On peut me mettre en prison pour ça ? »

« Qu'ils essayent un peu. Ils vont entendre parler de moi. On va aller voir Maeva et elle va arranger tout ça illico presto. »

Maeva était exactement la personne à voir : la loi, elle connaît. Maeva est une cousine éloignée de Loana, du côté de sa mère. Maeva est la secrétaire du patron d'une grosse boîte, mais elle aurait dû faire avocate. Elle a mis le gouvernement au tribunal il y a quelques mois pour une histoire de terres domaniales à Rangiroa et elle a gagné son procès. C'était dans le journal. Il y avait une photo de Maeva en première page, pieds nus avec son panier de pandanus au bras et les trente témoins qu'elle a fait citer devant le juge à Rangiroa. Un par un, ils sont venus devant le juge – qui était venu en avion de Tahiti exprès – et ils ont raconté l'histoire pour leur terre.

Loana et Materena sont allées voir Maeva à son bureau. Maeva a écouté l'histoire des moules en tapant une lettre. Elle avait plein de travail ce jour-là.

« Voilà ce que je pense, a-t-elle dit en continuant à taper à toute vitesse. Il y avait un panneau "propriété privée" et Materena n'a pas *pa'i* fait attention. »

Loana allait expliquer que Materena n'a pas fait attention au panneau « propriété privée » parce que la terre appartient aux Mahi avant et un ancêtre l'a vendue pour un ou deux gallons de vin rouge, mais Maeva a levé la main comme pour dire : Attends un peu, je n'ai pas fini.

« Je sais pour les gallons de vin. Nous avons tous perdu des terres pour des gallons de vin, mais les terres qu'on a perdues pour des gallons de vin, c'est pas ça le problème. Là, le problème, c'est qu'il y a un panneau "propriété privée" et que Materena n'a pas *pa'i* fait attention. On le voit bien, le panneau ? »

« Ben, c'est cloué sur un arbre », a répondu Materena.

« C'est haut ? »

Materena ne comprenait pas bien : l'arbre ou le panneau ?

« Le panneau, il est cloué à la hauteur des yeux ? »

« Non, c'est plus haut. »

« Tu es obligée de lever la tête pour lire le panneau ? »

« Ah oui. »

« Tu lèves toujours la tête quand tu vois un arbre ? »

« Ben oui, pour voir si c'est mûr, les fruits dans l'arbre. »

« Mais l'arbre-là, c'est un *'aito*, non ? »

« Oui. »

« Et il n'y a pas de fruits mûrs dans le *'aito*. »

« Ben non, il n'y a pas de fruits dans les *'aito.* » Materena comprenait de moins en moins.

« Donc, quand tu vois c'est un arbre qui n'a pas de fruits, tu ne lèves pas la tête – d'accord ? »

« *'Oia mau*. C'est vrai. »

Loana est intervenue. « Pourquoi on parle des arbres ? »

« On parle des arbres parce que le panneau qui est au centre de cette histoire est cloué sur un arbre. » Maeva s'est retournée vers Materena. « Décris-moi un peu ce panneau. »

« Ben… c'est un panneau noir et c'est écrit en blanc dessus. »

« Et c'est grand comment ? »

Materena a fait « comme ça » avec ses mains.

« Okay, a dit Maeva. Ça n'est pas un grand panneau. Et les lettres, c'est des majuscules ? »

« Non, c'est des normales. »

« Et c'est écrit en français seulement ? »

« Oui. »

Maeva a hoché la tête. « Tu as vu le panneau la première fois que tu es allée ? »

« Non. »

« Comment ça se fait ? »

« Tu peux pas le voir si tu sais pas qu'il y a un panneau. »

« Comment ça se fait que tu ne peux pas le voir ? »

« C'est un peu caché dans les branches du *'aito.* »

« Le gendarme, il t'a montré le panneau ? »

« Non. »

Maeva a arrêté de taper à la machine et elle a fait pivoter sa chaise à roulettes vers Materena et Loana.

« Okay. Vous allez prendre une photo de ce panneau. Mais, attention, il ne faut pas qu'on le voie bien sur la photo. Surtout ne coupez pas les branches pour qu'on le voie mieux. »

« C'est tout ce qu'on a à faire ? »

« Oui. »

Loana pensait que sa cousine allait leur dire de citer un article de la loi qui dirait que, quand la terre est vendue pour deux ou trois gallons de vin, les anciens propriétaires gardent le droit de passage pour aller à la mer, par exemple. « Alors c'est vraiment tout ce qu'on a à faire ? »

« On peut me mettre en prison pour ça ? » a demandé Materena.

Maeva a pris son air sérieux et professionnel. « Ma fille, si jamais tu vas en prison, tu vas passer à la télé d'abord ! Parce qu'on ne peut pas accuser personne d'avoir pénétré sur une propriété privée si le panneau "propriété privée" n'est pas visible. »

Alors Materena et Loana sont allées prendre ce panneau invisible en photo.

Elles sont aussi allées au tribunal il y a trois jours pour se familiariser avec l'endroit, une idée de Loana. Elles se sont assises dans le fond, elles ont regardé et écouté. Il y avait un jeune homme qui avait volé une télé – condamné. Il y avait un jeune homme qui avait volé une voiture – condamné. Il y avait un autre jeune homme qui avait volé une chaîne hi-fi – condamné. Le juge parlait sévèrement à ces jeunes-là, comme s'il était *fiu* de s'occuper des voleurs. Il y avait des mamans et des grands-mères qui pleuraient un peu partout. Un jeune (celui qui avait volé la voiture) a hurlé : « Je suis innocent ! » Et le juge a dit : « Trouve plutôt un boulot – et puis aie un peu pitié de ta mère pour changer. »

« Tu ne peux pas te comparer à ces *taure'are'a* »,

a dit Loana pour rassurer Materena en sortant. Eux, c'est des voyous mais toi, tu es une maman qui travaille pour nourrir sa famille. Tu vas t'habiller comme il faut – il faut avoir l'air respectable, irréprochable. Ces voyous-là, ils n'avaient même pas peigné leurs cheveux. »

Loana a conseillé à Materena d'emmener les gosses avec elle au tribunal parce que le juge, il a pitié quand on a des gosses, mais Materena a refusé. Les gosses, ils ont école.

Et ils ne savent pas qu'elle a été convoquée au tribunal.

La patronne de Materena aussi ne sait pas qu'elle a été convoquée au tribunal.

Et Pito ne peut pas prendre un jour de congé maladie pour l'accompagner parce qu'il en a déjà pris tellement (des congés gueule de bois), il risque de perdre son boulot cette fois-ci.

Materena et Loana sont maintenant dans le *truck* direction Papeete. Il est neuf heures trente, il y a tout le temps, mais Materena veut être au tribunal longtemps avant onze heures, parce que c'est mieux d'arriver au tribunal en avance. Comme ça on ne va pas faire attendre le juge.

Materena porte une robe et ses cheveux sont tressés : elle a fait deux nattes simples. Il n'y a pas de rouge sur ses lèvres, et il n'y a pas de fleur derrière son oreille. Juste la robe et les chaussures de toile blanche à talon plat. Et son sac en pandanus.

La musique rock and roll dans le *truck*, ça l'énerve. Ça joue vraiment trop fort. Mais on ne peut pas dire au chauffeur quelle musique il faut jouer dans son *truck*.

« Tu as les photos ? » demande Loana tout contre l'oreille de Materena.

« Oui. »

« Tu es sûre ? »

« Oui, Mamie. »

Mais Loana veut voir les photos de ses propres yeux, alors Materena sort l'enveloppe de son sac. Il y a trente-six photos de l'arbre et du panneau qu'on distingue mal.

Propriété privée les contrevenants s'exposent à des poursuites Loana feuillette le paquet de photos. Elle est satisfaite, elle remet les photos dans l'enveloppe. Materena remet l'enveloppe dans son sac.

« Il ne faut pas t'énerver. » Loana pose une main rassurante sur l'épaule de sa fille. « Reste calme. »

« Oui. »

« Parce que, quand tu t'énerves, tu dis plein de bêtises. »

Materena regarde par la fenêtre, elle hoche la tête.

« C'est comme pourquoi tu es allée là-bas six fois, continue Loana. Je t'ai dit de ne pas aller là-bas. *'A ia ia*, les enfants, on croit que quand ils sont grands, c'est fini les soucis, mais les soucis, c'est jamais fini. »

Materena regarde toujours par la fenêtre.

« Reste calme », dit Loana.

« Je suis calme. »

« Tu n'as pas à avoir peur du juge. C'est juste un homme. N'a qu'à imaginer qu'il est assis au cabinet. C'est un monsieur, mais c'est pas Dieu. Ah, si j'avais des sous, j'aurais payé un avocat pour te défendre. Un avocat, c'est obligé, il sait mieux te défendre que si c'est toi toute seule. Un avocat, il connaît les trucs et les ficelles. Toi, tu as juste tes photos. »

« Je sais me défendre ! » Materena hausse la voix pour s'en convaincre.

« Ne pleure pas devant le juge », dit Loana.

« Je ne vais pas pleurer. »

« Quand on pleure, c'est comme si on est coupable. Le juge n'aime pas ça quand on pleure devant lui. Il aime mieux quand on reste calme. »

« Oui. » Materena aimerait bien que sa mère se taise et la laisse se concentrer.

« N'oublie pas que, pour parler au juge, il faut l'appeler Votre Honneur, comme à la télé. »

« Oui, je sais. » (Qu'est-ce que ma patronne va dire quand elle apprendra que je suis en prison ?)

« Et ne parle pas à Votre Honneur comme tu parles aux autres. On doit pas dire "hein ?" quand on parle au juge. »

« Oui. », (Et Pito, il ne sait même pas faire cuire le riz.)

« Et quand tu parles à Votre Honneur, regarde-le bien dans les yeux. »

« Oui », murmure tristement Materena. (Et mes pauvres gosses, hein ? Ah non, pas question d'aller en prison !)

« Alors, vous vous prenez pour un pilote ? » demande le juge.

Materena est debout devant lui, la tête haute, mais pas trop haute, pour que le juge ne prenne pas son respect pour de l'insolence. Elle est surprise par la question. Elle pensait que la première question que le juge allait lui poser serait : « Avez-vous vu le panneau propriété privée ? » Alors elle aurait dit : « Non, Votre Honneur, parce que le panneau est invisible et j'ai la preuve, j'ai des photos. »

Est-ce qu'elle se prend pour un pilote ? Bien sûr que non ! Pourquoi elle se prendrait pour un pilote ? Est-ce que Votre Honneur essaye de la piéger ?

« Non, Votre Honneur. » Materena hésite. « Je ne me prends pas pour un pilote. »

« Euh, pas Votre Honneur, dit le juge. Nous ne sommes pas dans une série américaine, mais dans un tribunal français. Ici, c'est Monsieur le Président. Bon, essayez de vous rendre compte, vous et les enfants, vous vous trouvez sur la piste et un avion arrive pour atterrir. » Le juge regarde Materena droit dans les yeux : « Vous vous rendez compte ? »

Materena a envie de dire à… – euh, Monsieur le Président – qu'ils traversent la piste seulement quand le feu est vert et le feu est encore vert quand ils arrivent de l'autre côté. Et aussi, elle regarde toujours dans le ciel pour voir s'il y a des avions, elle sait que les avions doivent parfois faire des atterrissages d'urgence et le pilote n'a pas le temps de prévenir la tour de contrôle. C'est dangereux de traverser la piste, elle se rend bien compte, mais c'est moins dangereux de traverser la piste que de traverser la route devant la station d'essence.

Mais elle ne va pas se mettre à discuter avec Votre Honneur.

Alors elle dit : « Oui, je me rends compte. »

Il y a un silence.

« N'importe quoi peut arriver, reprend Votre Honneur. Le pilote pourrait tenter de vous éviter et, dans la manœuvre, s'écraser sur des maisons, je ne sais pas, tuer des centaines de personnes… ou bien il pourrait décider de vous écraser, vous et vos enfants. Vous vous rendez compte ? »

Ah oui, Materena se rend compte maintenant et elle en a des sueurs froides.

« Et je ne tiens pas compte du fait, dit Votre Honneur, que vous mettez votre vie et celle de vos enfants en danger en vous baignant près de l'aéroport. Avez-vous pensé aux câbles électriques immergés dans l'eau ? »

Materena, choquée, fixe Votre Honneur d'un air égaré. « Des câbles électriques dans l'eau ? On n'a pas dit sur le panneau propriété privée qu'il y a des câbles électriques dans l'eau. »

« Donc, vous avez bien vu le panneau propriété privée. » Le juge a l'air un peu fâché maintenant.

Materena aussi, elle est fâchée. Elle ne pense plus à sa défense. Elle pense seulement que ses gosses et elle auraient pu être électrocutés.

« Votre Honneur… euh, Président, dit-elle, les câbles électriques, ça je connais. Mon frère, il était électricien avant. Je sais qu'il ne faut pas jouer avec les câbles électriques et je ne joue jamais avec les câbles électriques. On peut mourir avec les câbles électriques. Non, Président, on n'a pas dit sur le panneau pour les câbles électriques. »

Materena s'emballe. « Tu te rends compte un peu, hein, Président ? Mes gosses sont en train de se baigner à la mer et ils se font électrocuter parce qu'on n'a pas dit pour les câbles électriques. Tu te rends compte ? J'ai l'impression que c'est à cause de moi qu'ils sont morts, comme si je les ai tués ! Plus jamais je ne vais aller dans cet endroit-là. Eh, Président, ils ont intérêt à écrire sur le panneau, pour les câbles électriques, hein ? Je suis contente que le gendarme m'a envoyé une convocation au tribunal. »

Ça oui alors, elle bénit le gendarme maintenant. Elle retire toutes les méchancetés qu'elle et Loana ont pu dire sur lui – que sa femme l'avait plaqué pour un jeune parce que lui c'est un vieux grognon et tout ça…

Et puis Materena se met à pleurer. Elle essaye de

se retenir, mais la révélation de ces câbles électriques cachés sous l'eau, c'est trop pour elle.

« Heureusement qu'on n'a pas été électrocutés, dit Materena en s'essuyant les yeux dans la paume de sa main. Même pour cent mille francs, même pour un million, jamais je ne vais retourner pêcher les moules dans le *fenua* derrière l'aéroport. »

Affaire classée.

28

Monsieur

Quel choc, ces câbles électriques… Ses enfants étaient à deux doigts de la mort… Materena est encore en larmes. Elle longe les magasins de vêtements, se dirige vers le marché en s'essuyant les yeux du dos de la main.

« Mamie, dit-elle. Je vais acheter une surprise pour les gosses. » La surprise, dans ce cas, ça sera sans doute un paquet taille familiale de biscuits au chocolat – quelque chose de bon et que les gosses ne mangent pas souvent. Elle pourrait même y ajouter une grosse pastèque bien juteuse. « Mais j'arrive toujours pas à croire… » Materena s'interrompt pour se retourner vers sa mère qui s'est arrêtée et reste là avec une expression douloureuse sur le visage.

« Mamie ? »

Loana pivote et va se cacher derrière un présentoir (réduction de 50 % sur toutes les robes). Materena la suit.

Loana lui indique un vieil homme qui marche à pas lents, un panier de pandanus au bras. Elle chuchote : « Tu vois l'homme là ? »

Materena regarde le vieil homme, et se retourne vers sa mère, l'air interrogateur : On le connaît ?

L'homme s'arrête pour s'asseoir sur un banc et rouler une cigarette. Il ne remarque pas les deux femmes debout près du présentoir devant le magasin qui le regardent. Il sort un livre de son panier de pandanus et se met à lire, tout en fumant sa cigarette.

Materena attend que sa mère lui dise qui est l'homme. Loana connaît des tas de gens et il n'est pas rare qu'elle fasse des rencontres quand elle va en ville. Materena a l'habitude d'attendre sa mère pendant de longues minutes, le temps qu'elle fasse une causette avec quelqu'un qu'elle connaît ou qu'elle a connu autrefois, ou quelqu'un qui est un peu famille.

« Cet homme-là, c'était mon monsieur, chuchote Loana. Il est vieux maintenant, mais c'était un jeune homme quand il m'apprenait toutes les règles de grammaire et les formules mathématiques. »

« À Rangiroa ? » Materena chuchote pour faire comme sa mère.

« Bien sûr, à Rangiroa, répond Loana. Je ne suis jamais allée à l'école à Tahiti. Seulement à Rangiroa. »

« Ah. Eh bien, va *pa'i* dire bonjour. »

« Oui, je vais aller lui dire bonjour. Je suis sûre qu'il va me reconnaître, j'étais sa meilleure élève. »

Mais Loana ne va pas dire bonjour, elle se cache derrière les robes seulement.

« Mais va ! » Materena est intriguée. D'habitude, quand sa mère veut faire une causette avec quelqu'un, elle marche carrément vers la personne en lançant : « *'Ia ora na !* »

« Il croyait que je deviendrais quelqu'un, tu comprends », dit Loana.

« Mamie, tu nous as élevés. Tu es quelqu'un. »

« Non, c'est mieux s'il ne sait pas que je fais des ménages. » Loana baisse la voix et ajoute tristement :

« C'est mieux si Monsieur pense que Loana Mahi, la fille de Kika, est devenue quelqu'un – secrétaire ou institutrice. »

L'homme a fini sa cigarette. Lentement il se lève et s'éloigne. Et disparaît.

Des larmes montent aux yeux de Loana. « *'Auē*, mon monsieur *ē* ! »

Dans le *truck*, en rentrant à la maison, Loana parle encore de son maître, elle raconte l'époque où elle allait à l'école.

« À mon époque… c'était interdit de parler notre langue à nous à l'école, même dans la cour. À Rangiroa, on parle le *mihiroa*, c'est comme le tahitien mais ça chante plus et il y a des mots c'est pas pareil.

« Eh oui, il fallait parler français, mais c'est pas facile de jouer dans une autre langue, alors à la récréation, Monsieur, il chopait toujours un élève qui a désobéi et l'élève, c'est lui qui prend le symbole, une grosse porcelaine. Après, c'est à lui de choper un autre qui parle en *mihiroa* et il lui passe la porcelaine.

« Quand tu as le symbole, c'est comme si tu as la gale. Tout le monde s'enfuit quand tu arrives, ils te chassent, ils t'appelle *tihotiho*, le cafard. Il y a seulement les durs qui continuent à jouer en parlant notre langue sans avoir peur d'attraper le symbole. Ils disent : "Tu me donnes ce coquillage et je te boxe à la sortie."

« Quand le premier qui a eu le symbole, c'est un dur, il s'en débarrasse en une seconde. Il vient vers toi et il dit : "Prends un peu la porcelaine, sinon je te fais citron les yeux à la sortie."

« Et c'est comme ça que j'attrapais le symbole, ma fille.

« Un jour, j'ai dit à Monsieur : "C'est plus facile

de jouer en *mihiroa*. Le français, c'est pour dans la classe." "Loana, il a dit, c'est moi le maître et c'est moi qui te dis il faut parler le français dès que tu entres dans l'école. Tu crois que je serais instituteur si je ne me forçais pas à parler le français tous les jours, plus souvent que ma langue à moi ?"

« Des jours, quand la porcelaine ne changeait pas de main aussi vite que Monsieur trouvait normal, tout le monde était puni : arracher les herbes dans la cour et nettoyer les feuilles du pamplemoussier une par une.

« Et écrire : *Je dois parler français à l'école*, cent fois. »

Materena hoche la tête. L'histoire de sa mère, c'est un peu la sienne. Il était aussi interdit de parler tahitien à l'école de Materena et elle se rappelle les sœurs qui faisaient les cent pas dans la cour, les oreilles tendues au cas où elles entendraient un mot de la langue interdite. Mais les choses ont changé maintenant, et on enseigne la langue tahitienne à l'école.

« C'était un maître dévoué, cet homme-là, dit Loana. Il n'arrêtait pas de se disputer avec les parents qui faisaient manquer l'école à leurs enfants – les filles pour aider au ménage, les garçons pour la pêche et le coprah.

« Il disait souvent : "Le papier, c'est l'avenir !" Et il y avait toujours un parent pour répondre : "Les cocos, n'a toujours plein sur les cocotiers ; les poissons, n'a toujours plein dans la mer ; les filles, n'a toujours besoin apprendre à faire la cuisine."

« Monsieur, il avait un rêve : il voyait plein de maîtres polynésiens, plein, comme ça, les autres, ils sont pas obligés de venir de France pour nous apprendre. Dans son rêve, il y avait même un gouverneur polynésien et pourquoi pas, peut-être il était de Rangiroa !

« Les gens se moquaient de son rêve. Il y en a, ils disaient : "L'autre maître avant, il était mieux. Il ne se mêlait pas de la vie des gens. Il n'essayait pas de nous changer." Et encore : "Ce maître-là, c'est un rêveur. Il ferait mieux de rentrer à Tahiti."

« Monsieur, il était obsédé par le Certificat. Il voulait que tous ses élèves réussissent le Certificat, mais chaque année tous les élèves échouaient. Une fois – c'était deux ou trois ans avant que j'arrive dans sa classe – il a vraiment voulu abandonner l'école, mais sa femme a menacé de foutre le camp. Elle lui a dit comme ça qu'il n'a pas fait toutes ces études d'instituteur pour finir postier.

« Dans l'école il y avait seulement deux classes. Une classe pour les petits et une pour les grands. Monsieur a été mon maître pendant trois ans et, pendant ce temps-là, il s'est rendu compte que je… je dis pas ça pour faire *fa'a'oru*… il a dit que j'avais une mémoire étonnante. »

Materena a serré Loana contre elle. « Mamie, c'est vrai, tu as toujours une mémoire étonnante. Tu te rappelles toujours les noms des gens et les choses qu'ils ont dites même si c'était il y a dix ans déjà. »

Loana éclate de rire mais pas trop fort. Elle ne veut pas que les autres passagers du *truck* pensent qu'elle est en train de se moquer d'eux. Ce sont des touristes allemands avec des coups de soleil sur le nez, des savates de plastique et des appareils photo pendus au cou. Mais ils regardent tranquillement par la fenêtre.

« Ma fille, dit Loana, si j'ai une bonne mémoire, il y a une bonne raison. C'est parce que ta grand-mère n'aimait pas répéter les choses deux fois. Elle me disait ce qu'il faut faire une fois c'est tout, et j'avais intérêt à me rappeler… Monsieur n'avait qu'à me dire une règle de grammaire ou une formule mathématique et ça restait là-dedans une bonne fois pour toutes. Tandis que les autres élèves, à eux il fallait qu'il répète et qu'il répète et des fois il tombait sur sa chaise et il posait sa tête sur le bureau tellement il était *fiu*. Ou bien il claquait sa baguette sur le tableau tellement fort, ça cassait en deux et alors il sortait fumer une cigarette dehors… Je le vois encore, *'Auē* monsieur *ē* ! Il a ses mains blanches de craie. On voit la colères, c'est rouge sous sa peau brune mais il est malheureux. Il fume sa cigarette dehors, et il y a un silence dans la classe qui dure, qui dure… »

Loana sourit. « Tu sais, ma fille… Monsieur m'a choisie, moi personnellement, pour réciter le discours de bienvenue quand le gouverneur de Tahiti est venu à Tiputa pour inaugurer le nouveau quai. »

« Ah bon ? » Materena est vraiment impressionnée.

« Eh oui, ma fille. Monsieur m'a choisie à cause de ma mémoire étonnante. Le village a approuvé son choix, sauf une ou deux mamans qui pensaient que leurs enfants à elles récitaient mieux que moi. Elles sont allées voir Monsieur, il les a écoutées deux secondes et puis il leur a montré la porte. »

Materena rit. Elle imagine les mamans dans le bureau de Monsieur en train de se plaindre et de râler que leur enfant récite mieux que Loana. C'est normal, toutes les mamans sont comme ça et Materena les comprend.

« Monsieur m'a dit : "Loana, tout le village sera là à te regarder. Ne me fais pas regretter ma décision."

« Le discours de bienvenue n'était pas long du tout : "Bienvenue à Tiputa, Monsieur le Gouverneur ! Nous sommes honorés bla-bla-bla…" et encore des grands mots comme ça et même des mots qui ne voulaient rien dire du tout pour moi.

« Pendant des jours et des jours ce discours a été toute ma vie : je le récitais encore et encore, le matin, l'après-midi, le soir, et la nuit aussi je rêvais que je récitais. Māmā m'a dispensée de toutes les corvées, elle voulait que ce discours soit enraciné dans ma tête. Elle ne pouvait pas m'aider parce qu'elle ne parlait pas français, ta grand-mère. Juste une phrase ou deux comme : “Maître Corbeau sur un arbre perché tenait en son bec un fromage” ou “Le bonheur est dans le pré, cours-y vite il va filer.”

« Ma fille, je tremblais comme une feuille quand je suis arrivée sur le podium… et puis tout le monde a disparu – Māmā, Monsieur et même le gouverneur de Tahiti, je ne voyais plus personne. J'ai attaqué : “Bienvenue à Tiputa, bla-bla-bla…” ça venait tout seul et je ne me suis même pas rendu compte, déjà les gens applaudissaient. C'était moi la star de l'inauguration. Hé, j'ai dansé avec le gouverneur ! Et j'étais assise à côté de lui à la table d'honneur ! Et tu sais ce que Monsieur m'a dit ? »

« Il a dit bravo ? »

« Il a dit : “Loana, quand je prendrai ma retraite, c'est toi qui vas me remplacer.”» Loana regarde par la fenêtre du *truck*. « Et voilà moi, j'ai passé cinquante, et je n'ai toujours pas mon Certificat. »

Materena sait que Loana n'a pas son Certificat parce qu'elle a quitté l'école trois mois avant l'examen pour venir à Tahiti avec sa mère. Le *tāne* de sa mère était à l'hôpital Mamao, très malade. Mais finalement, c'est sa mère qui est morte (d'une attaque de cœur) à la place, et son *tāne*, il est retourné dans son île en laissant Loana toute seule à Tahiti.

Et Loana fait des ménages depuis ce jour-là.

Materena prend la main de sa mère, tendrement. Elle se rappelle quand elle a passé son Certificat, Loana a vraiment tout fait pour l'aider. Elle collait des papiers tout partout dans la maison et Materena ne pouvait plus aller nulle part sans se retrouver le nez devant une règle de grammaire ou une formule mathématique, même pas au cabinet. Ces papiers la rendaient folle et elle s'enfuyait dans le jardin, et alors Loana a décidé de piquer ses papiers sur les arbres, les pots de fleurs, la clôture.

Loana a aussi décidé que Materena chanterait un chant à l'examen oral au lieu de réciter un poème, et bien sûr le chant serait un cantique parce que, d'après Loana, avec un cantique elle allait avoir vingt sur vingt.

Le jour des résultats, Loana était malade de trac, et pas moyen pour Materena de dire à sa mère les résultats tels quels – réussi ou échoué. Loana voulait tout un sémaphore à distance : agiter son *pāreu* comme ci pour réussi, agiter le *pāreu* comme ça pour échoué. C'était d'un compliqué.

Bon, Materena a réussi son examen et Loana a fait le tour du quartier en montrant à tout le monde le Certificat d'Études primaires de sa fille encadré sous verre. Le Certificat dans son cadre est toujours en bonne place au mur dans le salon chez Loana.

« Mamie », dit Materena.

« Oui, ma fille. »

« Tu peux passer ton Certificat maintenant, si tu veux. Je peux t'inscrire. Il y a des cours pour adultes au collège Pomare et tu peux passer l'examen – à l'aise. Tu as une mémoire étonnante et, en plus, tu es très intelligente. »

Loana sourit à moitié et hausse les épaules.

« Hé Mamie, continue Materena, il n'y a pas de loi qui dit qu'on ne peut pas passer le Certificat à cinquante-deux ans. Regarde Māmā Teta, elle a eu son permis de conduire à cinquante-six. »

« C'est il y a trente-huit ans que j'avais besoin de ce papier-là, dit Loana. Pas aujourd'hui. »

29

La foi

Pauvre Mamie, pense Materena en cachant le paquet familial de biscuits au chocolat au fond du frigidaire. *E*, *e*, Mamie *ē* ! Materena s'assied à la table de la cuisine. Elle a besoin de respirer un peu après cette journée éprouvante – le tribunal, le Monsieur de Loana… Il y a des jours où il arrive trop de choses à la fois.

Mais, attends un peu, se dit-elle soudain. Est-ce qu'elle a seulement remercié sa maman d'être venue avec elle au tribunal ? Même pas ! Materena bondit de sa chaise et file illico chez Loana.

Elle la trouve dans le salon, en train de coudre les motifs d'un *tīfaifai*. « Hein ? glousse Loana. Encore toi ? »

Materena jette ses bras au cou de sa mère (pas la peine de lui demander des nouvelles de sa santé cette fois), tout en la remerciant d'être venue la soutenir devant le juge, de l'avoir aidée dans la vie chaque fois qu'elle en a eu besoin, de l'avoir nourrie depuis qu'elle est toute petite, et tout, et tout.

« Chérie, dit Loana. C'est normal, tout ça. »

Encore quelques embrassades et puis Loana se dégage doucement. Elle a un *tīfaifai* à terminer.

« C'est pour qui, le *tīfaifai* ? » demande Materena.

« C'est pour Père Louis. C'est un cadeau d'adieu pour lui de ta tatie Célia. Tu sais qu'il rentre chez lui au Québec pour sa retraite. »

« Ah bon ? » dit Materena. Elle est triste. Elle aime bien Père Louis. Il est marrant. « Et c'est qui, le nouveau père ? »

« Je ne sais pas, mais j'espère il ne va pas être trop jeune et trop beau. »

Materena hoche la tête, tout en aidant sa mère à épingler les panneaux de couleur sur le fond blanc du *tīfaifai*. Il y a des motifs verts, les feuilles de *'uru* ; rouges, les fleurs d'hibiscus ; jaunes, les fleurs de frangipanier ; et aussi des colombes bleu ciel. Une fois tous les panneaux faufilés, Loana va les coudre à la main. Quand elle sera en train de coudre, elle aura besoin d'un silence total – elle ne peut pas discuter quand elle est en train de coudre un *tīfaifai*. Elle a besoin de se concentrer à cent pour cent. Mais, pour le moment, elle peut parler.

« Nous, les Polynésiens, on a toujours été un peuple religieux. Tu sais ça, ma fille ? Autrefois, et là je parle d'autrefois il y a très longtemps, avant les *Popa'ā*, insiste Loana, on priait avant tout ce qu'on faisait. On priait avant de manger, avant de travailler dans le *fa'a'apu*, avant de planter les plantes, avant de construire les maisons, de jeter le filet, de partir en voyage et aussi en revenant de voyage. On priait sans arrêt, ma fille.

« On avait un dieu ou je devrais plutôt dire des dieux. Mais le plus important des dieux était Ta'aroa. Tu as entendu parler de Ta'aroa ? Tu connais sa légende ? » demande Loana.

Materena secoue la tête. Elle ne connaît pas la légende de Ta'aroa. Elle ne connaît que l'histoire de

Dieu. Le Dieu Miséricordieux. Le Dieu Tout-Puissant, Jéhovah.

« Voici la légende, ma fille. Tu peux la raconter aux gosses. »

Loana dispose délicatement une colombe bleue sur le drap blanc et elle la lisse une ou deux fois de la paume de sa main.

« Il y a très longtemps, commence Loana, il y avait Ta'aroa. Il s'était créé tout seul et il vivait dans une coquille. Cette coquille ressemblait à un œuf. Cet œuf était dans l'espace et il n'y avait pas de ciel, pas de terre, pas de lune, pas de soleil, pas d'étoiles. Il n'y avait rien, ma fille.

« Ta'aroa s'ennuyait un peu dans sa coquille, alors un jour il l'a cassée et il est sorti pour voir ce qu'il y avait dehors. Dehors, c'était noir, dehors il n'y avait rien. Alors là, Ta'aroa s'est rendu compte qu'il était seul, tout seul.

« Il a brisé sa coquille en morceaux et il a créé les rochers et le sable. Avec ses vertèbres il a créé les montagnes. Les océans, les lacs et les rivières sont venus avec ses larmes. Il a fait les écailles des poissons et des tortues avec ses ongles. Avec ses plumes il a fait les arbres et la brousse. Et Ta'aroa a fait l'arc-en-ciel avec son propre sang.

« Puis Ta'aroa a décidé de créer l'homme… »

La voix de Loana n'est plus qu'un murmure.

« En tout cas, c'est ce que raconte la légende, dit Loana en regardant les statues de la Vierge Marie qui ornent son salon. Mais ça ne veut pas dire que l'histoire d'Adam et Ève est une histoire inventée.

« On faisait des *to'o*, aussi. Des images de nos dieux. Avec du bois ou une pierre et il y avait des plumes attachées à l'image, des plumes rouges et jaunes. Ces plumes-là étaient l'emblème de la divinité. »

Materena a les oreilles grandes ouvertes. Elle aime bien quand sa mère parle du passé. Loana connaît le passé parce que quand elle et Imelda se retrouvent pour une petite causette, Imelda parle toujours du passé, et Loana aime écouter. Imelda connaît plein de choses sur le passé et c'est parce qu'elle a toujours aimé écouter parler les vieux, et elle en connaît tellement depuis le temps. Elle dit toujours : « Tu veux connaître le passé ? Eh bien, va parler aux vieux. »

« L'image, on la gardait dans la maison du dieu, dit Loana. Et quand on avait besoin de communiquer avec Dieu, on L'appelait pour qu'Il nous accorde Sa Présence – et Il entrait dans le *to'o*, Son image.

« Il fallait des cérémonies et des cérémonies, c'était long, il fallait des jours avant que Dieu vienne jusqu'à nous. Alors que maintenant… tout ce que tu as à faire si tu veux que Dieu t'écoute c'est de dire : "Mon Dieu, j'ai vraiment besoin de te parler." »

Loana soupire : « C'est bon d'avoir la foi. »

Materena acquiesce en hochant la tête lentement. Elle pense : Oui, c'est vrai, c'est bon d'avoir la foi… en quelque chose.

Elles continuent à travailler pendant un moment, tout en fredonnant des cantiques.

Et Loana demande : « Tu sais comment on est devenus chrétiens ? Je veux dire la famille Mahi. Du côté de ma maman je ne sais pas comment ils sont devenus chrétiens. Tu connais l'histoire du manguier ? »

Materena ne connaît pas cette histoire-là.

« Tu es sûre que je ne t'ai jamais raconté cette histoire-là ? » Loana a l'air d'en douter.

« Je suis sûre, Mamie. Je suis sûre à cent pour cent. »

« Il faut connaître l'histoire du manguier – et la raconter à tes gosses… Alors, voici l'histoire de comment on est devenus chrétiens :

« Ton arrière-arrière-grand-mère était étendue sur le *pē'ue* près de son manguier un jour quand le père est venu lui rendre visite. Elle l'a accueilli froidement parce qu'elle ne voulait rien avoir à faire avec lui, et cette femme-là n'aimait pas trop qu'on interrompe sa sieste – un peu comme moi.

« Le père, eh bien, il a fait comme s'il y a pas de problème et il s'est mis à parler du temps, quelle belle journée, tout ça. Grand-mère lui a dit que le soleil allait bientôt disparaître – regarde un peu le ciel, tu vois les nuages gris, on sent la pluie qui arrive. Le père, lui, pensait que le temps resterait splendide jusqu'à la fin de la semaine. "Qui t'a dit ? elle a demandé. Ton dieu ?" Il a répondu oui. "Qu'est-ce que tu viens faire dans ma maison ?" elle a demandé au père.

« Répandre l'amour de Dieu, voilà ce qu'il voulait faire. "Ton dieu, ça m'intéresse pas, a dit Grand-mère. Maintenant continue ton chemin."

« Elle s'est levée et s'est plantée devant l'homme en robe noire. "Vous venez ici et vous brûlez nos maisons de prière, vous détruisez nos *marae*, vous venez ici et vous nous dites que notre dieu n'existe pas. Votre dieu, vous pouvez le garder, je n'en veux pas."

« Elle a levé les yeux vers une mangue, et la mangue est tombée en plein sur la tête du père. Il a vacillé et, pendant une seconde ou deux on a cru qu'il allait s'évanouir. "Sors de ma terre, elle lui a dit. J'ai fini de parler."

« Le père a levé les yeux et il a dit au manguier : "À partir d'aujourd'hui, tu ne produiras plus de fruit."

« Le lendemain matin, le manguier était réduit en

cendres, et le jour suivant mon arrière-grand-mère est devenue chrétienne, catholique, et jusqu'à sa mort elle a béni le jour où Dieu, le vrai Dieu, est entré dans sa vie. »

Materena regarde sa mère et se dit que le père est sans doute revenu pendant la nuit en cachette avec une boîte d'allumettes et une brassée de bois mort.

Mais elle dit : « C'est vrai ? »

« Oh oui, ma fille. Je n'invente pas. »

Elles se remettent à fredonner et bientôt tous les panneaux de couleur sont faufilés sur le drap. Et il est temps pour Loana de se mettre à coudre. Materena se lève, elle va rentrer à la maison. Pito et les gosses pourraient se demander où elle est.

Mère et fille s'embrassent et chacune dépose un baiser sur le front de l'autre. Et, en rentrant chez elle, Materena pense à Dieu.

À Dieu et à Loana.

Loana a été élevée entre les murs d'une église – tous les soirs elle allait à la messe avec sa mère et il y avait aussi les répétitions de chant. Tout le village allait à la messe et aux répétitions de chant, surtout quand c'était un prêtre et non pas un diacre qui célébrait la messe.

Tout le village se conduisait de façon exemplaire quand le prêtre était là. Mais dès que le prêtre repartait pour satisfaire aux besoins spirituels d'autres atolls, des disputes et des bagarres éclataient ici et là dans le village. Surtout pour des histoires de femmes ou de noix de coco. Et Loana, qui avait dix ans, aidait sa mère à laver l'aube du prêtre, ce qui était un grand honneur.

Entre vingt et trente ans (et même plus), Loana a oublié Dieu dans les bras des hommes : elle a souvent changé d'homme dans sa quête de l'Amour. Mais sa cousine Imelda l'a doucement ramenée à Dieu. Et depuis, la vie de Loana est beaucoup plus facile.

Elle dit souvent : « C'est grâce à ma foi. »

Maintenant, Loana part faire des retraites chez les sœurs le week-end. Des fois même, elle lit à la messe aussi quand sa sœur lui demande. Materena donne alors un coup de main à sa mère pour les lectures. Elle écoute Loana lire et relire et relire encore, elle l'enregistre même pour que Loana arrête de se faire du souci : comme ça elle entend bien que sa lecture est parfaite, pas trop rapide, pas trop lente, avec le ton de voix qu'il faut. Et Materena va à la messe pour écouter sa mère lire un passage de la Bible devant les fidèles, et pour lui montrer qu'elle est là pour la soutenir. Une fois, au début où Loana lisait à la messe, elle a été malade de trac, elle est partie se cacher derrière l'église. Cette fois-là, c'est Materena qui a lu à sa place, et Célia était fâchée après Loana.

Elle lui a crié dessus en disant : « C'est la dernière fois que je te fais confiance pour lire à la messe ! »

Mais Célia a vite oublié sa colère parce qu'elle avait besoin de Loana, sa sœur cadette, pour d'autres choses.

Comme coudre un *tīfaifai*, par exemple.

Materena est toujours en train de penser à Dieu en rentrant chez elle.

Quelqu'un klaxonne et Materena fait signe de la main – ça doit être un cousin, ou quelqu'un qui est famille.

Quand elle était petite, Materena mettait Dieu à l'épreuve. Si cette femme qui passe me regarde, alors Dieu existe. Si ce bébé, là, se met à pleurer, alors Dieu existe.

Un jour, elle a demandé à sa mère si Dieu existait vraiment. Loana n'a pas dit oui, elle n'a pas dit non.

Elle a juste dit : « Un jour, ma fille, tu seras bien contente qu'il y a un Dieu et que tu peux croire en lui. »

Et c'est vrai, Materena est bien contente qu'il y a un Dieu et qu'elle peut croire en lui. Mais elle prie la Vierge Marie, Notre-Dame-Qui-Comprend-Tout, plus qu'elle ne prie Dieu.

En fait, Materena prie seulement Notre-Dame-Qui-Comprend-Tout. Sa prière la plus fréquente est de ne pas survivre à ses enfants parce que les enfants, c'est pas comme les hommes, on ne peut pas les remplacer.

Les enfants, c'est pas comme les hommes : quand ils vous aiment, ils savent le montrer.

30

L'histoire de la noix de coco

Avec un regard noir et bref à Pito, qui est encore vautré de tout son long sur le canapé, Materena, une noix de coco à la main (elle va faire du lait de coco), accueille sa mère à la porte.

« *'Ia ora na*, Mamie ! » chante Materena en embrassant sa mère sur les deux joues.

« *'Ia ora na*, ma fille », dit Loana. Puis, après un coup d'œil au canapé, « *'Ia ora na*, Pito. »

« *'Ia ora na.* »

Loana regarde sa fille et lève les yeux au ciel, ce qui veut dire : Est-ce qu'il lui arrive de faire quelque chose, à celui-là ? Materena hausse les épaules, ce qui veut dire : Non, tu connais ton beau-fils, il adore la position horizontale.

Allez, direction la cuisine. Mais, d'abord, il faut que Loana embrasse ses *mo'otua*, et surtout Moana, le plus jeune, qui n'a pas encore appris l'insolence. Il a huit ans, il est gentil ; il suit sa mère et sa grand-mère jusqu'à la cuisine.

Moana est en train de regarder la noix de coco que Materena va ouvrir en deux d'un seul coup de son coupe-coupe. Loana, qui est invitée pour le déjeuner, prend la noix de coco des mains de Materena.

« Regarde ce coco, Moana », dit Loana en tenant dans la paume de sa main la noix de coco épluchée.

Moana regarde bien le coco.

« Qu'est-ce que tu vois ? »

« Je vois des points. »

« Combien de points tu vois ? »

« Trois. » Et, mettant son doigt sur chaque point, Moana ajoute : « Un là, un là, un là. »

Loana sourit. « Et tu sais c'est quoi, ces points-là ? »

Moana secoue la tête.

« Ces deux points-là, à côté tous les deux, c'est les yeux de l'anguille », dit Loana.

Moana regarde les points de plus près et il lève les yeux vers sa grand-mère. « Les yeux de l'anguille ? »

« Eh oui, Moana. Et l'autre point tout seul, c'est la bouche de l'anguille. Tu connais la légende du coco ? »

Non, Moana ne connaît pas la légende du coco.

Loana dit qu'elle va combler cette lacune parce que, à son avis, tout le monde devrait connaître la légende du coco. C'est une si belle légende.

« Il y a longtemps, commence Loana, longtemps avant qu'on invente les avions, longtemps avant qu'on invente la télévision, il y avait une princesse qui s'appelait Hina.

« Quand Hina a eu seize ans, son père lui a dit qu'elle devait épouser le prince du lac Vaihiria. Hina était impatiente de rencontrer le prince, mais le jour où on les a fait rencontrer, elle a vu que le prince du lac Vaihiria était laid tout à fait, vraiment affreux et que, en plus, c'était un anguille. Elle était horrifiée et elle a juré que jamais elle va épouser cet anguille.

« Mais l'anguille, il est tombé amoureux de la princesse du premier coup. Pas question qu'elle refuse. Alors la princesse Hina a décidé de le faire tuer. Elle a appelé le dieu Maui au secours, et le dieu Maui a capturé l'anguille, il l'a coupé en trois morceaux et il a enveloppé la tête dans un morceau de *tapa*. Il a donné la tête à la princesse Hina en lui disant d'aller l'enterrer immédiatement et sans faute dans le *marae* familial.

« Mais la princesse Hina a complètement oublié les instructions de Maui et elle est allée se baigner dans la rivière en rentrant chez elle. Quand elle est sortie de l'eau, la terre s'est mise à trembler et un arbre est sorti de la terre – un drôle d'arbre qui ressemble à un anguille. Elle est repartie et elle a entendu une voix qui criait : "Princesse Hina, un jour tu vas me regarder dans les yeux, tu vas embrasser ma bouche ! Un jour, tu vas m'aimer."

« La princesse Hina, elle riait seulement.

« Des années ont passé et il y a eu une terrible sécheresse dans les îles de Tahiti. Les gens mouraient de soif tout partout. Hina est retournée voir ce drôle d'arbre. Un de ses serviteurs a ramassé un de ses fruits ronds et il l'a épluché. La princesse Hina a vu les trois points et elle s'est rappelée les paroles de l'anguille. Le serviteur a percé un trou sur le point et la princesse Hina a posé ses lèvres sur la bouche de l'anguille, et elle a bu l'eau douce. À ce moment-là, elle a compris l'anguille et à quel point il l'avait aimée et il l'aimait encore. »

Moana veut tenir le coco et Loana le met dans sa main.

« Voilà la légende du coco, dit-elle. Tu la raconteras à tes gosses. »

Moana est triste pour l'anguille. Il caresse la noix de coco. « Juste parce que l'anguille était laid, hein ? Pauvre anguille. »

Loana explique que la beauté, la vraie beauté qui

dure toujours, elle vient de l'intérieur. L'anguille était peut-être laid, mais son cœur était beau et pur. Son amour pour la princesse Hina était sincère et fidèle.

« Pauvre anguille. » Moana embrasse le coco. « Pauvre prince. »

Pito, qui est allongé sur le canapé en train de reposer ses yeux, lance : « Hina ne voulait pas de l'anguille parce que c'était un anguille – point final. »

Le point de vue de Pito, c'est que le prince du lac Vaihiria aurait mieux fait de fréquenter les gens de sa race. C'est sûr qu'il y avait plein de jolies petites anguilles qui n'auraient pas dit non, et qui faisaient les folles dans la rivière en attendant un clin d'œil du prince. Cet anguille-là était vraiment idiot de vouloir une femme comme femme.

Moana n'a plus pitié de l'anguille. Il rend le coco à sa grand-mère. « Idiot d'anguille ! »

Et maintenant Moana va jouer dehors et Loana rentre chez elle. Ça lui a coupé l'appétit. Elle se lève et attrape son sac.

« Oh, non ! Allez, Mamie, implore Materena. Faut pas *pa'i* faire attention ce que Pito il raconte. »

Et, adressant à sa mère son plus beau regard de supplication, Materena continue : « Je suis allée au marché à cinq heures ce matin pour avoir des *ature* frais pour toi. »

Loana se rassied.

« Tu veux un verre de vin, Mamie ? » demande Materena.

« Non, c'est trop tôt. Plus tard. »

Materena est vraiment énervée après Pito. Le problème avec lui, c'est qu'il ne comprend rien du tout aux légendes et il faut qu'il se moque.

La dernière fois que Loana est venue, elle a raconté

la légende du *'uru* à Leilani. C'est l'histoire d'un homme qui se transforme en arbre à pain pendant la nuit pour quc sa femme et ses enfants aient quelque chose à manger. Cette légende était encore une histoire d'amour, parce que Loana aime les histoires d'amour, comme elle aime les films d'amour, et les chansons d'amour. Exactement comme Materena.

Là aussi, Pito a été obligé d'ajouter son grain de sel. « Qu'est-ce que c'est cette histoire de se transformer en arbre ? il a lancé depuis le canapé. À quoi ça sert pour ta femme et tes enfants si tu deviens un arbre ? Pour un homme, c'est mieux d'aller chasser les cochons dans la montagne ou partir à la pêche pour nourrir sa famille, non ? »

Évidemment, Loana s'est vexée et elle est rentrée chez elle, mais aujourd'hui elle est obligée de rester parce que le déjeuner est en son honneur. Ce n'est pas son anniversaire ni la fête des mères. C'est juste que Materena avait envie de gâter sa maman avec un bon *mā'a tahiti*.

Materena prend la noix de coco et elle est sur le point de l'ouvrir, mais elle se dit que d'abord il faut qu'elle parle à Moana. Qu'elle lui explique la légende un peu mieux.

Elle l'appelle : « Moana chéri ! »

Moana répond immédiatement : « Oui, Mamie, j'arrive. »

Materena lui demande de prendre le coco et de s'asseoir.

« Bon, commence-t-elle. Tu vois ton copain Blanc-Blanc ? »

« Oui, dit Moana. Mais son nom c'est Vetea. » Vetea, c'est le meilleur copain d'école de Moana. Moana parle souvent de lui, comme quoi son copain

Vetea, on se moque toujours de lui à l'école parce que c'est un albinos et même Moana a reçu un coup de poing sur le nez une fois parce qu'il l'a défendu.

« Pourquoi tu parles de mon copain Vetea ? » demande Moana.

« Imagine un peu, continue Materena. Ton copain Blanc-Blanc, je veux dire Vetea, il tombe amoureux d'une fille, mais elle ne veut pas de lui parce qu'il est albinos. Qu'est-ce que tu vas penser ? »

« Eh ben, je vais être fâché après cette fille-là ! » s'exclame Moana.

« Et est-ce que tu vas dire à Vetea il faut qu'il aille chercher une fille qui est albinos juste parce que lui, il est albinos ? »

« Non », répond Moana doucement.

« Et pourquoi non ? »

Moana hésite. « Parce que Dieu nous a faits tous égaux ? »

Loana hoche la tête gravement, elle est très contente de la réponse de son petit-fils.

Et c'est la fin de l'explication de Materena.

« Okay. » Elle embrasse Moana sur le front. « Tu peux aller jouer dehors. Donne un peu le coco. »

Moana pose un baiser sur la noix de coco et la tend à sa mère.

Et Materena l'ouvre en deux d'un seul coup de son coupe-coupe.

Le déjeuner est terminé, et on a mangé tous les *mā'a* qui étaient sur la table : le poisson cru, le *'uru* au four, le taro, les patates douces ; et maintenant tout le monde a envie de faire une petite sieste, mais Loana veut aider Materena à débarrasser la table avant de rentrer à la maison.

« Casse pas la tête, Mamie, dit Materena. Rentre à la maison et repose-toi seulement. »

« Merci pour le *tāmā'ara'a*, ma fille. » Loana pose un baiser sur le front de sa fille.

« *A ia* Mamie *ē* ! Qu'est-ce que c'est un petit *mā'a tahiti* comparé à tout les *mā'a* que tu as mis dans mon ventre depuis toutes ces années ! » répond Materena.

Après encore quelques embrassades, Loana s'en va et Leilani décide de partir avec sa grand-mère pour lui tenir compagnie. Les garçons sortent dans le jardin pour jouer aux billes et Materena se réfugie dans sa chambre. Elle est un peu contrariée et elle s'en fiche pas mal de laisser la cuisine sens dessus dessous.

Elle est au lit maintenant. Elle tire la couverture sur sa tête comme pour être ailleurs. Le *tāmā'ara'a* était réussi et tout le monde discutait avec tout le monde, mais Materena n'a pas dit un seul mot à Pito. Elle ne l'a même pas regardé. C'était comme s'il n'y avait personne assis en face de l'autre côté de la table.

Et voici Pito qui entre dans la chambre.

« Va sur ton canapé ! » Ce sont les premiers mots de Materena à Pito depuis deux heures.

Pito s'allonge sur le lit, et maintenant il essaye de se glisser sous la couverture.

« Alors là, tu peux toujours courir ! » s'écrie Materena.

« Ah chérie, allez... » dit Pito.

« Pourquoi il faut toujours que tu gâches les légendes de Mamie ? » La voix de Materena est vraiment fâchée tout à fait.

« Quoi ? s'exclame Pito. C'est pour ça tu es fâchée après moi ? » Il essaye de tirer la couverture mais Materena la tient solidement.

« Le problème avec toi, dit Materena, c'est que tu

comprends rien du tout quand on parle de l'amour, tu comprends les choses seulement quand c'est rien que des conneries ! »

Pito se met à siffler. Materena saute du lit et s'en va au pas de charge dans la cuisine et on entend le carambolage des casseroles et des gamelles à des kilomètres.

31

Tūpāpa'u

Plus tard, Pito revient dans la cuisine chercher son *Akim* et il trouve Materena en train de faire la vaisselle, l'air buté.

« Tu es encore fâchée après moi ? » rigole Pito.

Materena ne répond pas.

Plus tard encore, il fait nuit maintenant, Materena est occupée à dégivrer le frigidaire et elle continue de faire la gueule à Pito. Mais voilà qu'il se met à siffler, et Materena sait bien qu'il vaut mieux siffler seulement pendant la journée.

Si tu siffles la nuit, tu appelles les *tūpāpa'u* – les âmes errantes – qu'ils viennent te rendre visite.

Materena connaît une histoire d'une femme qui aimait siffler la nuit en surveillant sa cuisine sur le feu. Une nuit, un *tūpāpa'u* avec des pattes de bœuf est venu lui rendre visite. La femme a sauté en l'air tellement elle a eu peur, et elle est retombée dans la marmite. Après ça elle est devenue folle. Elle n'a plus jamais sifflé, même pendant le jour.

Materena ne siffle jamais la nuit. Ses gosses ne sifflent jamais la nuit. Mais Pito, oui.

Il est toujours en train de siffler, d'ailleurs, encore plus fort même, tout en lisant son *Akim*. Materena, à genoux devant le frigidaire, ne peut plus supporter ça. Ce n'est pas qu'elle a peur des *tūpāpa'u*, mais elle ne tient pas à avoir des apparitions bizarres.

« Pito, arrête de siffler », dit-elle.

Il continue à siffler. Il a envie de siffler et personne ne l'empêchera. Il va siffler tant qu'il n'est pas *fiu* de siffler.

D'après Materena, il y a des bons *tūpāpa'u* et il y a des mauvais *tūpāpa'u*. Quand tu sens l'air autour de toi c'est chaud – là c'est un bon. Quand l'air est froid et ça sent mauvais – là c'est un mauvais. Attention !

Les mauvais *tūpāpa'u* sont normalement des morts qui ne veulent pas être morts et ils sont fâchés contre tous les autres qui sont vivants.

Les bons *tūpāpa'u*, ils se promènent seulement jusqu'à quand ils sont prêts à aller là où ils doivent aller. Ils viennent dans ta maison et ils te jouent des tours, des tours pas méchants comme de changer la place des choses et ils te regardent pendant que tu cherches, ils t'écoutent parler toute seule : « Je croyais que j'avais mis la lessive sur la table – où elle est passée cette lessive ? » – et ils se marrent. Pour eux, c'est une blague.

Les mauvais *tūpāpa'u* jouent des tours beaucoup moins drôles. Ils rentrent dans ta tête. Ils te font peur. Ils te font faire des choses bizarres.

« Pito ! Arrête de siffler ! » Cette fois, c'est un ordre.

« Materena, tu ferais mieux de te concentrer sur ton frigidaire. » Pito fait claquer la page de son *Akim* entre ses doigts.

Les âmes errantes viennent te voir même si tu ne siffles pas, mais si tu siffles, c'est plus garanti qu'ils vont venir te rendre visite. Ils peuvent te parler aussi.

Materena se rappelle quand elle avait huit ans *paha*.

Elle était en train d'aider sa mère à fabriquer un *tīfaifai* quand une odeur épouvantable est entrée dans le salon.

Loana a arrêté de coudre et elle a regardé autour d'elle. « Va-t'en, je ne t'ai pas invité dans ma maison. »

Mais le *tūpāpa'u* n'est pas parti, parce que Loana s'est levée et s'est mise à parler au mur.

« Quoi ? » Loana a serré ses deux poings. « Qu'est-ce que tu oses me raconter ? Que c'est pas ma terre, ici ? Parle plus fort, j'entends rien ! »

Materena s'est accrochée au *tīfaifai*, épouvantée : sa mère avait l'air d'une possédée.

« Je suis du sang des Mahi ! Cette terre m'appartient ! Mon père, c'est Apoto Mahi ! » Loana hurlait maintenant.

Materena voulait aller chercher le crucifix, elle savait que les *tūpāpa'u* ne supportent pas de voir Jésus-Christ cloué sur la croix, mais elle était paralysée par la peur.

Loana est allée ouvrir la porte et, en montrant la sortie, elle a dit très calmement : « Va-t'en maintenant ou je vais te maudire – et tu vas errer pour l'éternité. Tu ne verras jamais la face de Dieu. »

Il y a eu un courant d'air froid dans le cou de Materena – et puis la porte a claqué. Loana est revenue à son *tīfaifai*. Elle a dit : « Ne te fais pas de souci, ma fille. Il est parti. »

Materena a un frisson – Pito siffle encore plus fort qu'avant. « Pito, s'il te plaît, arrête de siffler ! » Materena le supplie.

Elle lui raconte l'histoire de sa mère et du *tūpāpa'u*. Pito rigole seulement. À son avis, Loana avait bu un peu trop de vin ce soir-là et elle a eu une hallucination.

Elle lui raconte l'histoire des pattes de bœuf. Pito rigole encore plus fort. À son avis, cette histoire est fabriquée – c'est une histoire que les mamans disent à leurs enfants quand ils font trop de chahut le soir. « Je vais appeler les pattes de bœuf. » Pito a entendu sa mère lui dire ça souvent autrefois. Mais elle n'a jamais appelé les pattes de bœuf puisqu'il n'y a pas de pattes de bœuf qui vont venir si elle appelle.

Pour Pito, les *tūpāpa'u* n'existent pas. C'est tout dans la tête. Quand on est mort, on est mort – on se transforme en cendres, *'ua oti*, c'est fini.

« Et mon cousin Mori alors ? Quand il a vu un homme tout poilu sortir de la tombe une nuit qu'il passait à côté du cimetière ? » Materena commence à avoir un peu froid.

Pito se marre.

« Et la dame blanche qui fait de l'auto-stop au bord de la route et des fois elle se retrouve dans ta voiture, tu t'es même pas arrêté – tu regardes dans le rétroviseur et elle est là, sur le siège arrière, et elle te fait un sourire. » Ça c'est une autre histoire à Mori. Maintenant, Materena a vraiment des frissons tout partout.

Pito se marre encore. « Ton cousin Mori, c'est le roi des inventeurs d'histoires. »

Pito raconte qu'il a souvent été en voiture la nuit et les seules personnes qu'il a vues faire du stop, c'est les *hombo*, avec leurs cheveux rasta.

Pito siffle un petit air, et secoue ses épaules.

Materena retourne à son dégivrage. « Siffle toujours, Pito. Mais faudra pas dire que je t'ai pas prévenu si une âme errante vient te rendre visite. »

Brusquement Materena a une idée. « Pito ! »

Pito lève les yeux parce que Materena est en train de chuchoter alors que deux secondes avant elle criait presque.

Materena laisse tomber son éponge. Elle a les yeux

écarquillés comme si elle a peur. « Pito… regarde derrière toi, il y a… il y a… »

À ce moment précis, un *'uru* de cinq kilos s'écrase sur le toit de tôle de la maison et l'air glacé (du frigidaire ouvert) pénètre la peau de Materena.

Elle saute sur Pito. Pito tombe de sa chaise. Ils se retrouvent tous les deux par terre.

« Andouille de bonne femme ! » Pito est tout pâle maintenant. « C'est quoi ça là ! Tu voulais me faire peur ? »

32

Son premier jour

Ce Pito-là ! se dit Materena en allant chez le Chinois. Il arrête pas de faire le dur, mais tu parles d'un dur… il a peur des margouillats, il a peur des *tūpāpa'u*…

Elle revoit la tête de Pito hier soir. Pâle, tout gris ! Ah, si elle allait raconter ça, avec radio-cocotier les gens n'auraient pas fini de rigoler. Ça serait sa vengeance pour toutes les méchancetés de Pito… comme de la demander en mariage un soir où il est bourré. Le lendemain, il a tout oublié.

Le salaud. Si Materena était méchante… mais elle n'est pas méchante, c'est ça le problème. Pourtant, elle est vraiment tentée de tout raconter, quand elle rencontre le cousin Mori et d'autres… Tiens, voici le cousin Teva.

Assis devant le magasin, la tête entre les mains, la bouteille entre les pieds, tout seul. Ah lui, c'est encore autre chose.

Materena s'approche. « Teva ? dit-elle. Ça va ? »

Il tient une photo d'une jeune femme. La jeune femme a un air sérieux, elle est en train de râper un coco.

« C'est Manuia », dit Teva.

« Ah. Elle a l'air costaud. » Materena a entendu parler de Manuia et que Teva devait l'épouser.

« Manuia, elle s'est mariée le mois dernier. » Teva se met à pleurer. « C'est Māmā qui m'a envoyé la nouvelle. »

Materena passe un bras compatissant autour de l'épaule de Teva. Elle éprouve des choses contradictoires. Elle a pitié de lui, mais elle pense aussi que s'il pleure il l'a bien mérité. Il est venu à Tahiti avec des projets, mais il n'a rien fait pour les réaliser.

Voici l'histoire de l'arrivée de Teva, comme Loana l'a racontée à Materena.

Il a seize ans et il quitte son île pour la première fois. Il quitte Rangiroa pour Tahiti où on peut gagner plein de sous – facilement.

Il a plein de cousins qui sont allés avant lui et ils gagnent tous bien. Aucun n'est revenu parce qu'ils gagnent tellement bien tous. Mais lui, il reviendra, dans trois ans. Il a des projets. Travailler dur, faire des journées longues, économiser presque toute sa paye, et puis rentrer dans trois ans et monter un bizness pour emmener les touristes à la chasse sous-marine avec le *speedboat* tout neuf qu'il va pouvoir se payer. Et évidemment, épouser Manuia qui est du même village, et avoir des beaux enfants avec elle.

Tout ça, il l'a promis à sa mère.

Elle a dit : « Mon fils, une fois que tu auras goûté la vie à Tahiti, tu ne vas plus vouloir de cette vie ici à Rangiroa, simple, lente. Tu ne vas plus vouloir être un pêcheur. »

Et maintenant, il monte à bord du *Temehani*, qui va l'emmener à Tahiti. Il regarde sa mère, son père, ses sœurs et ses frères, debout sur le quai, qui font des signes d'adieu avec leurs mains. Lui aussi il leur fait des signes d'adieu jusqu'à ce qu'il ne les voie plus.

Ça dure longtemps.

Alors Teva s'assied sur le pont et cache son visage dans ses mains.

À Tahiti, c'est le cousin James qui vient chercher Teva. Au début, Teva le reconnaît à peine. James a maintenant un gros ventre, une barbe et des cheveux de sauvage. Autrefois il avait des muscles d'acier à force de pêcher les gros poissons. Autrefois il était propre et respirait la santé. Maintenant on dirait un *hombo*, presque un clochard. Teva regarde le tatouage sur le bras de James. On a tatoué un cœur et le cœur est percé d'une flèche et Teva a envie de rire, mais il sait que ça n'est pas une bonne idée de se moquer du tatouage de James.

Ils s'embrassent, serrés l'un contre l'autre. Puis James mène Teva vers une vieille Peugeot rouillée.

« C'est à toi la voiture ? » demande Teva.

James lève les sourcils. Ça veut dire : Bien sûr c'est à moi la voiture, qu'est-ce que tu crois, que j'ai pas de voiture ? J'ai l'air d'un homme qui n'a pas de voiture, à ton avis ? *'Ē ho'i*, c'est ma voiture et c'est une bonne voiture.

Teva est étonné par la voiture de James. Au village on raconte que James a une Honda rouge dernier modèle qui va plus vite que le *speedboat* de Liu Song.

Il faut un moment pour faire démarrer la vieille Peugeot. Une fois lancée, elle cahote avec un bruit de ferraille, elle grince et elle couine, mais elle avance. Teva a envie de rire, mais il sait que ça n'est pas une bonne idée de se moquer de la voiture de James. En plus, James est plus vieux que lui, alors il faut lui montrer un peu de respect.

« Qu'est-ce que tu as dans ce sac-là ? »

« Des linges. »

« Tu as des beaux linges pour sortir le soir… pour chasser les belles femmes ? » demande James, en regardant une femme qui attend pour traverser la route.

« Je suis venu pour travailler, Cousin. » Teva est sérieux.

Le cousin James rit comme s'il était en train de se moquer. « Travailler ! Il y a pas de travail ici ! L'économie, c'est foutu, Cousin. Tu sais un peu c'est quoi, l'économie ? »

Teva avoue que non, il ne sait pas du tout c'est quoi.

« Bon, eh ben moi je te dis, Cousin, l'économie c'est foutu. »

« Tu travailles ? » demande Teva.

« Quand j'ai envie. » James donne un coup de klaxon furieux à la voiture devant eux, qui marche trop lentement. « Dégage la route, merde ! » gueule James en accélérant pour doubler la Fiat blanche.

Teva regarde la femme qui conduit la Fiat, sa poitrine appuyée contre le volant comme si elle ne voyait pas bien la route et il est mal à l'aise parce que la femme, c'est une *māmā* et au village, on ne gueule pas sur les *māmā*. Seulement les *pāpa* ont le droit de gueuler sur les *māmā* – pas les jeunes.

James regarde aussi en doublant pour voir qui conduit la Fiat. « Putain, mais c'est Māmā Teta ! Qu'est-ce qu'elle fout sur la route ? Un vrai danger public, celle-là ! »

Ensuite James double un *truck* et Teva s'accroche à son siège.

« J'aime pas qu'on m'emmerde. » James a repris la discussion sur le travail. « J'aime pas qu'on me donne des ordres. Je lécherai jamais le cul de personne. Tu peux me donner deux millions… cinq millions, pas question. J'ai ma fierté. Et toi, tu vas aller lécher le cul du patron si on te demande ? »

« *'Aita ia.* »

« C'est bon, dit James. Me fais pas regretter qu'on est cousins. »

Teva regarde par la fenêtre de la voiture et il pense à Rangiroa.

Finalement, ils arrivent chez Noëline. Sa maison a besoin de deux couches de peinture au moins – c'est un vrai taudis. Dès que Teva sort de la voiture, la grosse Māmā Noëline l'étouffe de baisers. Et puis elle s'écrie à pleine voix pour que tout le quartier soit au courant : « *'Auē ! Maeva* et *manava 'oe !* Bienvenue dans ma maison ! Bienvenue à mon neveu de Rangiroa ! »

Teva dit : « Merci, Tatie. »

Quand la mère de Teva a écrit pour demander à Noëline s'il pouvait rester chez elle, Noëline a immédiatement envoyé sa réponse : « Ton fils c'est mon sang. Il peut rester dans ma maison. J'ai une grande maison. »

« Et la famille, ça va là-bas ? » Noëline prend le sac de Teva.

« Petero est mort la semaine dernière. »

Noëline est bouleversée. Elle ne savait pas que Petero était mort. Si seulement quelqu'un avait pris le temps de lui envoyer la nouvelle, elle aurait peut-être pris l'avion – pour la première fois de sa vie – pour être à la veillée et à l'enterrement de son oncle Petero.

« Comment il est mort ? »

« En dormant. »

« C'est une bonne façon pour mourir », dit Noëline.

On continue à parler dans la maison, mais James rejoint ses collègues pour boire sous le manguier, regarder passer les voitures.

La maison est propre et sent l'eau de Javel. Teva

devine que Tatie Noëline a fait le grand ménage pour lui.

Quand quelqu'un qui est famille vient d'un autre village en visite, à Rangiroa, la maman de Teva astique comme une folle pendant des heures pour que la maison soit plus propre que l'église, et personne n'a le droit d'entrer dedans avant l'arrivée du visiteur, et le visiteur fait toujours un compliment sur la propreté de la maison.

Alors, respectueusement, Teva dit : « Ta maison, c'est propre tout à fait, Tatie Noëline. »

« Tu trouves c'est propre ? » dit Noëline en admirant ses murs délavés.

« Ah oui, Tatie, ta maison, c'est propre tout à fait. » Teva sait bien qu'un compliment comme celui-là, il faut le répéter.

Noëline se lamente un peu, normalement la maison est plus propre que ça, mais elle a tellement de choses à faire.

Puis elle sourit et dit : « Tu dors dans le salon, en attendant que les deux bons à rien de collègues à James se rappellent qu'ils ont une mère. Je suis tellement fâchée après James. Il est toujours en train d'inviter des collègues pour rester dans ma maison, et ses collègues travaillent même pas ! Qui c'est qui met le *mā'a* dans leurs bouches, hein ? C'est moi ! J'ai dit à James il faut que ses deux bons à rien de collègues ils partent vite, sinon je les jette dehors moi-même. Tu as un peu faim ? »

Teva a un peu honte. Sa mère ne pose jamais ce genre de question. Elle met juste le *mā'a* sur la table et elle mange avec toi. Teva a faim, mais s'il dit oui, elle va peut-être penser qu'il est un bon à rien. S'il dit non, il va continuer à avoir faim.

« Je n'ai pas faim, pas encore. »

Noëline se fâche : « Quoi, tu ne veux pas manger mon *mā'a* ? Allez, on va manger. Mon *mā'a*-là, c'est rien de spécial, mais quand Tatie Noëline, elle va toucher sa paye, alors là, je vais te faire un *mā'a* spécial. Juste pour toi. »

Teva s'assied à la table de la cuisine et il attaque le corned-beef.

« Pourquoi tu es venu ici ? » Noëline soupire et roule une cigarette. « Il y a trop de bons à rien à Tahiti… J'espère que tu ne vas pas devenir un bon à rien. Ne me fais pas regretter qu'on est famille, hein ? »

Teva hoche la tête.

« Si tu ne trouves pas un travail vite, il faut rentrer chez toi. Si on attend que le travail tombe du ciel, alors on devient un bon à rien et un emmerdeur. »

Teva est soulagé quand James l'appelle dehors, et il se lève.

« Rappelle-toi ce que je te dis. » Noëline attrape Teva par la main. « Si tu ne trouves pas un travail vite, rentre chez toi. Et n'écoute pas ces bons à rien qui boivent là dehors. J'ai pas besoin d'un bon à rien de plus. J'ai assez de bons à rien dans ma vie comme ça. »

Teva se dépêche de sortir.

James lui fait un grand signe. « Qu'est-ce que tu fabriques ? La bière va être chaude. »

Teva s'assied à côté de James qui lui tape sur l'épaule affectueusement. Puis James s'adresse à l'assemblée.

« Vous voyez celui-là ? »

« Ouais… on l'a vu, le gosse. » Les collègues de James sont déjà bourrés.

« C'est mon cousin, dit James. Faut pas l'emmerder ou vous allez regretter. Emmerdez-le et vous allez chanter la messe comme les filles… fais bien attention à vos boules… finies vos boules si je sors mon couteau. »

James fait une grimace horrible et les ivrognes regardent par terre.

« Dis-moi un peu, James, il vient faire quoi ici, le gosse ? »

« Chercher du boulot. » James avale une longue goulée de sa Hinano.

L'assemblée hurle de rire. « Tu veux dire ton cousin il est pas au courant qu'il y a un problème avec l'économie ? Qu'il faut au moins le bac pour aller balayer la route ? Qu'est-ce que tu sais faire, *'Aiū* ? »

Teva hausse les épaules. Qu'est-ce qu'il sait faire ? Teva sait tout faire. Plonger sans bouteilles jusqu'au corail noir, tuer les gros requins qui veulent voler son poisson, repérer un banc de bonites à plus d'un kilomètre, retrouver la passe la nuit dans la tempête. Teva de Rangiroa sait tout faire.

L'assemblée attend sa réponse. Teva hausse encore les épaules. Qu'est-ce qu'il sait faire ? Ça prendrait trop longtemps à raconter.

« Tu sais pas ? » demande l'assemblée.

James lève la main. « Foutez-lui la paix. Ce gosse… il est pas comme nous. Possible qu'il va tous nous étonner. On était comme lui, autrefois. »

Alors James tend une bière fraîche à son jeune cousin. Teva boit doucement, à petites gorgées.

« Il boit comme une fille ! » Toute l'assemblée se tord de rire. « On boit pas comme ça, allez, cul sec. *'Aiū !* Si tu sais pas boire comme un homme, tu seras jamais un homme ! »

James passe un bras autour de son cousin. « C'est son premier jour. Il a le temps de changer. »

« Teva. » Materena retire son bras passé autour de l'épaule de son cousin. « Une femme, elle ne peut pas attendre pour l'éternité. Ça fait déjà deux ans que tu es là. »

Teva hoche la tête et continue à pleurer.

« Tu ne crois pas que c'est un signe pour toi pour rentrer à la maison ? » demande Materena.

« Pour quoi faire ? dit Teva entre deux sanglots. Hein ? Pour quoi faire ? C'est trop tard maintenant. Manuia est mariée, elle appartient à un autre, elle a fait ça pour se venger, pour me faire du mal. »

« Elle s'est mariée parce qu'elle était *fiu* de t'attendre, oui ! Qu'est-ce que tu crois ? Que Manuia va t'attendre toute sa vie ? » Et Materena tape sur l'épaule du jeune homme qui pleure dans sa bière, elle lui dit qu'il a toute la vie devant lui, qu'il ferait mieux de se trouver un boulot, et vite, qu'ensuite il pourra rentrer chez ses parents.

Après ce conseil maternel, Materena entre dans le magasin en laissant là son jeune cousin, et en espérant qu'il va réfléchir un peu – elle a des commissions à faire. Et aussi un peu de ménage, et avec un peu de chance une petite sieste, puisque c'est son jour de repos.

33

L'électricien

Materena est allongée, prête pour une bonne petite sieste, mais voilà qu'elle entend quelqu'un siffloter dehors. Qui ça peut bien être ? Elle saute du lit, jette un œil discret au coin du volet et, aussitôt, prise de panique, elle se précipite dehors.

Et maintenant, debout devant le compteur, elle demande à l'électricien ce qu'il fiche là.

Il lui répond qu'il est en train de lui couper le courant.

« Mais, tu ne peux pas faire ça ! Ça va pas la tête ? »

L'électricien explique à Materena que ce n'est pas lui le patron de l'EDT et que son boulot à lui, c'est de couper l'électricité quand les gens ne payent pas leur facture.

« Tu n'as pas payé ta facture. On a vu sur l'ordinateur, d'accord ? »

Materena n'est pas d'accord, et elle reste debout devant le compteur comme une sentinelle. Elle n'a pas envie qu'on coupe son électricité. Ce soir il y a *Dallas* à la télé et elle ne rate jamais *Dallas*. Elle dit à l'électricien qu'elle n'a pas reçu l'avis de coupure du courant.

« Tu peux pas couper mon électricité. » Materena lance un regard de défi à l'électricien.

L'électricien renvoie à Materena un regard de défi. « Tu crois je peux pas couper ton électricité juste parce que tu me dis : "Tu peux pas couper mon électricité" ? Écoute un peu. Tu vas à l'EDT, tu payes le total de ta facture. Moi, je reviens, je rebranche ton électricité, okay ? Maintenant, pousse-toi… J'ai pas que ça à faire, moi. »

Mais Materena n'a pas l'intention de se pousser et le seul moyen pour l'électricien d'atteindre le compteur, c'est de pousser Materena, mais Materena est une grande femme balèze et elle est en colère.

« Je paye toujours mon électricité à peine je reçois l'avis pour la coupure, répète-t-elle. Et là, j'ai pas reçu l'avis pour la coupure. Quand est-ce que tu vas me croire, hein ? »

L'électricien s'esclaffe d'un rire forcé. « Je peux écrire un bouquin avec toutes les histoires inventées que les gens me racontent pour m'empêcher de couper leur courant. Tu vas pas me croire : je raconte toutes ces histoires inventées à mes collègues le vendredi soir quand on boit la bière, et mes collègues, ça les fait toujours rire. Ils adorent ces histoires inventées. Ils me disent : "Eh collègue, raconte un peu une histoire de coupure", mais… (l'électricien fait des gros yeux et il gueule) je suis *FIU* de ces histoires inventées ! »

Materena fait des gros yeux elle aussi et elle répond : « Je ne suis pas en train de te raconter une histoire inventée ! Mon histoire, c'est la vérité et rien que la vérité ! »

L'électricien pointe son doigt sur Materena. « Tu sais quoi ? Quand j'ai un appel radio je fais toujours une prière pour trouver personne à la maison. Mais on dirait que tous ces gens qui ne payent pas leur facture, presque tous ils n'ont rien de mieux à faire que rester à la maison pour regarder la télé, boire ou dormir. Trop occupés pour travailler. »

Ah là, il dépasse les limites. Materena plisse les yeux. « Je travaille, moi, mais ma patronne était malade aujourd'hui et elle a dit c'est pas la peine de venir faire le ménage. Elle m'a donné un jour de congé. Mais je travaille, moi ! »

L'électricien et Materena restent face à face, les yeux dans les yeux.

« Okay, je vais te dire pourquoi je n'ai pas payé ma facture, dit Materena. D'habitude, c'est moi qui ramasse la paye de mon homme le vendredi après-midi. La fille du bureau, elle me connaît bien. Elle me donne l'enveloppe et je signe le registre, pas de problème. Mais vendredi dernier j'étais forcée d'aller voir Mamie, elle était un peu malade. Je lui ai amené les enfants pour lui changer un peu les idées, tu vois, quoi. Quand je suis rentrée à la maison il était neuf heures passées et mon homme était bourré. Il m'a fait une scène parce qu'il n'y avait rien de prêt à manger. Mon homme, c'est un sacré feignant. J'ai essayé de lui dire pour la facture de l'électricité, mais il s'est fâché, il aime pas quand c'est moi qui dis il faut faire quoi. C'est lui le patron, soi-disant. C'est son boulot de penser à la facture de l'électricité. Alors j'ai dit : "Okay, c'est toi le patron. Qui c'est qui va payer la facture de l'électricité, patron ?" Il a voulu faire bagarre. J'ai pris les gosses et j'ai couru chez Mamie. »

L'histoire de Materena est complètement inventée (puisque l'électricien refuse de croire la vérité, et la vérité, c'est qu'elle n'a pas reçu l'avis de coupure). Elle espère que l'électricien va avoir pitié d'elle. Elle n'a vraiment pas envie qu'on lui coupe l'électricité – c'est *fiu* quand il n'y a pas de courant.

Materena a eu l'électricité coupée deux fois. La première fois, c'était parce que Pito avait bu toute sa paye (c'était avant qu'elle commence à ramasser la paye elle-même au bureau le vendredi) et Materena n'a pas pu se décider à aller demander une avance à Loana parce qu'elle n'avait pas envie que Loana se fâche après Pito.

La deuxième fois, c'était aussi parce que Pito avait bu toute sa paye (c'était aussi avant qu'elle ramasse la paye elle-même) et Materena s'est décidée à aller demander une avance à Loana. Cette fois-là, elle s'en fichait si Loana était fâchée après Pito. Mais sa mère était partie pour le week-end à une retraite de carême à Taravao et finalement, c'est Rita qui a prêté les sous à Materena. En fait, Rita n'a pas vraiment prêté les sous. Elle a juste vu les bougies à la maison et elle a donné dix mille francs à Materena, qui était en train de donner le *tītī* à Moana, en disant : « Tiens, ça c'est pour les couches bébé de mon filleul. »

Materena se dit que peut-être elle devrait essayer de faire honte à l'électricien.

« Hé, ça te fait pas honte de faire ça à des Tahitiens, des *Mā'ohi* comme toi ? »

« Non, j'ai pas honte du tout, et puis je t'ai dit, c'est pas moi le patron de la boîte. Si je ne fais pas mon boulot comme il faut, j'ai plus de boulot. Y a pas travail, manger caillou. J'ai mis des mois et des mois à trouver ce boulot. Et c'est un bon boulot. »

L'électricien se tait et réfléchit. Materena ne s'y attendait pas. Ça lui donne l'occasion de relancer la discussion.

« L'électricien avant toi, il était mieux, dit-elle. Lui, il comprend mes problèmes. Il me dit : "Pas de problème, Māmā. Je te laisse un jour ou deux pour trouver les sous." Je peux avoir les sous pour toi demain. Ma maman, elle a plein de sous à la Socredo. Demain matin, je vais parler à ma maman et puis je viens te voir au bureau. »

« Pousse-toi », dit l'électricien.

« Pas question », dit Materena.

L'électricien met le pied droit en avant. « Pousse-toi, j'ai dit. »

Materena aussi met le pied droit en avant. « Où tu vas, comme ça ? »

L'électricien met son pied gauche en avant.

« Tu as pas intérêt... » dit Materena en mettant aussi son pied gauche en avant.

L'électricien pousse Materena sur le côté.

Et Materena pousse l'homme à son tour : « Si tu me cherches... »

Il fixe Materena dans les yeux : « Pousse-toi. »

« Ah non. » Les pieds bien plantés sur le sol, Materena croise les bras.

L'électricien lève les deux mains : « Okay alors... Reste là... Moi, je vais écrire un rapport sur toi et je vais donner le rapport à mon patron et... tu sais ce que ça veut dire ? »

Il ne laisse pas à sa cliente récalcitrante le temps de répondre.

« Ça veut dire que tu ne pourras plus jamais repasser ta robe pour aller à la messe le dimanche parce que je vais me débrouiller pour que ton compte disparaisse de l'ordinateur. J'ai un collègue qui travaille à la comptabilité, un as de l'ordinateur. Effacer un nom dans la liste, il n'y a rien de plus facile. Comment tu crois la compagnie elle sait que tu n'as pas payé ta facture, hein ? À cause de l'ordinateur ! Mon collègue, c'est un spécialiste, il appuie sur un bouton et ffrrtt, tu n'existes plus ! Si j'écris mon rapport... c'est fini, l'électricité pour toi... même si tu payes ta facture, le total. Compte un peu combien de bougies il faut acheter chez le Chinois. Et ta maison... la seule maison du quartier avec les bougies. Pense un peu. Tout le monde va te moquer... et ton mari, hein ? Il va dire quoi quand je vais lui dire que c'est ta faute s'il n'y a plus de bière glacée au frigidaire ? »

« Mon mari ! » Materena regarde l'électricien comme s'il venait de dire une vraie bêtise. « C'est pas mon mari, d'abord ! Tu crois que j'épouserais un sacré feignant comme lui ? »

« Écoute, je m'en fiche si c'est pas ton mari. Je m'en fiche si c'est ton amoureux, ton amant ou quoi encore. Tout ce qui m'intéresse, c'est ton compte et la coupure. Pousse-toi et laisse-moi faire mon boulot si tu ne veux pas que j'aille écrire mon rapport aujourd'hui. »

Materena jette à l'électricien un œil soupçonneux. Est-ce qu'un simple électricien peut écrire un rapport ? Est-ce que ça n'est pas le boulot du directeur de l'Électricité de Tahiti ? Ou à la rigueur le boulot du directeur-adjoint ? Est-ce qu'un électricien peut commander à un homme dans le bureau des ordinateurs ? Est-ce que je vais acheter des bougies chez le Chinois le restant de ma vie ?

Materena s'éloigne du compteur électrique. « Okay alors, fais ton boulot. Pas la peine de faire un rapport au patron de la boîte. Mais où est mon avis de coupure, hein ? Je paye toujours dès que je reçois l'avis pour la coupure. Ça devrait être illégal de couper l'électricité quand on n'a pas reçu l'avis de coupure. »

Materena rentre dans sa maison, et se précipite dans la chambre pour vérifier dans la boîte où elle range les factures (électricité, école, taxes municipales).

Peut-être qu'après tout elle l'a reçu, cet avis de coupure, mais elle était tellement prise par ses préparatifs de mariage que, peut-être, elle a oublié.

Ah. Tiens. C'est quoi, ça ? Une enveloppe de l'EDT même pas ouverte. Materena la déchire à moitié en l'ouvrant. Et voilà l'avis de coupure, noir sur blanc, adressé à Mlle Materena Mahi. Merde, Materena se sent toute bête. Elle se demande si elle ne devrait pas aller s'excuser... En fait, ça n'est peut-être pas une bonne idée, parce que l'électricien pourrait bien utiliser ses excuses contre elle, plus tard.

Alors elle déchire l'avis de coupure et voilà qu'elle entend l'électricien qui se met à parler. Elle va jeter un coup d'œil discret au coin du volet : l'électricien est en train de discuter avec le cousin Teva. Materena ouvre ses oreilles toutes grandes.

« Peut-être que je n'ai pas l'air assez méchant. Quand tu as l'air d'un dur, quand tu as des muscles, les gens vont te respecter. Moi, je suis maigrichon. Je suis pas *pa'i* balèze. Et en plus, je suis jeune. »

« T'es pas si maigrichon que ça », dit Teva.

« C'est pas ma faute mais 90, peut-être même 99,9 % des gens qui ne payent pas leur facture d'électricité c'est les *ta'ata Mā'ohi*, des Tahitiens comme moi. Chez les *Popa'ā*, j'y vais presque jamais. Quand j'y vais, c'est toujours qu'il y a eu un malentendu entre le mari et la femme : le mari croit que la femme a déjà payé la facture et la femme, pareil de son côté. Alors ils payent la facture et je rebranche l'électricité et en plus les *Popa'ā*, ils s'excusent pour le dérangement. Les *Popa'ā*, ils me respectent. Ils s'excusent de me déranger.

« Mais les *Mā'ohi* – *'a ia !* – ils me donnent du mal.

Ils veulent toujours un traitement spécial. Ils jurent sur la tête de l'arrière-grand-père qu'ils ont payé la facture – le total. Et quand je demande pour voir le reçu officiel, ils veulent me boxer. Ils jurent sur la tête de l'arrière-grand-père que toutes leurs histoires, c'est la vérité, rien que la vérité. Et si je dis : "Il faut jurer sur la Bible", ils veulent me boxer.

« Les gens de ma race sont les plus difficiles, comme clients, ah oui. Et les plus mauvais payeurs aussi.

« Le problème dans les maisons tahitiennes, c'est que les autres de la famille sont libres de venir téléphoner chez toi, passer des heures devant ta télé, manger tout ce qu'il y a dans ton frigidaire, boire tout ton Coca, laver leurs linges dans ta machine, prendre tes linges dans le placard. C'est mal élevé de fermer la maison à clé. Parce que, et si un autre de la famille il a vraiment besoin d'emprunter quelque chose et tu n'es pas là et c'est urgent, hein ? Mais ensuite, résultat : il y a plus de sous pour payer les factures.

« Le problème avec les Tahitiens, c'est qu'on a trop de cousins qui n'ont pas de travail. Le problème avec les Tahitiens, c'est qu'on a trop de cousins, point final. »

« C'est quand même bien d'avoir de la famille », finit par dire Teva.

« Des fois, oui, dit l'électricien. Mais pas tout le temps… Voilà, j'ai fini. Encore huit maisons à voir. Souhaite-moi bonne chance. »

« Bonne chance », dit Teva.

Materena attend que l'électricien soit parti, et elle ouvre la porte à Teva qui est toujours là, planté devant. « Teva, qu'est-ce qu'il y a ? » Elle n'a pas vraiment envie de reprendre la discussion à propos de la femme que Teva aurait bien aimé épouser.

Mais Teva est juste venu pour remercier Materena des cinq minutes qu'elle lui a consacrées ce matin, devant le magasin, lui dire qu'il se sent beaucoup mieux maintenant, qu'il va suivre son conseil et retourner dans sa famille, bientôt.

Il est juste venu pour dire ça. C'est tout.

34

Prix spécial d'Imagination

Tout va bien : on a rebranché l'électricité ce matin et ce soir, Leilani, la fille de Materena, élève brillante, est rentrée de l'école avec un Prix spécial pour un concours de rédaction qu'elle a gagné. La maîtresse a écrit : « Devoir original, beaucoup d'imagination. »

C'est l'histoire d'une petite fille de dix ans qui perd une savate alors qu'elle est assise sur un ponton. La petite fille est en train d'admirer le soleil couchant lorsqu'une de ses savates glisse de son pied et tombe en douceur sur l'eau. La petite fille ne sait pas nager, alors elle ne peut rien faire pour sauver sa précieuse savate, rien faire que la regarder dériver vers l'horizon. La petite fille est très triste parce que c'est sa meilleure amie qui lui a fait cadeau de ces savates rouges.

Cette nuit-là, la petite fille rêve que la savate est revenue avec le courant et, le lendemain matin, elle se dépêche d'aller voir, mais il n'y a pas de savate au bord de la mer. Juste une vieille femme en train de nettoyer du poisson. « Pourquoi pleures-tu ? » demande la vieille femme. La petite fille explique la raison de sa tristesse. « *'Auē !* soupire la vieille femme. Ce n'est pas la première fois que la mer emporte une savate, mais ne pleure pas, ma fille, la mer te rapportera ta savate un jour. » La vieille femme dit qu'elle a entendu parler d'une jeune fille qui a aussi perdu une savate dans la mer et elle l'a retrouvée douze ans plus tard, enfouie sous des racines de *pūrau* sur la plage de Papara.

Materena aime bien l'histoire. Elle comprend.

Il y a des livres partout dans la maison de la patronne de Materena. La première chose qu'elle fait, le matin en arrivant au travail, c'est de ramasser les livres qui traînent tout partout et de les remettre sur les étagères là où il y a de la place – quand il y a de la place. De temps en temps, Materena feuillette les pages et lit une ou deux lignes, mais c'est des mots trop compliqués. Il y a un paragraphe qu'elle a lu une fois, ça parlait du ciel, que les nuages étaient comme des boules de coton et tout ça.

L'histoire de Leilani est simple, à moitié vraie et à moitié inventée. Leilani a perdu ses savates l'année dernière, mais elle n'était pas assise sur un ponton, elle était assise dans le *truck*. Elle est juste descendue du *truck* sans ses savates – c'étaient des savates toutes neuves. Et Materena était vraiment furieuse après Leilani.

Materena regrette aujourd'hui de s'être fâchée si fort ce jour-là. Peut-être elle était déjà de mauvaise humeur et, que Leilani perde ses savates toutes neuves, ça a été encore pire.

Materena range la rédaction et le Prix spécial de Leilani dans sa boîte à biscuits spéciale pour les choses précieuses qu'il ne faut pas jeter. Un jour Leilani aura envie de lire son histoire à ses enfants à elle.

« Devoir original. Beaucoup d'imagination. » Pour Materena, il est clair que sa fille est destinée à devenir un écrivain.

Materena sort et dit ça à Pito qui s'entraîne sur son *ukulele* dehors.

« Faut pas *pa'i* dire des choses comme ça, dit Pito sans même s'arrêter de jouer son *ukulele*. Regarde un peu ton cousin James. »

« Quoi alors, mon cousin James ? » demande Materena.

« C'est où, ses pirogues, hein ? dit Pito. Ses pirogues, c'est dans ses rêves. Maintenant, James, il est en colère parce qu'il fabrique pas des pirogues et sa mère, elle est en colère parce qu'il y a pas de travail pour lui. »

Un jour, James a aidé son oncle Hotu à construire une pirogue et l'oncle a dit : « James, c'est du beau travail, ta pirogue. » Et James a dit à sa maman pour ce que l'oncle a dit. Et sa maman a décidé que James allait construire des pirogues. Elle n'arrêtait pas de dire à tout le monde comme quoi son fils il allait construire des pirogues et pas n'importe quelles pirogues, mais les meilleures du monde ! Elle répétait à son fils : « Tu vas construire des pirogues ! » Elle répétait à tout le quartier : « Mon fils va construire des pirogues ! »

« Ne compare pas mon cousin James à Leilani. »

Materena, ça ne lui plaît pas, cette comparaison. De son point de vue, les rêves ne se réalisent pas tout seuls – il faut faire un effort pour qu'ils se réalisent. Ce James, il rêve de ses pirogues, et il pense que ses pirogues vont tomber du ciel, mais en attendant il passe son temps à boire et à compter les voitures au bord de la route. Ça suffit pas de rêver un rêve pour le réaliser.

Leilani, elle peut devenir un écrivain. Rien ne peut l'empêcher.

« Et si Leilani veut devenir un pilote, demande Pito. Tu vas lui dire c'est possible ? »

« Oui. »

« Et devenir président de Tahiti ? »

« Oui. »

« Et président de la France ? »

« Ah oui alors, bien sûr ! » Cette exclamation vient du fond du cœur de Materena.

Pito secoue la tête. Materena rentre dans la maison chercher la rédaction de Leilani. Elle veut que Pito lise l'histoire.

« Plus tard », dit Pito.

Pour le moment, il est trop occupé à grattouiller son *ukulele*.

Ce soir-là, Pito est couché et il lit l'histoire de Leilani. Materena pense qu'il va dire : « Hé, c'est bien son histoire ! » parce que c'est vrai que c'est bien. Pito fronce les sourcils en lisant. Puis il fait la grimace, et quand il a fini il n'arrête pas de dire que cette histoire ne tient pas debout. Pourquoi tellement de chichis pour une savate ? On pleure quand quelqu'un meurt, on ne pleure pas quand on perd une savate, non ? Et pourquoi cette idiote, elle a pas sauté dans la mer pour récupérer sa savate au lieu de la regarder dériver doucement vers l'horizon comme une martyre ?

Materena rappelle à Pito que la petite fille ne sait pas nager.

« Ah oui », dit Pito.

Même si. Pour lui, l'histoire ne tient pas debout. C'est pas comme si tu peux pas aller acheter une autre savate chez le Chinois.

Materena est de plus en plus énervée. Elle se dit : Ce Pito, il ne comprend rien du tout quand il lit, sauf si c'est dans son *Akim*.

Elle range à nouveau la copie de Leilani dans la

boîte spéciale pour les choses précieuses qu'il ne faut pas jeter, puis elle éteint la lumière. Elle se couche à l'autre bout du lit tout à fait, parce qu'elle est fâchée après Pito.

« Materena », dit Pito au bout d'un moment.

« Quoi ? » répond-elle.

« Leilani – elle a dit qu'elle veut écrire des livres ? »

La réponse de Materena est presque un murmure : « Non. »

Mais Materena sait que les gosses ne lui disent pas toujours tout. Il ont des secrets.

Alors, à la prochaine paye, elle achète à Leilani un beau cahier, c'est comme un livre avec une couverture en cuir et une serrure avec une clé. Dessus, on a marqué avec des lettres en or : « Mon Journal ». « Tiens » dit-elle en lui donnant sans faire de manières.

Et, avant que Leilani ait le temps de rien dire, Materena ajoute. « C'était en promotion chez Hachette Pacifique et j'ai pensé ça peut te servir. Sinon, eh ben, tu n'as qu'à donner à une copine. »

35

Ce que tu veux faire plus tard, pour moi c'est pas un problème

Materena sait bien que personne d'autre ne devrait lire un journal intime, rien que la personne qui écrit dedans. Mais elle va juste lire la première ligne, les deux premières lignes, les trois premières lignes, pas plus. Materena veut juste voir combien de pages Leilani a écrites dans le beau cahier (avec la couverture en cuir et la serrure) qu'elle lui a donné. Peut-être elle a déjà besoin d'un cahier *'āpī*. Materena a aussi un peu envie de voir si Leilani a écrit sur sa mère qui l'aime et qui travaille dur pour elle.

Et si la serrure est fermée, alors Materena n'insistera pas.

Donc, Materena va dans la chambre de Leilani et elle ferme la porte. Elle regarde sous le coussin du lit, sous le matelas, dans les tiroirs du bureau. Le cahier est caché sous la Bible que Loana a donnée à Leilani pour sa communion.

Materena jette un coup d'œil anxieux vers la porte. Mais Leilani est partie avec Loana pour aller balayer l'église. Tous les six samedis, c'est le tour de Loana de balayer l'église et, normalement, Materena va aider sa mère mais ce matin, Leilani a offert de remplacer Materena.

La serrure du cahier n'est pas fermée. Alors Materena l'ouvre et lit les deux premières lignes.

« Je sais que Mamie voudrait que je devienne un écrivain parce que j'ai eu le Prix spécial au concours de rédaction mais Mon Dieu ce que j'ai vraiment envie de faire c'est de Vous servir. Au fond de mon cœur, je sens un grand désir d'être un jour une religieuse… »

Materena referme brusquement le cahier. Parce que Leilani parle de Dieu, elle sent que c'est un péché de lire le cahier de sa fille.

Materena est un peu troublée. Elle s'assied sur le lit de Leilani et elle repense à sa cousine Heipua.

Quand Heipua a annoncé, à vingt et un ans, qu'elle voulait être religieuse, personne n'a été surpris.

Cette cousine Heipua, elle aimait bien être à l'église.

Elle allait à deux messes le dimanche, la messe du matin et la messe du soir. Elle allait aussi à la messe tous les jours le matin à six heures, avec tous les vieux.

Et dans sa chambre, Heipua avait plein de statues de Notre-Dame-Qui-Comprend-Tout, même des statues fluo qui brillent dans le noir, et une statue avec un cœur rouge qui bat (quand on branche la prise). Quand elle était petite, Heipua a dit une fois que Notre-Dame-Qui-Comprend-Tout lui avait souri. Personne n'a pensé que c'était son imagination de gosse.

À seize ans, Heipua avait des posters de Jésus-Christ sur son mur. Les posters de ses autres sœurs, c'étaient tous des acteurs et des chanteurs. Une des sœurs a dit : « Hé, tu trouves pas que Jésus-Christ, il a un peu une tête d'acteur avec ses cheveux longs ? »

Heipua a été fâchée.

Heipua ne faisait jamais attention aux garçons, pas comme ses sœurs qui sautaient la clôture au milieu de la nuit pour aller retrouver leurs petits copains. Heipua, elle restait à la maison seulement et elle regardait la télé ou elle priait.

Elle était le genre vraiment sérieuse.

Et elle avait des pouvoirs spéciaux.

Elle allait voir les malades et les vieux à l'hôpital, et elle avait juste à leur tenir les mains pour qu'ils se sentent mieux. Des fois elle entrait en cachette à la maternité pour regarder les nouveau-nés – en cachette parce que la surveillante des visites, elle n'aimait pas quand Heipua allait voir les nouveau-nés. Elle préférait quand elle allait voir les mourants.

Heipua mettait des robes longues jusqu'aux chevilles, et avec ses cheveux elle faisait toujours deux grosses nattes. Elle avait des lunettes pour la vue aussi, parce que ses yeux étaient un peu usés à force de lire la Bible toute la nuit.

Un soir, juste après ses vingt et un ans, elle a dit : « Dieu m'a parlé. »

Sa mère s'est dépêchée de passer la nouvelle sur radio-cocotier. Et personne n'a dit : « C'est quoi cette histoire à dormir debout ? »

La mère de Heipua était fière qu'une de ses filles allait être une sœur. Elle a dit à ses autres enfants : « Vous, vous allez juste être des bons à rien. »

Heipua a passé une semaine avec les sœurs de la Mission. Elle est revenue à la maison plus sûre que jamais que sa vocation, c'était de servir Dieu. Elle disait : « Les sœurs sont des femmes normales, sauf que leur mari, c'est Dieu et leurs enfants, c'est toute la population. »

Elle voulait entrer à la Mission sans attendre plus longtemps, mais la mère supérieure a conseillé à

Heipua de réfléchir sérieusement à sa vocation pendant encore deux mois. Elle lui a dit comme ça : « Une fois qu'on est religieuse, c'est pour toujours. »

Alors, Heipua est allée réfléchir sérieusement à l'église. Elle allait à la messe du matin et, au lieu de rentrer à la maison après la messe, elle restait à l'église jusque tard dans l'après-midi – pour prier.

Un après-midi, un jeune homme de l'âge de Heipua à peu près est venu prier à l'église aussi. Il n'ont pas parlé. Il est revenu à l'église le lendemain, et le jour après. Il ont commencé à se dire bonjour.

Le jeune homme priait pour devenir prêtre.

Bref, au bout de deux semaines, ils ont commencé à s'embrasser et à se caresser.

Heipua n'avait pas changé (elle portait toujours ses robes longues et ses lunettes pour la vue, et avec ses cheveux elle faisait toujours deux grosses nattes), et donc personne ne pouvait se douter que, à part la prière, il se passait autre chose dans l'église.

'Auē ! Ces deux-là ils ont résisté et résisté à la tentation, mais quand c'est la nature qui commande, ça peut être difficile de ne pas obéir. Et l'inévitable est arrivé. Après les baisers et les caresses, il y a eu la fornication. Pour lui aussi, c'était la première fois.

Et Heipua est tombée enceinte.

'Auē ! La honte et l'embarras pour sa mère. Elle voulait déménager dans une autre ville, dans une autre île, dans un autre pays même. Elle savait bien que les gens causaient derrière son dos, se moquaient d'elle, blaguaient que la grossesse de sa fille, c'était un coup du Saint-Esprit, une Immaculée Conception.

Oui, ça a été un choc, la grossesse de Heipua.

La mère de Heipua l'a mise à la porte de la maison.

Heipua a ramassé ses affaires et ses statues et elle est allée à la maison du jeune homme.

Quand la mère du jeune homme a ouvert la porte, Cousine Heipua lui a expliqué la situation. La mère a été choquée, elle a dit : « Quoi ? C'est quoi, cette histoire ? Mon fils, il va être prêtre ! » Alors elle a appelé son fils et il est arrivé immédiatement dès qu'elle l'a appelé. Elle a dit : « Cette fille-là, elle dit qu'elle est enceinte de toi. C'est vrai ? »

Et il a dit : « Je ne l'ai jamais vue avant, Mamie. »

La mère a claqué la porte à la figure de Cousine Heipua.

Heipua, elle a marché dans les rues, elle ne savait pas quoi faire. La nuit a commencé à tomber et elle s'est assise sur un caillou et elle a attendu que le jour se lève. Et quand le jour s'est levé, elle a pris le *truck* pour Papeete.

Deux mois plus tard, une cousine l'a vue dans un bar à Papeete. Elle était en train de boire avec un marin, de boire et de rire et de faire – en tout cas c'est ce que la cousine a répété sur radio-cocotier, nous on sait pas ce que la cousine en question faisait dans ce bar – de faire la pute.

Normalement Heipua aurait dû avoir le ventre, avec sa grossesse, mais on ne voyait rien. Quelque chose a dû arriver au bébé, mais personne ne savait quoi exactement.

Sa mère a dit comme ça : « Ah, elle va finir dans un trou. » Parce que, c'est ce qu'elle dit, quand on se moque de Dieu, on est puni.

Mais pas plus tard que le mois dernier la mère de Heipua a reçu une lettre, une lettre de France. C'est Heipua qui a envoyé la lettre. Dans la lettre, Heipua a écrit qu'elle habite maintenant, en France et qu'elle est religieuse. Son nom maintenant, c'est Sœur Louise.

Il y avait une photo de Heipua en uniforme de religieuse, les mains jointes, debout à côté d'un arbre.

Mais personne ne sait si c'est une vraie photo.

Personne ne sait si Heipua n'a pas pris l'uniforme dans un de ces magasins qu'ils ont là-bas où tu peux louer n'importe quel uniforme que tu veux.

Mais tout le monde a envie de croire que Heipua s'appelle Sœur Louise et qu'elle est heureuse.

Pour le jeune homme, il n'y a pas eu de prêtre tahitien depuis quinze ans. On en aurait parlé à la première page dans le journal.

Peut-être ce que Heipua lui a fait, à ce jeune homme, ça lui a tellement plu qu'il a laissé tomber son idée de devenir prêtre.

Ou peut-être il est parti faire le prêtre dans un autre pays.

Voilà, c'est l'histoire de religieuse de Heipua et maintenant Materena pense à son histoire de religieuse à elle.

Quand elle avait onze ans *paha*, elle a dit à sa mère qu'elle voulait être une sœur.

« Quoi ! a dit Loana. Dieu t'a parlé ? »

Materena a reconnu que Dieu ne lui avait pas parlé.

Alors Loana a demandé à Materena comment ça se fait elle veut être une sœur et Materena a dit : « Je ne sais pas. Mais, quand je vois une sœur, je me dis que j'aimerais être une sœur. »

Loana a conseillé à Materena de ne pas diffuser cette révélation sur radio-cocotier, et d'attendre encore quelques années avant de penser sérieusement à devenir religieuse.

« Tu pourrais bien changer d'avis, a dit Loana. Quand tes hormones vont se réveiller. »

Ça n'a pas manqué. Quand Materena a eu quinze ans, ses hormones se sont réveillées, et elle a arrêté de vouloir devenir religieuse chaque fois qu'elle en voyait une.

Mais ce n'est pas impossible que Leilani…

Materena avait espéré que sa fille deviendrait un écrivain (puisqu'elle était si bonne en rédaction), mais le souci principal de Materena, c'est que Leilani soit heureuse. Qu'elle ait un gentil mari qui l'aime beaucoup, qui lui dise des choses gentilles. Et bon, c'est pas grave, même si c'est pas un mari-mari, tant que c'est un homme gentil et qu'il rend Leilani heureuse.

Mais si Leilani veut être une religieuse…

Materena, pour elle c'est pas un problème.

Il y a plein de religieuses heureuses.

Et maintenant Materena et Leilani sont seules dans la salle de bains. Leilani est en train de se brosser les dents et Materena fait semblant de chercher quelque chose dans le placard sous le lavabo.

« Ah, Leilani ma fille, dit Materena. Est-ce que tu as pensé à ce que tu veux faire quand tu seras grande ? »

Mais avant que Leilani ait le temps de répondre, Materena, la tête toujours dans le placard sous le lavabo, ajoute : « C'est juste parce qu'ils ont dit à la radio c'est bien si les parents savent ce que les enfants veulent faire. Parce que peut-être les parents peuvent aider. »

Materena se redresse. La mère et la fille se regardent dans le miroir.

« Hein ? Tu as une idée ? » demande Materena sur

un ton léger, comme ça Leilani ne va pas croire que c'est un interrogatoire.

« Je ne suis pas encore bien sûre, Mamie. » Leilani a la bouche pleine de dentifrice.

« Okay alors », dit Materena. Puis sur un ton très sérieux : « En tout cas, rappelle-toi, ce que tu veux faire plus tard, pour moi c'est pas un problème. »

Leilani hoche la tête en souriant.

36

Le gâteau banane

Ça fait un bout de temps depuis la dernière fois que Materena a amené les gosses en visite chez Māmā Roti. Elle était tellement occupée par son projet de mariage et le reste – tout ce temps gaspillé pour rien ! Enfin, aujourd'hui elle s'est dit que ce serait une bonne idée d'amener les gosses chez leur grand-mère Tehana. En fait, Materena n'avait pas particulièrement envie de voir Māmā Roti, mais bon, c'est le genre de chose qu'il faut faire de temps en temps. C'est pour les gosses.

Māmā Roti appelle du côté des gosses : « *'Aiū mā !* Qui va apporter à Māmā Roti un bout de pain et une banane ? » Et puis elle se dépêche d'ajouter : « Une banane mûre, pas une banane verte ! »

Māmā Roti se repose sur le *pē'ue* dehors, et elle est en train de se plaindre de son dos. Depuis le début, Materena ne pense qu'à repartir. Elle est chez Māmā Roti depuis un quart d'heure et elle a déjà envie de rentrer, mais Māmā Roti a tellement de raisons de se plaindre. Elle a besoin d'un auditoire.

« *'Auē* mon dos *ē !* Je ne suis plus jeune comme autrefois. J'ai mal au dos, j'ai mal partout. *'Auē !* »

Moana apporte à sa grand-mère un morceau de pain.

« Et où est la banane de Māmā Roti ? » demande Māmā Roti.

La banane de Māmā Roti est dans le pain.

Māmā Roti regarde dans le pain et fait la grimace en roulant ses yeux.

« Hé, j'ai demandé une banane écrasée dans mon pain ? »

Moana regarde ses pieds et secoue sa tête.

« Qu'est-ce que j'ai demandé ? »

« Un bout de pain et une banane. »

« Tête de coco, va ! » Et Māmā Roti renvoie Moana d'un geste impatient.

Puis elle jette le morceau de pain avec la banane écrasée aux poules et au chien. Materena donne à Moana une caresse au passage et elle jette à Māmā Roti un regard de colère froide. Mais la tête de Māmā Roti est déjà retournée de l'autre côté.

Materena est fâchée. Elle se lève. Elle rentre à la maison.

« Déjà, ma fille ? » demande Māmā Roti.

« Je viens de me rappeler j'ai un poulet au four. »

« Ah, okay alors. »

Materena donne à Māmā Roti un baiser du bout des lèvres (au lieu de la grande embrassade habituelle). Elle appelle Tamatoa et Leilani en disant qu'il est l'heure d'aller, et ils arrivent sans se faire prier, heureux de rentrer. Tamatoa et Leilani n'aiment pas vraiment rester chez Māmā Roti. Il y a trop de choses qu'ils n'ont pas le droit de faire.

Ils n'ont pas le droit d'être dans la maison quand Māmā Roti n'est pas dans la maison parce qu'elle pense qu'ils vont casser quelque chose quand elle a le dos tourné. Māmā Roti préfère aussi que les gosses jouent dehors parce que, de son point de vue, les gosses ne devraient pas être à l'intérieur quand le soleil brille. Autrefois, elle ne permettait jamais à ses enfants de traîner dans la maison quand le soleil brillait dehors, ce qui explique peut-être pourquoi, aujourd'hui, Pito peut passer une journée entière vautré sur le canapé quand le soleil brille dehors. Et les gosses n'ont pas le droit de courir tout partout dans le jardin parce que Māmā Roti a peur qu'ils écrasent ses plantes. Et ils n'ont pas le droit de jouer au ballon parce que, c'est sûr, le ballon va casser les louvres de Māmā Roti.

Les voici à la maison maintenant et Materena est toujours fâchée après Māmā Roti. Moana a huit ans seulement et on ne parle pas à son petit-fils comme ça. Malgré tout, Materena cherche des excuses à Māmā Roti. Elle avait peut-être vraiment mal au dos. Et elle est un peu vieille.

Materena marmonne toute seule : « Oui, mais c'est pas une raison d'appeler mes gosses tête de coco. »

En ce qui la concerne, Materena est la seule personne qui a le droit d'appeler ses gosses tête de coco. Cette Māmā Roti, pense Materena en se mettant à éplucher des patates, elle est vraiment mal élevée. À ce moment précis, Materena est heureuse de ne pas porter le nom de Māmā Roti. Elle est certaine que les gens qui connaissent Roti Tehana pensent que c'est une femme très mal élevée. Materena ne veut rien avoir à faire avec elle.

Le lendemain, Māmā Roti arrive sans prévenir (comme toujours) avec un gâteau banane.

« Bonjour, ma fille ! » dit-elle à Materena. Elle est toute joyeuse.

Le bonjour de Materena est joyeux aussi, enfin presque. Māmā Roti raconte que toutes les bananes du régime ont mûri pendant la nuit, alors elle a décidé de faire un gâteau banane pour eux.

« Ah. » Le gâteau banane de Māmā Roti n'a pas l'air d'intéresser beaucoup Materena. Elle continue à balayer la cuisine.

« Je te coupe une tranche ? » demande Māmā Roti.

« Pas tout de suite, Māmā Roti. Un peu plus tard. »

Materena ne peut pas manger le gâteau banane de Māmā Roti tout de suite. Elle est encore trop fâchée contre elle. Quand elle l'a vue arriver, les mots « tête de coco » ont résonné dans sa tête. Et Materena n'a pas l'impression de réagir de façon excessive. Sa cousine Giselle par exemple, quand la maman de Ramona lui a dit : « Isidore Louis Junior, quel nom ridicule ! C'est tellement ridicule que ça me donne envie de rire », eh bien, Giselle lui a jeté un cendrier à la figure.

Non, Materena, elle ne fait rien que refuser à Māmā Roti une tranche de son gâteau, d'abord parce qu'elle est en colère et aussi parce que les gâteaux de Māmā Roti ne sont jamais très délicieux. Elle met trop de sucre dedans.

Māmā Roti s'installe et se met à jacasser toute seule : et la chaleur, et les moustiques la nuit dernière, et les bananes mûres…

« C'est bizarre, hein ? dit-elle. Toutes mes bananes qui mûrissent d'un seul coup pendant la nuit. »

« C'est bizarre », dit Materena.

« Et où sont les gosses ? » demande Māmā Roti.

« Dans leur chambre, je crois. »

« Avec ce soleil ! »

Materena soupire entre ses dents.

Et Māmā Roti appelle du côté des gosses : « *'Aiū mā !* Venez vite, votre Māmā Roti a fait un gâteau banane pour vous avec les bananes de Māmā Roti ! »

Mais il y a seulement Moana qui répond : « J'arrive ! »

Normalement Materena aurait filé dans leurs chambres pour commander aux deux autres de se dépêcher pour venir manger le gâteau que Māmā Roti a fait pour eux. Elle aurait donné l'ordre à mi-voix bien sûr, parce que c'est mieux si Māmā Roti ne sait pas que ses petits-enfants, on est obligé de les forcer pour manger ses gâteaux.

Normalement. Mais aujourd'hui, Materena a décidé de continuer à balayer seulement.

Māmā Roti coupe une tranche de son gâteau banane et Moana la mange tout entière.

« Ton gâteau banane, c'est très bon, Māmā Roti », dit-il.

Māmā Roti glousse et jette ses bras autour de Moana. Elle le serre contre elle et elle soupire : « Ah toi, tu sais comment rendre ta grand-mère heureuse, hein ? » Elle embrasse le front de Moana. « Mon petit canard, mon petit poussin, mon petit trésor. »

Materena va dans la chambre de Tamatoa. Il est en train de lire un *Akim* sur son lit. Elle lui commande d'aller manger le gâteau banane que sa grand-mère a fait.

« J'aime pas les gâteaux de Māmā Roti. » Tamatoa fait claquer la page qu'il tourne.

Materena fait claquer sa langue et murmure : « Sors de ce lit immédiatement et va manger le gâteau de Māmā Roti et, si tu lui dis que son gâteau n'est pas bon, tu vas avoir affaire à moi. »

Ensuite Materena va dans la chambre de Leilani. Leilani est en train de découper des photos dans le journal.

« Ma fille, dit Materena à mi-voix. Māmā Roti a fait un gâteau banane pour vous tous. Viens *pa'i* manger. »

Leilani regarde sa mère : « Sinon ? »

Materena lui montre la paume de sa main, et Leilani range ses ciseaux et se lève.

« Et ne dis pas à Māmā Roti que son gâteau n'est pas bon », dit Materena.

« Okay alors, je vais dire à Māmā Roti que son gâteau est très délicieux. » Leilani sourit à sa mère. La dernière fois que Materena a mangé un gâteau de Māmā Roti, c'était un gâteau au beurre, et elle a été obligée de courir au cabinet pour cracher le morceau de gâteau.

Materena pouffe et sourit à sa fille. « Tu n'es pas forcée de dire à Māmā Roti son gâteau est très délicieux. Tu dis juste c'est bon. »

37

Marae

L'école organise une sortie au *marae* et Tamatoa demande à sa mère de signer le papier et de lui donner l'argent.

« Tu es sûr que tu veux aller au *marae* ? » Materena ne regarde même pas le papier de l'école.

Ah oui, il veut aller. Toute la classe y va et le prof a dit tout le monde doit aller parce que les *marae* font partie de notre histoire.

Materena demande un stylo, et Tamatoa part en chercher un.

Elle pense à cette sortie, elle n'est pas tranquille. Tamatoa aime trop faire l'imbécile. À la messe, il se débrouille toujours pour embêter son frère et sa sœur et tous les gens autour – au lieu de dormir tranquillement, comme font Leilani et Moana. Il pince, il donne des coups de pied, il fait rire les autres, il se moque de Père. Il y a des fois il est si terrible, Materena finit par l'envoyer dehors. Mais le plus souvent, elle se contente de lui mettre une tape sur la tête ou de lui pincer les oreilles, ou bien elle le menace de l'envoyer s'asseoir à côté de sa tatie Célia s'il ne se tient pas tranquille.

Comment Tamatoa va se tenir au *marae* ?

Tamatoa revient avec le stylo, mais Materena n'est pas encore prête à signer le papier.

« Tu sais que le *marae* est un endroit sacré ? » demande-t-elle.

Mais oui, bien sûr, il sait. Ils ont étudié les *marae* en classe et il y a une page entière sur les *marae* dans son cahier – il doit lire ça ce soir. Materena demande à voir la page en question. Tamatoa se traîne jusqu'à son cartable et revient en traînant les pieds à la cuisine avec le cahier. Materena lui demande de lire la page pour elle, et il s'affale sur une chaise en soupirant.

« Les *marae* sont des sites sacrés et il y a six types de *marae*. »

Tamatoa s'arrête et regarde sa mère.

« Ne me regarde pas, dit Materena. Regarde ton cahier seulement. »

« Le premier type de *marae* se trouve à 'Opoa et il est consacré au dieu de la guerre, continue Tamatoa. C'est un *marae* international car les chefs de nombreux archipels avaient des liens avec ce *marae*. Les *marae* du deuxième type sont les *marae* nationaux avec un grand prêtre associé à un prince – on pouvait célébrer des sacrifices humains sur un *marae* national. Puis il y avait le *marae* local dans un village dirigé par un chef et un grand-prêtre. Il n'y avait pas de sacrifices humains sur ce type de *marae*. Ensuite, nous avons le *marae* ancestral qui était construit sur la terre de chaque famille ; le *marae* social consacré aux dieux de grande importance ; et enfin le *marae* réservé à des spécialistes comme les médecins, les constructeurs de pirogues ou les pêcheurs. »

Il reste encore des choses à lire sur les *marae*, mais Tamatoa veut d'abord être sûr que sa mère a envie d'écouter encore.

Materena lance à Tamatoa son regard le plus sérieux. « Bien sûr j'ai envie d'écouter encore. Mais d'abord je veux savoir quel type de *marae* c'est, le *marae* Arahurahu. »

« C'est quoi le *marae* Arahurahu ? » Tamatoa hausse les épaules comme s'il s'en fiche complètement c'est quoi le *marae* Arahurahu.

« C'est le *marae* que tu vas visiter ! »

« Ah. »

Bon, Tamatoa ne sait pas quel type de *marae* c'est – peut-être un *marae* local, non ?

Il continue sa lecture monotone. « Voici une liste des cérémonies qui se déroulaient sur les *marae*. Le commencement et la fin d'une guerre. La reconnaissance par le roi du pouvoir des dieux. La maturité de l'année. La réparation des péchés commis par les prêtres – tels que profaner leur sainteté par le travail domestique, commettre des erreurs pendant les rituels, manifester leur gloutonnerie en mangeant de la tête de tortue. Ces offenses commises par le prêtre pouvaient porter malheur au prêtre lui-même, à la population et à l'île tout entière. C'est pourquoi le coupable devait reconnaître sa faute et être puni : son statut était réduit à celui d'homme du commun. Il y avait une cérémonie au *marae* pour chaque événement important lié à la vie de la famille royale : naissance, maladie et mort. »

Tamatoa referme son cahier d'un coup sec. « C'est fini », dit-il.

Materena décide d'ajouter quelques informations.

« Ouvre tes oreilles. » À nouveau, elle lance à Tamatoa son regard le plus sérieux. « Même si on n'utilise plus le *marae* aujourd'hui, les esprits qui gardent le *marae*, eux, ils sont toujours en action. Ils encerclent le *marae* et ils font attention que les gens qui visitent vont les respecter. Les yeux des esprits sont grands ouverts et leurs oreilles aussi sont grandes ouvertes. Fais bien attention de pas fâcher les esprits là-bas, parce que, si tu fâches les esprits, tu risques de le payer très cher. »

Materena raconte à Tamatoa l'histoire d'un homme qui a pissé sur un *marae*. Deux semaines après il est mort dans des souffrances atroces, son *moa* gonflé de pus. (C'est son cousin Mori qui lui a raconté cette histoire.)

Tamatoa écarquille ses yeux.

Materena lui raconte l'histoire du gosse qui a craché sur un *marae*. À peine deux minutes plus tard, il a attrapé une convulsion, avec de l'écume blanche et de la salive qui sortaient de sa bouche. Il est mort en arrivant à l'hôpital : il avait avalé sa langue, ça l'a étouffé. (C'est son cousin Mori qui lui a raconté cette histoire aussi.)

Tamatoa écarquille ses yeux encore plus.

Materena l'avertit qu'il ne faut surtout jamais prendre quelque chose sur un *marae*.

Elle lui raconte, il y avait un touriste, et il a pris une pierre sur un *marae*. Il voulait l'emporter pour la montrer à sa famille dans son pays. Cette nuit-là, il a été réveillé au milieu de la nuit par un horrible cauchemar : il a rêvé qu'il est tombé d'une falaise et il s'est tué en bas dans la mer. Une voix a commandé au touriste de ramener la pierre à sa place : “Ramène la pierre à sa place ! Ramène la pierre à sa place !” c'est la voix qui disait comme ça. Alors le touriste a couru jusqu'au *marae* (la même nuit), et le lendemain il a pris l'avion et il est rentré chez lui dans son pays. (Cette histoire-là, tout le monde la connaît.)

Les yeux de Tamatoa sortent presque de sa tête. « C'est vrai tout ce que tu racontes, Mamie ? »

« Il faut respecter les esprits qui gardent le *marae*, c'est tout. Ils sont là-bas, c'est pas une invention. » Materena signe le papier.

Puis, elle prend les pièces dans la boîte où il y a les sous, et elle met le papier et les sous dans une enveloppe.

Tamatoa est resté dans le *truck* de l'école. Il a dit au prof qu'il avait un peu mal à son ventre, mais la vérité c'est que Tamatoa n'avait pas envie de se promener sur le *marae*. Il avait peur.

Et Materena n'est même pas fâchée pour les sous de la sortie qu'elle a payés pour rien.

Elle dit à Tamatoa : « C'est mieux si on laisse les endroits sacrés tranquilles. »

38

Circoncision

Pito avait douze ans quand il a été circoncis. Son père l'a emmené à l'hôpital et pendant une bonne semaine Pito ne pouvait pas porter de short parce que son *moa* était enflé et douloureux. Il était obligé de mettre un *pāreu*.

Et maintenant Pito veut emmener Tamatoa à l'hôpital pour la circoncision, mais il ne peut pas y aller sans la signature de Materena sur le papier d'autorisation, alors il vient pour lui demander de signer.

« Pito, tu n'emmènes pas mon fils à l'hôpital, son *moa* est très bien comme ça. » Materena continue d'étendre ses linges sur le fil. Elle ne jette même pas un coup d'œil sur le papier d'autorisation.

Pito insiste. Il dit qu'un *moa* circoncis est beaucoup plus pratique, parce qu'on n'a pas besoin de tirer la peau pour le laver comme il faut. C'est plus hygiénique et comme ça le *moa* ne sent pas mauvais. D'après Pito, Tamatoa sera très reconnaissant si elle signe l'autorisation de circoncision. Aucun homme n'a envie de passer sa vie entière avec un *moa* mal lavé et qui sent mauvais, sauf peut-être les *Popa'ā*.

« Je vois pas ce que les *Popa'ā* viennent faire là-dedans. » Materena lance à Pito un regard furieux.

« Ah oui, excuse-moi, dit Pito. J'oublie toujours que ton père, c'est un *Popa'ā*. Mais la circoncision, c'est une affaire d'hommes. »

« Ah oui ? dit Materena. C'est ce qu'on va voir. »

Pito décide de donner à Materena une petite leçon d'histoire comme quoi, autrefois, c'est les pères qui emmenaient leurs fils chez le *tahu'a tehe*, qui était le spécialiste en circoncision, sans que les mères mettent leur grain de sel.

« Eh ben, ça, c'était autrefois, dit Materena. Maintenant, c'est maintenant. Maintenant il y a le papier d'autorisation et les mamans elles signent si elles ont envie. »

Pito maudit le papier d'autorisation et appelle Tamatoa qui est dans la maison. Tamatoa est auprès de son père dans la seconde qui suit.

« Tu a envie d'être un homme ? » demande Pito.

Tamatoa ne comprend pas la question. Il fait ses yeux ronds et prend son air idiot.

« Quoi ? s'écrie Pito. Tu n'as pas envie d'être un homme ? »

« Si, si. J'ai envie d'être un homme », se dépêche de répondre Tamatoa.

« Tu es au courant, pour la circoncision ? »

« Oui. » Tamatoa est un peu pâle, brusquement.

« Tu veux être circoncis ? »

Tamatoa prend son air comme quand il a du mal à avaler.

« Tu veux un *moa* qui pue pour le reste de ta vie ! » s'exclame Pito, énervé.

« Non », marmonne Tamatoa.

« Bon, tu veux être circoncis, alors. »

La réponse de Tamatoa est un petit murmure : « Oui. »

« Alors, demande à ta mère de signer le papier d'autorisation. » Pito tend à son fils le papier et le stylo.

« Mamie. Tu peux signer le papier d'autorisation ? » La demande de Tamatoa manque totalement de conviction.

Materena regarde son fils et voit la peur dans ses yeux. Elle devine que Tamatoa pense qu'elle va céder à Pito parce qu'il l'a vue céder si souvent. C'est vrai, elle a cédé à Pito souvent, mais elle n'a pas l'intention de céder aujourd'hui. Elle est bien contente que, maintenant, il y a un papier d'autorisation. Elle est sûre que c'est une femme qui a inventé ce papier.

« Pas besoin de me demander de signer le papier, Tamatoa. Ma réponse est non. Le jour où tu es assez grand pour décider tout seul, tu feras ce que tu as envie avec ton *moa*. En attendant, pour ton *moa*, c'est moi qui décide. »

Tamatoa fait un petit sourire discret à sa mamie, et repasse le papier d'autorisation et le stylo à son père. « Je peux aller, maintenant ? »

Pito le renvoie d'un geste. « Allez, va. Mais chaque fois que tes copains vont te moquer et t'appeler *moa taioro*, tu peux venir dire merci à ta mère. »

Leilani, qui est dans la cuisine, crie : « Alors, Tamatoa va être circoncis ? »

« Occupe-toi de tes affaires, Leilani ! » lui lance Pito.

Leilani arrive et demande à son frère s'il va être circoncis. Tamatoa explique à sa sœur que lui voudrait bien, mais Mamie ne veut pas signer le papier d'autorisation.

« C'est juste que ma copine, dit Leilani, on a circoncis son frère, mais le docteur il a mal fait et maintenant le zizi du frère de ma copine, il est comme ça. »

Leilani montre la taille du zizi du frère de sa copine. Ça fait à peu près deux centimètres.

« Maintenant il a vingt ans, continue Leilani. Et il ne peut pas trouver de copine pour lui. »

« C'est ça que vous passez votre temps à discuter à l'école ? Les zizis ! » Materena est moitié sérieuse et moitié elle rit.

« Mais non, Mamie, dit Leilani qui a honte maintenant. C'est juste ma copine qui m'a dit. »

« Je veux pas être circoncis, jamais ! » dit Tamatoa avec ses deux mains en coquille sur son zizi.

Pito chiffonne le papier d'autorisation et on dirait qu'il ne sait pas quoi dire. Bon, ben, il va aller se chercher une bière glacée.

Materena se tourne vers Tamatoa. « Et si on jouait aux billes, nous deux ? Allez, va chercher les billes. Il vaut mieux jouer dehors que dedans. Oh, et puis dis à ton petit frère de venir aussi. »

Materena aime bien jouer aux billes avec ses deux garçons.

Autrefois, à l'école, elle jouait aux billes, mais elle perdait toujours. Il y a des gens qui savent shooter leur bille droit dans le trou et il y a des gens qui ne savent pas faire. Pour Materena, c'est un mystère. Sa cousine Lily était très forte aux billes à l'école. Elle ne shootait jamais vraiment sa bille droit dans le trou, mais c'était toujours sa bille qui arrivait le plus près. Le succès de Lily tenait peut-être aussi au fait qu'elle ne jouait aux billes qu'avec des garçons et qu'ils étaient un peu distraits à cause de ses longues jambes musclées, à Lily.

Materena jouait aux billes avec les garçons aussi, mais sa bille n'arrivait jamais le plus près du trou. Materena ne compte pas gagner aujourd'hui non plus.

Elle joue seulement pour faire quelque chose avec ses garçons.

Pito décide de jouer aussi. Tamatoa distribue cinq billes à chaque joueur. On donne à Materena l'honneur de tirer la première.

Alors, les yeux fixés sur le trou, concentrée à cent pour cent, elle shoote sa bille. La bille de Materena fait un zig-zag et passe tout droit à côté du trou.

« Pas mal, Mamie », disent les garçons.

Pito secoue la tête. « Materena, c'est pas comme ça qu'on fait. »

Il lui conseille de bien le regarder faire, soi-disant il était le meilleur joueur de billes à l'école et personne n'a encore battu son record.

« Regardez bien le professionnel », dit-il en roulant la bille entre ses deux paumes. Il shoote, et sa bille file en ligne droite vers le trou où elle roule délicatement. Pito claque dans ses mains.

« C'est moi le meilleur », dit-il.

Les garçons jouent à leur tour. La bille de Moana manque le trou et il hausse les épaules sans rien dire. La bille de Tamatoa manque aussi le trou et il tape du pied.

C'est encore au tour de Materena. Elle fait tourner la bille dans le creux de sa paume. Elle fait ça un bon moment et Pito lui demande si c'est pour aujourd'hui ou pour demain.

« Pito, je tire quand je suis prête », répond-elle.

Elle shoote sa bille, qui zigzague et passe loin du trou.

« C'est mieux que le dernier coup, Mamie », disent les garçons.

Mais Pito secoue la tête. « Materena, c'est pas comme ça qu'on fait. »

Les garçons jouent à leur tour, puis c'est à nouveau le tour de Materena. Elle shoote et la bille passe droit à côté du trou.

« Tu te rapproches, c'est mieux », dit Moana qui a pitié de sa maman.

Pito crache dans ses mains et roule sa bille entre ses paumes. Il est sur le point de shooter quand Materena se met à siffler un petit air. Pito se plaint qu'il ne peut pas shooter quand on siffle à côté de lui. Ça l'empêche de se concentrer.

« *'Auē* Pito *ē* ! dit Materena en riant. C'est pas le championnat des billes. Il n'y a pas de médaille. »

« Pourquoi tu siffles ? Tu siffles pour m'empêcher de me concentrer, hein ? » Pito fixe Materena dans les yeux comme s'il lisait dans sa tête.

« Je siffle parce que j'ai envie de siffler », dit Materena.

« Alors, siffle une fois que ma bille est dans le trou », dit Pito.

Il shoote sa bille – droit dans le trou évidemment.

« Je suis le meilleur ! » Pito claque des doigts.

C'est maintenant la dernière bille de Materena et elle n'est pas fâchée que le jeu se termine. Elle a du travail à faire.

« Materena… » commence Pito.

Elle lève la main pour dire que les conseils de Pito ne l'intéressent pas. Pito continue quand même. À son avis, Materena ne devrait pas essayer de shooter sa bille droit dans le trou – c'est pas réaliste, comme objectif. À la place, elle devrait se concentrer à shooter la bille aussi près du trou que possible.

« Ah bon, dit Materena. On va bien voir. »

Materena ne roule pas la bille dans sa paume, elle ne concentre pas son attention sur le trou.

Elle shoote seulement.

La bille file droit dans le trou. Materena n'en croit pas ses yeux. Ses garçons se jettent sur elle en criant : « La bille à Mamie, c'est dans le trou ! »

La tête de Leilani apparaît à la fenêtre et elle crie : « Qu'est-ce qu'il y a dans le trou ? »

« La bille à Mamie ! » lui crie Moana.

« Ah. » Leilani retourne à ses occupations.

« Comment tu as fait ça ? » demande Pito à Materena.

Materena cligne de l'œil. « Ah mais, j'ai une technique moi aussi. Tu es pas le seul qui a une technique. »

Pito aimerait bien qu'elle recommence.

« Une autre fois », dit-elle.

Materena sait bien que, quand on réussit un coup comme ça, il ne faut surtout pas essayer de recommencer. Et puis c'est mieux de quitter la partie sur un coup réussi. Materena fait aussi comme ça quand elle joue au bingo à la paroisse. Dès qu'elle gagne, elle ramasse son prix et elle rentre à la maison. Quitter la partie quand on gagne, il n'y a rien de mieux.

Materena salue ses fils d'une révérence tandis que Pito lui jette un regard soupçonneux qui veut dire : C'est vraiment bizarre que ta bille elle est allée tout droit dans le trou comme ça.

« Mamie, la championne ! » crie Tamatoa en brandissant le poing, et Materena sourit à son aîné en pensant : C'est encore un gosse.

'Auē ! Cette histoire de circoncision, se dit Materena en regardant son fils qui dort à poings fermés. Quelle connerie !

Le jour où son frère à elle a été circoncis, il s'est

mis à faire le dur et à répondre à leur mamie. Il était beaucoup plus poli avant de se faire opérer son *moa*.

Et ça a été la même chose pour Pito, d'après les lamentations de Māmā Roti, qui l'avait un jour avoué à Materena. À ce qui paraît, avant, Pito était un garçon vraiment gentil qui aurait fait n'importe quoi pour sa mamie et il lui faisait tout le temps des câlins jusqu'au jour où son papy l'a emmené à l'hôpital pour la circoncision et Pito s'est mis à faire le dur. Finis les câlins pour Māmā Roti. Pito était trop occupé à faire gonfler ses muscles devant le miroir.

Mais tous les garçons ne sont pas comme ça, après la circoncision.

Mori, par exemple, il est toujours très gentil avec sa maman. Quand il passe devant un jardin et il y a plein de belles fleurs, bon, Mori va cueillir les fleurs. Après, il fait un joli bouquet et il donne à sa maman en disant : « Pour ma maman, la plus belle du monde. » Des fois, la maman de Mori elle lui dit : « Ah, mon fils, Dieu bénisse le jour où je t'ai mis au monde. » Et des fois elle dit : « Arrête un peu de voler des fleurs et va chercher un travail. »

Materena remonte une mèche sur le front de Tamatoa et l'embrasse une deuxième fois, légèrement, dans son sommeil.

39

La piscine

Il fait chaud et humide et les fourmis ont envahi la cuisine. Materena met le bol de sucre dans un autre bol à moitié plein d'eau. Les fourmis montent dans le bol avec l'eau et se noient. Il va pleuvoir bientôt, mais pour le moment la chaleur est insupportable.

C'est le week-end. Tamatoa et Leilani se disputent dans le salon à propos d'une gomme que Tamatoa a empruntée sans demander la permission, et Materena essaye d'ignorer leurs cris.

« Rends-moi ma gomme ! »

« Quand j'aurai fini ! »

Les cris redoublent et Materena n'en peut plus.

Elle attrape la cuillère de bois et gagne à grands pas le salon. Tamatoa et Leilani sont par terre. L'un cogne et l'autre mord. Ils aperçoivent la cuillère de bois et en deux secondes ils se relèvent et filent vers leur chambre. Malgré tout, Materena arrive à cingler une paire de jambes à la volée.

Mais quelle chaleur !

Elle est de retour dans la cuisine.

« Qu'est-ce que je peux bien faire ? » Materena parle toute seule. « Ah, je vais faire de la citronnade pour les gosses. »

Elle sort une bouteille d'eau froide du frigidaire et deux citrons. Elle verse l'eau froide dans la cruche de verre et remplit la bouteille d'eau au robinet pour une autre tournée de citronnade plus tard. Elle coupe les citrons et les presse dans la cruche jusqu'à ce qu'il n'y ait plus de jus. Puis, alors qu'elle est en train de mélanger le sucre, elle remarque deux ou trois fourmis en train de flotter à la surface. Elle les pêche à la cuillère et se remet à pester contre la chaleur.

« Et cette pluie, ça vient ? »

Elle appelle les gosses mais seul Moana arrive. Il a un crayon et du papier à dessin à la main.

« Tu fais des dessins ? » lui demande Materena.

« Oui, je suis en train de faire une piscine. »

« C'est bien, mon chou. » Materena sourit en se disant que c'est bizarre, cette piscine. D'habitude, Moana dessine toujours des arbres. Des arbres et des animaux.

« Et pourquoi tu dessines une piscine ? » Elle voudrait bien savoir.

« Parce que j'ai chaud ! »

Moana boit sa citronnade et retourne dans sa chambre pour finir sa piscine.

Et Materena décide de construire une piscine.

Elle a des carreaux de salle de bains. Ceux que Lily a offerts à la première personne qui l'en débarrasserait quand elle a recarrelé sa salle de bains. Materena a empoigné sa brouette et elle a couru chez Lily chercher ces carreaux gratuits.

Materena prend un bout de papier et un stylo, et elle s'assied à la table de la cuisine pour dessiner. Elle est carrée sa piscine. Un mètre par un mètre, et cinquante centimètres de fond. Materena regarde son plan un moment et conclut que sa piscine, c'est plus un bassin qu'une piscine.

Oui, mais un bassin d'un mètre par un mètre, c'est mieux qu'une bassine à lessive se dit Materena.

Le bassin va être dans le jardin, derrière près du frangipanier, et Materena attrape la pelle. Pito, qui s'entraîne sur son *ukulele* dehors, secoue la tête quand Materena passe devant lui, la pelle sur l'épaule.

« Tu vas faire quoi avec cette pelle ? »

Elle lui explique son projet et Pito se marre.

« Alors comme ça, tu es spécialiste bassins maintenant ? »

« Je n'ai jamais dit que je suis spécialiste bassins. » Materena aimerait bien que Pito se concentre sur son *ukulele* seulement.

« Mais tu sais ce que tu fais ? »

« Oh oui ! » Et pour prouver à Pito qu'elle sait ce qu'elle fait, Materena se met à creuser furieusement.

Pito appelle les gosses de venir regarder leur maman qui creuse un bassin et, en deux minutes, les trois gosses sont sur le chantier.

« Tu creuses un bassin ? » demande Moana.

Materena hoche la tête.

Les yeux de Moana se mettent à pétiller d'excitation et déjà il se déshabille. « Et ça va être fini quand ? »

« Bientôt. » Materena n'en doute pas une seconde.

Pito ricane, et Tamatoa se permet de ricaner aussi. Alors Leilani le prévient : « Tu n'as pas intérêt à mettre ton derrière dans le bassin de Mamie, Tamatoa. »

« Et le bassin, ça va être grand ? » demande Moana.

« Assez grand pour toi, Leilani et moi » répond Materena en regardant Tamatoa droit dans les yeux.

Elle continue à creuser. La sueur dégouline sur son front, sous ses bras, entre ses jambes. Elle n'avait jamais réalisé que ça serait si difficile de creuser un bassin. Elle continue à creuser et fredonne un petit air pour se donner du courage. Materena a une image bien nette de son bassin, quand il sera terminé. À son avis, quand on croit à ce qu'on fait, on ne peut pas rater. Et elle croit à ce qu'elle fait. Ce bassin, elle le veut de tout son cœur.

Ça y est, le trou est fini, et maintenant il faut disposer les carreaux au fond. Elle va chercher les carreaux, qui sont empilés derrière la maison. Leilani et Moana la suivent. Il y a plus de cent tuiles – plus qu'il n'en faut. Moana et Leilani proposent immédiatement de l'aider et, à tous les trois, ils apportent les carreaux jusqu'au trou.

Materena place le premier carreau et l'aplatit bien dans le sol.

« Tu crois l'eau ça va rester là-dedans ? » demande Pito.

« Ben oui. »

« Tu es sûre ? »

« Mais oui, je suis sûre. Pas de problème. »

« Tu crois pas que l'eau ça va fuir ? »

Les questions de Pito commencent à lui taper sur les nerfs, à Materena. « Non, je crois pas que l'eau ça va fuir, je crois que l'eau ça va remplir mon bassin. »

« Comme tu parles de ce bassin, c'est comme s'il est déjà fini, dit Pito. Mais moi je te dis, ce que tu fais ça sert à rien. Faut du ciment. »

Materena hausse les épaules. Pito, il peut parler – ça rentre par une oreille, ça sort par l'autre.

« On peut pas faire un bassin avec des carreaux, Papy ? » Tamatoa veut seulement une confirmation.

« Faut du ciment », dit Pito.

Tamatoa regarde sa mère et secoue la tête.

Materena passe un certain temps à disposer les carreaux bien régulièrement au fond du trou. Et maintenant, il est temps d'aller chercher le tuyau. Moana se précipite vers le robinet du jardin, l'ouvre, et revient en courant avec le tuyau à la main et un grand sourire sur la figure.

Materena remplit son bassin avec l'eau. L'eau s'échappe à travers les carreaux et disparaît dans la terre. Pito et Tamatoa échangent un regard entendu. Materena réajuste les carreaux mais l'eau continue à s'enfuir. Et en plus, maintenant, il y a plein de boue au fond.

Materena a vraiment honte mais, en regardant son visage, on ne devinerait pas qu'elle a envie de pleurer. En regardant son visage, on croirait qu'elle s'en fiche si son bassin ça va marcher ou pas.

« *'A ia !* dit-elle. C'est pas grave. On verra demain. »

« Ce qui faut, c'est… » commence Tamatoa.

Mais, d'un regard, Pito ordonne à son fils de se taire.

Materena a envie de casser les carreaux avec la pelle, mais c'est pas la peine de s'énerver. Il vaut mieux laisser seulement et on verra pour les carreaux plus tard. Elle va aller prendre une longue douche bien fraîche. Elle s'éloigne la tête haute, très digne, tandis que Pito et les gosses la regardent.

Moana se rhabille et soupire : « Pauvre Mamie ! »

Materena pleure sous la douche. Elle se donnerait des gifles, tellement elle est en colère. Qu'est-ce qui m'a pris de vouloir construire un bassin ? Un bassin, hein ! Espèce d'andouille. Elle en grince des dents. *Vahine ma'ama'a* ! Idiote carrée. Au lieu de sortir la grande bassine à lessive comme d'habitude. Quelle idée de créer des complications. C'est parfait, la bassine à lessive !

Materena n'est pas sûre si elle pleure parce que son bassin n'est pas devenu une réalité ou bien parce qu'elle a repensé à son mariage hier soir, le mariage qui n'aura jamais lieu, ce qui veut dire qu'elle va mourir un jour sans avoir ni la bague au doigt, ni le certificat de mariage encadré sur le mur. Materena ne comprend pas comment le mariage lui est revenu à l'esprit hier soir. Elle croyait vraiment que tout ça, c'était fini – qu'elle était guérie.

En tout cas, ça fait du bien de pleurer un bon coup.

Il y a un claquement de tonnerre, aussitôt suivi d'un autre. Des gouttes de pluie grosses comme ça s'écrasent en résonnant sur le toit de tôle et, en une minute, c'est le déluge. Dans le jardin, l'excitation grandit.

Puis c'est Leilani qui appelle : « Mamie, Mamie, viens voir ! »

Materena, qui croit que Pito a inventé un tour de magic avec le bassin, s'enroule dans une serviette et sort en courant par la porte de derrière pour voir ce qui se passe.

La pluie a rempli le bassin.

Leilani et Moana sont entassés dans le bassin et ils s'éclaboussent avec l'eau boueuse en riant, et ils repoussent Tamatoa chaque fois qu'il essaye de venir avec eux dans le bassin.

Materena n'est plus triste du tout.

Pas besoin de ciment quand on a la pluie !

40

L'adoption

Il continue à pleuvoir et, rien que d'écouter la pluie tambouriner sur le toit de tôle, ça rend Materena mélancolique. Et quand Materena est mélancolique, elle pleure. Cette semaine, elle s'aperçoit qu'elle pleure pour des riens, et même souvent sans aucune raison particulière. Par exemple, elle est en train de balayer et puis, d'un seul coup, c'est comme un déclic, elle se sent triste à pleurer. Mais aujourd'hui, c'est pour sa cousine Tepua qu'elle pleure.

Le surnom de Tepua, c'est Po'o Nevaneva, tête dans les nuages. Un jour, son cousin James lui dit : « Tepua, le pape est à Tahiti et il va dire la messe dimanche matin à la cathédrale à Papeete. » Le dimanche arrive et Tepua baigne ses gosses et les habille tous avec des beaux linges, et les voilà tous partis par-dessus le *truck* pour voir le pape à la cathédrale.

Mais aujourd'hui, personne n'appelle plus Tepua tête dans les nuages. Elle a eu un grand malheur. Voici l'histoire.

C'est un dimanche après la messe que Tepua a rencontré la femme *popa'ā* pour la première fois. La femme *popa'ā* a fait des compliments à Tepua sur ses gosses qui étaient si adorables dans leurs beaux linges blancs du dimanche. Ça ne l'a pas gênée, Tepua, que cette femme disc des choses gentilles sur sa famille, et elles ont continué à discuter juste à côté de l'église, le beau temps qui continue, le sermon du prêtre, le bébé de Tepua qui va arriver dans quatre mois (son sixième enfant) – et la femme *popa'ā* qui ne peut pas avoir de gosses…

La femme *popa'ā*, elle s'appelait Jacqueline, elle savait depuis longtemps qu'elle ne pouvait pas avoir de gosses et elle s'était résignée jusqu'au jour où son mari a été nommé à Tahiti. Mais ici, partout où elle allait, Jacqueline voyait des enfants. Il y avait même des enfants qui venaient la voir dans ses rêves.

Tepua a eu pitié de Jacqueline et elle l'a invitée à venir à la maison pour bavarder un de ces jours. Elle lui a bien expliqué où c'est : derrière le snack, quatrième maison, jaune et verte, et il y a une machine à laver devant. Tepua a expliqué que la machine à laver ne marchait plus.

Tepua a fait un grand ménage et ça tombait bien parce que Jacqueline est venue le lendemain matin. Elles ont discuté encore et quand Jacqueline est partie, Tepua a pensé : J'aime bien cette femme – la pauvre !

Jacqueline est revenue deux jours plus tard, et puis encore deux jours après, et puis c'est une machine à laver familiale toute neuve qui est arrivée. Tepua a dit aux livreurs qu'ils ont intérêt à bien vérifier l'adresse parce qu'elle n'a pas commandé de machine à laver familiale *'āpī*. Mais son nom était sur le bon de livraison avec le nom de son amie *popa'ā* – Mme Jacqueline Piètre.

Tepua était un peu fâchée après Mme Jacqueline Piètre parce que pas une fois elle ne s'était plainte devant elle de ne pas avoir une machine à laver qui marche et puis on ne fait pas cadeau comme ça à des gens qu'on ne connaît pas d'une machine à laver familiale toute neuve. Tepua voulait lui rendre la machine à laver, mais elle était *fiu* de laver à la main, et puisque sa nouvelle amie (sa sœur presque, maintenant) avait plein de sous à la banque…

Tepua a demandé à sa sœur *popa'ā* d'être la marraine de son bébé et cette dame, Jacqueline, a accepté tout de suite. En fait, elle est tombée à genoux et elle a couvert Tepua de bénédictions.

C'est après ça que les choses ont commencé à être bizarres. Cette Jacqueline, elle s'est mise à dire des drôles de choses – comme : elle avait mal au dos, les seins enflés, des nausées, des envies de fraises et de potiron. Elle s'est mise à faire des drôles de choses aussi – comme : elle voulait toujours caresser le ventre de Tepua et elle lisait des poèmes au bébé comme s'il pouvait entendre. Tepua se faisait du souci que sa sœur *popa'ā* était en train de devenir un peu folle.

Jacqueline avait consacré une chambre entière dans sa maison à son filleul. Elle avait acheté un berceau tout neuf avec une moustiquaire, des mobiles pour pendre au plafond, des jouets, des jouets et encore des jouets. Toute la layette était prête aussi, des choses chères, brodées.

Deux mois avant la date prévue pour son bébé, Tepua a rendu visite à sa sœur *popa'ā* pour la première fois. Jacqueline lui a fait visiter la maison et puis, d'une voix douce, en tenant Tepua par les deux mains, elle a prononcé le mot adoption.

Tepua a retiré ses mains aussitôt. « Je suis pas le genre de mère qui abandonne ses enfants. »

Jacqueline a insisté, elle disait que faire adopter, ça

ne veut pas dire abandonner ; que, bien sûr, l'enfant serait toujours à Tepua. Mais la nourriture, les vêtements, l'éducation, elle payerait tout ça. Elle répétait qu'elle voulait seulement être une marraine parfaite.

Pendant des nuits Tepua a réfléchi à la proposition, à la fois elle voulait et elle ne voulait pas – elle pensait à la machine à laver, elle pensait à la chambre avec le berceau, à sa vie à elle, une vie difficile, à tous les autres enfants qu'elle va avoir, six, peut-être sept. Tepua a demandé à Dieu de lui envoyer un petit signe et, le lendemain, elle est partie à la paroisse voir Père, lui demander si elle peut faire l'opération pour arrêter d'avoir des enfants, mais Père ne voulait pas lui donner l'autorisation parce qu'elle est en bonne santé.

Alors, Tepua a dit d'accord à Jacqueline, qu'elle pourrait garder le bébé dans sa maison, en sécurité derrière le portail électrique, et Tepua pourrait voir le bébé et le prendre quand elle voulait.

« Ma maison, c'est ta maison », Jacqueline a juré.

Et comme preuve, Jacqueline a confié à Tepua le code de son portail électrique.

Il y avait des papiers à signer – une simple formalité pour l'héritage, et après, M. Piètre a emmené le mari de Tepua dans un bar et il lui a payé le taxi pour rentrer à la maison.

La fille adoptive de Mme Piètre est née un samedi matin. Mme Piètre a eu des contractions et elle a poussé pour mettre son bébé au monde. Et quand le docteur lui a donné le nouveau-né aux cheveux noirs, à la peau brune, elle s'est écriée : « Oh, comme elle me ressemble ! »

Deux semaines après la naissance, Tepua a rendu visite à Mme Piètre, c'était sa deuxième visite. Elle a tapé le code et le portail électrique s'est ouvert. Alors elle a entendu son bébé pleurer et elle a couru à son secours.

Jacqueline n'a pas embrassé Tepua, elle l'a juste regardée de haut en bas, tout en tenant le bébé serré contre elle. Elle a dit : « Il vaut mieux que tu ne reviennes plus dans ma maison. » Elle n'a pas voulu que Tepua tienne le bébé.

Tepua est rentrée chez elle. Elle se sentait un peu perdue. Elle ne comprenait pas pourquoi Jacqueline lui avait parlé comme à une étrangère. Elles étaient des amies. Elles étaient des sœurs. Elle s'est dit : Peut-être que ma sœur est fatiguée à cause du manque de sommeil. Quand on ne dort pas, et avec le bébé qui pleure, on est énervé.

Tepua est retournée à la maison de Jacqueline deux jours plus tard. Elle a tapé le code mais le portail ne s'est pas ouvert. Peut-être c'était cassé. Alors Tepua a grimpé par-dessus le portail électrique, et elle a appelé : « Jacqueline ! Jacqueline ! Copine ! »

Jacqueline est sortie de la maison immédiatement. Elle s'est mise à crier comme une folle : « Sortez de chez moi ! C'est une propriété privée ici ! »

Elle est vite rentrée dans la maison pour appeler la gendarmerie et un gendarme est venu pour chasser Tepua de la propriété de Mme Piètre.

« Tu ne sais pas que c'est interdit par la loi de pénétrer sur une propriété privée ? » a dit le gendarme en prenant brutalement Tepua par le bras.

« J'ai été cambriolée trop de fois, monsieur, s'est plainte Mme Piètre. Il faut que ça cesse. »

Le gendarme était bien d'accord que le vol est un problème grave à Tahiti. Il a dit : « Le problème avec ces gens-là, c'est qu'ils confondent le verbe emprunter et le verbe voler. »

Tepua s'est jetée sur la machine à laver *'āpī* à coups de marteau. Puis elle a pris une hache et elle l'a démolie complètement, tout en pleurant à gros sanglots.

Personne de la famille ne lui a dit : « Hé, Po'o Nevaneva, pourquoi tu as signé les papiers ? »

Mori a ramassé la machine à laver démolie et il l'a envoyée à la décharge. Il a aussi ramassé la vieille machine comme il aurait dû faire depuis longtemps.

Il y a eu une réunion de prière hier soir chez Loana pour implorer Notre-Dame-Qui-Comprend-Tout qu'elle aide Tepua à faire son deuil. Lily a donné une sacrée gifle à Loma parce que Loma a dit : « J'arrive pas à croire que Tepua a abandonné son bébé. » Et Materena a pleuré à chaudes larmes comme si c'était elle la mère qui a perdu son enfant.

Materena est toujours en train de sangloter, mais voilà les enfants qui rentrent de l'école ; elle entend Tamatoa et Leilani qui se disputent sur le chemin. Materena se lève et se dépêche d'aller à la salle de bains pour laver ses yeux.

41

À la poubelle

Le soleil est revenu !

Après plus d'une semaine de pluie, ce soleil-là est un vrai soulagement pour toutes les mamans de Tahiti. Ça veut dire qu'on va enfin pouvoir faire sécher une grande lessive, ratisser les feuilles et envoyer les gosses jouer dehors pendant qu'on fait le grand ménage dans la maison.

Materena est en train de faire le grand ménage, mais elle râle.

Elle râle parce qu'elle est en train de ramasser des choses par terre, ce qui n'est pas ce qu'elle préfère dans le rituel du ménage, mais puisqu'elle ne supporte pas de voir traîner des choses par terre, elle passe son temps à les ramasser.

Et elle râle parce que Pito est sur le canapé en train de reposer ses yeux et rien que de le regarder, ça l'énerve. Quand elle fait le ménage, Materena aime bien voir tout le monde dehors. Normalement, Pito sort pour s'entraîner sur son *ukulele* à peine Materena a annoncé : « Je fais le ménage. » Mais, aujourd'hui, Pito a envie de rester sur le canapé et de reposer ses yeux. Materena essaye de faire comme s'il n'était pas sur le canapé, mais elle ne peut pas puisqu'il est là, étendu de tout son long.

« Hé, Pito, tu n'as pas envie de sortir dehors ? » demande-t-elle gentiment. Elle ne veut pas que Pito s'imagine qu'elle est en train de faire la loi.

Eh bien non. Pito a juste envie de rester là où il est.

Materena ramasse toutes les affaires des gosses qui traînent par terre et continue à râler. D'abord il y a le vieux robot cabossé de Tamatoa que Māmā Roti lui a donné pour ses dix ans, ensuite le peigne et les élastiques de Leilani, et puis la trousse de Moana.

Et plein d'autres choses qui n'ont rien à faire par terre dans le salon.

Pito dit à Materena qu'elle devrait jeter toutes les choses qui traînent par terre à la poubelle, parce que quand les choses ne sont pas là où elle devraient être, ça veut dire que personne n'en a plus besoin. Cette démonstration l'a mis en forme et il continue : si c'était lui qui s'occupait de la maison, dit-il, il y aurait seulement cinq fourchettes, cinq assiettes, cinq verres, cinq draps, cinq taies pour mettre les coussins, cinq tout ce qu'on a besoin.

« Et quand Mamie vient nous voir, hein ? Je vais lui donner quoi, comme assiette ? Une feuille de *pūrau* ? » Materena n'arrive pas à croire les bêtises de ce Pito !

« Un des gosses peut se débrouiller sans assiette en attendant qu'une assiette serait disponible », dit Pito.

Pito continue en disant qu'il obligerait les gosses à se doucher tout habillés, d'abord ça va économiser la lessive et aussi ils vont se rendre compte qu'ils ont intérêt à pas aller jouer dans la boue s'ils n'ont pas envie de frotter pendant des heures, après. Il obligerait aussi les gosses à plier leurs linges dès qu'ils vont les chercher sur le fil, comme ça pas besoin de repassage. Et pour le balayage, une fois par jour au lieu de cinq ou six, ça suffit bien.

« Tu balayes trop. » Pito dit ça souvent à Materena.

« J'aime balayer, et pourquoi tu parles de balayage, je ne me plains jamais du balayage. »

Pour Pito, le temps que Materena passe avec son balai, c'est du gaspillage de temps. Si Pito s'occupait de ça, pour faire le grand ménage les gosses mettraient une demi-heure, pas des heures comme elle.

« Pito, repose un peu tes yeux et repose ta bouche aussi. Je n'ai jamais demandé tes conseils. » Materena regarde sous le canapé pour voir ce qui traîne là-dessous.

« Je veux juste t'aider », dit Pito.

Materena dit à Pito de dégager du canapé s'il a vraiment envie de l'aider.

« D'accord. Bonne nuit. » Ce que Pito veut dire c'est : Fiche-moi la paix, je ne suis pas là.

Materena empile sur la table de la cuisine toutes les choses qui traînaient par terre. Puis, de la porte qui donne sur le jardin elle appelle les gosses en train de jouer dehors de venir ramasser leurs affaires immédiatement ou ça va aller droit dans la poubelle.

« Je suis sérieuse ! C'est pas une blague ! »

Les gosses viennent en courant récupérer leurs affaires.

« Et c'est à qui, ça ? » Materena tient entre deux doigts une chaussette sale.

« C'est pas à moi », répondent les gosses en chœur.

« Okay. À la poubelle. Et ça ? »

Les gosses regardent le paquet vide de bonbons chinois et répondent en chœur : « C'est pas à moi. »

« Okay, dit Materena. Dehors, *'aiu mā*. Je vous appelle quand vous pourrez rentrer dans la maison. »

Les affaires de Pito sont encore sur la table, et Materena sait qu'il pense : Elle va pas jeter mes affaires, quand même ; *'ē pa'i*, c'est toujours elle qui ramasse derrière moi. Materena met les savates de Pito et deux numéros d'*Akim* dans la poubelle. Plus tard, elle récupère les savates. On ne jette pas les savates. Pito a besoin de ses savates. On a tous besoin de nos savates. Mais les *Akim*… ça, c'est pas vraiment important.

Materena est très contente d'elle. Elle n'a jamais jeté les affaires de Pito à la poubelle avant, mais il y a un commencement à tout. Non pas que ça risque de devenir une habitude chez elle comme chez sa cousine Rita. Rita, elle jette les affaires de Coco dans la poubelle chaque fois qu'elle est fâchée après lui.

Materena attaque le balayage. Elle balaye sous le canapé et pendant une seconde elle est tentée de donner un coup de balai sur la tête de Pito. Juste à ce moment-là, il ouvre les yeux.

En deux heures, le nettoyage de toute la maison est terminé, et Materena est satisfaite. Elle appelle les gosses qu'ils peuvent venir dans la maison maintenant s'ils veulent. Ils viennent parce qu'ils ont faim et ils mettent la cuisine sens dessus dessous.

Il fait nuit lorsque Pito demande à Materena si elle a vu ses *Akim* – les deux derniers numéros.

Materena tourne le dos à Pito. « Tu as regardé sur le frigidaire ? »

« Je laisse jamais mon *Akim* sur le frigidaire. »

Pito va voir quand même, puis il revient. Ses *Akim* – les deux derniers numéros – ne sont pas sur le frigidaire.

« Et sous le canapé, tu as regardé ? » Materena fait semblant de chercher quelque chose dans le garde-manger.

Il va vérifier sous le canapé.

« Sous le lit *paha* ? Au cabinet ? Derrière la télé ? » dit Materena.

Pito a l'air énervé. « On a dû les prendre, c'est les gosses », dit-il.

« Hé, n'accuse pas les gosses ! Accuse ta mémoire. »

Pito se gratte la tête, il essaye de se rappeler la dernière fois qu'il était avec ses *Akim*, mais le passé est flou. « Tu es sûre que tu as pas vu mes *Akim* en faisant le ménage ? »

Materena, le dos toujours tourné à Pito, dit qu'elle est parfaitement sûre, cent pour cent sûre. Si elle avait vu les *Akim*, elle les aurait mis dans la chambre, dans le carton avec les autres, comme d'habitude.

« Tu n'as qu'à ouvrir les yeux, et tu vas les retrouver, tes *Akim* », dit-elle.

« C'est bizarre que tu sais pas où sont mes *Akim*. D'habitude, tu sais toujours tout où c'est. »

« *E hoa e ra !* dit Materena avec un sourire. Faut pas toujours compter sur moi. Je ne suis pas parfaite. »

« Une femme, elle sait toujours où c'est les affaires de son mari ! » Pito est furieux, toujours pas moyen de trouver ses *Akim*.

Materena pivote et fait face à Pito. « Qu'est-ce que tu racontes ? Tu n'es même pas mon mari. Je vois pas la bague sur mon doigt. »

Pito sort de la cuisine en claquant la porte.

42

Mots d'amour

« C'est la journée idéale pour bronzer. » Rita déroule le *pē'ue* et l'étale sur l'herbe.

Materena est d'accord que c'est une journée idéale pour bronzer. Elle s'installe sur le *pē'ue* avec ses coussins.

Rita s'occupe maintenant d'étaler sur ses bras et ses jambes un mélange d'huile d'arachide et de sauce soyou.

« On m'a donné ce truc, c'est Lily, explique-t-elle à Materena. Normalement, ça fait noire la peau plus vite. »

« Cousine, tu as déjà la peau noire. » La recette n'a pas trop l'air d'intéresser Materena.

Rita a fini de se tartiner. Elle s'allonge près de Materena, et elle attaque immédiatement le saladier de chips et la crème d'avocat qu'elle a apportés.

Après plusieurs bouchées, Rita demande à Materena si elle va attaquer les chips aussi. Parce que elle, elle a pas envie de manger toutes ces chips toute seule. Materena déclare à Rita qu'elle n'a pas envie de manger les chips.

« Bon, et les mangues salées ? demande Rita. Tu vas en manger ? »

« Non, ça va. »

Materena tourne la tête vers Rita et elle tente de sourire. Depuis que Rita est arrivée, Materena a fait celle qui est de bonne humeur, mais elle n'a plus envie de faire semblant d'être joyeuse.

Materena est malheureuse.

Elle n'arrive pas à sourire.

Elle se sent si déprimée. Elle voudrait en parler à Rita, elle aimerait bien parler à Rita de la demande en mariage de Pito le soir où il était bourré, mais Rita, elle s'en fiche, c'est sûr. Qui ça va intéresser d'entendre Materena raconter qu'elle a été assez bête pour prendre au sérieux la demande en mariage de Pito, qu'elle est allée jusqu'à demander les tarifs pour le gâteau de mariage, la musique, la limousine pour l'église et la balade autour de Papeete ? C'est toute une histoire, une très longue histoire. Une vraie saga, oui. Il y a des choses qu'il vaut mieux souffrir seule.

Sans compter qu'en plus Pito n'aime plus Materena. S'il l'a jamais aimée.

Hier après-midi, Materena a feuilleté les albums de famille et, sur toutes les photos de famille (peut-être pas vraiment toutes, mais presque), Pito s'ennuie, il a un air distant ou énervé. Il a l'air de ne pas vouloir être là, de ne pas vouloir cette femme et ces enfants, cette famille. Mais quand il est avec Ati, alors Pito affiche un grand sourire. Il sourit aussi quand il a bu deux trois bières, mais ces photos-là n'intéressaient pas Materena parce que, quand on boit, on voit tout en rose.

Materena a bu un peu hier soir et elle a écouté sa nouvelle cassette de chansons d'amour. Elle s'est couchée un peu plus heureuse, mais en se réveillant ce matin, elle était déprimée.

Leilani a demandé avant de partir à l'école : « Mamie, ça va ? »

Et Materena a dit : « Ah, casse pas la tête, ma fille. C'est que des histoires de bonne femme. »

Maintenant, Materena a les lèvres qui tremblent.

Rita regarde Materena plus attentivement. « Il y a quelque chose qui ne va pas. »

« Fais pas de souci pour moi. »

« Si j'ai envie de me faire du souci pour toi, Cousine, ça me regarde, non ? » insiste Rita.

« Tu vas te moquer. »

« Moi ! s'exclame Rita. Moi, je vais te moquer ! Je me moque quand tu fais l'idiote, mais je vais pas me moquer quand tu es malheureuse. » Elle plisse les yeux. « Ça a à voir avec Pito ? »

Materena ne dit rien.

« C'est lui, hein ? demande Rita. Qu'est-ce qu'il a fait ? Il a regardé une autre femme ? »

« C'est pas ça. »

« Alors, qu'est-ce qu'il a fait ? »

Materena soupire : « C'est plutôt ce qu'il a pas fait. C'est plutôt ce qu'il n'a jamais fait. »

« Okay, Materena. » Rita pousse le saladier de chips de côté. « Je ne bouge pas de ce *pē'ue* tant que tu ne m'as pas raconté l'histoire. Je suis sérieuse. S'il faut rester là trois jours, je reste. »

« Il ne m'a jamais dit "je t'aime" » dit Materena.

Les yeux de Rita s'arrondissent : « Jamais ? Même pas une fois, même pas quand vous avez commencé à sortir ensemble vous deux ? Quand les hommes disent toutes sortes de choses gentilles juste pour te sauter ? »

« Jamais. » Materena se rappelle que ça n'était pas vraiment Pito qui voulait la sauter. C'était plutôt elle qui voulait de lui.

« Pourquoi ça te rend malheureuse aujourd'hui ? Et pas le mois dernier ? Ou l'an dernier ? » demande Rita.

Materena raconte l'histoire à Rita.

Avant-hier soir, elle était en train de nettoyer son four et d'écouter la radio, et puis il y a eu l'émission pour dédicacer les chansons d'amour. Elle écoute toujours cette émission parce qu'elle aime les chansons d'amour, ça la rend jamais triste. Mais avant-hier soir, rien qu'en écoutant tous ces gens, tous ces hommes qui déclaraient leur amour à leur femme à la radio pour que toutes les îles soient au courant... eh ben, Materena, ça l'a rendue triste.

« Mais tu sais bien, dit Rita, toutes ces dédicaces de chansons d'amour, c'est pas forcément vraiment vrai. Il y a des hommes ils appellent la radio pour déclarer leur amour à leur femme, mais c'est seulement parce que la femme elle est debout à côté le téléphone, et l'homme, il a intérêt à téléphoner. En fait, je connais une femme, c'est elle qui fait le numéro de téléphone elle-même pour être sûr que son *tāne* il est pas en train de discuter avec l'horloge parlante pour faire croire qu'il discute avec l'homme de l'émission de dédicaces... Et Giselle, elle fait ça aussi. »

Materena sait déjà que leur cousine Giselle fait ça aussi. Et Giselle aussi elle choisit les chansons d'amour que son copain doit lui dédicacer à la radio.

« Comment ça se fait avant-hier soir les dédicaces des chansons d'amour, ça t'a rendue triste ? » demande Rita.

Materena dit à Rita que ça a peut-être quelque chose à voir avec la chanson d'amour qu'elle a entendue dans le *truck* en revenant du travail. C'était une chanson tellement belle. En fait, toutes les femmes qui étaient dans le *truck* se sont mises à pleurer et une des femmes elle avait bien quatre-vingts ans.

« C'est quoi la chanson ? » Ça a l'air d'intéresser Rita, même si elle n'aime pas vraiment les chansons d'amour.

« *La Vie en rose* » dit Materena.

Rita ne connaît pas cette chanson et elle aimerait bien que Materena lui chante pour elle. Mais Materena peut faire encore mieux que ça.

Elle a acheté la cassette hier. Elle est allée au magasin de musique et elle a juste dit à la vendeuse : « Je veux acheter, tu connais *pa'i*, la chanson *La Vie en rose*. » Et la vendeuse, elle a su tout de suite quelle chanson Materena voulait.

Donc, Materena court à la cuisine chercher sa radio. La cassette de *La Vie en rose* est déjà dans la radio. Materena a écouté cette chanson au moins vingt fois hier soir. Et Pito, ça le rendait fou. Il disait : « Je commence à être *fiu* d'entendre cette femme, avec sa voix enrouée. »

Materena va chercher les piles dans sa chambre et elle les met dans la radio. Elle rembobine la cassette encore une fois – *La Vie en rose* est la première chanson de la bande.

« Voici la chanson, Rita. » Materena appuie sur *play* et ferme les yeux. Et Édith Piaf commence à chanter comme quoi quand son amant la prend dans ses bras et qu'il lui parle tout bas, elle voit la vie en rose. Il y a une grosse boule dans la gorge de Materena parce que Édith, elle chante vraiment comme une femme amoureuse, une femme qui est aimée aussi ; elle chante l'amour et la passion de son homme – son homme qui lui dit des mots d'amour, des mots de tous les jours. Et c'est lui pour elle et elle pour lui – et ça c'est pour la vie ! De grosses larmes roulent sur les joues de Materena.

« Bon d'accord, ça suffit maintenant. » Rita appuie sur le bouton *stop*.

« Tu n'aimes pas cette chanson ? » demande Materena, incrédule, tout en s'essuyant les yeux.

Rita grimace. « Tu me connais. Je préfère les chansons qui me donnent envie de danser. Cette chanson-là, elle me donne envie de dormir. »

Rita est rentrée chez elle depuis longtemps et tout le monde est à la maison maintenant. Materena décide de grimper dans l'arbre à pain cueillir un *'uru*. Pito est dehors en train de s'entraîner sur son *ukulele*, et rien que le son de l'instrument suffit à énerver Materena. Elle a envie de dire à Pito qu'il ne sera jamais capable de jouer le *ukulele* comme il faut parce qu'il n'a pas l'oreille et il faut avoir l'oreille pour jouer la musique, comme son cousin Mori par exemple.

Mais Materena ne va rien dire du tout. Elle va juste grimper le *tumu 'uru* de plus en plus haut.

C'est vrai qu'elle a demandé à Pito de lui cueillir un *'uru* et il a dit : « Oui, une minute. » C'était il y a une demi-heure et Materena n'a pas envie d'attendre une minute de plus.

Materena est maintenant à environ un mètre et demi au-dessus du sol et elle pense qu'elle pourrait tomber d'un *speedboat* et Pito ne se jetterait même pas à l'eau pour la sauver. Elle pourrait mourir demain et Pito ne porterait même pas le deuil un an.

Elle pense que Pito ne l'aime pas ; pour lui, elle est juste une habitude. Un arbre, une table, une cuillère.

Elle a envie de ramasser les affaires de Pito et de le renvoyer chez sa mère.

Parce que, plus que toutes les autres choses qu'elle aimerait dans la vie, elle aimerait qu'on l'aime.

Une branche craque. Materena tombe et elle tend les bras pour attraper une autre branche.

« Pito ! » Cet appel vient du fond du cœur de Materena.

Elle atterrit sur son derrière et ça fait mal. Et voici Pito qui se précipite vers elle. Materena n'est pas sûre si c'est la douleur qui lui fait voir Pito qui court au ralenti.

Il est près d'elle maintenant. « Ça va ? Et tes jambes, bouge un peu tes jambes, tu peux les bouger, tes jambes ? Quelle idée d'aller grimper dans cet arbre ? J'ai dit je vais cueillir le *'uru*, j'ai dit une minute. Qu'est-ce que tu essayes de faire, là ? » Pito a la voix inquiète et il a l'air inquiet aussi.

Et puis Pito regarde Materena dans les yeux, profondément.

Oh, elle s'aperçoit que le regard de Pito, c'est… le regard de l'amour.

Pito ouvre la bouche pour dire quelque chose mais ça reste coincé.

Finalement il lâche : « Andouille de bonne femme. »

Materena hurle de rire et donne une bourrade sur l'épaule à Pito.

43

Le freezer

Une semaine plus tard, Rita rend une autre visite à Materena. Elle klaxonne et bientôt Materena et ses gosses sont dehors. Les deux cousines s'embrassent, et les gosses louchent sur les sacs plastique que Rita tient à la main. Rita apporte toujours quelque chose pour les gosses de Materena.

Rita embrasse les gosses et leur ébouriffe les cheveux. « Tiens. » Elle leur donne chacun un sac. « Juste un petit quelque chose de la part de Tatie Rita pour vous autres. »

Puis Rita dit c'est stupéfiant ce que les gosses ont grandi depuis qu'elle les a vus la dernière fois. Elle complimente Leilani pour le noir brillant de ses cheveux, Tamatoa pour la force de ses muscles, et Moana pour ses beaux yeux verts. Elle taquine Leilani pour son petit copain secret et les garçons pour leur petite copine secrète.

Mais tout ce que les gosses veulent, c'est ce qu'il y a dans le sac. Parce qu'il y a toujours quelque chose à manger avec Tatie Rita.

« Okay, *mea mā*. » Rita libère les enfants d'un geste de la main. « Allez manger votre *escrime* avant que ça fonde. Il y a aussi du yaourt fraise et des Twisties. »

Les enfants disparaissent en un éclair.

Materena et Rita vont dans la cuisine. Rita laisse tomber sur la table le sac de saloperies qui est réservé à elle et Materena, et elle a l'air assez surprise de voir un freezer dans la cuisine de Materena, coincé entre la table et le garde-manger.

Elle demande : « Tu as acheté un freezer ? »

« Assieds-toi, cousine répond Materena. Je vais te raconter l'histoire. »

Mais d'abord, il faut que Rita soulève le couvercle de freezer pour voir ce qu'il y a dedans. « Il n'y a rien dedans ton freezer. »

« Bien sûr il n'y a rien dedans, dit Materena. C'est pas branché. Tu as senti le froid quand tu as levé le couvercle ? »

Rita voit le fil électrique qui n'est pas branché. « Tu vas pas le brancher, ton freezer ? »

« Assieds-toi seulement, Cousine, et je vais te raconter l'histoire. »

Rita s'assied et elle sort du sac plastique une boîte de biscuits et du fromage par avion. Elle a apporté aussi des cacahuètes, des chips, et une bouteille de Coca.

« Je n'ai pas déjeuné, dit Rita. Allez, assieds-toi, on va manger. »

Materena attaque le fromage par avion, puis commence son histoire du freezer. « La semaine dernière, Pito me dit qu'il a acheté quelque chose pour moi. Quelque chose de gros, et que ça va me plaire. Alors j'ai cru qu'il m'a acheté une armoire… »

« Pourquoi tu as cru ça ? » demande Rita.

« Parce que la semaine avant la semaine dernière, explique Materena, j'ai dit à Pito que j'aimerais bien une armoire *'āpī*… pour les linges et les draps, tout ça. En ce moment c'est tout dans des cartons et je suis un peu *fiu* de ces cartons dans la chambre. »

« Oui, okay, continue l'histoire. »

« Oui, alors quand Pito m'a dit qu'il a acheté quelque chose pour moi et c'est gros, j'ai pensé tout de suite qu'il voulait dire mon armoire. J'ai essayé de lui faire dire, mais il voulait me faire une surprise. Il m'a dit : "Tu vas faire des yeux gros comme ça." »

Rita regarde le freezer et elle lève ses sourcils épilés.

« J'ai demandé à Pito comment il a payé la grosse surprise, continue Materena. Et il a dit : "Casse pas la tête, c'est tout arrangé." Je vais te dire, Cousine, c'est vrai, j'ai fait des yeux gros comme ça quand les livreurs ont apporté ce freezer : j'étais tellement contrariée. »

« Pourquoi, parce qu'il était tellement gros ? » dit Rita.

« Non, Cousine. Je n'étais pas contrariée par la grosseur du freezer. J'étais contrariée par le freezer, point final. Pense un peu. On achète un freezer quand on mange plein de viande, mais nous, on mange pas plein de viande, on mange plein de *punu pua'atoro*. »

Rita opine. Elle sait tout de la situation financière de Materena. Le corned-beef, c'est pas cher.

« Je voulais dire à Pito de renvoyer ce freezer, continue Materena. Mais quand il est rentré à la maison, il a dit : "Alors Materena, tu es contente du freezer que j'ai acheté pour toi ?", j'ai dit oui. Pas possible de lui dire la vérité. Alors Pito m'a raconté que le freezer, avant, c'était à un collègue, c'est pour ça il l'a eu pour pas cher. Dix mille francs, à rembourser petit à petit. »

« Ah oui, dit Rita. Dix mille francs pour un freezer, c'est vraiment pas cher. Pito a fait une affaire. »

« Dix mille francs pour un freezer qui marche pas,

je trouve pas que c'est pas cher. Je trouve que c'est du vol ! »

« Ah bon, ça marche pas ? »

« Non, c'est tombé en panne au bout de deux jours. »

« Deux jours ! » Rita s'étrangle presque sur ses cacahuètes.

« Oui, Cousine, deux jours. »

« Bon, mais on n'a qu'à faire réparer, non ? » suggère Rita.

« Eh oui, on a fait venir un réparateur de freezer pour voir la panne, et tu sais ce qu'il a dit ? »

Avant que Rita puisse deviner ce qu'a dit le réparateur de freezer, Materena continue : « Il a dit : "Envoyez ce tas de merde au dépotoir." »

« Non ! » Rita est triste pour Materena.

« Si ! C'est comme ça qu'il a dit, il nous a dit : "Envoyez ce tas de merde au dépotoir." » Materena jette au freezer un regard plein de rancune.

« Et Pito, il a récupéré ses sous ? Ce qu'il avait déjà payé à son collègue ? Combien il lui avait donné ? »

« Deux mille francs. »

« Et Pito a récupéré ses deux mille francs ? »

La conversation est interrompue.

Moana est dans la cuisine. Il saute dans le freezer et avant de refermer le couvercle, il dit à Materena et Rita : « Faut pas dire à Tamatoa je suis dans le freezer, d'accord ? On joue à cache-cache. »

« Moana, dit Materena. Sors du freezer. Tu pourrais t'étouffer. Va te cacher derrière. »

« J'aime bien me cacher dans le freezer. » Moana bondit hors du freezer et sort en courant.

Deux secondes plus tard, Tamatoa est dans la cuisine à la recherche de Moana. Il va droit vers le freezer.

« Je sais que tu es dans le freezer, Moana. Tu te caches toujours dans le freezer. »

« Il n'est pas dans le freezer », dit Materena.

Tamatoa soulève le couvercle, juste pour être sûr.

« Je ne t'ai pas dit que Moana n'était pas dans le freezer ? » dit Materena.

Mais Tamatoa est déjà dehors et il crie : « Je sais où tu es, Moana ! »

« J'ai dit à Pito de demander à son collègue de lui rendre les deux mille francs. » Materena reprend le fil de sa conversation avec Rita. « Mais Pito a refusé. Il a dit : "Quand j'ai acheté le freezer il marchait parfaitement. Je peux pas demander à mon collègue de me rembourser." En fait, Cousine, Pito va finir de payer le freezer complètement. »

« Hum, dit Rita. C'est ça le problème quand tu achètes quelque chose à quelqu'un que tu connais au lieu d'acheter directement au magasin. C'est difficile de se faire rembourser. »

« Oui, c'est ça le problème. » Materena est d'accord.

« Alors, vous allez envoyer le freezer au dépotoir ? »

« Ben oui, qu'est-ce que tu veux qu'on fasse d'un freezer qui marche pas ? Mori a un collègue qui a un camion et Mori lui a rendu des services, alors il va envoyer le freezer au dépotoir pour nous. »

Rita regarde le freezer. « C'est dommage que ça marche pas. »

« C'est dommage et en même temps c'est pas dommage. À quoi ça sert d'avoir un freezer si la seule chose que tu as à mettre dedans, c'est des baguettes de pain ? D'une certaine manière, je suis contente que le freezer est tombé en panne. J'étais un peu *fiu* d'avoir à décongeler toutes ces baguettes. »

Les deux cousines éclatent de rire.

« En tout cas, continue Materena, j'espère que le collègue à Mori vient bientôt parce que j'en ai marre de ce freezer en panne dans ma cuisine. Mais le camion du collègue à Mori est au garage en réparation en ce moment. »

Rita regarde à nouveau le freezer et sourit. « J'ai une idée. Tu veux que je te dise ? »

« C'est pour le freezer ? »

« Oui, Cousine. »

« Tu connais quelqu'un qui peut l'envoyer au dépotoir pour nous demain ? »

« Hé, peut-être tu vas plus avoir besoin du tout d'envoyer le freezer au dépotoir. »

Materena écoute l'idée de Rita et, au début, ça la fait rire mais petit à petit ça a l'air de tenir debout.

« Okay, on y va. » Materena est déjà debout et elle se frotte les mains d'excitation.

Alors les deux cousines commencent à pousser le freezer vers la chambre. C'est un peu lourd, alors Materena appelle les gosses à l'aide. Ils arrivent et, avant qu'ils aient le temps de demander pour quoi faire, Materena leur dit qu'ils doivent aider à pousser le freezer jusque dans la chambre et de ne pas poser de questions.

Le freezer est dans la chambre de Materena maintenant. Materena le passe à l'eau de Javel et puis Rita essuie l'intérieur du freezer avec un chiffon humecté d'eau de Cologne.

Bientôt elles prennent les linges et les draps, tout ça, dans les cartons pour mettre dans le freezer. Puis Materena couvre le freezer avec un vieux *tīfaifai* et Rita sort choisir une plante en pot pour décorer dessus.

Là !

Rita et Materena, assises sur le lit, admirent la nouvelle commode.

« Tu es géniale, Cousine. » Materena est vraiment épatée par l'idée qu'a eue Rita. Jamais elle n'aurait pu trouver ça toute seule.

« Ah, Cousine. Suffit de réfléchir un peu », dit Rita. Puis elle pouffe : « C'est ton Pito qui va faire des yeux gros comme ça quand il va voir ta nouvelle armoire. »

Materena pouffe aussi : « *'Ē ho'i*, il voulait juste me faire plaisir. Je lui ai fait une grosse peur la semaine dernière. »

La tête de Rita pivote vers Materena. « Qu'est-ce tu as fait ? » Et avant que Materena ait le temps d'expliquer, Rita ajoute : « Tu as ramassé ses affaires et tu as jeté sur la route ? »

« Mais non, Rita. Je suis juste tombée de l'arbre dans le jardin, le *tumu 'uru*. »

« Tu es tombée de l'arbre ! Tu es tombée de haut ? Et ça va ? Tu as fait faire la radio ? »

« Mais oui ça va, sauf Pito, il a eu vraiment peur. C'est arrivé si vite quand je suis tombée. Il a cru que je me suis cassé quelque chose. »

Rita hoche la tête lentement : « L'homme, des fois, il a besoin de croire qu'il a perdu sa femme pour comprendre qu'elle est précieuse pour lui. »

« Alors peut-être il faut que je tombe de l'arbre plus souvent, hein ? » plaisante Materena.

« Va savoir, dit Rita. Peut-être il finirait par te demander en mariage. »

Materena se met à rire. « Il faudra que je me casse les bras, les jambes et la tête avant que ça arrive ! »

Le mariage, maintenant elle s'en fiche.

Materena se sent normale à nouveau – mais elle continue à payer tous les mois pour le grand lit *'āpī*.

Dès qu'il rentre à la maison, Pito remarque que le freezer n'est plus dans la cuisine.

« Ah, le collègue de ton cousin qui a un camion est venu ? » dit-il.

« Va voir dans notre chambre », dit Materena doucement.

Elle parle doucement parce qu'elle est inquiète et elle est inquiète parce qu'elle n'a jamais entendu dire qu'on peut transformer un freezer en commode et Pito ne va peut-être pas apprécier de se trouver matin et soir devant le tas de merde qu'il a acheté. Alors Materena suit Pito, tout en lui rappelant que le freezer est à elle, et ça veut dire qu'elle peut faire ce qu'elle veut avec.

Pito est dans la chambre. Il devine que le gros machin caché sous le vieux *tīfaifai*, poussé dans le coin de la chambre, c'est le freezer. Il regarde Materena et il va jusqu'au freezer. Il enlève la plante en pot et il soulève le couvercle du freezer. Il sent l'eau de Cologne et il voit les linges et les draps soigneusement pliés dedans.

« Alors ? » dit Materena d'une voix très douce.

Pito ferme le couvercle et remet la plante dessus. Il reconnaît que c'est une bonne idée.

Mais plus tard, au lit, Pito dit à Materena qu'il a vraiment honte qu'elle a un freezer comme commode.

« Casse pas la tête. Je l'aime bien, ma nouvelle commode. »

Okay, mais quand même, Pito a toujours honte et en fait – en tout cas c'est ce qu'il dit – il ne sera pas heureux tant que Materena n'aura pas une commode *'āpī*.

« Pito… » Materena serre son homme dans ses bras tellement elle trouve qu'il est gentil, ce soir.

« Je vais me trouver un deuxième boulot, déclare Pito. Travailler dur, ça me fait pas peur. Je me reposerai le jour où la mère de mes enfants aura une vraie commode. »

« Okay, d'accord », dit Materena, qui n'en croit pas un mot. Mais elle serre son homme aussi fort que si elle y croyait. C'est la chose la plus gentille que Pito lui a dite depuis une éternité.

44

L'Employé du Mois

« Je vais pas au travail aujourd'hui », annonce Pito.

« Et pourquoi ? » Materena connaît déjà la raison : Pito n'a pas envie d'aller au travail. Et il n'a pas envie parce qu'il n'a pas envie.

« C'est le ventre – j'ai un peu mal à mon ventre », dit Pito.

« Qu'est-ce qu'il a, ton ventre ? » Materena est persuadée qu'il n'a rien du tout, le ventre à Pito.

« Je t'ai dit, répond Pito. J'ai un peu mal à mon ventre. »

« J'ai mangé la même chose comme toi, et mon ventre il va très bien. »

« Peut-être c'est quelque chose j'ai mangé au snack hier après-midi. »

« Qu'est-ce que tu as mangé au snack hier après-midi ? » Là, Materena se rend compte qu'elle pose un peu trop de questions.

« *'A ia !* » Pito est énervé maintenant. « Tu crois c'est toi le docteur ou quoi ? Bon, je vais voir le docteur. »

Pito a besoin d'aller voir le docteur pour le certificat médical.

« Tu vas voir ton docteur ou mon docteur ? » demande Materena.

Pito lance à Materena le regard épuisé qui veut dire : C'est bientôt fini toutes ces questions ? « Mon docteur, bien sûr. Pourquoi j'irais voir ton docteur ? Il est très bien, mon docteur. »

« Ton docteur, il est très bien pour donner des certificats maladie. »

« C'est ce que je dis. Il est très bien. »

Et Pito explique comme quoi il a juste à dire à son docteur qu'il ne se sent pas en pleine forme aujourd'hui et son docteur va dire : « Combien de jours tu veux, Pito ? » Tandis que le docteur de Materena, il pose trop de questions, il ne croit pas que tu es trop malade pour aller au travail. Il n'y a pas beaucoup de malades qui vont le voir. Ils préfèrent attendre des heures chez l'autre docteur – celui qui comprend mieux.

« Tu téléphones à mon travail, okay ? » Pito reprend ses aises dans le lit. « Tu dis à la secrétaire du patron que je vais voir le docteur. »

« C'est toi qui téléphones à ton travail. Moi, je téléphone à personne. »

« Tu peux pas téléphoner en allant à ton travail ? Quoi, c'est difficile de faire le numéro de mon travail ? »

« Pourquoi tu peux pas téléphoner, toi ? »

« C'est pas les malades qui appellent le bureau, dit Pito. Il faut c'est quelqu'un d'autre qui appelle. Parce que, si tu téléphones au bureau toi-même, ça veut dire tu n'es pas vraiment malade. Les malades, il vont voir le docteur. »

« Je n'aime pas discuter avec la secrétaire de ton patron. » Materena sort du lit. Il faut faire le café.

« T'es pas forcée de discuter avec la secrétaire du patron, dit Pito. Tu lui dis juste : "Pito, il ne vient pas au travail aujourd'hui." »

Materena tire le *tīfaifai* du lit pour le plier. « Parce

qu'elle pose trop de questions cette femme-là. Elle répète tout le temps : "Mais qu'est-ce qu'il a, Pito ?" comme si elle ne me croit pas que tu es trop malade pour aller au travail. Et puis cette femme, elle a une voix qui m'énerve, elle parle du nez. »

« On devient pas la secrétaire du patron parce qu'on a une belle voix », dit Pito. Il tire le *tīfaifai* à lui, il ne se lève pas encore. « Tu lui dis juste que tu sais rien. Tu lui dis, à cette femme, que c'est pas toi le docteur. C'est ça, tu lui dis, à la secrétaire du patron, quand Pito va revenir au travail elle pourra voir le certificat maladie. »

« Je ne peux pas laisser le message avec Joséphine ? »

« Joséphine, c'est pas la secrétaire du patron. »

« Et qu'est-ce que tu vas faire toute la journée ? » demande Materena.

Et avant que Pito puisse répondre qu'il ne va rien faire que se reposer toute la journée, elle ajoute : « Et ne va pas à la pêche avec Ati. Tu n'as pas besoin d'un coup de soleil en plus. »

Et maintenant, deux jours plus tard, Pito, qui vient de rentrer du travail, dit à Materena qu'il a une nouvelle à lui annoncer.

Materena arrête de hacher les oignons. « Une nouvelle ? Une bonne nouvelle ou une mauvaise nouvelle ? »

Pito sort une bière du frigidaire et s'assied à la table de la cuisine.

« C'est quoi, la nouvelle ? » Materena est un peu inquiète.

Pito savoure sa Hinano.

« Pito ? »

« Je peux raconter mon histoire quand je suis prêt ? » dit Pito.

« Ah, parce qu'il y a une histoire à raconter ? » Maintenant, Materena est vraiment inquiète. Normalement, quand il y a une nouvelle et une histoire à raconter avec, c'est une mauvaise nouvelle. Normalement.

« Continue de hacher tes oignons et écoute », dit Pito.

« Elle finit bien, ton histoire ? »

Materena a envie de savoir tout de suite, mais Pito veut raconter son histoire depuis le début et, quand il arrivera à la fin, Materena comprendra mieux l'importance de la nouvelle.

Mais d'abord, Materena doit promettre à Pito qu'elle n'ouvrira pas la bouche pendant l'histoire parce que, chaque fois qu'elle ouvre la bouche quand il est en train de raconter une histoire, Pito perd le fil de son histoire.

Bon, voici l'histoire de Pito et de ce qui lui est arrivé aujourd'hui au travail.

Un collègue à Pito lui dit comme ça : « Le patron veut te voir. »

« Pourquoi il veut me voir ? » demande Pito.

Le collègue hausse les épaules, il ne sait pas pourquoi le patron veut voir Pito. Il dit à Pito que le patron a juste dit : « Va me chercher Pito – immédiatement. »

Le mot « immédiatement » inquiète Pito. Quand le patron veut te voir immédiatement – ça veut dire tu as un problème, tu as fait quelque chose qui ne lui a pas plu. Le dernier que le patron a demandé à voir immédiatement, il a été foutu à la porte. Pito demande à son collègue s'il est sûr que le patron a dit « immédiatement ».

« Oui, le patron a dit "immédiatement". »

Le collègue conseille à Pito de se présenter au bureau du patron immédiatement – et Pito se rend au bureau du patron… lentement. Il pense à toutes les heures supplémentaires qu'il a faites pour la boîte – sans prime. Eh oui, il arrive que Pito soit encore sur la scie électrique après quatre heures.

Pito pense aussi à ses jours de congé maladie.

Il se rappelle qu'il y a droit, aux congés maladie : si tu es jamais malade, eh ben il y a pas de prime pour ça. Pito n'est pas le seul à être malade. Tout le monde est malade un jour ou l'autre – le lundi en particulier a beaucoup de succès. Pito, lui, n'a jamais été malade le lundi. Le patron se méfie quand on est malade le lundi – ça, Pito a bien remarqué. Le vendredi aussi, c'est pas un bon jour pour être malade. Pito n'est jamais malade le vendredi.

L'avant-dernière fois que Pito a pris un jour de congé maladie, il est allé à la pêche avec Ati et il a attrapé un coup de soleil, pas grave. Mais il a travaillé deux fois plus les trois jours suivants. Sans discuter, complètement concentré sur sa machine.

Pito est sur le point de frapper à la porte du patron, mais il n'est pas encore prêt à affronter le patron. Est-ce qu'on va le foutre à la porte ?

Le dernier employé qui a été foutu à la porte n'a pas vraiment été foutu à la porte en fait. Il s'est fait engueuler sérieusement, ça l'a vexé et il s'est foutu à la porte tout seul.

Mais Pito aime son boulot. La paye est raisonnable. Il travaille pour cette boîte depuis si longtemps qu'il a du mal à s'imaginer en train de faire autre chose que de couper du bois. Il est habitué à couper du bois et il est habitué aux gens avec qui il travaille. Ses collègues, ses copains.

Et c'est son oncle qui lui a trouvé ce boulot parce qu'il connaissait le patron. Pas le patron maintenant – le patron avant. Et si son oncle était vivant aujourd'hui, il ne serait pas trop content que Pito soit foutu à la porte parce que quand tu fais jouer tes connaissances pour trouver un boulot à un neveu, le neveu, il doit garder ce boulot-là jusqu'à la retraite. C'est le prix à payer quand tu ne peux pas trouver de boulot sans qu'un oncle fasse jouer ses connaissances.

Pito est nerveux maintenant, il essuie la sueur de son front. Une autre fois qu'il a pris un congé maladie, celui avant d'aller pêcher avec Ati, il est allé boire un coup en ville – avec Ati.

Pito frappe – deux coups.

« Entrez ! »

Pito ouvre la porte et passe la tête dans le bureau. « Patron, vous voulez me voir ? »

« Entrez, asseyez-vous. » Le patron est en train de signer des papiers.

Pito entre dans le bureau et s'assied dans le fauteuil en face du patron. Pito regarde son patron dans les yeux. Il faut toujours regarder le patron dans les yeux. Si tu regardes pas le patron dans les yeux, ça veut dire tu as quelque chose à cacher.

« Vous aimez travailler ici ? » Le patron enlève ses lunettes.

« Oui, Patron », répond Pito.

Il a envie de dire à son patron que s'il n'aimait pas travailler ici, il aurait trouvé un autre travail – il connaît des gens, il a plein de cousins partout. Mais Pito ne dit rien, il s'applique seulement à regarder son patron dans les yeux.

Le patron sourit, il dit « ah ah », il tousse et puis il

ne dit plus rien et Pito est sûr qu'il va dire : « J'ai le regret de vous annoncer… »

Mais le patron commence : « J'ai le plaisir de vous annoncer… »

Le patron dit à Pito qu'il a été nommé Employé du Mois, et Pito est si heureux qu'il se lève pour serrer la main de son patron. Le patron continue en disant qu'il est toujours en train d'observer ses employés. Rien – absolument rien – n'échappe à ses yeux ni à ses oreilles. Il sait tout ce qu'il y a à savoir. Il regarde Pito dans les yeux et répète : « Tout. » Pito hoche la tête et pendant une demi-seconde ses yeux s'égarent au plafond, sur les lunettes (posées sur le bureau), sur les sourcils épais du patron, puis reviennent se fixer dans les yeux de son patron.

Le congé maladie qu'il a pris la fois avant d'aller boire un coup en ville avec Ati, Pito est allé boire un coup au bar de l'aéroport – avec Ati.

La prochaine fois qu'il prend un jour – il va rester à la maison, ça c'est sûr. C'est trop risqué d'être dehors quand tu devrais être dedans la maison à te reposer. Est-ce que le patron l'a vu au bar à l'aéroport ?

La prochaine fois qu'il prend un congé maladie, il prendra la précaution d'être malade.

« En tout cas, dit le patron en remettant ses lunettes, félicitations. »

Il espère que Pito ne lui fera pas regretter la décision qu'il a prise de le faire nommer Employé du Mois.

« Okay, Patron – merci, Patron. »

Pito raconte à ses collègues sa nomination comme Employé du Mois et ils disent : « C'est bon pour toi, Pito. » Il n'y aura pas d'arrosage au bar. La nomination n'est pas accompagnée d'une prime, Pito n'est pas obligé de payer une tournée générale.

Pito retourne à sa machine, et travaille deux fois plus vite.

Et avant de quitter le travail, il va au bureau d'accueil pour voir si sa nomination est affichée. La nomination de l'Employé du Mois est affichée dans le bureau d'accueil sur un panneau d'affichage. Les mots EMPLOYÉ DU MOIS sont tapés en lettres majuscules. Son nom est écrit à la main en-dessous – *Pito Tehana.*

Et Pito repense à l'affiche dans le *truck* en rentrant à la maison. Le système de nomination de l'Employé du Mois a été inauguré il y a trois mois, peu après le retour du patron, qui était allé à un séminaire. Le patron a convoqué tout le monde à une réunion spéciale à la cantine. Il a fait un discours comme quoi il faut que tout le monde fasse un effort pour assurer le développement de l'entreprise, parce que si l'entreprise gagne bien… les employés vont gagner bien aussi. Les employés ont applaudi, mais quand le patron a annoncé qu'il n'y aurait pas de prime avec la nomination, les employés ont arrêté d'applaudir et d'écouter. Pas la peine de faire une nomination de l'Employé du Mois s'il y a pas un peu de sous avec pour payer la tournée.

Quand même, Pito est très content de sa nomination. C'est mieux que d'être foutu à la porte.

C'est la fin de l'histoire de Pito et Pito regarde Materena. Il attend sa réaction à la nouvelle.

« Employé du Mois ! » Ça fait cinq minutes que Materena a envie de crier ces mots-là.

Elle va chercher une autre bière pour Pito.

« Moi je te dis, Materena, quand le collègue m'a dit : "Le patron veut te voir immédiatement", j'ai pensé, le patron il va me dire : "J'ai le regret…" »

« Ah bon, quand il y a “Immédiatement”, il y a “J’ai le regret” après ? »

« Ah oui, dit Pito. Mais le patron il m’a dit : “J’ai le plaisir…” »

« C’est bien alors, si ton patron t’a dit “J’ai le plaisir” au lieu de “J’ai le regret”. » Materena se remet à hacher les oignons.

« Oui, c’est bien. » Pito est d’accord.

« C’est un bon boulot, ton boulot, Pito », continue Materena.

« Je suis habitué là-bas. »

« C’est comme moi avec mon boulot. La maison de ma patronne, c’est comme ma maison. Je suis habituée dans sa maison, pour le nettoyage et tout. Je sais où c’est toutes les affaires. »

Materena allume le gaz, et met la marmite sur la flamme. Elle attend que la marmite chauffe et elle pense à la nomination de son *tāne* : Employé du Mois. Ça veut dire c’est un bon employé sur sa machine – c’est obligé. Oui, c’est un bon employé quand il a envie de travailler. Et quand on a une nomination comme ça, normalement on a une promotion plus tard, non ? Il n’y pas de raison que Pito ne devienne pas patron un jour. Pas le grand patron avec le grand bureau, mais l’autre, le sous-patron. Le numéro deux. C’est bon pour son avenir une nomination comme ça. Si jamais Pito est foutu à la porte, il pourra montrer sa nomination comme Employé du Mois pour chercher du travail.

« Et à la fin du mois, dit Materena. Qu’est-ce qu’on fait avec ton papier de nomination comme Employé du Mois ? On va te donner ? »

« Non, on donne pas. Ça reste dans les dossiers de la boîte. »

« Tu ne peux pas avoir un exemplaire ? »

« Il y a un seul exemplaire, et ça va dans les dossiers. »

Materena met l'huile dans la marmite et puis elle jette les oignons dedans. C'est bête que Pito ne peut pas avoir un exemplaire de sa nomination. Et s'il veut montrer à sa famille ? Et s'il veut mettre dans l'album de famille ?

Une idée vient à l'esprit de Materena.

Elle va aller faire une photo de la nomination.

Ça sera la preuve.

Le lendemain, en rentrant du travail, Materena s'arrête pour voir au travail de Pito. C'est agréable dans le bureau d'accueil avec la climatisation.

Il y a Joséphine, celle qui répond au téléphone, et elle sourit en voyant Materena. « Hé, bonjour, Materena. »

« Hé, bonjour, Joséphine. »

« Ça va les gosses ? »

« Ça va. Et ton Patrice, il court toujours comme un champion ? »

Patrice est l'aîné de Joséphine et Joséphine a raconté à Materena qu'il a gagné le cross à l'école.

« Ce gosse, je te dis, il adore courir. » Joséphine a un sourire jusque-là.

« Il y a des autres qui courent vite dans ta famille ? » demande Materena.

« Pas dans ma famille à moi. Mais le père de mon *tāne*, il courait pas mal à son époque quand il était facteur. À son époque, les facteurs, ils n'avaient pas de Vespa, ils couraient. »

« Eh oui alors, Patrice il a hérité ça de son grand-père. »

« Tu crois qu'on peut hériter des choses comme ça ? »

« Ah oui. » Materena a l'air convaincue. « Ça vient avec la forme des jambes. Ma cousine Lily, elle a été championne de course à pied et elle a hérité ça de son père qui était champion de course à pied autrefois aussi. »

Les yeux de Joséphine s'arrondissent. « Maintenant que tu me dis. Mon *tāne*, il a fait un peu de course à pied aussi. »

« Ah bon ? »

« Oui, il a eu deux ou trois médailles à l'école. »

« Eh ben, tu vois. Et Patrice, il veut faire coureur professionnel ? »

« Il ne m'a jamais dit. »

« Tu ferais mieux de lui demander. »

« Oui, je vais lui demander. Mais tu sais, samedi dernier, il y a eu une compétition entre les écoles de Tahiti au stade Pater et Patrice a gagné. »

« Ah non ! »

« Ah si ! » dit Joséphine.

« Quelle course ? »

« Le 800 mètres. »

« Quel champion ! »

Joséphine sourit tellement maintenant qu'on voit toutes ses dents. Et Materena sait que, dans moins de cinq secondes, Joséphine va lui montrer encore une autre photo de Patrice.

« Hé, Materena, dit Joséphine. Je suis pas le genre *fa'a'oru* mais – tu sais que mon fils, il est dans *Les Nouvelles*. Tu l'as vu ? »

« Non, moi je prends *Le Journal*. »

« Attends un peu. » Joséphine se dépêche d'attraper son sac de pandanus pour sortir *Les Nouvelles*. Elle tourne les pages à toute vitesse. « Tiens, là – regarde. »

Il y a la tête du fils de Joséphine – Materena le reconnaît à cause des photos que Joséphine lui a montrées avant. Cette photo-là, elle a dû être prise après la course : Patrice a l'air tout essoufflé. Materena la regarde pendant environ une demi-minute. Quand une maman montre une photo, on ne peut pas juste jeter un coup d'œil. Il faut regarder pendant environ une demi-minute, tout en souriant.

Bon, voilà. Materena referme le journal lentement, un dernier regard à la photo et encore un sourire – ça y est, le journal est refermé.

Joséphine remet le journal dans son sac. « Et qu'est-ce qui t'amène aujourd'hui ? »

D'habitude, Materena vient au travail de Pito le vendredi seulement, pour ramasser l'enveloppe avec la paye de Pito.

« Tu sais que Pito a été nommé Employé du Mois. » Maintenant c'est Materena qui a un sourire jusque-là.

Mais Joséphine ne répond pas au sourire de Materena. « Oui… et alors ? »

Materena regarde Joséphine dans les yeux : « Joséphine, tu sais bien de quoi je parle ? L'Employé du Mois ! »

« Ah oui, c'est bien, hein », dit Joséphine avec un petit sourire forcé.

« Tu te sens bien ? » demande Materena, perplexe.

Joséphine est toute pâle maintenant. « Non, je me sens pas très bien tout d'un coup. Mais ça va aller. C'est la climatisation. Ça va aller. »

« Tu crois je peux faire une photo de la nomination ? » demande Materena.

Joséphine jette un coup d'œil par-dessus son épaule et hoche la tête.

« Mais ne va pas dire à Pito que je suis passée,

okay ? dit Materena. Je ne veux pas qu'il croie que j'ai pas cru son histoire de nomination et que je suis venue juste pour voir de mes propres yeux. » Et Materena ajoute en chuchotant : « C'est bon d'avoir une photo… au cas où Pito se fait foutre à la porte un jour. »

« Ah oui. » Joséphine chuchote aussi. « Alors prends ta photo. Moi, je me remets au travail. »

La nomination de Pito est à moitié cachée derrière une annonce qui dit : « moto Suzuki à vendre, bon état, peut rouler, prix à débattre ». Materena remet le papier en place pour qu'on le voie mieux. Elle recule de deux pas, sort son appareil de son sac de pandanus, et immortalise la nomination de Pito trois fois.

Materena remercie Joséphine et sort du bureau. Mais, une fois dehors, Materena voit qu'il ne lui reste que deux photos pour finir la pellicule. Alors elle rentre dans le bureau pour finir sa pellicule, juste au cas où les autres photos seraient floues.

Il n'y a personne dans le bureau d'accueil, et Materena pense que Joséphine est aux toilettes. Materena va pour appuyer sur le bouton quand elle entend Joséphine en grande conversation avec quelqu'un. Et cette conversation intéresse beaucoup Materena parce qu'elle entend son nom au milieu.

« … la femme de Pito, Materena, elle est venue au bureau pour prendre une photo de sa nomination comme Employé du Mois et je n'ai pas pu lui dire non, parce que Materena, elle est vraiment gentille. »

« Joséphine ! » Materena reconnaît la voix de la secrétaire du patron, celle qui l'énerve parce qu'elle parle du nez, et on dirait qu'elle n'arrive pas à croire que Joséphine a laissé la femme de Pito prendre une photo de sa nomination comme Employé du Mois.

La secrétaire du patron explique que la nomination comme Employé du Mois, ça ne veut rien dire du tout. Que le patron a lancé ça parce que, au dernier séminaire où il est allé, ils ont dit de ne pas donner d'avertissement aux feignants parce que c'est une approche trop négative. À la place, ils ont conseillé de les nommer Employé du Mois parce que ça, c'est une approche positive. La secrétaire du patron dit que la nomination comme Employé du Mois, c'est juste pour que les feignants pensent qu'on s'intéresse à eux, comme ça ils travailleront mieux. Elle dit que les employés exemplaires, eux, on leur donne une augmentation.

« Je sais bien, dit Joséphine – on dirait qu'elle est un peu énervée –, mais je ne pouvais pas dire à Materena que la nomination comme Employé du Mois ça ne veut rien dire du tout. »

La secrétaire du patron dit qu'à l'avenir il sera interdit de photographier la nomination de l'Employé du Mois. Et aussi que les formulaires devront être détruits à la fin du mois parce que le patron ne veut pas qu'il reste des preuves de leur existence.

Materena se dépêche de prendre ses deux dernières photos de la nomination de Pito, et elle repasse la porte comme une flèche.

Les photos sont toutes bonnes, on voit bien les mots EMPLOYÉ DU MOIS, et le nom de Pito juste en dessous.

Materena choisit la meilleure et la colle dans l'album de famille, qu'elle remet dans la grande boîte à biscuits où elle range les choses précieuses à ne pas jeter.

45

La radio

Dans leur maison, il n'y a pas de règle qui dit : Ça c'est à Pito, ça c'est à Materena.

Par exemple il n'y a pas le canapé de Pito, la télé de Pito, la terre de Materena, le frigidaire de Materena, etc.

Mais quand même, la radio elle est un peu plus à Materena. C'est comme le *ukulele* : il est un peu plus à Pito.

Materena peut jouer le *ukulele* aussi souvent qu'elle a envie. Pas besoin de demander la permission à Pito. Mais c'est rare qu'elle s'entraîne sur le *ukulele*, elle préfère écouter la musique à la radio – et les chansons d'amour en particulier.

Et la radio de Materena, Pito peut prendre quand il a envie d'écouter la musique dehors, pas besoin de demander la permission à Materena. Pito écoute beaucoup la radio. Il aime écouter la musique quand il boit tout seul dehors, en dessous l'arbre à pain. Des fois, Materena appelle Pito de rapporter la radio sur le frigidaire parce qu'elle a envie d'écouter la musique pendant qu'elle fait la cuisine. Mais le plus souvent elle demande à Pito de faire fort le volume et de changer la station. Quand Pito est *fiu* d'écouter la musique à la radio (quand il n'y a plus de bière pour boire), il remet la radio à sa place, en haut sur le frigidaire.

Ce soir, Pito veut emmener la radio de Materena à sa réunion. La radio de son collègue qui fournit normalement la radio aux réunions, elle est cassée, et Pito a dit à ses collègues qu'il apporterait la radio à la prochaine réunion – qui est ce soir.

« Alors, on demande même pas la permission ? » Materena est un peu fâchée quand Pito lui dit qu'il va prendre la radio sans même lui demander avant. Elle aurait pu avoir l'intention d'écouter la radio ce soir.

« Quoi ? Maintenant il faut demander la permission ? J'ai jamais demandé la permission pour prendre la radio avant. »

« Oui, c'est parce que normalement tu emmènes la radio juste dehors, pas à ta réunion. »

« Alors, je peux pas prendre la radio, c'est ça que tu es en train de me dire ? »

Materena raconte à Pito qu'il y a un programme spécial à la radio ce soir, et elle a promis à Mamie d'écouter ce programme-là. C'est sur la religion.

« Ah, le jour où j'ai besoin de la radio, il y a un programme sur la religion et tu as besoin d'écouter aussi. » Pito lance à Materena un regard soupçonneux.

Materena répète qu'elle a promis à Mamie d'écouter ce programme religieux. Mais Materena se sent coupable et elle a un peu pitié de Pito.

Elle se sent obligée de lui donner la permission de prendre la radio…

Loana a acheté cette radio pour Materena pour ses dix-huit ans. Loana a dit : « Toutes les femmes devraient avoir une radio. C'est bon d'écouter la musique pendant que tu fais le ménage. C'est bon d'écouter la musique, point final. » Loana espère bien que sa radio marchera encore impeccable dans trente ans au moins. Apparemment c'était pas de la camelote. Elle l'a achetée au magasin hi-fi, pas au magasin d'occasions.

Materena a un vrai dilemme.

Mais elle sait ce qui se passe à ces réunions. Il y a plein de blabla, il y a plein de bière, et il y a toutes les chances qu'un collègue de Pito renverse sa bière sur la radio, ou jette la radio par terre sur le ciment parce qu'il n'aime pas qu'on le contredise, ou…

N'importe quoi peut arriver à sa chère radio.

« Allez, hein, Pito ? » Materena le supplie d'essayer de comprendre sa situation.

« Ton tas de rouille de radio, ton tas de merde de radio, tu peux le garder », dit Pito.

En fait, ajoute-t-il, il aurait honte d'emmener cette antiquité à la réunion, ses collègues ne manqueraient pas de se marrer. En fait, à partir de maintenant, Pito ne veut plus rien avoir à faire avec ce tas de rouille, ce tas de merde de radio, et il avertit Materena que si jamais il se paye sa chaîne – quand il aura sa chaîne –, elle a intérêt à pas mettre ses pattes dessus.

« Pas de problème », dit Materena.

Pito sort de la cuisine en tapant du pied.

Il est parti.

Et Materena se dit : Ah, il a du culot !

Materena va prendre une douche. Elle est un peu contrariée parce qu'elle n'aime pas se disputer avec Pito mais, quand même, il a du culot d'appeler sa radio tas de rouille.

Elle entend Pito qui revient, il a dû oublier quelque chose. Elle l'appelle : « Pito ? Tu as oublié quelque chose ? » Pas de réponse. « Pito ! » Et puis, d'un seul coup, un soupçon lui traverse l'esprit : Pito est revenu prendre la radio.

Materena sort de la douche en courant, de la mousse plein les cheveux, une serviette serrée contre elle. Il n'y a plus de radio en haut sur le frigidaire. Elle se précipite dehors juste à temps pour apercevoir Pito qui s'enfuit avec sa radio sur l'épaule.

« Pito ! Ma radio ! »

Il éclate de rire et disparaît au coin du passage.

Maintenant, Materena est de mauvaise humeur. Pito va se faire engueuler. Oui, il va l'entendre, elle va lui dire ce qu'elle pense de lui quand il va revenir. D'abord sa radio, c'est pas un tas de rouille. La preuve, il va faire le *fa'a'oru* avec, devant ses collègues. Et en plus il va leur raconter que la radio, c'est à lui.

Materena retourne prendre sa douche.

Et maintenant, assise sur le canapé, elle tient d'une main le *ukulele* de Pito et de l'autre les ciseaux… mais elle n'arrive pas à couper les cordes. Elle va remettre le *ukulele* dans la chambre, et elle revient à la cuisine pour manger et s'occuper pendant qu'elle attend Pito.

Pito rentre à la maison vers onze heures, mais il n'y a plus de radio.

Materena bondit : « Où est ma radio ? »

« Hé, calme-toi, dit Pito. Je vais le retrouver, le *tītoi* qui a volé ta radio. »

« On a volé ma radio ! » Materena ne croit pas ce que raconte Pito.

Eh bien si, et voici l'histoire et Pito jure que c'est vrai.

« Pourquoi tu as besoin de jurer si ton histoire est vraie ? »

Parce que Pito sait bien que Materena va pas croire.

Bon, voici l'histoire.

Pito est allé à sa réunion, et ses collègues étaient vraiment contents qu'il ait apporté la radio de Materena. Un des collègues avait apporté la dernière cassette de Bob Marley – *the Best of the Best*. Et grâce à la radio de Materena, tout le monde a pu écouter *the Best of the Best*, le dernier Bob Marley.

Après sa quatrième bière, Pito a décidé de rentrer, il avait sommeil. Il avait eu une dure journée au travail. Les collègues étaient un peu contrariés que Pito rentre tôt parce que le dernier Bob Marley était vraiment super, mais quand faut y aller, faut y aller. Mais à mi-chemin de la maison, Pito s'est arrêté près d'un arbre pour récupérer un peu, ses jambes ne voulaient plus suivre. Il a mis la radio sous sa tête en guise de coussin pour reposer un peu ses yeux. Mais il s'est endormi d'un sommeil très profond, et pendant qu'il dormait de son très profond sommeil, un individu sans scrupules a pris la radio sous sa tête et l'a remplacée avec un parpaing. Pito n'a rien senti du tout.

C'est seulement quand il s'est réveillé qu'il a découvert la substitution. D'abord il a pensé qu'il avait une hallucination. Mais ensuite, il s'est rendu compte que c'était vraiment un parpaing qu'il avait devant les yeux et pas la radio.

Et donc, le voici sans la radio.

L'histoire de Pito, pour Materena, c'est complètement inventé. Elle crie sur Pito que, si autre chose est arrivé à sa radio, il a intérêt à avouer tout de suite parce qu'elle ne croit pas un seul mot de toute cette histoire inventée.

Mais Pito jure que son histoire, c'est la vérité, rien que la vérité. Il jure sur la tête de sa grand-mère. Materena est obligée de croire Pito – on ne jure pas sur la tête de sa grand-mère bien-aimée quand on raconte une histoire complètement inventée.

« Je t'ai dit de ne pas prendre ma radio, dit Materena. Et maintenant, regarde. Je t'avais bien dit. »

Materena est catastrophée. Et en même temps elle est soulagée.

Cet individu, il aurait pu être pire qu'un individu sans scrupules qui vole les dormeurs, il aurait pu être un assassin. Il aurait pu écraser la tête de Pito avec ce parpaing. Rien que d'y penser, Materena frissonne.

« Qu'est-ce que c'est cette idée de dormir au bord de la route comme si tu n'as pas de maison, hein ? »

Pito et Materena vont se coucher.

Materena met du temps à s'endormir. Elle pense à sa radio. Ça fait quatorze ans qu'elle l'avait. Elle va lui manquer, sa radio.

'Auē ! Ta'u radio *iti e* !

Ça fait maintenant deux semaines qu'on a volé la radio de Materena et voici une radio devant le magasin chinois, à côté d'un sac de pandanus et d'un *pē'ue* roulé. Materena passe devant et entre dans le magasin. Elle prend un panier plastique sur le comptoir mais… elle veut d'abord aller voir encore cette radio dehors : elle avait un air un peu trop familier, cette radio-là.

Materena repose le panier sur le comptoir et ressort. Elle se tient à un bon mètre de la radio, elle ne veut pas que les gens pensent qu'elle est tentée de la voler.

Cette radio-là a vraiment un air familier.

Elle a la même taille que la radio de Materena. Hé, ça veut pas dire que c'est forcément sa radio à elle. Il y a des milliers de radios comme la sienne éparpillées dans toute l'île. Mais quand on a eu une chose devant les yeux pendant quatorze ans, on devrait être capable de la reconnaître du premier coup d'œil. Et il semble bien à Materena qu'elle reconnaît sa radio.

Quelqu'un lui tape sur l'épaule et Materena se retourne. C'est sa cousine Giselle. Les deux cousines s'embrassent sur les deux joues.

« Pourquoi tu restes là comme un cocotier ? » demande Giselle.

« Tu vois cette radio, là, dit Materena. À côté le sac pandanus et le *pē'ue* roulé. »

Giselle jette un coup d'œil à la radio et hoche la tête.

« Je crois que c'est ma radio. »

« On a volé ta radio ? » Giselle regarde maintenant la radio avec un peu plus d'intérêt.

« Eh oui », soupire Materena.

« Tu es sûre c'est pas un cousin qui est venu dans ta maison et qui l'a empruntée pour deux ou trois jours ? »

Materena raconte à Giselle toute l'histoire.

« L'histoire de Pito, dit Giselle, c'est pas complètement inventé ? »

Pour Giselle, l'histoire de Pito a l'air d'avoir été inventée d'un bout à l'autre.

Pourquoi est-ce que l'histoire de Pito est si difficile à croire ? se demande Materena.

Quand Materena a raconté l'histoire de Pito à sa mère, Loana a dit : « Pour moi, son histoire a l'air complètement inventée. » Même avec Pito en train de jurer sur la tête de sa grand-mère que son histoire, c'est rien que la vérité, Loana disait toujours : « Pour moi, son histoire a l'air complètement inventée. »

Loana et Pito se sont disputés et maintenant il ne se causent plus et Materena n'aime pas quand sa mère et son *tāne* font semblant de ne pas se connaître. Pito a dit : « C'est pas un problème si Loana me parle plus jamais. » Et Loana a dit : « C'est pas un problème si je parle plus jamais à Pito. »

Materena aimerait bien que Pito n'ait jamais emmené sa radio à cette réunion. Regarde un peu les complications, maintenant ! *'Auē !*

« Il a juré sur la tête de sa grand-mère que son histoire c'était rien que la vérité », dit Materena à Giselle.

« Ah bon, s'il a juré sur la tête de sa grand-mère, son histoire doit être vraie. »

« En tout cas, je suis contente que l'individu a remplacé ma radio avec un parpaing. »

Giselle ne comprend pas, alors Materena explique que l'individu aurait pu écraser la tête de Pito avec le parpaing.

« Ah oui, dit Giselle. Quelle horreur. Tu crois que cette radio, là, c'est ta radio ? »

« Je crois, mais c'est pas sûr. »

« Tu n'as pas marqué ton nom sur ta radio ? »

« Non. » Ça n'était jamais venu à l'idée de Materena de marquer son nom sur sa radio. En fait, elle ne marque jamais son nom sur rien, sauf dans son cahier de comptes, mais ça, c'est une habitude qu'elle a prise avec les cahiers d'école.

Giselle secoue la tête. « Il faut toujours marquer ton nom sur tes affaires. »

Giselle avoue à Materena qu'elle marque son nom sur chacune de ses affaires à elle : sa télé, sa machine à laver, son frigidaire, ses savates. Giselle marque même son nom sur ses *pāreu*.

La semaine dernière, elle ne retrouvait plus ses savates – c'étaient des savates *'āpī* en plus. Elle a regardé partout dehors, elle pensait que le chien les avait peut-être prises, mais ensuite elle s'est rappelé que son chien ne prend pas les savates, elle l'a entraîné depuis tout petit à ne pas prendre les savates.

Elle s'est rappelée aussi que les chiens ne prennent pas les paires de savates, il prennent une savate à la fois seulement.

Giselle a regardé tout partout dans la maison – pas de savates. Quelques jours plus tard, elle est partie chez quelqu'un avec sa maman pour une réunion de prières. Elle a enlevé ses chaussures à la porte (comme on fait toujours) et les a mises à côté des autres et qu'est-ce qu'elle a vu au milieu des chaussures et des savates ? Des savates exactement comme les siennes. Elle a regardé en-dessous, et elle a vu son nom gravé dans chacune de ces savates-là. Alors elle les a mises dans son sac. Aujourd'hui, si elle n'avait pas marqué son nom, elle se demanderait toujours si ces savates-là appartenaient vraiment à une des personnes en train de prier dans la maison.

« Tu comprends, il y a trop de cousins comme James qui prennent sans demander la permission, dit Giselle. Alors, marque ton nom sur toutes tes affaires. »

Materena regrette de ne pas avoir écrit son nom sur sa radio.

Giselle demande à Materena ça fait combien de temps elle a cette radio.

« Quatorze ans. »

D'après Giselle, quand tu as quelque chose depuis aussi longtemps que ça, tu dois pouvoir le reconnaître au premier coup d'œil.

Elle demande : « Tu la reconnais, ta radio ? »

Materena regarde la radio. C'est vrai, ça pourrait être sa radio, mais comment elle peut être sûre à cent pour cent ?

« Ah oui, c'est difficile d'être sûre s'il n'y a rien pour

t'aider comme par exemple un bouton qui manque, dit Giselle. Et les égratignures ? Il n'y a pas d'égratignures sur ta radio à toi ? »

Il n'y a pas d'égratignures sur la radio de Materena. Elle en a pris vraiment soin. Sa radio est dans un état im-pec-ca-ble. En fait, quand tu la regardes, tu crois qu'elle est *'āpī* tout à fait – qu'elle sort du magasin.

Ah, c'est embêtant.

Mais, attends un peu, Materena a une idée. Ça fait des années que sa radio est dans la cuisine. Elle devrait sentir les oignons et l'ail, non ? Elle demande à Giselle ce qu'elle en pense.

« Ah oui » Giselle est d'accord. « Je n'ai pas pensé à ça, l'odeur. Eh ben, va la sentir, cette radio. »

Materena va renifler la radio. Ah oui, elle sent bien les oignons et l'ail.

« Alors ? lance Giselle. Elle sent les oignons et l'ail ? »

« Ah oui, ça sent fort même. Alors, je la prends ? »

« Ben, oui ! Qu'est-ce que tu attends ? »

Mais Materena hésite. Et si elle prend cette radio et ce n'est pas vraiment sa radio ? Ça serait du vol. Et si le propriétaire de la radio sort du magasin juste quand Materena s'en va avec la radio ? Ça ferait honte, *pa'i*.

Materena revient près de Giselle et se retourne vers la radio. « Je crois que je vais encore regarder cette radio un petit moment. »

« Okay, Materena, dit Giselle. Mais il faut que j'aille au magasin maintenant. J'ai des envies de cornichons. Je me demande si je suis pas encore enceinte mais pas la peine de passer la nouvelle sur radio-cocotier, d'accord ? »

« D'accord. » Materena pense que ça serait bien

pour Isidore Louis Junior d'avoir un petit frère ou une petite sœur. Il a presque un an maintenant.

Materena est toujours en train de regarder la radio quand Giselle sort du magasin avec le plus gros bocal de cornichons.

« Tu es encore là ? » dit Giselle.

« Ben, oui. »

« Il faut que je rentre, Cousine. Si je vais pas faire pipi tout de suite, j'explose. »

« Okay. » Materena embrasse Giselle. Elle pourrait lui dire d'aller à la pharmacie chercher un test de grossesse, mais quand quelqu'un te dit de ne pas passer la nouvelle sur radio-cocotier, c'est comme si tu oubliais la nouvelle à peine on t'a dit.

Et Materena continue à observer sa radio et se demande si la personne qui a laissé le sac de pandanus et le *pē'ue*, mais pas forcément la radio, va faire une apparition.

Quelques minutes plus tard.

« *'Ia ora na*, Cousine. » C'est Mori avec une caisse de bouteilles de bière vides qui vient au magasin pour les remplacer par des pleines. « Qu'est-ce que tu fais là ? »

Materena renifle Mori en lui faisant la bise pour vérifier qu'il n'est pas bourré. Elle n'a pas vraiment envie de faire la conversation avec un ivrogne. Mais Mori n'est pas encore bourré et alors Materena lui explique la situation. Mori ne fait aucun commentaire sur l'histoire de Pito, complètement inventée ou pas. Il se contente d'écouter et de hocher la tête.

Et voilà que Mori a une idée. « Je vais aller faire un tour dans le magasin avec la radio. Si personne me dit : “Qu'est-ce que tu fiches avec ma radio ?” alors, Cousine, tu prends, c'est tout. »

Materena regarde Mori avec sa coiffure rasta dans le dos, et ses tatouages « local », spécialement le dragon rouge et vert qui crache le feu sur sa poitrine. Mori ne porte pas de chemise.

« Okay alors, Mori. Tu vas faire un tour dans le magasin avec cette radio. »

Ce qui est sûr, c'est qu'elle n'a pas envie d'aller faire un tour dans le magasin avec la radio elle-même.

Alors Mori ramasse la radio d'un geste nonchalant, l'allume, change de station pour avoir de la musique un peu plus cool, genre reggae, et disparaît dans le magasin, la radio perchée sur l'épaule.

Et Materena attend. Elle entend la musique, à fond là-bas dedans.

Cinq minutes plus tard, Mori ressort du magasin.

« Personne n'a rien demandé pour la radio ? » demande Materena.

« *'Aita ia*. Tiens ta radio, faut je vais chercher ma bière. »

Materena est à la maison maintenant, avec sa radio. Immédiatement elle marque son nom dessus et la remet à sa place – en haut sur le frigidaire.

Elle raconte à Pito l'histoire comment elle a récupéré sa radio et Pito est plié en deux de rire.

Elle raconte à sa mère l'histoire comment elle a récupéré sa radio et Loana dit : « Fais bien attention que Pito emmène plus jamais ta radio pour boire avec ses collègues. »

46

Une lettre de rupture

Des semaines ont passé depuis la fois où Materena a failli perdre sa radio pour toujours. Mais un dimanche matin comme aujourd'hui, avec du soleil, quand sa radio joue une belle chanson d'amour, elle ne peut pas s'empêcher de se sentir un peu soulagée que sa radio soit revenue. La chanson d'amour qu'on joue en ce moment, c'est une que Materena entend pour la première fois. Ça parle de rupture – que c'est difficile mais que la vie continue, il faut poursuivre son chemin, en espérant qu'on pourra rester amis et bonne chance à toi.

Il y a un papier sur la table de la cuisine et un stylo, alors Materena écrit les paroles, parce qu'elle aime beaucoup cette chanson. Et le refrain dit :

Je ne peux plus vivre avec toi
Plus rien n'est comme avant
Il faut savoir se quitter
Je veux voler de mes propres ailes…
Je reprends ma liberté

Plus tard dans la journée, Materena va passer un moment chez Loana.

Entre-temps, Pito rentre à la maison. Il voit le papier sur la table de la cuisine.

« C'est quoi, ça ? » Mais ça ne l'intéresse pas vraiment.

Il attrape une bière dans le frigidaire et appelle Materena, mais elle ne répond pas et il se dit qu'elle n'est pas à la maison. Il va dans le salon et s'installe sur le canapé. Tout est si calme, pense-t-il. Il aime quand il n'y a pas de bruit, comme ça. Les enfants sont chez Māmā Roti pour la journée et pour la nuit, Pito doit aller les chercher demain matin dimanche, avant la messe. Mais où est Materena ?

« Où est cette Materena-là ? » demande Pito à haute voix.

Il est onze heures et quart et il a faim. Pito regarde le plafond, mais il a trop faim pour rester couché seulement. Il se lève et retourne à la cuisine. Il ouvre le frigidaire, et regarde dedans, mais ce qu'il a envie en ce moment c'est le *punu pua'atoro*. Il prend une boîte de corned-beef dans le garde-manger, l'ouvre et mange comme ça, directement dans la boîte. Pito regarde le papier qui est sur la table, et pense que peut-être Materena a été obligée d'aller quelque part et alors elle lui a laissé un mot. Il attrape le papier. Il le déchiffre nonchalamment.

Et puis l'obscurité envahit le salon et Pito a l'impression d'avoir pris un coup de marteau sur la tête.

Qu'est-ce que j'ai fait ? Qu'est-ce que j'ai fait ? Qu'est-ce que j'ai fait ?

Dans l'esprit de Pito, il s'agit là d'une lettre de rupture.

Materena veut sa liberté, ça veut dire qu'elle veut que Pito dégage de la maison, qu'il dégage de sa vie.

Qu'est-ce que j'ai fait ?

C'est à cause de la radio ? De la chemise multicolore ?

C'est parce que je me suis moqué quand elle a essayé de construire un bassin dans le jardin ?

Il y a tellement de questions qui fusent dans l'esprit abasourdi de Pito. Il essaye de répondre une par une.

C'est vrai quelqu'un a pris la radio en dessous ma tête pendant que je dormais. C'est difficile à croire mais c'est vrai.

Cette chemise qu'elle a achetée pour mon anniversaire, c'était pas possible de porter ça. C'est pas mon style, c'est tout.

J'ai pas aidé Materena à construire son bassin parce qu'on peut pas faire un bassin avec des carreaux seulement. Il faut du ciment.

Pito relit la lettre de rupture. Il y a toujours des signes avant qu'une femme foute le camp, se dit-il. Normalement. Parce qu'un de ses collègues du boulot, le mois dernier, il est rentré chez lui et il a trouvé la maison complètement vide. Sa *vahine* était partie, comme ça, sans prévenir, sans rien du tout. Elle a pris les gosses, elle a pris la chaîne, et elle a pris son lit aussi. La veille, le collègue, il avait une femme qui faisait la cuisine et la lessive pour lui, le lendemain, sa mère a été obligée de la remplacer.

Pito enfouit sa tête dans ses mains, rien ne l'avait préparé à ça. Il a une boule dans la gorge. C'était la même boule quand son père est mort. Le même chagrin sans fond. Le sentiment insupportable qu'à partir d'aujourd'hui sa vie ne va plus jamais être la même.

Les larmes montent et Pito les laisse couler sur sa figure. Il repense à son collègue, comment il a essayé de récupérer sa femme, le collègue. Il a pleuré, supplié, et sa femme lui a dit : « C'est trop tard pour pleurer. J'ai quelqu'un d'autre. Quelqu'un qui m'aime. »

Les larmes de Pito se transforment en sanglots étouffés. Mais bientôt la colère remplace les sanglots. Pito est furieux après Materena de vouloir se séparer de lui. Il pense qu'elle aurait pu au moins lui annoncer la nouvelle en face. Et puis il pense qu'il n'est pas si mauvais que ça. Il est peut-être un peu feignant de temps en temps mais c'est parce que sa Māmā a toujours tout fait pour lui. Et au moins il a un boulot, lui.

« Et en plus je la laisse ramasser ma paye ! Qu'est-ce qu'elle veut en plus ? »

Pito tape du poing sur la table.

« Et quand elle a donné mon lit à son cousin Mori, hein ? Elle m'a même pas demandé mon avis, et j'ai rien dit. Enfin, je lui ai gueulé dessus un peu, mais maintenant je dis plus rien. D'accord le nouveau lit, il est mieux que mon vieux lit, mais quand même, elle aurait dû me demander. »

Pito est vraiment furieux après Materena.

« En plus je lui ai donné ma prime de fin d'année ! Et elle a fait quoi, avec ? Au lieu d'acheter un petit quelque chose pour moi, elle a tout donné à son cousin Teva qu'il vienne mettre les carreaux dans la salle de bains, et il a fait un boulot de merde : on voit le ciment entre les carreaux ! Mais j'ai rien dit. »

Pito sort de la maison hors de lui avec la lettre de rupture de Materena serrée dans sa main.

Materena est en train de bavarder avec Loana sur la terrasse quand Pito apparaît au portail. Il fait signe à Materena, Materena lui fait signe, et Loana dit : « Qu'est-ce qu'il veut encore, celui-là ? »

Pito veut parler à Materena, c'est tout. Alors Loana lui crie : « Ben, entre, et ne fais pas semblant de pas savoir ouvrir le portail ! »

Mais Pito veut parler à Materena personnellement,

alors Materena va jusqu'au portail et Loana se lève de son fauteuil pour mieux voir ce qui se passe au portail.

Pito, à voix basse, demande à Materena si elle a quelque chose à lui annoncer, là, maintenant.

Materena regarde la figure rouge de Pito et la sueur sur son front, et elle se demande c'est quoi cette histoire. Elle hausse les épaules. Non.

« Tu n'as rien à me dire, là, maintenant ? » demande Pito.

Et puis il ajoute qu'il aimerait bien que Materena lui dévoile ses projets, là, maintenant et pas à la dernière minute.

« De quels projets tu parles, Pito ? »

« Tu es sûre que – il y a rien que j'ai besoin de savoir, là, maintenant ? » Pito regarde Materena droit au fond des yeux.

Materena est de plus en plus perplexe. « Je ne comprends pas. »

Pito dit qu'il lui donne encore une chance de révéler la vérité, toute la vérité, toute l'explication.

« Tu as fumé le *paka* ou quoi ? » s'écrie Materena exaspérée.

Alors Pito met la lettre sous le nez de Materena : « Et ça, c'est quoi, hein ? C'est pas une lettre de rupture ? »

Materena lit la « lettre » et éclate de rire. Et puis elle raconte à Pito la vérité, toute la vérité, toute l'explication.

Pito se gratte la tête. « C'est juste que, quand j'ai lu cette lettre… »

Il ne finit pas sa phrase mais Materena sait la suite : « … mon cœur s'est brisé en mille morceaux. »

Materena dit au revoir à sa mère et rentre à la maison avec Pito.

Comme ils vont pour traverser la route, une voiture de mariage passe en klaxonnant. Materena leur fait signe et crie : « Tous mes vœux de bonheur à vous deux ! » Pito regarde faire Materena et il ne dit rien.

Mais il y pense maintenant, au mariage. Il se rappelle sa demande en mariage à Materena – mais c'était il y a un an, et il était bourré. Il ne savait pas ce qu'il disait, et il y avait eu ce film stupide à la télé la veille.

Maintenant il est très tard et Pito regrette qu'il n'y a pas de bière dans le frigidaire pour l'aider à se rendormir. Il roule du côté de Materena et il la prend dans ses bras. Elle dort profondément. Il la tient contre lui un moment et il respire son parfum. C'est bon, se dit-il, de tenir quelqu'un qu'on aime. Ils ont fait l'amour cet après-midi parce qu'il n'y avait pas de gosses à la maison et parce qu'ils avaient envie de faire l'amour. Pito serre Materena contre lui.

Et il se dit qu'il serait peut-être temps d'épouser cette femme. Elle est bonne pour lui, Materena. Il est sûr que ça lui plairait bien : sa façon de regarder les mariés dans la limousine, l'envie dans ses yeux, le secret désir d'être la mariée. Il a vu tout ça, Pito.

Pito se rappelle le mariage de ses parents. Il y avait son père en train de mourir dans la chambre à l'hôpital et il y avait sa mère et elle n'arrêtait pas de dire : « Frank Tehana, tu n'as pas intérêt à mourir avant de me passer la bague au doigt. » Et il y avait le prêtre qui était pressé. Frank Tehana a eu un peu de mal à prononcer les vœux du mariage. Il a pris Roti pour épouse, et puis il est mort. Pito, qui avait quatorze ans à l'époque, n'en revenait pas qu'une femme attache plus d'importance à cette bague à son doigt qu'à la perte de son homme. Pito a eu une grosse dispute avec sa mère. Il gueulait : « Tu pouvais pas laisser Papy mourir en paix, hein ! Il fallait qu'il te passe cette putain de bague. Eh ben voilà, il te l'a passée, la bague, et puis il est mort. Tu es heureuse maintenant ? » Māmā Roti gueulait à son tour : « Ton père, il est mort heureux ! Il est mort en faisant de moi, la mère de ses enfants, son épouse. Il m'a pas juste donné une bague. Il m'a donné son nom ! Il m'a donné ma dignité. »

Pito se dit qu'il est peut-être temps qu'il donne à Materena son nom et la dignité qui va avec.

Parce qu'il l'aime, elle fait partie de sa vie, une grosse partie. Mais il y avait une époque où elle ne l'intéressait pas. En fait, aucune relation sérieuse ne l'intéressait, mais Materena est tombée enceinte…

Ça l'a rendu furieux à l'époque. Māmā Roti avait dit : « *'A ia !* Ce coup-là, c'est l'attrape-couillon le plus vieux du monde ! Elle t'a bien eu ! » Ensuite elle a dit : « Cette fille-là, tu lui dois rien, mais je n'ai pas envie d'avoir un *mo'otua* avec "père inconnu" sur son acte de naissance. Pito, tu as intérêt à faire ce qu'il faut pour ton gosse, autrement tu vas le regretter toute ta vie. »

Et donc Pito a demandé à Materena de venir vivre avec lui mais elle ne voulait pas quitter sa mère. Alors Pito allait la voir de temps en temps seulement. Et puis il a vu naître son fils et ça a tout changé, comme une explosion dans sa tête. Il a ramassé ses affaires, il a trouvé un boulot et il est allé vivre avec Materena.

Ensuite, vivre avec elle est devenu une habitude.

Mais, aujourd'hui, c'est plus que ça.

C'est dimanche matin, Pito et Materena prennent leur café.

« Quand est-ce tu vas chercher les gosses ? demande Materena. La messe c'est dans une heure. »

Pito hoche la tête. « Je vais aller, mais avant il faut que je te demande quelque chose. C'est important. »

Elle le regarde et elle attend.

Il respire à fond avant de se jeter à l'eau. Il sait qu'elle va dire : Oui. Ou plutôt, elle va crier : Oui ! Après tout, elle a déjà dit oui à sa demande en mariage il y a plus d'un an. Mais elle a pas dû prendre ça au sérieux puisqu'il était bourré.

Mais là il est pas bourré, il n'a rien bu, il est sérieux tout à fait. Quand il aura demandé, ça sera comme s'ils étaient déjà mariés. Materena va dire à sa mère, ensuite elle va dire à ses cousines, et avant que Pito ait le temps de se retourner tout va être prêt, de son complet avec la veste jusqu'à la limousine pour les mariés.

« Et alors ? demande Materena. Vas-y, accouche. »

« Materena Mahi, commence Pito. Voulez-vous m'épouser ? »

Materena écarquille ses yeux : « T'épouser ? » Elle se lève et débarrasse la table. « T'épouser. » Elle porte les tasses dans l'évier. « *'Aita ia !* » Elle fait la grimace. « Ça fait trop de complications quand on divorce. Moi j'ai envie de pouvoir ramasser tes affaires pour te renvoyer chez ta *māmā* si je suis *fiu* de toi. » Elle ouvre le robinet et commence sa vaisselle.

Pito se lève lentement et il dit : « Bon, je vais chercher les gosses. »

47

Le mariage de Matarena

« Et cette Māmā Teta, où elle est ? » La mariée est en train de paniquer. Presque une demi-heure de retard.

« Allez viens, Materena, dit Rita. On va aller à pied. C'est pas tellement loin, l'église. »

« On attend encore un peu. » Materena a vraiment envie d'arriver à l'église dans la limousine.

« Moi je vais pas à pied en tout cas, dit Giselle. Regarde-moi, Rita. Tu veux que j'attrape mes contractions sur la route ? » Le petit frère d'Isidore Louis Junior est prévu pour dans deux semaines.

Cette Māmā Teta est incroyable, se dit Materena. Elle lui a rappelé la date et l'heure hier et Māmā Teta a dit : « Pas s'inquiète, ma fille. C'est tout écrit dans ma tête. Je vais chercher ton parrain et on passe te prendre à la maison vers onze heures. »

« Peut-être c'est un signe pour que tu te maries pas », dit Giselle en mâchant un bout de pain.

« Giselle ! » Rita lance à Giselle un regard furieux. Puis, à Materena : « Cousine, si Māmā Teta est en retard, faut pas prendre ça pour un signe. Je suis sûre que Māmā Teta a juste eu un petit problème avec les gendarmes. Tu sais comment elle est avec les gendarmes. Elle va pas tarder. »

Pendant ce temps-là, Pito est debout devant l'autel et il attend. Il se retourne encore une fois vers l'entrée de l'église et il n'y a toujours pas de Materena.

« Elle a changé d'avis », dit Ati pour blaguer.

Mais ça ne fait pas rire Pito. Il se demande ce qui prend si longtemps à Materena.

Tout le monde dans l'église commence aussi à se demander la même chose, et on a un peu pitié de Pito qui a l'air si inquiet.

« Il a l'air inquiet », dit Loana à Imelda assise près d'elle.

« C'est Dieu qui le met à l'épreuve », dit Imelda.

Loana hoche la tête. Elle ne sait pas ce qui a provoqué ce mariage. Materena est arrivée un jour chez elle il y a deux mois et elle a dit : « Pito et moi, on se marie dans deux mois, Mamie. » C'est tout. Loana a failli demander à Materena comment elle avait bien pu faire pour obliger Pito à franchir le pas, mais elle se demande maintenant s'il ne s'est pas jeté à l'eau tout seul. Loana se lève et s'approche de Pito. « Si tu veux, je vais aller voir ce qui se passe », dit-elle.

Pito sourit. « Non, Loana, ça va. Tu connais les femmes, toujours en retard. » Il essaye de voir le côté positif de la situation.

« Elle a changé d'avis », dit Ati pour la dixième fois.

Pito a envie d'attraper Ati par le col et de le secouer un peu, mais il se contente de se retourner encore une fois pour jeter un coup d'œil à l'entrée de l'église.

Il pense que c'est possible, Materena a peut-être changé d'avis. Après tout, elle a refusé sa demande en mariage plusieurs fois.

« Épouse-moi », disait-il encore et encore.

« *'Aita ia.* »

« Épouse-moi. »

« Casse pas la tête avec ça. »
« Épouse-moi. »
« Je commence à être *fiu* de ton "épouse-moi" ! »
« Épouse-moi. »
« Pourquoi ? »
« Parce que. »
« Non. »
« Épouse-moi. »
Materena a fini par dire : « Okay, alors. »
Ça lui a pris environ six mois, à Pito.

Dans la maison derrière la station d'essence, Materena n'attend plus sa limousine avec chauffeur. Elle a peur que Père décide d'aller se rhabiller et alors, qu'est-ce qu'on va faire de tous les *mā'a* que sa marraine a payés ?

« Je vais à l'église à pied », dit-elle. Et elle appelle sa plus jeune demoiselle d'honneur, Leilani.

« Et Tonton Hotu ? » demande Rita.

Materena a complètement oublié Tonton Hotu. « Espérons qu'il est à l'église, *paha*. »

« Et s'il n'est pas là-bas ? » Giselle veut seulement savoir.

« Bon, dans ce cas-là, pour moi ça sera un signe », répond Materena.

Alors, la mariée et ses demoiselles d'honneur, toutes vêtues de robes-mission identiques, blanches avec un motif imprimé de feuille de *'uru* vert, partent à l'église à pied. Elles sont presque arrivées quand un *truck* ralentit au bord de la route et Tonton Hotu saute en marche.

« Parrain ! » Materena court à sa rencontre. Elle est si heureuse de le voir.

Hotu fait à Materena un gros bisou sur le front.

« Alors, on est tous prêts ? » Il ne demande même pas où est passée Māmā Teta.

Et Materena prend le bras de son parrain.

Il est maintenant onze heures du soir et la fête bat son plein derrière la station d'essence. Il y a foule sur la piste de danse, parce que Georgette sait enchaîner les morceaux que tout le monde aime danser. Ce soir, son numéro de disc-jockey est son cadeau de mariage à l'heureux couple. Le délicieux gâteau chocolat du mariage aussi était un cadeau. Et la limousine aussi, même si elle n'est jamais arrivée.

En fait, quand la nouvelle du mariage de Materena est passée sur radio-cocotier, tout le monde a trouvé un cadeau à faire.

Rita s'est chargée de faire faire les robes. Tapeta a offert de chanter pour Materena pour son entrée dans l'église. Et, malgré sa tristesse qui dure d'avoir perdu sa petite fille avec ce couple de *Popa'ā* il y a plus d'un an, Tepua a passé toute la journée d'hier à décorer la maison de Materena et de Pito avec des roses rouges en plastique. Mori, lui, a construit la piste de danse dans le jardin derrière.

Materena est si heureuse que tout le monde s'amuse ce soir.

Voici Mori en train de draguer une des cousines de Pito qui est aussi balèze que lui. Rita et Coco sont quelque part dans le jardin. Loana et Māmā Roti sont en train de discuter et de rire ensemble ! Leilani danse avec son frère. Moana danse avec Imelda, la marraine de Materena.

Et il y a Pito. Il a gardé son costume de mariage et ça lui va bien, il est si beau avec. Il est en train de discuter avec Ati et ce copain qui est revenu au *fenua* pour la première fois depuis plus de dix-sept ans pour être au mariage de Pito : le colonel Tihoti Ranuira lui-même. Lily et Loma ont vraiment l'air très impressionnées par les médailles épinglées sur l'uniforme militaire du colonel Tihoti Ranuira.

Materena retourne à la cuisine pour chercher d'autres plats. Elle est dans la cuisine en train de couper du pain quand elle entend des gémissements qui viennent de sa chambre. On dirait des gémissements de douleur, mais ça pourrait aussi bien être des gémissements de plaisir. Materena s'approche de la chambre sur la pointe des pieds pour savoir ce qui se passe.

C'est Giselle en pleines contractions sur le lit neuf de Materena et de Pito. « Ah c'est toi, Cousine, gémit Giselle. Il y a mon bébé qui arrive. »

« Tu sens sa tête ? » demande Materena en essayant de ne pas penser à son lit neuf.

Giselle gémit encore plus fort, et Materena se précipite dans le jardin pour chercher Tatie Stella, la meilleure sage-femme de l'île, mais Tatie Stella est K.-O. (elle ronfle sous le frangipanier). Materena a besoin de quelqu'un qui a une voiture, un permis de conduire, et qui n'est pas bourré.

À ce moment précis, Māmā Teta arrive en klaxonnant. Elle coupe le contact mais elle est à peine sortie de la voiture que Materena ouvre la porte arrière. Māmā Teta se lance immédiatement dans les excuses mais Materena lui coupe la parole : « Giselle a les contractions. Il faut que tu l'emmènes à l'hôpital. »

« Oui, okay, okay, okay. » Māmā Teta a déjà remis le contact et Materena rentre en coup de vent pour récupérer Ramona, le *tāne* de Giselle, mais lui aussi est trop bourré. Il ne servirait à rien dans la salle d'accouchement.

Alors Materena monte dans la voiture à côté de

Giselle, qui est maintenant en train de pleurer à chaudes larmes, mais il faut qu'elle retourne dire à quelqu'un ce qui se passe au cas où on va se mettre à chercher la mariée. La mariée ne peut pas disparaître comme ça, toute seule. Enfin, sans le marié.

« Une seconde. » Materena saute de la voiture et voici Rita avec les cheveux complètement n'importe comment.

« Ah Rita, dit Materena. Je suis contente que tu es là. Je file à l'hôpital avec Giselle. Il y a son bébé qui arrive. Fais passer la nouvelle. »

Mais Rita aussi veut aller à l'hôpital, alors on passe le message à un des gosses en train de jouer à cache-cache dans le noir.

Māmā Teta fonce maintenant vers la ville. « Quelle journée ! dit-elle. Il y a rien qui s'est passé comme j'ai prévu. Je suis vraiment désolée, Materena. »

Materena sourit. « *'Auē*, Māmā Teta *ē*. *'Aita pe'ape'a !* »

« Mais j'ai ton cadeau porte-bonheur », dit Māmā Teta.

Materena avait complètement oublié le cadeau porte-bonheur promis.

« Tiens. » Māmā Teta passe à Rita une petite boîte. « Donne un peu à Materena. »

La boîte est enveloppée dans du papier blanc et Materena l'ouvre lentement. Il y a une cassette dedans.

« C'est une cassette de chansons d'amour ? » demande Materena. Elle s'attendait à autre chose.

« Attends, passe-moi la cassette, dit Māmā Teta en rigolant. Tu peux aussi bien l'écouter maintenant. » Elle pousse la cassette dans la radio.

Et voilà qu'on entend la voix de Māmā Teta dans les haut-parleurs de la voiture. « Alors, Pito, elle est en train de dire. À ce qui paraît toi et Materena vous vous mariez ? »

« Ben ouais. » Pito n'a pas l'air vraiment à l'aise.
« Et pourquoi tu te maries avec Materena ? »

Il y a un long silence et Materena entend Pito qui a l'air essoufflé. « Māmā Teta, dit-il enfin. Tu crois pas que… »

Māmā Teta le coupe : « Réponds à la question seulement. »

« Pourquoi je me marie avec Materena ? demande Pito. Eh ben, mais, parce que… euh… parce qu'elle est bien, comme femme. »

« C'est elle qui t'a forcé à l'épouser ? »

« Ah non ! » Pito rigole. « C'est moi. J'ai demandé, j'ai demandé, à la fin elle a accepté. »

« Ah bon ? » Māmā Teta a l'air surprise. « Pourquoi tu as fait ça ? Si elle dit non, ça change rien pour toi. »

« J'ai vraiment envie de l'épouser », répond Pito.

« Pour régulariser la situation ? »

« Oui, un peu, mais c'est pas la raison principale. »

« C'est quoi alors, la raison principale ? »

Encore un long silence, et les trois femmes assises à l'arrière retiennent leur respiration – même Giselle.

« Tu avais peur que Materena – elle va épouser un autre ? »

Pito rigole encore. « *E paha*, mais c'est pas ça que j'ai pensé quand j'ai demandé à elle. »

« Tu as pensé quoi ? »

« J'ai pensé que… » Pito a l'air d'hésiter. « J'ai pensé que… que… j'ai pensé que je l'aime, Materena… Mais ça, j'ai jamais dit à elle parce que… »

« Hé, *mea mā* ! hurle soudain Giselle. Ça y est ! Ça vient ! J'ACCOUCHE ! »

Rita et Materena poussent des cris, Māmā Teta braque à droite pour s'arrêter sur le bas-côté, et dans la confusion on oublie complètement la cassette.

Glossaire

Dans la transcription usuelle de la langue tahitienne, les voyelles se prononcent comme en espagnol (a, é, i, o, ou) et elles se prononcent toutes. *'Auē* : a-ou-é.

Les voyelles doubles sont le plus souvent séparées par un coup de glotte qui ne se note pas toujours : *Faa'a* devrait s'écrire *Fa'a'a* et se prononcer *Fa-a-a*. Le *h* est fortement expiré, comme en anglais ou comme la *jota* latino-américaine.

Les mots tahitiens ne prennent pas de *s* au pluriel.

'a ia ! : interjection d'étonnement, de colère ou de mépris.
'a ia ia ! : aïe aïe aïe !
'aita : non. *'Aita ia !* : pas question !
'aito : sorte de pin (*Casuarina*, *filao*, arbre de fer).
'aiū : enfant. *'Aiū mā !* Hé, les gosses !
'āpī : nouveau, neuf.
ature : poisson, sorte de grosse sardine.
'auē ! : hélas ! ah là là !
'auē Materena *ē* ! : Materena, ma pauvre ! (parfois moqueur : …, toi alors !).
Bison : marque de tabac à rouler.
boules : testicules.

CAPA : centre d'accueil des personnes âgées (aujourd'hui *Fare matahiapo*)
casse-croûte : sandwich.
couronnes : colliers de fleurs ou de coquillages.
couverture : voir *tīfaifai*.
'ē : oui.
e, e... : interjection de commisération ou d'attendrissement.
e aha ? : *quoi* ? *e aha te huru ?* : comment ça va ?
escrime : crème glacée ou sorbet (de l'anglais *ice-cream*).
Faa'a : commune à la périphérie de Papeete.
fa'a'apu : jardin, plantation.
fa'a'oru : prétentieux, bêcheur.
farāni : français (adjectif et nom).
Farāni taioro : Français mal lavé.
fare : maison.
fenua : terre, île, pays. « Le *fenua* » : la Polynésie française.
fēti'i : famille élargie, parents au sens large, oncles et cousins.
fiu : (objectif et subjectif) ras-le-bol. Je suis *fiu* de toi : j'en ai marre de toi. Tu es vraiment *fiu* ! : tu me casses les pieds. C'est *fiu* de travailler…
four : cuisinière, généralement à gaz.
ha'a vitesse : vite (de *ha'avitiviti*).
hina : arrière-petit(s)-enfant(s).
hoa : ami ; parfois employé en interjection : *e hoa e ra !* toi alors !
ho'i : interjection d'appui (voir *pa'i*) ; *'ē ho'i !* : eh oui ! c'est comme ça !
hombo : de l'américain *hobo* ; mot très en vogue dans les années de la grande dépression aux États-Unis, qui signifie vagabond, vaguement clochardisé, syno-

nyme d'errance sur les routes ou les voies de chemin de fer de l'Ouest, toujours en rupture de ban avec la société bien-pensante.

'ia ora na (*'oe*) : bonjour, salut (litt : que tu vives !).

i ia ! : exclamation : oh là là !

louvres : jalousies pivotantes en verre (pour les fenêtres).

mā'a : nourriture ; *mā'a tahiti* : nourriture traditionnelle cuite à l'étouffée, repas traditionnel (poisson, porc, poulet et légumes locaux – voir taro).

ma'ama'a : fou.

māhū : traditionnellement, l'homosexuel qui s'assume en tant que femme ; plus généralement, homme efféminé (voir *raerae*).

māmā : mère, mais aussi femme mûre, voire grand-mère.

Mamie : Maman (on entend souvent « la mater » pour « ma mère »).

māmū ! : silence !

mānava : bienvenue ; *mānava 'oe* : bienvenue à toi.

mā'ohi : local, indigène, par ext. tahitien, polynésien (adj. et nom).

marae : temple des temps païens, esplanade dallée et pierres levées (mégalithes).

māuruuru : merci.

mea : chose. *E mea !* : Hé, machin ! – *E mea mā !* : Hé, vous autres !

mihiroa : dialecte des atolls du nord-ouest des Tuamotu.

moa : poulet, mais aussi, familièrement, pénis.

moa taioro : litt. : poulet à la pulpe de coco râpée ; insulte, souvent réduite à *taioro* : pénis non circoncis.

monamona, *mōmona* : sucré, délicieux.

mono'i : huile de coco parfumée.

mo'o : lézard, margouillat.
mo'otua : petit(s)-enfant(s).
mōrī pata : lampe-torche.
Mosquito : marque de tortillons antimoustiques.
mūto'i : garde municipal tahitien ; *mūto'i farāni* : gendarme.
nī'au : palme de cocotier, foliole de palme ; le balai *nī'au* est confectionné à partir des nervures de ces folioles.
'oia ! 'oia ho'i ! 'oia ia ! : oui ! c'est bien vrai ! si ! mais si ! *'oia mau !* : c'est vrai, ça !
oïche ! iche ! chè ! : sifflement de déplaisir ou de mépris.
'ōpuhi : plante de la famille du gingembre à grandes fleurs rouges décoratives.
paha : peut-être, environ.
pa'i : interjection d'appui.
paka : du hawaiien *pakalolo* (litt. le tabac qui rend fou), cannabis.
pāpā : père, homme d'âge mûr, voire grand-père.
Papy : Papa (on entend souvent « le pater » pour « mon père »).
pāreu : paréo.
pas s'inquiète : express. pop. : « il ne faut pas s'inquiéter ».
pātia : pointe, harpon, fourchette.
pe'ape'a : difficulté, ennui, querelle.
Père : le prêtre catholique, le curé.
perē fē : jeu d'enfant : chat (jouer à).
pē'ue : natte de pandanus tressé (sert de tapis et de matelas).
pīfao : (jeter un) sort.
pītate : jasmin
po'o nevaneva : étourdi, simplet.

Popa'ā : homme blanc, Européen ; *Popa'ā farāni* : Français de France.
punu pua'atoro : bœuf en boîte, corned-beef.
pūrau : bourao, variété d'hibiscus dont les feuilles larges servaient autrefois d'assiettes ou de papier hygiénique.
purera'a : réunion de prières, office.
rā'au : médicament, médicament traditionnel.
raerae : homosexuel, travesti, folle.
Rangiroa, Manihi, Apataki, Tikehau, Mururoa : atolls des Tuamotu.
Rapa Nui : île de Pâques.
robe-mission : longue, ample et pudique, à l'origine imposée par les missionnaires.
saloperies : amuse-gueule (Twisties, chips, etc.).
sate, *po'o sate* : chauve.
savates : tongs, sandales de caoutchouc ou de plastique.
speedboat : embarcation légère à moteur hors-bord.
tahu'a : médecin traditionnel, sorcier.
tahu'a tehe : spécialiste de la circoncision polynésienne traditionnelle (qui consiste en fait en une supercision longitudinale du prépuce).
tāmā'ara'a : repas traditionnel, banquet.
tapa : étoffe traditionnelle tirée de l'écorce de certains arbres, dont le mûrier à papier (*Broussonetia papyrifera*) ou l'arbre à pain (*Artocarpus altilis*), que l'on martèle longuement.
taro : racine comestible, base du *mā'a tahiti* avec l'igname (*ufi*), la patate douce (*'umara*) et les bananes (*meia, fē'i*).
tāura : animal protecteur, totem.
taure'are'a : les jeunes, la jeunesse (litt. l'âge des jeux).

tetuanui : les petits *tetuanui* : les gens du peuple (Tetuanui est un patronyme courant).
tiare : fleur.
tiare tahiti : *Gardenia tahitensis*, la fleur nationale dont sont faites la plupart des « couronnes », c'est-à-dire les colliers de fleurs.
tic-tac : jeu d'enfant, jouer au prisonnier.
tīfaifai : dessus de lit servant de drap et de couverture, souvent décoré d'un patchwork de tissus de couleurs vives appliquées sur un fond uni.
tihotiho : rapporteur, cafard.
tīpaniē : frangipanier, arbuste à fleurs très odorantes.
tītī : sein, mais aussi biberon.
tītoi : litt. : onaniste (insulte plus grave que le « branleur » français).
to'o : pièce de bois ou autre matériau qui forme le corps d'une idole.
tou : arbre (*Cordia subcordata*).
truck : de l'américain (camion), autocar local à carrosserie de bois.
tumu : arbre ; *tumu 'uru* : arbre à pain (appelé aussi *maiore*).
tūpāpa'u : âme errante, fantôme, revenant.
'ua oti : c'est fini.
ukulele : instrument de musique à quatre cordes (mot d'origine hawaiienne : *'uku lele*).
'uru : fruit de l'arbre à pain ; l'arbre lui-même.

Table des matières

MIXTE
Papier issu de sources responsables
FSC® C003309

L'éditeur de cet ouvrage s'engage dans une démarche de certification FSC® qui contribue à la préservation des forêts pour les générations futures.

Pour en savoir plus :
www.editis.com/engagement-rse/

10/18 – 92 avenue de France, 75013 PARIS

Imprimé en France par CPI

N° d'impression : 2064549
Suite du premier tirage : mai 2022
X07923/04